UNE PROVOCANTE ÉPOUSE

MAY MCGOLDRICK

LE TRÉSOR DES HIGHLANDS - 3

UNE PROVOCANTE ÉPOUSE

Traduit de l'américain par Alice Bergerac

POUR elle

Titre original :
Highland Treasure : The Firebrand
Published by Onyx, an imprint of New American Library,
a division of Penguin Putman Inc., New York

Aux talentueux membres des auteurs de romans d'amour du comté de Bucks et de l'État de New Jersey.

Merci à Hilary Ross pour son indéfectible soutien. Ce livre ne serait pas ce qu'il est sans elle.

Prologue

Août 1535, abbaye de Jervaulx, Yorkshire, Angleterre

— Votre père est mort.

Des rides s'imprimèrent sur le front maculé de terre du chevalier qui approchait la cinquantaine tandis qu'il observait les trois jeunes femmes réunies près de la cheminée. Les flammes de l'âtre projetaient une lumière dorée sur leurs visages atterrés. Quelques chandelles éclairaient faiblement la petite salle de l'abbaye.

— Il faut que vous sachiez qu'il est décédé sans faillir à ses croyances. À l'instar de Thomas More et de l'évêque Fisher, ils n'ont pas réussi à lui faire signer l'Acte de suprématie du roi Henri. La torture n'a pas eu raison d'Edmund Percy.

Le chevalier fixa son regard sur la benjamine. Des larmes roulaient sur les joues de la demoiselle.

— Ils l'ont tué froidement dans sa cellule. Ses gardiens ont eu peur de l'emmener à Westminster pour comparaître. Ces lâches, ces vautours assoiffés de sang l'ont tué dans son sommeil ! Un guerrier m'a raconté que ces couards lui ont tranché la gorge.

Frère Benoît, le grand échalas campé dans l'embrasure de la porte, manifesta son inquiétude.

— Où est son corps ? Le renverra-t-on dans le Yorkshire pour un enterrement digne de ce nom ?

— Non, ils l'ont emporté…

Brusquement, la benjamine éclata en sanglots et sortit en courant de la salle. Personne ne tenta de la retenir tandis qu'elle disparaissait dans la pénombre du corridor.

— Continuez, ordonna frère Benoît en faisant signe aux deux autres sœurs de ne pas bouger. Vous devez nous dire tout ce que vous savez.

Le cœur déchiré par le chagrin, Adrianne trébucha sur les marches inégales de la salle capitulaire et tomba de tout son long. Elle ignora l'âme charitable qui vint à son secours et traversa la cour de l'abbaye pour se réfugier dans la solitude des écuries.

Sa vue était brouillée par les larmes.

Il était mort ! On avait tué son père. Il les avait quittées à jamais.

Elle poussa brutalement les battants de l'écurie. Dans l'obscurité, elle empoigna le manche d'une pelle. Avançant à tâtons, elle se cogna l'épaule contre le mur et ne sentit même pas la douleur. Vacillante, elle chercha la stalle vide dans laquelle elle se réfugia.

Le chagrin se mua en rage qu'elle laissa éclater en assenant de violents coups de pelle autour d'elle. Elle ne maîtrisait plus sa force.

Une année entière d'espoirs, de prières pour la fin de l'injuste emprisonnement d'Edmund Percy était réduite à néant.

Son père était mort.

Adrianne renversa un seau de foin, jeta la pelle dans un coin et donna des coups de poing rageurs contre le mur de la stalle, frappa, encore et encore. Ses phalanges étaient maintenant en sang.

Des images du passé défilèrent dans son esprit. Son père, le grand et beau chevalier aux yeux couleur de ciel et au regard tendre. Diana, sa mère, la grâce incarnée, qui avait ravi le cœur d'Edmund et déployait des trésors d'affection à l'égard de ses filles. C'était une famille unie, aimante et… brisée.

En proie au désespoir, elle hoqueta, tomba à genoux. Les larmes jaillirent de nouveau.

De douloureux souvenirs resurgirent comme autant de plaies béantes. L'arrestation d'Edmund, la frénésie de leur mère à cacher ses filles, le massacre des domestiques, le sang partout, sur les murs, sur les dalles du manoir familial.

Les sanglots secouèrent la frêle silhouette de la jeune femme. Un sentiment d'impuissance comme jamais elle n'en avait connu s'empara d'elle. Elle enfouit son visage dans ses mains et pleura toutes les larmes de son corps.

La vision d'Adrianne prostrée dans la stalle vide bouleversa Catherine. Les cheveux de jais de sa plus jeune sœur étaient en bataille. Sa robe en lin grise était couverte de terre et de paille, une manche était déchirée.

Catherine posa la lampe sur le seau renversé et s'agenouilla auprès d'Adrianne. Elle lui souleva délicatement le menton.

— Doux Jésus ! Qu'est-ce que tu as fait ? interrogea-t-elle en lui effleurant une ecchymose sur le front, une autre sur la joue.

— Laisse-moi tranquille, répliqua Adrianne en repoussant la main de sa sœur aînée.

Catherine remarqua aussitôt ses doigts ensanglantés et poussa un cri de stupeur.

— Seigneur ! Qu'est-ce que tu as fait ? répéta-t-elle.

— Je t'en prie. Ne commence pas à me faire la leçon. Pas maintenant. Et s'il te plaît, ne me raconte pas que la mort de père n'est qu'un mensonge ou je ne sais quelle rumeur.

Un long silence s'ensuivit. Leurs regards améthyste s'accrochèrent. Chacune cherchait en l'autre le réconfort, la consolation.

— Hélas ! dit Catherine dans un soupir, je crains que ce ne soit la vérité. La nouvelle a d'abord été envoyée dans la région des Borders, tout au nord. Ensuite, mère nous l'a transmise par le biais de ce chevalier. Elle lui a également confié une lettre scellée qu'il vient de nous remettre.

D'un geste gauche, Adrianne essuya ses larmes et s'adossa au mur de la stalle.

— Et que dit cette lettre ? s'enquit-elle. Comment va mère ? Est-elle en sécurité ?

— Elle essaie de nous rassurer. Mais tu la connais, elle s'est toujours inquiétée davantage pour nous que pour elle.

Catherine sortit un mouchoir de sa manche et pansa les doigts meurtris de sa sœur.

— Fait-elle allusion au trésor de Tiberius ? demanda Adrianne.

— Oui, mais comme d'habitude, elle s'exprime de manière évasive, presque énigmatique. Elle évoque une carte dont nous devons préserver l'intégrité. Il s'agit, dit-elle, de prendre la relève d'Edmund. Elle nous demande de protéger les fragments de cette carte et nous suggère une méthode. La partie la plus compréhensible de sa lettre concerne les dangers auxquels nous serons confrontés. Mère insiste sur l'ennemi qui nous pourchassera afin de s'emparer de cette carte.

— J'espère que tous les efforts que nous avons déployés, intervint Adrianne, les plans élaborés de Laura que nous avons mis en œuvre n'ont pas été vains. Nous n'avons pas enfoui tous ces coffrets aux quatre coins du Yorkshire pour rien, n'est-ce pas ? Les croquis, les rébus à déchiffrer pour mener l'ennemi sur de fausses pistes…

— Tout cela nous aura fait gagner du temps, la rassura Catherine. Notre mère nous met en garde contre Arthur Courtenay, le lieutenant que le roi d'Angleterre lance à nos trousses.

La colère se peignit sur les traits de la benjamine des sœurs Percy.

— Il n'osait pas nous traquer pendant qu'Edmund était en vie. Le scélérat ! marmonna-t-elle. Qu'il vienne ! S'il le faut, je me battrai.

— Calme-toi, je t'en prie, et écoute-moi ! Notre mère refuse de perdre un seul être cher. Elle veut que nous quittions l'Angleterre.

— Quoi ? s'exclama Adrianne. Devons-nous la rejoindre dans les Borders ?

Catherine secoua négativement la tête.

— Selon elle, nous n'y serions pas en lieu sûr. Non, elle a tout organisé afin que nous nous rendions toutes les trois en Écosse. Elle a choisi exprès de nous envoyer dans trois destinations différentes.

— Elle veut nous séparer ? s'alarma Adrianne. C'est insensé ! Nous avons survécu à cette année de malheur parce que nous étions ensemble et que nous nous serrions les coudes.

— Nous sommes sœurs. Rien ni personne ne changera cela. Aucune distance ne pourra anéantir la force et l'amour qui nous unissent.

D'un geste tendre, Catherine repoussa les mèches brunes rebelles de sa sœur.

— Je crois, ajouta-t-elle, que nous devrions suivre les recommandations de Diana. Nous avons un peu d'avance sur Arthur Courtenay qui n'a pas terminé notre petit jeu de piste. Et puis… il faut exécuter les dernières volontés de notre père.

Les yeux d'Adrianne s'emplirent de larmes.

— Et renoncer aux maigres possessions qu'il nous reste ? protesta-t-elle, un sanglot dans la voix. Te rends-tu compte que mère nous demande d'aller dans une contrée qui risque de nous rejeter ?

— Je te rappelle que nous sommes à moitié écossaises. Il me semble qu'elle ne nous envoie pas n'importe où. Nous serons accueillies avec le même respect qui lui est dû.

Catherine jeta un coup d'œil par-dessus son épaule.

— Sortons de ces écuries. Laura est sans doute en train de nous chercher.

Les deux sœurs se mirent debout. L'aînée saisit la lampe et poursuivit ses explications.

— Voici comment j'envisage l'avenir : mère m'envoie à Balvenie Castle où – grâce à la générosité du comte d'Athol – je serai en mesure d'ouvrir l'école dont j'ai toujours rêvé. Lorsque je serai installée, toi et Laura pourrez me rejoindre. Nous sommes toutes les trois cultivées et savons transmettre notre savoir. Nous ne serons pas séparées longtemps.

— Et Laura ? Où l'envoie-t-on ?

— Plus au nord, sur la côte est. La chapelle de St. Duthac.

— Et moi ?

— Dans les îles Hébrides, et plus précisément dans l'île de Barra.

— Une île ? s'exclama Adrianne. Oh ! Je vais devoir monter sur un navire ?

— Ma chère, je crains que cela ne soit trop loin pour t'y rendre à la nage.

Comme en en proie à un haut-le-cœur, Adrianne appuya sa main pansée sur son estomac.

— Pourquoi donc fallait-il que notre mère m'envoie sur une île ?

— Tu survivras au voyage, répondit Catherine en entraînant sa sœur avec elle. Une fois là-bas, il y aura des gens qui vont te choyer… jusqu'au jour où nous nous retrouverons à Balvenie Castle.

— Une île, murmura Adrianne, paniquée. Je vais m'y ennuyer à mourir.

— Réfléchis aux épreuves que nous avons traversées cette année. Comparé à cela, je suis certaine que la vie à Barra aura des airs de paradis.

1

Janvier 1536, Kisimul Castle, île de Barra, Écosse

Un murmure d'approbation courut dans la foule massée au pied du château lorsque des plaintes pathétiques retentirent dans la cage en bois qui oscillait dans les airs, au-dessus des rochers.

— Cessez donc de vous inquiéter à son sujet, Wyntoun. Cette poison en a vu d'autres, ce n'est pas une petite intempérie qui va la tuer.

Le vent mordant des îles Hébrides charria les paroles de la religieuse jusqu'à la captive, au sommet de la muraille grise. La cage était suspendue à une corde arrimée à un mât saillant de la tour principale du château.

Les mains accrochées aux barreaux, Adrianne Percy soutint le regard implacable de l'abbesse de St. Mary. S'efforçant d'oublier le froid qui lui engourdissait les doigts et la rage qui sourdait en elle, elle tendit l'oreille.

— Tout de même, répondit l'homme, vous ne croyez pas qu'avec la brise et la pluie verglaçante, la demoiselle aura retenu la leçon ?

— Voilà à peine quelques heures qu'elle purge sa peine. Trois jours ! Elle y restera trois jours.

Adrianne secoua sa cage, provoquant des exclamations indignées.

— Vous pouvez m'y laisser trois cents jours si ça vous chante ! hurla-t-elle. Je préfère de loin ce châtiment à tous ceux que vous m'avez infligés depuis que j'habite votre maudite île.

— Dans trois jours, pas avant, je l'autoriserai à implorer mon pardon, tempêta la religieuse.

— Implorer votre pardon ? Plutôt mourir !

— Dans ce cas, ce sera cinq jours ! cria l'abbesse.

— Je n'ai rien fait pour mériter un tel châtiment, et s'il y a une personne qui doit pardonner, c'est moi. Vous m'entendez ? Moi !

La vieille religieuse rejoignit l'entrée principale du donjon en marmonnant des imprécations puis se figea.

— Sale petite peste, maugréa-t-elle, vous y passerez une semaine !

— Allez au diable ! rétorqua Adrianne. Je vous mets au défi de me laisser ici une seule journée. J'invoquerais tous les démons de la terre s'ils n'avaient pas déjà endossé la guimpe d'une certaine abbesse !

Au-dessous d'elle, sur les rochers, les gens se récrièrent, horrifiés. La jeune femme observa le nouvel arrivant, celui répondant au nom de Wyntoun. Il se tenait à l'écart de la foule, les bras croisés, les yeux rivés sur la prisonnière.

Elle eut soudain envie de lui cracher à la figure, ainsi qu'à celle des badauds massés là, se ravisa et concentra toute sa colère sur la religieuse. Le vent balança brusquement sa cage, lui retournant presque l'estomac.

— Vous m'écouterez jusqu'au bout ! hurla-t-elle à l'abbesse qui disparaissait de son champ de vision. Ce misérable tas de pierres que vous appelez château n'est pas assez vaste pour étouffer mes cris. Vous m'entendrez blasphémer toute la sainte…

— Tudieu ! aboya l'intendant solidement charpenté campé près de l'inconnu. Si vous ne ravalez pas votre langue de vipère, on vous laissera moisir là-haut et les rapaces se régaleront de votre squelette.

— Je ne vous ai pas adressé la parole, espèce de marmiton !

À sa grande joie, une vague vint frapper les rochers, éclaboussant l'intendant.

— Et d'abord, c'est à cause de vous que je suis prisonnière. Si vous n'aviez pas répandu vos sales ragots...

Une bourrasque soudaine agita dangereusement la cage. En proie à un haut-le-cœur, Adrianne tomba à genoux. La pluie verglaçante se transforma en averse, et le vent forcissant lui glaça les sangs. Bientôt, le crépuscule les envelopperait tous de son funeste manteau.

Adrianne se serait à la rigueur satisfaite de la couverture froide et trempée, et aurait pris son mal en patience. Ce qui l'insupportait, en revanche, c'était la nausée qui l'étreignait chaque fois que cette abomination de cage tanguait. Rien ne l'agaçait tant que son estomac fragile, elle dont ses sœurs enviaient la hardiesse.

— Et je ne vous laisserai pas m'empoisonner, bande de vérolés ! cria-t-elle en jetant son plateau à travers les barreaux.

Emportés par le vent, les aliments atterrirent sur les gens massés là. Le plateau tomba avec fracas sur les rochers, aux pieds de l'inconnu.

— Venez, ordonna l'abbesse aux curieux, laissons-la se repentir en paix.

La huitaine d'hommes encore présents s'exécutèrent. Seul le dénommé Wyntoun demeura en place, telle une statue de sel.

Que faisait-il là ?

À l'aube, lorsque les gens du château avaient suspendu la cage, Adrianne avait vu un navire jeter l'ancre dans la baie. Elle avait également remarqué une barque qui accostait avec, à son bord, cet inconnu tout de noir vêtu. Il s'agissait à n'en pas douter du même homme, car il dépassait d'une tête ceux qui venaient de suivre la petite religieuse. De courts cheveux de jais encadraient son visage. Du haut de sa cage, elle ne distinguait pas ses traits, mais il ne ressemblait à aucun des habitants de l'île de Barra.

Pourquoi était-il resté en retrait ? Pourquoi n'avait-il pas obéi à l'abbesse ?

L'air songeur, Adrianne l'observa.

— Vous rendez-vous compte, cria-t-il, que vous êtes perchée plus haut que le grand mât d'un galion ? Vous n'avez pas le vertige ? J'en connais plus d'un qui se soumettrait plutôt que d'être emprisonné comme vous l'êtes.

Elle ne daigna pas répondre.

Une vaguelette vint éclabousser les pieds de l'inconnu. Avec l'agilité d'un félin, l'homme bondit de rocher en rocher, passa sous la cage qu'il contempla depuis l'autre côté.

Agrippée aux lattes du plancher, Adrianne changea de position pour mieux voir l'individu.

— Quel horrible crime avez-vous commis pour subir un tel châtiment ?

Justement, pesta-t-elle entre ses dents, elle n'avait rien fait de répréhensible. Elle préféra garder le silence. Depuis son arrivée à Barra, personne ne l'avait jamais crue.

— Vous pourriez me répondre, insista-t-il. J'ai plaidé en votre faveur auprès de l'abbesse.

Elle grommela un juron inaudible.

— Je viens à peine de poser le pied sur cette île. Je ne suis pas certain que vous soyez coupable, mais...

— Je vous ai vu accoster, coupa-t-elle. Vous êtes un Highlander, par conséquent un individu peu recommandable, comme le reste de ces marauds.

— Vous avez la langue bien trop acérée pour une Anglaise sans défense.

— Je sais parfaitement me défendre, face de hyène ! Jacasseur !

— Hmm... vous devez confondre avec quelqu'un d'autre. En tout cas, je ne vois pas comment vous

vous sortirez de cette situation pour le moins... périlleuse. D'après la rumeur, vous auriez commis une faute impardonnable, et apparemment innommable, car tout le monde refuse d'évoquer votre péché. Qu'avez-vous donc fait de si terrible pour mettre hors d'elle la plus douce et gentille des abbesses des îles Hébrides ?

Adrianne chercha frénétiquement quelque chose à lui jeter à la figure. En vain.

— Si j'avais un conseil à vous donner, enchaîna-t-il, je commencerais par vous suggérer de modérer votre langage.

Sous l'effet de la colère, quelque repartie acerbe était près de jaillir quand le vent secoua la cage. Les doigts transis de froid solidement accrochés aux lattes, elle réprima un nouveau haut-le-cœur.

Ce Highlander allait-il cesser son bavardage ? Apparemment pas, car le vent continuait de porter sa voix tonitruante jusqu'à elle.

— Voilà des lustres que je connais l'abbesse. Il n'existe pas un homme, une femme ou même un enfant qui oserait la défier.

— Je n'ai pas besoin de votre aide ! pesta-t-elle. Je n'ai jamais rien demandé à personne, ce n'est pas aujourd'hui que je vais commencer. Vous n'êtes tous que des misérables crapauds qui rampaient devant elle et buvez ses paroles. Et malgré ce que pensent les habitants de cette île, cette femme est un tyran.

— Non. C'est une religieuse très respectée qui aime ses gens. Le maître de Barra lui voue une estime sans bornes.

— Pfff... J'ai entendu parler de lui. Ça l'arrange bien qu'elle ait pris le pouvoir. Elle ferait mieux de s'occuper de ses oignons et de son abbaye de malheur. Pendant ce temps, le « maître », son coquin de neveu, navigue Dieu sait où. Ce mollusque craint sans doute les colères de sa démone de tante.

— Coquin… mollusque… je suis sûr que si vous vous en donniez la peine, vous trouveriez des noms… plus fleuris.

— Certainement ! Le « grand » MacNeil est un débauché de première. Ce que j'en dis, moi, c'est qu'il n'est qu'un mufle sans cerveau, un…

— En fait, mademoiselle, c'est aussi un MacLean. Sa mère était une MacNeil.

L'intendant adossé à la muraille se racla la gorge avant de les interrompre :

— Milord ! L'abbesse souhaite vous voir.

En guise d'au revoir, le Highlander hocha la tête et entra dans la forteresse.

Soudain, il y eut une nouvelle bourrasque. Adrianne se cramponna tandis que la cage frôlait la muraille de la tour. Dans un moment de découragement, elle poussa un soupir à fendre l'âme. Elle avait beau être téméraire, elle n'était pas complètement insensible. Plissant les paupières, elle avisa l'arrogant intendant qui la toisait d'en bas.

— Qui est-ce ? s'enquit-elle. Ce Highlander, ce misérable chiot qui accourt dès que l'abbesse le siffle.

— Ce « chiot », espèce de harpie, s'appelle sir Wyntoun MacLean. Kisimul Castle est son royaume.

Même dans la pénombre, elle distingua le sourire sinistre qu'arborait le domestique.

— Je ne connais pas de guerrier plus courageux, qu'il commande un navire ou un bataillon. Après votre bévue, il n'est pas près de vous donner à manger. De là à vous libérer… je parie qu'il va se passer quinze jours. Pauvre écervelée que vous êtes !

Adrianne braqua sur lui un regard furibond mais il l'ignora et rejoignit lui aussi les murailles protectrices du château. Elle aurait pu craindre les conséquences de ses propos ; or, elle n'avait aucun remords. Elle ne regrettait pas un de ses actes, pas une de ses paroles.

Cinq mois… Voilà déjà cinq mois qu'elle était prisonnière de cette île. Pendant tout ce temps, on l'avait rabrouée, condamnée, humiliée et punie.

Toujours à tort.

Elle considéra attentivement le précipice sous elle. Vague après vague, la mer montait inéluctablement. Le vent glacial mêlé d'embruns lui cingla le visage. À présent, les rochers étaient immergés. Le ressac frappait la tour de Kisimul.

Adrianne glissa une main dans son manteau, en sortit un poignard qui avait échappé à la vigilance de ses gardes. Elle se redressa gauchement, se cramponna à un barreau et empoigna la corde qui reliait la cage au mât.

Elle n'avait pas d'autre solution, songea-t-elle en sectionnant la corde.

Cantatrices... [illegible] Prudence [illegible] un [illegible]
[illegible] Cantatrices, [illegible]
[illegible] à tort...
— Elle [illegible] le [illegible]
[illegible] que les [illegible]
[illegible]

Les [illegible] de [illegible] l'ombre [illegible] tesque de [illegible] de la [illegible] salle.

[illegible] qu'elles [illegible] Tout-Puissant de plus [illegible], elles [illegible] notre [illegible] l'existence recluse de l'abbaye pour trouver la paix et la sérénité qui leur [illegible]

L'abbesse [illegible] devant la table du chapelain sur laquelle [illegible] Celui-ci leva le nez de [illegible] consultait.

— [illegible] mots que ces créatures n'ont pas [illegible] on leur avait promise, à elles [illegible] Une seule personne est responsable de [illegible] tête de mule, cette [illegible] Anglaise, [illegible] Percy.

— Voyons, ma tante, vous n'allez pas me dire que vous n'avez jamais eu affaire à ce genre de fille – énergique et fougueuse.

— [illegible] que de ça ! Non, cette demoiselle [illegible], mangera-t-elle en [illegible] la pièce. Oui, j'ai connu des filles difficiles. Mais je vous assure que jamais, au grand jamais, une de [illegible] n'avait songé à se relâcher ainsi !

L'abbesse [illegible] un court instant.

2

Les flammes de l'âtre projetaient l'ombre gigantesque de la vieille religieuse sur un mur de la grand-salle.

— Les demoiselles recueillies dans cette île bénie n'ont qu'une mission : se consacrer au Tout-Puissant. Le plus souvent, elles ont fui les vils divertissements de notre monde. Elles ont choisi d'embrasser l'existence recluse de l'abbaye pour trouver la paix et la sérénité qui leur ont fait défaut jusque-là.

L'abbesse cessa d'aller et venir devant la table du châtelain sur laquelle était accoudé le Highlander. Celui-ci leva le nez de l'épais registre qu'il consultait.

— Wyn, poursuivit-elle, voici cinq mois que ces créatures n'ont pas connu la tranquillité qu'on leur avait promise, à elles ainsi qu'à leurs familles. Une seule personne est responsable de l'agitation, cette tête de mule, cette incorrigible Anglaise : Adrianne Percy.

— Voyons, ma tante, vous n'allez pas me dire que vous n'avez jamais eu affaire à ce genre de fille énergique et fougueuse.

— Ha ! Fougueuse ! S'il ne s'agissait que de ça... Non, cette demoiselle est une véritable furie, maugréa-t-elle en arpentant de nouveau la pièce. Oui, j'ai connu des filles... difficiles. Mais je vous assure que jamais, au grand jamais, une de mes pensionnaires n'avait songé à se rebeller ainsi !

L'abbesse s'interrompit un court instant.

— Puisse l'abbaye de St. Mary retrouver le calme de naguère ! Une furie ! Oui, voilà ce qu'est Adrianne Percy. Qu'ai-je fait pour mériter ça ?

Le Highlander ferma le manuscrit, fit signe à l'intendant campé en bout de table de s'approcher et lui tendit le registre des affaires de l'île afin qu'il l'emporte avec lui. Tout en appelant d'un geste un jeune homme svelte qui venait de franchir le seuil, Wyntoun écoutait distraitement le discours de l'abbesse.

— Elle a commencé par désobéir ostensiblement au règlement, en ignorant notre routine, en instillant l'anarchie dans l'esprit de mes plus jeunes couventines. Mais ce n'était qu'un début.

Le capitaine commandant le navire du Highlander s'avança. Ses cheveux poivre et sel démentaient son jeune âge. Alan MacNeil était, selon Wyntoun, le marin le plus cultivé, le plus pondéré qu'il ait jamais rencontré. Il portait en bandoulière une sacoche en cuir.

— Alan ! s'exclama l'abbesse tandis qu'il la dépassait pour s'asseoir aux côtés de son maître. Ah ! il était temps que vous quittiez votre précieux bateau et nous fassiez l'honneur de votre présence.

— Bonjour, ma tante.

Il fit une courbette avant de prendre place, ouvrit sa sacoche et en sortit un rouleau de parchemin. Un valet accourut avec un bol d'eau fumante qu'il remit au nouvel arrivant.

Le front soucieux, Alan MacNeil but sa boisson à petites gorgées tandis que Wyntoun déroulait la carte devant eux.

— Où en étais-je ? marmonna l'abbesse. Ah… je vous parlais de ce poison de Percy.

Elle continua de récapituler ses griefs en faisant les cent pas.

— Hélas ! ce n'est pas l'enceinte d'un couvent qui arrêtera cette chatte sauvage. Une semaine ne s'était pas écoulée qu'elle était déjà en train de sillonner Barra.

Toute seule. Pour en mesurer la superficie, disait-elle. L'impertinente !

Elle émit un faible grommellement.

— J'ai appris qu'elle faisait halte à chaque masure, partageait le repas des croyants comme des impies. Et son langage grossier... de qui croyez-vous qu'elle le tienne ? Des pêcheurs, des voyous, des crapules fainéantes qu'elle fréquente.

L'air méfiant, la vieille femme sèche et noueuse considéra les deux hommes.

— Cette harpie a délibérément mis sur la place publique les querelles intestines, les ragots. Personne dans cette île n'aura une fièvre ou même un ongle incarné sans qu'elle s'en mêle. Et croyez-vous qu'elle m'ait informée de ses promenades ou de l'heure ou du jour de son retour ? Non, pas une fois ! Et quand elle rentre... Vous la verriez... on dirait une souillon. Sa robe est déchirée, maculée de boue. Ses mains sont aussi calleuses que celles d'un palefrenier. Elle revient comme une fleur, parfaitement insouciante.

— Oui, ma tante, répondit distraitement Wyntoun, les yeux rivés sur les cartes marines.

— Et ce n'est pas tout !

L'abbesse se tint devant ses neveux, les poings sur les hanches.

— La règle d'Ailbe. Qu'est-ce que la règle d'Ailbe, Wyntoun ?

Le chevalier leva les yeux, croisa le regard vert intense de la vieille femme rabougrie.

— Saint Ailbe exige le calme méditatif dans l'existence des serviteurs de Dieu, dit-il.

— Je suis ravie que vous vous le rappeliez. « Qu'ils œuvrent autant que possible dans le silence. Point de bavardage. Dans la paix, la sérénité, vos prières seront entendues. »

— Oui, répliqua Wyntoun en replongeant dans l'examen de la carte.

Quand cesserait-elle sa diatribe ? Il avait beaucoup à faire, devait s'entretenir avec son capitaine, discuter d'itinéraire et de stratégie. Hélas ! sa tante avait visiblement besoin de s'épancher.

— À présent, vous allez me demander quel est le rapport entre la règle d'Ailbe et Adrianne Percy.

Le chevalier arqua un sourcil agacé.

— Eh bien, qu'est-ce qu'elle a à voir avec Ailbe ? s'enquit-il docilement.

— Elle a *tout* à voir ! s'exclama l'abbesse. Mais avant que vous ne repartiez dans l'étude de vos cartes et des affaires du monde, j'aimerais répondre à vos questions. Vous m'avez interrogé sur les raisons de son châtiment. Vous êtes en droit de savoir.

Wyntoun concentra son attention sur la vieille religieuse.

— Je vous ai donc expliqué que cette jeune femme prenait un malin plaisir à enfreindre non seulement les règles de notre communauté religieuse, mais également celles qui régissent notre île.

— Oui, ma tante, vous me l'avez expliqué, répliqua Wyntoun, à bout de patience.

— Mais je ne vous ai pas raconté ses derniers méfaits.

Elle pointa un doigt accusateur vers la tour en haut de laquelle oscillait la cage de l'Anglaise.

— Il y a deux jours, une Adrianne Percy échevelée a fait irruption dans le cloître du monastère, hurlant : « Au feu ! au feu ! » Frère Brendan a failli en avoir une attaque.

L'abbesse se pencha au-dessus de la table et poursuivit sur le ton de la confidence :

— « Au diable la règle d'Ailbe ! criait cette petite peste. Il y a le feu ! »

— D'après les garçons qui embarquaient la marchandise provenant du village, l'incident du monastère...

— Occupez-vous de vos cartes, Alan ! coupa-t-elle.

Les joues du capitaine s'empourprèrent jusqu'à ses tempes grisonnantes. Ses mâchoires se crispèrent, ses yeux retournèrent à l'examen des cartes.

— Pour votre gouverne, continua-t-elle, il n'y a pas eu de feu. Elle a décidé de pourrir l'existence de mes pensionnaires et des habitants de Barra. C'est une empêcheuse de tourner en rond.

Le chevalier se raidit sur son siège.

— Très bien, j'entends vos récriminations, ma tante. Qu'attendez-vous de moi ?

Un long silence s'ensuivit.

La surprise se peignit sur le visage flétri de la vieille religieuse.

— Je… eh bien… sa mère, Diana Erskine Percy souhaitait que nous prenions sous notre coupe sa fille, pour un temps indéterminé. Or, lady Diana n'avait pas mentionné la nature rebelle de sa fille. Dans notre correspondance, pas une fois elle ne m'a mise en garde. En vérité, si j'avais su, jamais je n'aurais…

— Ma tante, qu'attendez-vous de moi ? répéta sèchement Wyntoun.

L'abbesse approcha de l'âtre, se plongea un instant dans la contemplation des flammes, puis pivota sur ses talons.

— J'aimerais que vous m'en débarrassiez, que vous la raccompagniez chez sa mère, là-bas, en Angleterre.

— Entendu.

Avec brusquerie, Wyntoun reprit la carte marine. Alan entreprit son exposé du meilleur itinéraire.

— Vous ne plaisantez pas ? questionna-t-elle, interloquée. Vous l'emmènerez avec vous ?

Dans la lumière tamisée de la grand-salle qu'éclairaient quelques torches, les yeux du chevalier scintillèrent telles deux émeraudes.

— Vous me connaissez, ma tante. Ce n'est pas mon genre de me moquer.

La religieuse opina tandis que les deux hommes étudiaient le tracé proposé par Alan. Un valet entra avec un pichet de bière, puis un deuxième arriva, transportant de grosses mottes de tourbe qu'il jeta sur les braises rougeoyantes.

Aucun feu ne flamberait assez pour réchauffer l'atmosphère de la grand-salle, songea Wyntoun.

— Et la punition que je lui ai infligée ? interrogea l'abbesse.

— Je la maintiendrai si vous insistez.

Le chevalier repoussa une carte. Alan en déroula une seconde qu'ils coincèrent sous quatre galets.

— Mais je vous préviens : dès que nous aurons approvisionné les cales et que le temps se lèvera, nous mettrons les voiles. Et si je décide de partir avant que l'Anglaise n'ait purgé sa peine, vous serez obligée de la garder jusqu'au printemps. J'ignore quand je pourrai vous envoyer un bateau pour la conduire chez sa mère.

La vieille religieuse eut une moue de contrariété.

— Il m'est impossible d'accorder ma confiance à un autre équipage que le vôtre, dit-elle. Il en va tant de ma tranquillité que de celle d'Adrianne.

Alan regarda à la dérobée son maître qui ne quittait pas la carte des yeux.

— C'est une enquiquineuse, Wyn, enchaîna-t-elle. L'étincelle qui met le feu aux poudres. C'est un miracle que le navire qui l'a amenée jusqu'à nous n'ait pas fait naufrage. Je me demande comment les matelots ont pu maîtriser une pareille rebelle.

— Et vous voulez que nous nous en chargions ? intervint Alan en frappant du poing sur la table. Qu'avez-vous en tête, ma tante ? Vous voulez notre mort à tous.

D'un geste de la main, l'abbesse rejeta la remarque du capitaine.

— Vous vous débrouillerez très bien, Alan. Nous sommes issus de la même famille et, s'il y a une personne qui peut se fier à moi, c'est l'un de mes neveux. Je tiens simplement à vous avertir : Adrianne Percy exerce un charme sur ses interlocuteurs et leur fait croire ce qu'elle veut.

— J'ai effectivement vu son charme en action, marmonna Wyntoun.

— Non, Wyn. Elle a un don. Elle est capable de s'exprimer posément lorsqu'elle y met du sien. Les gens la suivent aveuglément, surtout les hommes qui ne résistent pas longtemps à ses attraits.

Ni Alan ni Wyntoun ne témoignèrent de curiosité. Comme ils ne réagissaient pas à ses propos, un sourire joua sur les lèvres de la religieuse.

— Bon, voilà ce que je vous propose, enchaîna-t-elle. Adrianne subit son châtiment jusqu'à ce que vous décidiez de partir.

Alan se tourna vers son maître et cousin et s'adressa à lui plutôt qu'à l'abbesse.

— Lorsque j'ai accosté, il tombait de la neige fondue. Ne serait-il pas préférable de l'enfermer dans une geôle ou... de suspendre la cage ici même ?

— Hors de question ! rétorqua la vieille femme. C'est ce que nous avons fait il y a deux jours, quand nous l'avons expulsée de l'abbaye. Il ne lui a pas fallu longtemps pour divertir tous les gens de la maisonnée avec ses grossièretés. Inutile de vous dire que j'étais la principale cible de ses insultes. Non ! C'est impossible. En moins d'une heure, elle réussirait à monter les domestiques contre moi.

Une fois de plus, Alan parla à Wyntoun.

— Elle a beau être à moitié écossaise, cette demoiselle a reçu l'éducation réservée aux ladies anglaises. Jamais elle ne survivra à une nuit au-dessus de la grève.

— Je lui ai laissé assez de couvertures. Elle s'en sortira, n'ayez crainte.

La vieille religieuse rabougrie souleva la croix joliment ornée qu'elle portait au cou. Un demi-sourire courut sur ses lèvres.

— Je me réjouis de voir que mes prières ont été entendues. L'île de Barra sera enfin débarrassée de cette peste.

À cet instant, des cris retentirent dans la cour intérieure. Tous les regards se rivèrent sur l'épaisse porte de la grand-salle que franchit aussitôt l'intendant.

— La cage, milord !

— Quoi, la cage ? questionna Wyntoun.

— Elle est tombée. Elle s'est brisée sur les rochers. La corde a dû céder.

— Et la fille ?

Le chevalier contourna précipitamment la table et traversa la vaste pièce, talonné par Alan et l'abbesse.

— L'Anglaise ? Est-elle saine et sauve ?

— Elle… eh bien, elle s'est écrasée avec la cage, milord. Les hommes l'ont entendue hurler. Et c'est tout. Le temps d'arriver là-bas, les vagues avaient tout emporté. Paix à son âme !

L'intendant se signa. Wyntoun darda un regard noir sur sa tante.

— Vos prières semblent avoir été entendues plus tôt que prévu, ma tante.

3

Le vent de la nuit fouettait les visages, menaçait d'éteindre les torches et d'anéantir les espoirs de Wyntoun MacLean.

Sa tante continua de le harceler.

— Retournez à votre galion. Il faut vous tenir prêt à partir avec la marée.

Le chevalier fit volte-face, agita la torche fumante qu'il tenait devant la religieuse et fixa sur elle ses yeux étincelants de colère. Bon sang ! jura-t-il en silence, elle avait beau être sa tante, elle ne dicterait pas sa loi.

— Nous naviguerons quand *je* le déciderai.

La pluie lui cinglait la figure. L'abbesse semblait parfaitement insensible aux intempéries. Wyntoun fronça les sourcils, adoucit le ton de sa voix.

— Je vous ai conseillé de rester à l'intérieur, au chaud, et de laisser les hommes s'occuper des recherches.

— En quelle langue faut-il que je vous le dise ? Vous devez partir !

— Certainement pas. Pas avant d'avoir retrouvé la trace de l'Anglaise.

Le chevalier scruta la baie que les vagues agitaient. Son galion, à portée de flèches du donjon, dansait sur la surface trouble. Non loin des rochers qui flanquaient le château, il distingua des points de lumière qui montaient et descendaient. Les barques tanguaient, leurs équipages se démenant pour retrouver la malheureuse.

Ceux qui étaient restés sur la berge étaient immergés jusqu'à la taille dans les eaux glacées. Ils se cramponnaient aux rochers qui saillaient çà et là, et passaient au crible les alentours.

Soudain, un cri provenant de l'une des barques couvrit le grondement des vagues. Sans une seconde d'hésitation, Wyntoun s'enfonça dans l'eau jusqu'à mi-cuisses et longea péniblement la muraille de la forteresse vers l'endroit d'où venait le cri.

— On a trouvé une couverture, milord!

— Et des morceaux de la cage, renchérit Alan.

— Écoutez-moi, Wyn! appela l'abbesse depuis la grève. Vous perdez votre temps!

Ignorant le commentaire de la vieille religieuse, le chevalier leva plus haut sa torche.

— Par tous les saints! s'exclama l'intendant. Seigneur! La pauvre enfant... Voici une mèche restée coincée entre les lattes du plancher de la cage.

Wyntoun remonta vers la berge, escalada les rochers où se tenait le domestique. L'abbesse s'était empressée de le rejoindre et avait déjà arraché la boucle brune des mains de l'intendant.

— J'ai malheureusement l'habitude de me répéter, Wyntoun, mais là, je vous en conjure, emmenez vos matelots et embarquez sans tarder!

Une lueur de colère brilla dans les yeux du Highlander.

— Regardez! Ajouta-t-elle d'une voix haut perchée.

Sa colère s'estompa tandis qu'il scrutait la longue mèche que brandissait la petite religieuse. Il la saisit, l'examina à la lueur de la torche et fronça les sourcils quand il vit la mèche tranchée net. Les cheveux n'avaient pas été arrachés.

— J'ai à l'abbaye des documents d'importance concernant Adrianne. Il me faut vous les remettre avant votre départ.

— Je vous y rejoindrai.

— Non, répondit-elle en secouant vivement la tête. Si vous n'embarquez pas tout de suite, je crains qu'elle ne persuade vos hommes de naviguer sans vous. De là à ce qu'elle prenne la barre…

Quand Wyntoun franchit le seuil de sa cabine, les petites fenêtres à la poupe du *Barra* s'ouvrirent en claquant. Au pas de charge, il alla les fermer puis fit face à son cousin.

— Tu avais raison, Wyn, elle est à bord.

Wyntoun eut un sourire satisfait.

— Tu l'as laissée dans sa cachette ?

— Oui. Personne n'a commis d'imprudence, ni donné l'alerte. Nous n'avons même pas touché aux vêtements trempés qu'elle a dissimulés dans une glène. C'est une fille diablement futée.

— Y a-t-il quelqu'un qui veille sur elle, à proximité ?

— Oui, elle est dans un des tonneaux vides. Le vieux Coll l'a repérée. Ne t'inquiète pas, il garde un œil dessus.

Alan ferma l'étroite porte de la cabine. Au-dessus d'eux, sur le pont, des cris témoignaient de l'agitation ambiante. On s'apprêtait à lever l'ancre.

— Comment est-elle arrivée jusqu'à nous ? À la nage ? s'enquit le chevalier.

— Sans doute.

Wyntoun défit son ceinturon, l'accrocha à une patère.

— A-t-on des nouvelles de l'abbesse ?

— Apparemment, répliqua Alan, elle insiste pour te remettre en main propre les documents concernant l'Anglaise. Elle refuse de les confier à Ian.

Wyntoun fouilla dans le sac de voyage qu'il avait négligemment posé sur la couchette. Il en sortit un rouleau de parchemin qu'il tendit à son cousin. Celui-ci avait pris place devant la petite table de travail près de la porte.

— Je n'étais pas certain que notre plan fonctionne, dit Alan, mais tout s'est déroulé à merveille. Tu as bien fait de ne pas mentionner la vraie raison qui t'incitait à emmener l'Anglaise loin de Barra.

— Moins elle en saura, mieux on se portera.

— Quand comptes-tu informer cette charmante demoiselle… ou plutôt combien de temps vas-tu la laisser se terrer dans son tonneau ?

— Tant qu'elle le souhaitera, répondit Wyntoun, l'air malicieux. Il est plus sage de la boucler là-dedans que de lui permettre de se promener au milieu de tous.

— Elle doit être trempée jusqu'aux os.

— Lorsque nous aurons mis les voiles, nous irons la dénicher.

— En tout cas, elle ignore qu'elle a joué notre jeu.

— Peut-être, mais il faut nous assurer qu'il n'y aura aucune fausse note jusqu'à notre arrivée à Duart Castle.

— Vas-tu envoyer un message à ses sœurs ?

— Pas encore.

Wyntoun s'accroupit pour détacher une planche du bureau. Jetant un regard complice à son capitaine, il glissa le parchemin dans le creux et referma la cachette.

— Bien entendu, poursuivit-il, nous ne sommes pas à l'abri d'un changement de programme. Notre plan n'est pas gravé dans le marbre. Tout dépend des précieux éléments que va nous apporter l'abbesse.

On frappa soudain à la porte.

— Tiens, quand on parle du loup… chuchota Alan.

Ian, l'un des guerriers du clan MacNeil, ouvrit le battant et invita la religieuse à entrer dans la cabine.

La vieille femme jeta un regard circulaire aux meubles impeccablement rangés.

— Eh bien, Wyntoun, je reconnais là votre sens de l'ordre. Même dans cet espace exigu que vous appelez votre maison, rien ne dépasse. Posez ce coffret sur le bureau, ordonna-t-elle à Ian.

Le jeune homme s'exécuta.

— Je vous laisse tous les deux, annonça Alan en s'éclipsant. Je veux être prêt à hisser les voiles dès l'aube.

— Ian, patientez à l'extérieur, commanda Wyntoun. Nous ne serons pas longs. Je ne pense pas que l'abbesse tienne à nous accompagner dans notre périple.

La religieuse émit un vague grommellement tandis que les hommes fermaient la porte derrière eux. Elle soupira et s'assit.

— L'avez-vous trouvée ? demanda-t-elle.

— Oui, ma tante. Elle est confortablement installée dans un des tonneaux vides, dans les cales.

— Je le savais !

Elle glissa une main dans l'encolure de sa robe de laine brune et en sortit une clé suspendue à une chaîne.

— On croirait que cinq mois ne suffisent pas à connaître quelqu'un, dit-elle, mais je vous assure qu'après tout ce qu'elle nous a fait endurer, après avoir observé les manigances de cette harpie et éprouvé sa détermination, j'étais convaincue qu'elle embarquerait sur *Le Barra*.

— Mais… pourquoi ici ? interrogea Wyntoun en regardant les doigts effilés de sa tante introduire la clé dans la serrure du coffret. Qu'est-ce qui vous assurait qu'elle n'allait pas trouver refuge dans quelque recoin du château ? Ou dans une des chaumières de Barra ?

Un cliquetis retentit. L'abbesse souleva le couvercle du coffret en bois.

— Je le savais. Un pressentiment.

Elle garda un instant le silence, puis poussa un soupir avant d'ajouter :

— Dès l'instant où elle a posé le pied sur cette île, elle n'eut qu'une idée : s'enfuir.

— Franchement, je ne vois pas où elle pouvait vouloir se rendre.

— Il y a ses deux sœurs, annonça la religieuse en saisissant un épais paquet enveloppé dans du vélin. Cette peste ne pensait qu'à quitter l'île et partir en quête de ses sœurs. D'après Adrianne, elles aussi ont été envoyées dans les Highlands par leur mère après l'assassinat d'Edmund Percy dans la Tour de Londres.

— Avez-vous une idée d'où elles se terrent ?

— Non. Si j'avais eu le moindre renseignement, je me serais empressée de les contacter afin qu'elles me débarrassent de cette harpie.

Avec précaution, elle mit le paquet sur la table et posa dessus une main protectrice.

— Vous avez beaucoup de relations, Wyn. Je ne doute pas de votre capacité à retrouver lady Diana Percy. Les seules informations dont je dispose proviennent de la correspondance que j'ai entretenue avec elle. Je sais qu'elle séjourne quelque part dans la région des Borders. Je sais aussi que des proches de Thomas Erskine, son père, l'ont prise sous leur protection.

— Trouver la mère ne devrait pas présenter trop de difficultés, la rassura-t-il.

— Bon. En raccompagnant la fille, vous remettrez également ce paquet scellé.

L'abbesse tendit le précieux objet à son neveu.

— Que contient-il ?

— En vérité, je l'ignore. Mais lady Diana s'est montrée on ne peut plus claire : j'avais pour mission de cacher ce coffret et d'y veiller comme à la prunelle de mes yeux.

— Et...

— Jusqu'à ce qu'Adrianne soit en sécurité.

— Mais... je ne comprends pas... N'était-elle pas en sécurité dans votre abbaye ?

Wyntoun retourna l'objet, vit sur la cire l'empreinte de deux sceaux : les armoiries de deux familles, celles des Percy et celles des Erskine.

La petite religieuse ronchonna.

— Elle était sans cesse par monts et par vaux. Elle ne bravait pas seulement les règles de l'abbaye : elle prenait de vrais risques. Adrianne Percy est le danger personnifié. Non... elle n'était pas en mesure de recevoir ce paquet et le mystère qu'il recèle. Je vous charge donc de rendre la fille et le coffret à lady Diana. Qu'elle prenne d'autres dispositions, je ne veux plus entendre parler de cette furie !

L'air faussement désinvolte, Wyntoun rangea l'objet dans sa boîte et rabattit le couvercle.

— Je m'occupe de tout, ma tante.

La vieille religieuse se leva de sa chaise.

— Parfait ! lança-t-elle. Vous veillerez sur cette petite, n'est-ce pas ? Soyez patient avec elle, et indulgent.

— N'ayez crainte. L'ordre et la discipline sont mes deux compagnes, mais jamais je n'oserai l'enfermer dans une cage, dehors, par une nuit d'hiver.

L'abbesse haussa les épaules.

— Pfff... ce n'est rien, maugréa-t-elle. Ne venez pas me dire que je ne vous ai pas prévenu. Les hauteurs ne l'effraient pas. Pour être tout à fait honnête, lorsque j'ai fait suspendre cette cage, je testais ses limites. Dans la grand-salle, il ne lui avait pas fallu longtemps pour s'en échapper... par je ne sais quel tour de magie. Cette nuit, le froid l'aura calmée, je crois.

Incrédule, le chevalier dévisagea sa tante. Était-elle sérieuse ou plaisantait-elle ? Quoi qu'il en soit, il décela dans l'expression de la vieille femme une once d'admiration à l'égard de l'Anglaise.

— Faites-moi confiance, je la ramènerai auprès des siens.

— Bon, bon, bon...

Elle eut un geste impatient et ouvrit la porte. Ian, droit comme un i, l'attendait. Il la guida le long de l'étroit couloir au bout duquel se dressait une échelle.

— Allons ! s'emporta-t-elle en poussant le jeune MacNeil. Dépêchons, je tiens à regagner la terre ferme.

Wyntoun regagna la cabine, ferma le battant derrière lui. Son regard émeraude resta rivé sur le coffret un long moment. Un sourire satisfait courut sur ses lèvres.

— Je n'en reviens pas... marmonna-t-il. C'était simple comme bonjour.

Il s'assit devant le petit bureau, saisit le paquet dont il brisa le sceau. Puis il ôta l'emballage de cuir et contempla le mystérieux contenu : une lettre destinée à Adrianne Percy ainsi qu'un morceau de vélin plié en quatre. Il le déplia précautionneusement et scruta les symboles cryptiques tracés çà et là.

La carte ! Du moins, un fragment de la fameuse carte.

— Tiberius... murmura-t-il, les yeux écarquillés de convoitise.

Il ne vit pas le danger venir.

Brusquement, il sentit la lame acérée d'un poignard contre sa gorge. Une main de femme lui empoigna la chevelure.

Wyntoun lâcha la carte.

— Bien, très bien, jacasseur, murmura l'intruse. On ne vous a jamais appris qu'il ne faut pas toucher à ce qui ne vous appartient pas ?

4

Tenant fermement le poignard sous la pomme d'Adam du Highlander, Adrianne jeta un œil sur la carte dépliée sur le bureau. Quand l'homme bougea imperceptiblement, la lame lui entailla la chair. Une goutte de sang perla et dégoulina le long de son cou.

— Encore un mouvement et vous êtes mort.

Comme le sang atteignait le col de sa chemise noire, Adrianne comprit que sa menace était vaine. Le Highlander ne semblait guère impressionné. Il se tourna sur son siège et darda ses yeux verts sur elle, la dévisageant avec audace.

D'abord décontenancée, elle s'ébroua mentalement afin de reprendre le dessus. Elle était armée, se rassura-t-elle. Tirant sur ses cheveux, elle renversa la tête du Highlander en arrière.

— Ne vous avisez pas de…

Elle s'interrompit quand elle entendit des hommes passer près de la porte de la cabine.

— De quoi, petite effrontée ?

Il fit pivoter son siège.

— Vous n'avez pas compris ce que je vous ai dit ? Cessez de bouger ou je vous tranche la gorge. Je n'hésiterai pas une seconde.

— Et ensuite ? railla-t-il sans la quitter des yeux.

De près, Wyntoun MacLean paraissait bien plus dangereux que depuis sa cage, à dix mètres au-dessus des rochers. Il avait un regard de prédateur, de félin prêt à bondir sur sa proie.

— Je… je n'ai pas le temps de jouer aux devinettes, rétorqua-t-elle. Allons, rangez-moi ce que vous avez déballé. Plus vite que ça !

Non seulement le Highlander ignora son ordre, mais il s'adossa à son siège et étendit nonchalamment ses jambes sous le bureau. Les muscles de son visage hâlé se détendirent ; il esquissa un sourire narquois.

Il s'offrit même le luxe de pousser un soupir las. L'insolent !

Agacée, elle tira plus fort sur les cheveux du Highlander. Son sourire s'effaça.

— Je crois vous avoir donné un ordre. Alors, si vous souhaitez revoir la lumière du jour…

En une fraction de seconde, il se redressa. La chaise tomba à terre. L'instant d'après, il l'avait désarmée. Le poignard rebondit sur le plancher tandis que, d'un bras solide comme l'acier, il la saisissait à la taille.

Elle le martelait de coups de pied et de coups de poing quand une vive douleur fulgura dans le poignet qui avait tenu la lame et qu'il avait violemment repoussé. Ses forces la trahirent peu à peu. Rien n'y faisait, rien ne semblait atteindre cette brute épaisse. Soudain, il lui coinça un bras dans le dos.

Adrianne grimaça de douleur mais se refusa à crier quand il lui immobilisa l'autre bras.

— Écoutez-moi bien, espèce de démone.

Elle lui assena un coup de tête. Cette fois, elle eut la satisfaction de lire la stupeur sur les traits du Highlander.

— Tudieu ! grommela-t-il.

D'une main de fer, il lui enserra les poignets tandis que, de l'autre, il saisit fermement les longues boucles échevelées de la jeune femme.

— À l'évidence, ils ne plaisantaient pas à votre sujet sur Barra, dit-il en fronçant les sourcils. Vous êtes un vrai danger ambulant.

Même si une horrible migraine lui vrillait les tempes, Adrianne ne le lâcha pas du regard.

— Chevalier, vous auriez dû écouter les conseils de vos compatriotes. Je vous trancherai la gorge dès que je me serai libérée de votre détestable emprise.

Elle scruta la ligne implacable de ses mâchoires, ses lèvres charnues mais sévères. Ils étaient si proches l'un de l'autre… Jamais elle n'avait vu d'yeux plus verts que ceux de Wyntoun MacLean.

Ravalant la repartie acerbe qu'elle avait en tête, elle regarda en direction de la petite porte. Non. Il était hors de question de fuir.

Sans desserrer son joug, il fit un pas en arrière pour mieux la toiser.

— Vous êtes plus… moins jeune que je ne l'avais imaginé.

Le sourire grivois du chevalier ne lui avait pas échappé. Elle n'était pas dupe. Entre les bras puissants de son gardien, elle n'était qu'un objet de convoitise. Adrianne sentit une étrange sensation, un picotement dans la poitrine, sous le tissu humide de la blouse qu'elle avait dégotée dans une cabine. Une fois de plus, elle tenta de se dégager de son étreinte. Il la ramena tout contre lui.

— Lâchez-moi, sale brute ! lança-t-elle en gesticulant.

Elle céda un court instant, éprouva une peur panique… Non, se tança-t-elle, c'était autre chose : une émotion inédite, une onde ardente qui la parcourait de part en part.

Impossible de ne pas respirer le parfum masculin qui émanait de son gardien – un troublant mélange d'embruns, de vent d'ouest, une odeur de tempête. Comme pour échapper à cet effluve envoûtant, elle se tortilla de nouveau.

— Cessez de vous trémousser, bon sang !

— Si vous ne me lâchez pas immédiatement, je…

Ses paroles moururent sur ses lèvres quand il la pressa contre son entrejambe. Elle ne put réprimer un petit cri de surprise en sentant contre sa hanche un renflement explicite. Elle avait beau être vierge, elle n'était pas sotte au point d'ignorer certaines réalités, et notamment l'érection que produisait chez l'homme le désir d'une femme.

Adrianne se figea et lui décocha un regard outré.

— Je vous avais prévenue et pourtant vous continuez à vous frotter contre moi.

— Oh ! je ne suis pas une vulgaire soubrette, espèce de soudard ! Et puis, je… je ne vous demande rien.

Il arqua un sourcil interrogateur.

— Que voulez-vous dire ?

— Il n'y a aucune raison pour que vous… vous vous mettiez dans cet état.

Il eut un sourire en coin. Adrianne le considéra avec mépris.

— Parce que vous croyez qu'il suffit de… demander ? Vous pensez qu'un homme attend patiemment qu'une femme batte des paupières ?

— Pourquoi pas ?

— Pas moi, en tout cas.

L'air espiègle, il plissa les yeux.

— D'ailleurs, que savez-vous des… exigences d'un homme ?

Adrianne sentit palpiter le sexe de son gardien. En proie à l'embarras, elle fit une nouvelle tentative pour s'arracher à son étreinte. En vain.

— Quelqu'un sur Barra vous a-t-il… touchée… initiée à cette affaire ?

— J'ai une expérience certaine en la matière, figurez-vous. Ce que j'ai appris, je le savais bien avant de poser le pied sur cette maudite île. Voilà des années que je connais le sujet.

— Des années ? s'exclama-t-il.

— Par la barbe de Satan, lâchez-moi, espèce de jacasseur !

Le ton du chevalier s'adoucit.

— Il y a donc longtemps que vous êtes au fait de la chose ?

La chaleur de la cabine parut soudain insupportable à Adrianne. Pour la première fois, elle décela le trouble dans les yeux émeraude du Highlander. Comme elle peinait à respirer, elle concentra son attention sur le col de sa chemise noire, sur les taches de sang qui l'avaient souillée.

— Oui, répondit-elle aussi posément que possible. J'avais quatorze ans quand on m'en a parlé.

— Puis-je me permettre de vous demander quel est l'impertinent qui vous a renseignée sur un sujet aussi délicat, aussi intime ? Un moine qui vous aurait séduite, peut-être ? Ou quelque…

— Je vous en prie, vous n'allez pas calomnier un serviteur de Dieu.

Elle eut un moment d'hésitation.

— En fait, continua-t-elle, il ne s'agissait pas d'un impertinent mais de plusieurs.

Il la couva du regard.

— Plusieurs ?

— Évidemment ! Des hommes et des femmes.

— Des f… bafouilla-t-il, stupéfait. Et où ont eu lieu ces ébats ?

— Dans les écuries du domaine de ma famille, dans le Yorkshire. La dernière stalle sur la gauche était le lieu de prédilection.

— Vos… vos parents étaient-ils au courant de ces pratiques indécentes ?

— Bien sûr que non ! Mes sœurs, par contre…

— Et elles ne vous ont pas empêchée ?

— Pourquoi ?

Le Highlander la considéra avec incrédulité. Adrianne soutint son regard.

— Au début, expliqua-t-elle, c'était un hasard. Il n'y avait rien de plus innocent. Elles savaient que j'aimais m'y rendre pour apprendre en observant les hommes. Jamais je ne me suis permis de critiquer Catherine lorsqu'elle se plongeait dans la lecture. Elle passait ses journées à rêvasser. Quant à Laura…

Elle leva les yeux au ciel.

— … avec ses listes et son indécrottable sens de l'organisation, je l'ai toujours laissée tranquille.

— On ne peut tout de même pas comparer leurs occupations aux vôtres.

— Vous me condamnez alors que vous ne savez rien !

Elle commençait à avoir les poignets engourdis par la douleur. De nouveau, elle tenta de se dégager. Impossible de remuer une phalange : le chevalier était comme un bloc d'acier inaltérable.

— Seriez-vous en train de me faire la leçon ? questionna-t-elle.

— Il faut bien que quelqu'un…

Elle l'interrompit sur un ton rageur.

— Quoi ? Vous ignorez tout de ma famille et de son histoire. Si vous connaissiez le quart du calvaire qu'ont vécu mes proches, vous comprendriez que mes talents valent ceux de mes sœurs. Chacune a son rôle à jouer dans notre juste cause.

— Une cause ? Je ne vous suis pas, fit-il, un brin moqueur. Laissez-moi deviner. Je parie que vous avez l'intention de vendre vos services, vos… connaissances, et d'utiliser cette cagnotte pour entretenir votre famille, c'est cela ?

Le front d'Adrianne se fronça de plis soucieux. Ce malotru ne parviendrait pas à l'intimider. Elle irait jusqu'au bout de leur discussion, quitte à choquer ses chastes oreilles.

— En fait, l'idée m'a déjà traversé l'esprit. Je vais vous dire une chose : je me sacrifierais sans hésiter pour le bien-être de mes sœurs.

Elle vit dans ses prunelles vertes une lueur d'irritation.

— Je suis aussi douée que n'importe lequel de vos matelots.

— Est-ce bien la fille d'Edmund Percy qui s'exprime ainsi ?

Il la relâcha enfin, l'assit de force sur le siège qu'il venait de remettre d'aplomb. Adrianne frictionna ses poignets endoloris.

— D'ailleurs, grommela-t-elle, de quoi je me mêle ?

— Je crois... répliqua-t-il, l'air hautain, je crois que j'en ai assez entendu ! À présent, j'ai saisi votre personnalité, vos qualités... et vos défauts.

— Comment osez-vous ? s'emporta-t-elle en se redressant.

Il la rassit sans ménagement.

— Ce n'est pas parce que je suis plus intrépide que vos guerriers ou qu'un primate tel que vous qu'il faut vous acharner sur moi ! Je suis parfaitement capable d'endosser les habits d'un homme et de combattre le premier venu. Je sais désarçonner un cavalier. Je sais aussi franchir un fossé ou escalader la muraille d'un château. Je sais monter à cheval, je...

— Admettons. Mais nous parlions de tout autre chose, je crois...

— Je ne suis pas d'accord.

Elle tendit le bras pour saisir la carte dépliée devant elle. D'un geste énergique, il l'en empêcha. Lorsqu'il lui releva le menton, elle tressaillit. Leurs regards restèrent fixés l'un à l'autre un long moment.

Elle eut comme un nœud à l'estomac.

Le contact des doigts vigoureux sur sa peau veloutée la fit frissonner d'aise. Son pouls s'accéléra. Contemplant le visage du chevalier, elle dut admettre qu'elle n'avait jamais vu plus bel homme. Il avait des traits anguleux, le teint hâlé d'une personne exposée aux éléments, aux rigueurs de la navigation. Les yeux perçants de Wyntoun MacLean, telles deux pierres précieuses, semblaient lire en elle comme dans un livre ouvert.

La voix grave du Highlander l'arracha à ses pensées.

— Quand vous parliez d'observer les hommes et d'apprendre certaines choses, que vouliez-vous dire exactement ?

— Eh bien, répondit-elle, je les regardais s'exercer au combat, bien sûr.

Ses traits se détendirent. Il lui relâcha le menton, se redressa.

— Avant que nous ne poursuivions cette conversation, mademoiselle Percy, je tiens à vous signaler que je ne suis pas celui que vous croyez, encore moins un primate, comme vous dites. Pour votre information, je suis venu jusqu'à Barra à la demande de l'une de vos sœurs.

Adrianne en avait entendu suffisamment lorsqu'elle s'était cachée dans un recoin de la cabine, derrière la couchette, pour ne pas accorder toute sa confiance à cet individu. D'ailleurs, au vu de la situation pour le moins périlleuse de sa famille, elle devait rester sur ses gardes.

— Mais… insista-t-il, vous disiez avoir commencé dès l'âge de quatorze ans, c'est cela ?

Elle aussi avait des questions à lui poser, mais elle pouvait satisfaire la curiosité du Highlander. De toute manière, elle ne lui dévoilerait rien de bien fâcheux.

— Non, toute petite déjà, dès que j'ai pu gravir les barreaux de l'échelle, je montais me réfugier sous les combles, parmi la paille et le foin, et j'y restais des après-midi entiers, à regarder par une fente les hommes manier l'épée ou la lance, la hache ou la hallebarde. À l'époque, la cour intérieure était très vivante. On s'y exerçait quotidiennement.

— Mais alors, qu'avez-vous observé dans la dernière stalle sur la gauche, à l'âge de quatorze ans ?

Les joues d'Adrianne s'empourprèrent.

— Il y avait une servante. Elle… elle y rencontrait certains valets ou fermiers du village.

— Des hommes ?

— Oui, elle leur… demandait… vous savez…

— Non, je ne sais pas, fit-il, malicieux.

Adrianne réalisa qu'il se moquait d'elle. Piquée au vif, elle se leva du siège et s'empara prestement de la carte.

— Rendez-la-moi ! ordonna-t-il d'un ton qui ne souffrait aucune discussion.

Adossée à la table, elle jeta un coup d'œil furtif alentour. La fuite était compromise. Non, se tança-t-elle, elle ne se soumettrait pas. Il y avait forcément un moyen d'échapper à ce scélérat. Elle dissimula la carte dans son dos.

— Elle me revient de droit, et vous le savez pertinemment. D'ailleurs, vous n'étiez pas censé la décacheter.

— On m'a confié la protection de ce coffret, et je n'en aurais pas pris la responsabilité sans en connaître le contenu.

— Espèce de menteur ! Vous n'avez rien dit de tout ceci à l'abbesse.

— Le maître ici, c'est moi, et non l'abbesse.

L'air hautain, il redressa les épaules. Sa tête frôla les traverses du plafond.

— Donnez-moi cette carte.

— Je vous ai entendus, vous et l'autre homme. Qui est votre maître ? Ce sont bien mes sœurs qui vous ont envoyé me chercher ? Permettez-moi d'avoir des doutes sur vos motivations.

Adrianne et Wyntoun se dévisagèrent avec défiance. Le silence emplit la cabine. La colère du Highlander sembla se dissiper. Quand le lourd cliquetis de chaînes résonna au-dessus d'eux, il hocha la tête, songeur.

— Croyez ce que vous voudrez, mais ce sont bien Catherine et Laura qui m'ont missionné.

— Pourquoi ?

— Il paraît légitime que les membres de votre famille s'inquiètent de votre sort, non ?

— Cessez de me parler comme si je n'avais pas un brin de jugeote. Je vous demande la raison pour laquelle mes sœurs ont envoyé quelqu'un, en plein milieu de l'hiver ! Cela pouvait attendre le printemps.

Nonchalant, Wyntoun empoigna la poutre.

— Vous êtes trop méfiante, mademoiselle Percy. Vous posez trop de questions.

Elle détourna son regard des biceps que moulait la chemise noire de l'apollon campé solidement sur ses jambes musclées.

— Quant à vous, sir Wyntoun MacLean, vous ne répondez pas à mes questions.

Le Highlander la jaugea de pied en cap.

L'onde ardente menaçait de nouveau d'envahir Adrianne. Elle avait troqué ses vêtements trempés contre une blouse de toile grossière, et s'était entouré la taille d'un tartan aux couleurs du clan MacNeil. Elle savait ne rien avoir, dans cette tenue, qui puisse susciter le désir chez un homme.

— Vous essayez de me déconcentrer avec vos regards lascifs, mais ça ne marche pas !

Elle approcha le précieux document de la lampe à huile et vit dans ses yeux verts une lueur d'inquiétude. Son geste était plus dissuasif que le poignard sous la gorge, songea-t-elle.

— À présent, vous serez peut-être plus loquace. Qui est cette mystérieuse personne qui vous a envoyé à Barra ?

— Je vous ai déjà dit ce que vous aviez besoin de savoir, riposta-t-il.

— Répondez-moi ! ordonna-t-elle en agitant la carte au-dessus de la flamme.

— Vous ne la brûlerez pas.

— En êtes-vous si certain ?

— Elle fait partie de votre héritage. Vous avez en main l'honneur de votre famille. Vous ne détruirez pas la carte de Tiberius.

— Justement, vous semblez bien trop y tenir. Et vous vous trompez. Je la détruirai si cela doit empêcher les marauds dans votre genre de s'en emparer. Je ne vous laisserai pas vous mêler de ce qui est sacré.

Adrianne soutenait le regard soucieux du Highlander quand soudain le navire tangua. Elle dut faire un pas de côté pour garder son équilibre. Hélas ! sir Wyntoun, en marin accompli profita de l'occasion pour la maîtriser, la retenir de nouveau captive.

Lui saisissant la main qui tenait la carte, le chevalier fit pivoter Adrianne. De sa main libre, elle lui assena un coup de poing dans l'estomac. Lorsqu'elle lui mordit l'avant-bras, il émit un grognement et la plaqua contre le mur. Elle eut beau se débattre, il réussit à lui prendre le document qu'il glissa dans sa ceinture.

— Ma patience est à bout, maugréa-t-il. Si vous ne vous calmez pas, je vous enferme dans une cage jusqu'à ce que nous atteignions notre destination.

— Je m'échapperai ! Vous n'aurez pas le temps de vous retourner que je serai de retour dans cette cabine, vous menaçant de mon poignard. Et vous pourrez dire adieu à tous vos…

Elle ne put terminer sa phrase car il la prit par le cou. Brusquement, un coup de roulis secoua le navire et le Highlander se retrouva plaqué contre elle.

Quand elle sentit contre sa cuisse le membre turgescent de son gardien, Adrianne dut faire un effort considérable pour ne pas succomber au vertige du désir.

— À présent que j'y réfléchis, susurra-t-il, j'ai un meilleur endroit où vous enfermer.

Il la lâcha, puis promena ses doigts calleux sur sa gorge, jusqu'à la naissance de ses seins. Le souffle coupé, elle baissa les yeux et vit l'encolure de sa blouse déchirée.

— Je… bredouilla-t-elle. Arrêtez !

Elle gesticula, parvint à glisser une main entre eux deux et, d'un geste prude, rassembla les morceaux du tissu lacéré.

Il recula, mais Adrianne sentait encore la chaleur du doigt du chevalier sur sa peau.

— Je vous préviens... dit-il avec un air narquois. Je peux être plus redoutable que ma tante, l'abbesse. Si vous persistez à me provoquer, si vous me poussez dans mes retranchements, je suis capable d'imaginer un châtiment... une correction qu'on ne vous a sans doute jamais infligée.

Il lui prit le menton pour lui relever la tête. Ses yeux émeraude étaient rivés sur la bouche de sa captive. Il effleura ses lèvres, puis chuchota :

— Ceci n'est qu'un exemple de ce qui vous attend si vous osez réveiller la bête qui sommeille en moi.

5

Le garçon aurait aussi bien pu se cacher dans un tombeau.

L'incessant claquement de dents du jeune Gillie résonnait entre les planches du tonneau où il avait trouvé refuge. Cela faisait des heures, lui semblait-il, qu'il oscillait entre la sensation de paralysie et cet insupportable fourmillement. Courbant son frêle buste contre ses jambes protégées par un kilt humide, il souffla sur ses mains glacées.

Les eaux tumultueuses de la baie s'étaient révélées bien plus froides qu'il ne l'escomptait. Jamais il n'avait nagé par un froid pareil. À quelques encablures du navire, il avait cru qu'il n'y arriverait pas. Son esprit avait commencé à divaguer. Il s'était alors ressaisi, rassemblant ce qu'il lui restait de forces et de courage pour atteindre son but : rejoindre sa protectrice – son amie – la seule personne au monde qui faisait preuve de gentillesse à son égard : Mlle Adrianne.

Gillie avait encore de l'eau salée plein le nez. Il tira sur son bonnet pour s'en recouvrir le visage et réprimer l'éternuement qu'il sentait venir. Pour couronner le tout, sa figure le démangeait terriblement, et ça le rendait fou. Ça le brûlait comme si on l'avait fouetté avec des orties. Il se servit de son bonnet pour se frotter la joue, sans que cela le soulage. Il savait que, s'il se grattait réellement, ce serait pire : il arracherait les croûtes d'eczéma et souffrirait le martyre.

Pense à autre chose ! s'ordonna-t-il. Pense à Mlle Adrianne.

Dès l'instant où ils avaient suspendu cette cage et enfermé la jeune femme, Gillie s'était caché au milieu des rochers. Lorsque *Le Barra* avait jeté l'ancre dans la baie, l'intendant l'avait appelé pour qu'il aille donner un coup de main au chargement des cales. Il était resté muet comme une carpe, toujours aux aguets.

Ce n'était pas pour la protéger qu'il demeurait sur la grève. Mlle Adrianne était plus téméraire que n'importe quel homme de Barra ; elle s'en sortirait sans son aide. Pas de doute là-dessus. En fait, il attendait qu'elle s'échappe de sa cage et il savait où elle irait.

Il la connaissait depuis cinq mois. Durant ces cinq mois, elle n'avait espéré qu'une chose : l'arrivée de ce navire. Le moyen idéal pour fuir « cette île de malheur », comme elle l'avait marmonné des centaines de fois, et retrouver sa famille. Quand il avait vu au loin ces grands mâts et ces voiles sombres, Gillie avait compris que, cage ou pas, Adrianne se débrouillerait pour embarquer à bord de ce vaisseau avant qu'il ne reprenne la mer.

Si jamais elle quittait Barra, il la suivrait. Il y avait suffisamment réfléchi. Rien ne le retenait dans cette île.

Oui, il n'y avait pas à hésiter. Sa place était aux côtés de Mlle Percy. Seul l'intendant le regretterait, mais uniquement parce qu'il lui réservait toujours les tâches ingrates. Tout le monde se fichait bien de Gillie le Leprechaun. Gillie le Lépreux. Gillie la Poisse. Non, il ne manquerait à personne.

Sauf à Mlle Percy.

Il se couvrit de nouveau le visage pour s'empêcher d'éternuer.

Oui, Mlle Percy était la gentillesse même. Elle se préoccupait du sort des laissés-pour-compte. Elle donnait un coup de main à la femme que la récolte des algues harassait, elle aidait le pêcheur dont le filet s'était emmêlé dans les rochers. C'était vrai. Elle veillait aussi sur le nourrisson malade pendant que la mère s'occupait de sa progéniture. Gillie savait qu'elle éprouvait pour lui de l'affection, un sentiment qu'il n'avait jamais connu.

Dans la pénombre du crépuscule, il avait entendu le cri d'Adrianne suivi du fracas de la cage qui s'écrasait contre les rochers balayés par les vagues. Lorsque les hommes de sir Wyntoun avaient accouru pour se mettre en quête de la jeune femme, Gillie avait eu la conviction qu'elle leur avait échappé. Une fois de plus.

Debout sur le rivage, à l'écart des sauveteurs, il avait observé les torches et les barques luttant contre le roulis des flots. Il savait où se trouvait sa protectrice. Prenant son courage à deux mains, il s'était immergé dans les eaux glacées de la baie pour rejoindre le galion.

Soudain le navire tangua et roula. Gillie comprit qu'on avait levé l'ancre. Du fond de son tonneau sombre et humide, il percevait les ordres du capitaine, les cris étouffés des matelots, le bruit de pas sur le pont. Chaque fois que le bateau subissait l'assaut d'une déferlante, les barriques glissaient imperceptiblement et venaient se frotter contre la sienne.

Gillie se redressa pour soulever le lourd couvercle de sa cachette. L'odeur pestilentielle des fonds de cale l'assaillit. De nouveau, il réprima un éternuement.

Il faisait encore plus froid à l'extérieur qu'à l'intérieur du tonneau. Le garçon serra les mâchoires pour ne plus claquer des dents. Ses vêtements déchirés et humides rendaient plus aiguë la sensation de froid.

Il avait repéré de vieux habits de marin empilés dans un recoin. Il était temps, se dit-il, de sortir de cette satanée barrique et d'aller troquer ses guenilles contre d'autres haillons – qui auraient au moins l'avantage d'être secs.

Soulagé de pouvoir enfin étirer ses membres engourdis, il se leva et commença à s'extirper du tonneau.

À peine avait-il passé une jambe au-dehors qu'il fut pris d'une crise d'éternuements qui le secoua violemment et lui fit perdre l'équilibre. La barrique et son prisonnier chutèrent lourdement.

Ses efforts pour être silencieux s'anéantirent tandis que roulait le couvercle bruyamment sur le plancher inégal. Gillie courut pour le rattraper et heurta une cloison. Il s'immobilisa, leva les yeux et contempla les panneaux fermés de l'écoutille.

Tout à coup, des mains larges comme des battoirs lui empoignèrent la taille et le soulevèrent. Surgi de nulle part, un marin lui faisait face et le dévisageait d'un air peu amène.

À peine un baiser, un effleurement de lèvres. Et pourtant, Wyntoun sut qu'il avait franchi une limite au-delà de laquelle rôdait le danger – le péril et le plaisir intimement mêlés. Il eut l'impression d'être au bord d'une falaise et de scruter un rivage accidenté, en contrebas. Il décela dans le regard effarouché de la belle Anglaise le même trouble, la même ambiguïté. Le désir à l'état brut électrisait leur corps.

Quelques centimètres séparaient leurs visages. Il fixa les yeux lilas d'Adrianne Percy. Sous ses doigts vigoureux, il sentait palpiter son pouls. Elle aussi paraissait désemparée. Il couva du regard ces lèvres qu'il brûlait d'embrasser avec fougue. Une onde ardente menaçait de le submerger, alors il la relâcha et fit un pas en arrière.

— Prenez garde, grommela-t-il. Si vous vous aventurez à m'émoustiller encore, je ne me satisferai pas d'un baiser.

Adossée au mur de la cabine, elle resta de marbre mais ses joues étaient rouges de confusion. Ainsi qu'il l'avait espéré, elle s'était calmée. Chassant de son esprit ses pensées impudiques, Wyntoun la considéra d'un air amusé.

Il extirpa la carte de sa ceinture, la glissa dans le paquet avec la lettre. Adrianne ne le quitta pas des yeux.

— Voulez-vous savoir pourquoi on m'a envoyé vous chercher ?

Elle jeta un coup d'œil furtif en direction du poignard qu'il lui avait arraché. Suivant son regard, il repéra la lame. Cette ravissante sauvageonne n'abandonnerait pas aussi facilement, se dit-il.

Le chevalier alla pour ramasser l'arme, puis la tendit à la jeune femme.

— Prenez.

— Mais... pourquoi ? fit-elle, incrédule.

— Je vous signale que vous êtes en terrain dangereux, au milieu d'un équipage qui ne pense qu'à en découdre, boire et profiter des charmes d'une gourgandine. Vous aurez besoin de vous protéger sur ce navire.

Elle prit le poignard.

— Attention. Je ne tiens pas à perdre mes meilleurs matelots. Ne l'utilisez qu'en cas d'extrême nécessité. Et soyez gentille de ne pas le retourner contre moi.

Elle plissa les yeux, des yeux d'un bleu tirant sur le violet qui feraient se damner n'importe quel homme. Son calme olympien n'était qu'une façade, nota Wyntoun en la regardant glisser l'arme dans la ceinture de sa jupe. Il émanait d'elle une hardiesse hors du commun. Ses cheveux couleur de nuit balayaient ses épaules.

Quel sacrilège ! Cette femme avait coupé une mèche de ses cheveux pour s'assurer que les sauveteurs la trouveraient coincée entre les débris de la cage et verseraient une larme pour la pécheresse que les vagues avaient emportée.

Prudence ! se tança-t-il.

— Votre mère a été capturée par les hommes du roi d'Angleterre.

Adrianne se raidit.

— Je rendais visite à mon ami William Ross de Blackfearn quand est arrivée la terrible nouvelle. Votre sœur Laura venait à peine de se marier.

Elle resta bouche bée mais aucun mot ne franchit ses lèvres.

— J'ai quelques informations à vous livrer, poursuivit-il. Alors, si vous me promettez de ne pas me trancher la gorge avec votre petit couteau…

Elle s'assit sans se départir de son air médusé.

— Ma mère… dit-elle d'une voix enrouée.

— Elle est en vie et le restera si l'on accède aux requêtes du roi Henri.

Les mains tremblantes de la jeune femme agrippèrent de nouveau sa blouse déchirée.

— Et Laura… vous disiez qu'elle s'était mariée…

— Vos deux sœurs ont convolé. Catherine a épousé John Stewart, comte d'Athol. Excellente nouvelle : elle attend son premier bébé.

— Un bébé, chuchota-t-elle, émue en détournant le regard. Que savez-vous de ma mère ?

— Tout ce que je sais provient de cette missive envoyée à William Ross.

— Et quel en était le contenu ?

— Ils proposaient un échange.

— Contre quoi ?

Comme les doigts d'Adrianne restaient cramponnés à sa blouse, Wyntoun eut un sursaut chevaleresque et s'apprêta à lui proposer des vêtements plus décents. Il se ravisa devant son regard suppliant. Tant qu'il ne répondrait pas à ses questions, l'Anglaise refuserait – à juste titre – d'entrer dans des considérations vestimentaires.

— Une rançon en échange de la vie de votre mère. Avant les feux de la Saint-Jean célébrant le solstice d'été, vous et vos sœurs devez fournir un certain trésor.

— Tiberius, murmura-t-elle.

— C'est la raison pour laquelle j'ai brisé le sceau. J'espérais trouver la carte. Chacune de vos sœurs en détient un fragment.

— Il faut les trois morceaux pour reconstituer la carte.

— Laura a déjà fait savoir qu'elle acceptait les termes de l'échange.

Le regard de la jeune femme étincela de colère.

— Je tiens à ma mère comme à la prunelle de mes yeux, mais cela m'étonnerait fort qu'elle approuve une telle transaction. Notre rôle est de protéger Tiberius et d'empêcher cette abomination de roi de faire main basse sur le trésor, quel qu'en soit le prix à payer, quel que soit le sacrifice.

— Si vous me permettez un commentaire, répondit Wyntoun, votre sœur souhaitait seulement gagner du temps, en attendant de trouver la solution.

Adrianne opina. Le rouge lui monta aux joues, sa voix se fit plus douce.

— Nos instructions étaient claires : nous devions veiller sur la carte. Diana connaît sans doute l'emplacement de Tiberius. L'ennemi peut lui soutirer l'information par la torture. Il est par conséquent impératif de déplacer le trésor.

— À trois, vous serez en mesure de localiser Tiberius. Le voyage ne devrait pas poser trop de difficultés.

La jeune femme se leva de son siège.

— Mais notre mère ? Il faut lever une armer, gagner le Sud et la libérer avant qu'il ne soit trop tard.

— Vous ignorez où ils la retiennent prisonnière.

— Peu importe ! s'emporta-t-elle en arpentant la cabine. Il y a forcément quelqu'un qui sait où on la tient captive. Rendons-nous aux Borders. Si nécessaire, nous visiterons un château après l'autre, nous…

— À présent, je comprends pourquoi votre mère a jugé bon de contacter Laura.

Adrianne fit volte-face, lui décocha un regard noir. En butte à son silence, Wyntoun ajouta :

— Jamais le comte d'Athol ou le laird des Ross ne parviendront à lever une armée suffisante pour contrer celle du roi d'Angleterre. L'Écosse a subi de lourdes pertes lors de la bataille de Flodden. C'était une véritable boucherie.

— Je ne vais pas rester ici les bras croisés. Imaginez que ma mère subisse le même traitement qu'Edmund Percy, mon père, assassiné par les fantassins du roi…

— Je comprends votre colère. Cependant, je ne saurais trop vous conseiller le sang-froid et la réflexion et de faire comme mon capitaine, Alan MacNeil. Il a réfléchi calmement et a pris le temps de tracer un itinéraire afin de contourner les récifs de la baie de Mull, nous évitant ainsi de nous fracasser contre les brisants.

— J'ai l'impression d'entendre Laura ! railla-t-elle.

— Je suppose que c'est un compliment.

— Ce n'en était pas un.

Tout à coup, le navire tossa dans un creux de vague. Wyntoun sut qu'ils étaient à présent en haute mer.

Se cramponnant à une patère, Adrianne réprima un haut-le-cœur.

— Que… bredouilla-t-elle. Quel est le plan de Laura ?

— J'ai pour mission de vous conduire jusqu'à Balvenie Castle, la forteresse du comte d'Athol dans les Highlands, près d'Elgin. Laura et William Ross sont censés s'y rendre eux aussi. Lorsque vous serez toutes trois réunies à Balvenie, vous élaborerez une nouvelle stratégie.

— Mais ce n'est pas votre destination, je me trompe ?

Il décela dans les prunelles lilas de l'Anglaise une lueur de méfiance.

— Non, pas directement.

— Et pourquoi cela ?

Il la considéra avec attention en réfléchissant à la réponse qu'il allait lui faire.

— En cette période de l'année, dans les Highlands, le temps peut s'avérer extrêmement dangereux. Une fois sur la terre ferme, il nous faudrait trois semaines, voire un mois, pour atteindre Balvenie Castle, sans parler du voyage éprouvant.

Il prit une carte qu'il déroula sur la table, se pencha pour l'examiner.

— Voilà mon plan : nous allons d'abord à Duart Castle. Si les vents nous sont favorables, nous devrions y arriver demain, ou le jour suivant.

— Où est ce château ?

— Là, dit-il en désignant un point sur la carte. Dans l'île de Mull. Il s'agit de la forteresse du clan des MacLean. Lorsque nous aurons accosté, j'enverrai quelques hommes en direction du sud, des Borders – et même au-delà s'il le faut – pour découvrir où l'on retient captive votre mère. En attendant, je mettrai à votre disposition une escorte pour vous accompagner jusqu'à vos sœurs.

Wyntoun contempla le profil de l'Anglaise pendant qu'elle étudiait attentivement le document. Durant son séjour à Barra, elle avait dû endosser la robe des résidantes de l'île. La blouse ocre, la jupe découpée dans le plaid aux couleurs du clan MacNeil – rouge, noir et vert. À bord du navire, elle s'était débarrassée du châle qui complétait la tenue. Oui, songea-t-il, avec ses longs cheveux bruns et sa peau brunie par les éléments, elle ressemblait aux autres insulaires. Mais une insulaire d'une beauté époustouflante.

Il s'ébroua mentalement et revint à la carte. Il n'avait pas navigué jusqu'à Barra pour y chercher une femme et la mettre dans son lit ! Même si cette charmante créature lui enfiévrait les sens à cause d'une déchirure dans sa blouse…

Non, se gourmanda-t-il, il accomplissait une mission. Il avait pris sous son aile une des sœurs Percy ; il lui devait respect et protection.

Elle posa un doigt effilé sur la carte représentant les Highlands.

— Où est Balvenie Castle ?

— Ici, répondit-il en désignant un espace vide près d'une croix assortie de l'inscription « Elgin ».

Elle rejeta en arrière ses boucles de jais.

— Ce serait une perte de temps d'aller dans une direction opposée. Si nous allons au nord et ensuite au sud, le trésor de Tiberius risque de nous échapper. Et ma mère…

— Les instructions de vos sœurs étaient on ne peut plus claires.

À cet instant, on frappa à la porte. Adrianne fit mine de n'avoir rien entendu et se tourna vers le chevalier.

— Mais c'était parce que… je veux dire… je les adore, mais elles sont incapables d'agir dans l'urgence.

— Je leur ai promis de vous amener jusqu'à elles… en sécurité.

Les coups redoublèrent sur le battant. Agacé, Wyntoun s'exclama :

— Oui, qu'est-ce que c'est ?

Alan ouvrit la porte.

— Nous avons viré de bord en direction d'Ardnamurchan. J'ai une mauvaise nouvelle : il y a un passager clandestin et ce n'est pas la…

Le capitaine s'interrompit en voyant Adrianne.

— Mais…

— Mlle Percy préfère le confort d'une cabine au confinement d'une barrique, ironisa Wyntoun. Garde le cap, Alan. Notre invitée n'a pas eu besoin de notre aide pour nous retrouver.

Soudain, des cris mêlés de rires retentirent au-dessus d'eux.

— Que se passe-t-il ? demanda le chevalier.

— C'est ce que je venais t'annoncer, on a mis le grappin sur un intrus dans les cales.

Le capitaine avait du mal à détacher son regard de la jeune femme.

— Qui est-ce ?

— Tu te souviens du gamin perdu que tu avais croisé il y a longtemps de cela ? On l'appelle Gillie le Leprechaun.

Il y eut de nouveau un raffut de tous les diables sur le pont. Wyntoun, Alan et Adrianne levèrent les yeux au plafond.

— C'est quoi ce boucan ? s'écria le chevalier en se plantant dans le couloir exigu.

L'écho d'une clameur envahit la cabine.

— D'après moi, dit Alan, les hommes ont dû le jeter par-dessus bord.

6

— Par-dessus bord ? s'exclama Adrianne. Qu'ils laissent Gillie tranquille !

Elle s'élançait à son tour vers le couloir quand le chevalier lui agrippa le bras et la poussa sans ménagement dans les bras du capitaine.

— Lâchez-moi ! L'eau est glacée, je dois le sortir de là. Ce garçon risque de mourir.

— Alan, s'il te plaît, garde un œil sur cette furie jusqu'à mon retour.

Adrianne se débattit un court instant mais le roulis et le tangage du bateau lui remuèrent tout à coup l'estomac. Ses jambes flageolèrent. Elle s'immobilisa et prit une longue inspiration. La cabine lui sembla rétrécir, l'atmosphère se réchauffer. De nouveau, elle tenta de s'arracher à l'étreinte du capitaine. En vain.

— Mademoiselle Percy, il n'y a aucune raison de vous mettre dans cet état. Wyntoun va revenir avec le garçon. Il est probable que les hommes ont attaché votre protégé à une corde.

— Comment cela ? s'alarma-t-elle.

— Oui. C'est pour tester sa capacité à flotter. Ce n'est un secret pour personne : les serviteurs de Satan ne supportent pas l'eau. Et mes matelots sont très superstitieux.

— Qu'est-ce que vous racontez ? Gillie n'est qu'un pauvre garçon de douze ans !

— Et ces hommes ne sont que des marins, avec leurs vieilles croyances… comme tout le monde.

— Mais…

— Wyntoun s'occupe de tout, dit-il d'une voix douce en desserrant son emprise. Tout va s'arranger. Soyez gentille, et faites preuve d'un peu de patience.

À peine lui avait-il lâché le bras qu'elle s'approcha des étroites fenêtres, à l'autre bout de la cabine. Brusquement consciente de son allure, elle tira sur les pans déchirés de sa blouse et tourna le dos au capitaine.

— Ceci devrait mieux vous aller, reprit-il.

Adrianne jeta un regard par-dessus son épaule et vit le Highlander qui lui tendait un plaid qu'il avait retiré de la couchette.

— Vous êtes trempée, et Wyntoun serait mécontent si vous attrapiez un refroidissement avant notre arrivée à Duart Castle. Je vais vous envoyer quelqu'un… Non, rectifia-t-il, je vous descendrai du fil et une aiguille afin que vous puissiez raccommoder votre chemise.

Adrianne scruta son interlocuteur. Il avait la prestance d'un chef, la gravité d'un homme responsable. Malgré ses cheveux poivre et sel et son visage marqué par les éléments, elle était convaincue qu'il était plus jeune qu'il n'y paraissait. Ses yeux étaient du même vert que ceux de Wyntoun. Étaient-ils frères ?

Elle prit la couverture de bonne grâce et s'en couvrit les épaules.

— Pourquoi vos matelots croiraient-ils que Gillie est un serviteur du diable ?

— C'est son visage, mademoiselle. Il leur a suffi d'un regard pour décider qu'il était de cette… espèce, du genre qui porte la poisse. Ce n'est pas pour rien qu'on le surnomme aussi le Poisseux.

— Mais ce n'est qu'un pauvre garçon ! Il n'y est pour rien, s'il est défiguré. Sa réputation lui colle à la peau et je peux vous assurer qu'il en souffre.

— En tout cas, d'après les marins, Gillie porte malheur.

Le navire tanguant de nouveau, Adrianne s'assit sur l'unique siège de la cabine et s'emmitoufla davantage dans la couverture.

— Ce sont exactement les mêmes âneries qu'on m'a servies sur Barra ! Les villageois lui refusaient l'accès à leurs chaumières. Les pêcheurs le rouaient de coups s'il s'approchait trop de leurs barques. Même les couventines de St. Mary changeaient de chemin lorsqu'elles l'apercevaient.

Le capitaine haussa les épaules et s'adossa à la cloison près de la petite porte.

— Que voulez-vous que j'y fasse ? Comme je vous l'ai dit, tout le monde croit que ce garçon porte la poisse.

Brusquement, le bateau donna de la bande. Adrianne comprit qu'on changeait de cap.

— Mais quelle preuve a-t-on de sa prétendue mauvaise influence ? Gillie a-t-il provoqué un incendie, une tempête, une inondation ou même la peste ? Est-il responsable de la mort d'un homme ou d'une bête en particulier ?

Le tumulte sur le pont reprit de plus belle. Alan tendit l'oreille en direction du couloir puis mit le pied sur le seuil. Adrianne se leva prestement, prête à suivre le Highlander. Il reprit aussitôt sa pose nonchalante, opina du chef.

— Eh bien, il m'a fallu plus d'une heure pour reprendre l'axe de départ. Si ce n'est pas de la malchance, ça y ressemble sacrément.

— Vous ne répondez pas à mes questions. Qu'a-t-il fait, concrètement, pour mériter une telle réputation ?

— Il ne s'agit pas de faire ou de ne pas faire, mademoiselle, répliqua-t-il posément. J'ai de la peine pour ce garçon. C'est juste que... comme par hasard, les misères ne surviennent que lorsqu'il est dans les parages. Une fois, c'est une vache qui ne donne plus de lait ; une autre, un filet plein à ras bord qui se déchire malencontreusement. Avouez tout de même que c'est troublant.

— Figurez-vous qu'il me suit depuis cinq mois et qu'il ne m'est rien arrivé de catastrophique.

Un sourire fendit le visage du capitaine.

— Iriez-vous jusqu'à dire qu'être enfermée dans une cage suspendue aux remparts de Kisimul Castle fut une partie de plaisir ?

— Gillie n'y est pour rien. Je suis seule en cause. Et l'abbesse.

— Admettons. De toute manière, il y a des gens que la malchance n'affecte pas et Wyntoun en fait partie. C'est lui qui a découvert Gillie le Leprechaun et l'a emmené dans l'île de Barra. Et comme vous, Wyntoun ne connaît pas les revers de fortune.

Le vacarme sur le pont semblait s'être calmé quand un cri brisa le silence relatif. Il y eut un coup de roulis. En proie à une nausée, Adrianne se mordilla les lèvres et fit un effort surhumain pour réprimer le haut-le-cœur.

— Peut-être ont-ils besoin d'aide. Êtes-vous sûr que sir Wyntoun va le repêcher ?

— Oui. N'ayez crainte, mademoiselle. L'eau est certes glacée, mais le garçon sait nager. Il n'est pas arrivé sur ce navire par l'opération du Saint-Esprit.

La réponse pragmatique du capitaine la rassura. Elle attendit un court instant avant de se redresser et de marcher un peu, jetant régulièrement un coup d'œil en direction de la porte ouverte.

— Que vont-ils lui faire ?

Alan hésita.

— Nous nous approcherons bientôt d'un îlot qui s'appelle Muldoanich. Wyntoun l'y débarquera peut-être. Les pêcheurs s'y rendent dès le printemps. Le garçon survivra jusque-là. Il y aura bien quelqu'un pour le ramener à Barra.

Elle eut une moue désapprobatrice.

— Hélas ! répliqua-t-elle avec un soupir, les pêcheurs ne sont pas tendres avec lui, en supposant que Gillie tienne tout l'hiver. Il n'a pas mérité un tel châtiment.

Le Highlander la dévisagea.

— Ne vous inquiétez pas, mademoiselle Percy. Wyn ne laissera pas tomber le gamin. Il veillera à ce qu'on ne le maltraite pas.

— Pourquoi ferait-il cela ?

— Gillie a été découvert par Wyntoun dans un massif de giroflées. On l'avait emmitouflé jusqu'aux oreilles dans une vieille couverture – ses parents sans doute. On l'avait sacrifié aux farfadets ou à quelque prédateur. C'est une chance que Wyn l'ait repéré. Déjà, de vilaines cicatrices lui barraient la moitié du visage. Il était si malingre qu'il n'avait pas la force de crier.

Un air de nostalgie se peignit sur son front. L'épisode remontait à plusieurs lustres. Alan secoua la tête et reprit son récit :

— N'importe quel autre homme aurait passé son chemin et laissé ce nourrisson à son triste sort – la mort assurément. Mais pas Wyntoun MacLean.

Adrianne savait ce que c'était que de vivre dans une contrée aussi sauvage que les Highlands. Aux îles Hébrides, balayées par les vents, les conditions étaient pires. La rigueur des éléments n'épargnait pas les faibles, les laissés-pour-compte.

Les superstitions étaient ancrées dans l'esprit des Écossais, tout comme dans celui des habitants du Yorkshire, sa région natale. Avoir un enfant dans ces terres hostiles n'avait de sens que si l'on pouvait compter sur lui, ou elle, pour aider aux besognes quotidiennes.

Malheur à celui qui naissait avec une « différence » !

Toute son existence, cet exclu subirait les quolibets – s'il survivait. L'ignorance avait un sombre et terrible pouvoir sur les êtres. Tout ce qui n'était pas dans la norme provoquait l'effroi, le rejet.

— Ils l'appellent le Lépreux, ou le Leprechaun, chuchota-t-elle en se remémorant sa première rencontre avec Gillie.

Il avait deux faces. Une moitié de son visage avait une beauté ténébreuse, mélancolique ; l'autre moitié, qu'il cachait la plupart du temps, était difforme. Sa peau écarlate présentait des croûtes, des squames et des parcelles de chair à vif. Quelle qu'ait été sa maladie, ce garçon – l'innocence incarnée – en souffrait depuis sa plus tendre enfance.

— Oui, Gillie le Lépreux, répliqua Alan, toujours adossé à la cloison, les bras croisés et le regard perçant. En quelque sorte, Wyntoun a adopté ce fils des farfadets. Il est vrai que dans la mythologie, le leprechaun distribue tant la chance que la malchance. On dit aussi qu'il habite au pied de l'arc-en-ciel et qu'il se déplace à une vitesse extraordinaire. Si votre protégé bénéficie du quart de ces talents, il se sortira toujours des pires mésaventures.

Le vaisseau gîta de nouveau et subit une forte secousse alors que les vents s'engouffraient dans les voiles. Le précieux coffret glissa sur la table de travail. Adrianne l'attrapa avant qu'il ne tombe par terre. La vue des objets qui se déplaçaient sur le bureau lui donna le tournis.

— Je... balbutia-t-elle. J'aimerais que votre maître m'autorise à voir Gillie avant qu'il ne le débarque sur le prochain îlot.

Le capitaine ne dit mot.

— Avec le temps, je me suis attachée à ce garçon. S'il a embarqué sur votre navire, c'est pour me suivre. Malgré sa réputation, Gillie est un modèle de loyauté. Je crois que cet attachement est réciproque.

— Cela ne m'étonne guère.

La réponse déconcerta Adrianne qui fixa son interlocuteur. La gravité avait disparu de son visage. Elle fut surprise et rassurée de voir dans les prunelles vertes d'Alan une lueur de bienveillance.

Elle s'apprêta à répliquer mais fut prise d'une nouvelle nausée.

— Mademoiselle Percy, avez-vous le mal de mer ?

Piquée au vif, elle lui décocha un regard noir.

— Bien sûr que non ! J'ai navigué un certain nombre de...

Brusquement, le navire tangua puis roula. Adrianne ne put plus réprimer son haut-le-cœur et se précipita vers la fenêtre qu'elle n'eut que le temps d'ouvrir avant d'être prise de violents vomissements.

Les vagues se brisaient sur la coque du vaisseau. Le vent charriant les embruns lui fouetta le visage, la revigorant un peu.

Deux bras robustes lui agrippèrent alors la taille et la ramenèrent au centre la cabine. Le sol semblait se dérober sous elle. Elle n'était plus maîtresse d'elle-même et cela l'insupportait. Cependant, elle dut ravaler son orgueil et accepter l'aide que lui proposait le capitaine.

Il l'assit sur le siège.

En proie au vertige, elle perdit la notion du temps. Comme son regard se brouillait, elle ferma les yeux. On s'agitait autour d'elle mais elle ne saisissait pas bien ce qui se passait. Elle capta des bribes de conversation.

— ... le garçon... une couverture sèche... je me charge de lui, occupez-vous de la demoiselle...

Il y avait les voix d'Alan, de sir Wyntoun, et une troisième. Adrianne fit un effort pour empoigner les bras du siège, pour se redresser un peu. Elle rouvrit les yeux le temps d'entrevoir Gillie puis les referma.

Les sons qu'elle percevait se mêlaient indistinctement en un brouillard de mots, mais elle perçut une phrase – une phrase qui la vexa.

— Tu parles d'une navigatrice !

C'était tout ce qu'elle détestait : l'impuissance, la faiblesse et surtout l'incapacité à réagir, à se défendre et livrer une repartie bien sentie.

Jamais elle n'avait pu surmonter le mal de mer. Lady Diana en était parfaitement consciente, et c'est pourquoi elle l'avait envoyée sur une île. Il s'agissait pour la mère de trouver le refuge idéal pour son impétueuse benjamine. Sur une île, Adrianne pouvait difficilement fuir, à moins qu'elle ne choisisse de braver les dangers.

En proie à d'horribles crampes d'estomac, elle se mit à trembler de tous ses membres.

— Coll, allez me chercher une autre couverture, ordonna Wyntoun.

Elle sentit la chaleur d'une étreinte. Deux mains vigoureuses lui empoignèrent les épaules, l'adossèrent au siège.

— Je peux ramener le garçon en bas, maître, et garder un œil sur lui, proposa le vieux Coll.

— Non, je bougerai pas d'ici ! rétorqua Gillie.

— Laissez-le ici pour le moment.

La porte se ferma avec un claquement.

Adrianne sentit une main lui effleurer le dos. La tête continuait de lui tourner. Si elle rouvrait les yeux, les haut-le-cœur recommenceraient. Elle n'avait d'autre choix que de prendre son mal en patience.

— Tu ferais mieux de rejoindre le pont, Alan.

— Tu es sûr de t'en sortir tout seul ?

La pointe d'ironie dans la voix du capitaine n'échappa pas à Adrianne. Si eux s'amusaient de son état, elle ne trouvait rien de drôle à la situation.

— Si j'ai besoin d'aide, je t'appellerai.

Des bruits de pas martelèrent le sol, la porte se rouvrit puis se referma. Si seulement le chevalier, lui aussi, pouvait la laisser seule ! Qu'on la laisse souffrir en paix ! songea-t-elle. Son vœu fut exaucé car il la relâcha. Elle entendit les bottes du Highlander crisser sur le sol.

Décidément, les éléments semblaient s'être ligués contre elle. Les déferlantes continuaient de secouer le navire. Adrianne n'en pouvait plus. Ce périple s'avérait pire que son arrivée à Barra, pire même que le voyage avec son père lorsque, âgée de sept ans, elle l'avait accompagné jusqu'en France.

Des larmes perlèrent au coin de ses yeux. Contrairement à ce qu'elle avait souhaité un instant plus tôt – être livrée à elle-même – elle eut une subite envie d'appeler à l'aide.

— Ne… ne partez pas, bafouilla-t-elle.

— Je ne vais nulle part, mademoiselle.

Le chevalier ne s'était pas tant éloigné que cela, car il l'enveloppa d'une couverture. Une douce chaleur l'envahit. Wyntoun lui frictionna le dos, les bras et ses mains glacées.

— Buvez ça, ordonna-t-il.

Craignant de voir revenir les nausées si elle avalait quoi que ce soit, elle secoua la tête.

— Juste une gorgée, insista-t-il.

Elle ouvrit les yeux et vit le gobelet que Wyntoun approchait de ses lèvres. Puis elle fixa ses yeux émeraude, ses courts cheveux couleur de nuit, son visage exempt de cicatrices. Elle se sentait exténuée, fiévreuse, presque en proie au délire car elle s'imagina que Wyntoun était l'archange venu pour la sauver et la ramener auprès des siens.

Le Highlander était magnifique.

— Allons, Adrianne, buvez. Il le faut.

Trop faible pour écarter la main tendue, elle obéit. La boisson suave coula dans sa gorge asséchée tel un breuvage divin. Comme le navire tanguait encore, le chevalier la serra contre son torse robuste. L'étreinte semblait adoucir son malaise.

Elle jeta un regard distrait alentour. Tout lui sembla irréel, flou. Elle concentra son attention sur Gillie qui l'observait depuis son coin. Sa présence la réconforta.

Le garçon eut une crise d'éternuements, puis s'adressa au chevalier :

— Elle va aller mieux, n'est-ce pas ?

— Bien sûr, mon grand, tant que nous ne lui donnerons rien à manger.

Les doigts vigoureux du Highlander repoussèrent délicatement les mèches brunes du front d'Adrianne. Il la serra contre lui et pressa à nouveau le gobelet contre ses lèvres.

La boisson tiède avait un goût étrange.

— Vous... bredouilla-t-elle. Vous ne m'empoisonnez pas ?

— Non. Au contraire, je m'occupe de vous.

Le Highlander lui caressa les cheveux, les joues. Le breuvage devait être une potion, pensa-t-elle, un remède contre le mal de mer.

Sans s'en rendre compte, elle s'abandonna au bras qui la tenait fermement, se lova contre la poitrine de son protecteur. Les paupières closes, elle entendit les battements du cœur du chevalier et s'endormit.

La douce lumière grise du crépuscule filtrait à travers l'archère, tout en haut de la pièce spartiate du donjon. La mezzanine qui avait autrefois existé et donnait accès à l'archère avait été détruite. Étendue sur l'étroit matelas, les yeux grands ouverts, lady Diana Percy regardait distraitement les poutres vermoulues du plafond. Elle s'efforçait de distinguer et de comprendre ce qu'il se disait derrière l'épaisse porte bardée de fer de sa cellule.

Elle ne reconnaissait aucune des voix, aucun accent particulier. Elle ne percevait pas les bruits familiers qui peuplaient toute forteresse et n'avait pas la moindre idée d'où elle se trouvait ni de qui étaient ses ravisseurs.

En compagnie d'amis et de guerriers dignes de confiance, elle avait quitté l'antique tour surplombant le loch de St. Mary, à l'ouest de Jedburgh.

L'attaque avait été aussi soudaine qu'inattendue : une nuée de soldats leur était tombée dessus. Diana avait été désarçonnée puis emmenée de force. Les yeux bandés, les membres ligotés, elle avait entendu des épées cliqueter, des hommes se battre autour d'elle.

À présent, elle était captive. De qui ? Mystère.

Elle ignorait combien de temps ils avaient voyagé. Maintes fois, elle avait changé de monture et de direction, mais n'en avait eu que vaguement conscience car on s'ingéniait à l'égarer. Exténuée, affamée, elle avait fini par perdre connaissance. Le temps s'était mué en un épais brouillard.

L'avait-on conduite au nord, au sud ou à l'est ? Elle n'aurait su le dire.

On l'avait enfermée dans une cellule où la pénombre était son unique compagne depuis de longues, très longues journées. Pas une fois on ne lui avait adressé la parole. Combien de temps déjà ? Trois semaines, un mois ? Au moins un mois.

Elle avait changé de cellule trois fois, et toujours selon le même cérémonial. Dans la nuit noire, des hommes sans visage et sans nom lui bandaient les yeux et l'emmenaient sans ménagement vers une autre geôle sans fenêtre, dans quelque mystérieux donjon.

Ils ne dérogeaient pas à la règle du silence, ne lui parlaient jamais, ne prononçaient pas la moindre syllabe.

Le fait d'ignorer pourquoi on la traitait ainsi la rendait folle.

Lady Diana ne redoutait pas la mort, la fin tragique de son époux dans la Tour de Londres l'ayant préparée au pire. Heureusement, elle avait pu mettre au point une stratégie afin de protéger ses filles. Ses enfants chéries étaient éparpillées en Écosse. Catherine s'était mariée. Si le destin leur était clément, Laura et Adrianne ne tarderaient pas à convoler à leur tour.

Diana avait tout préparé.

Elle plongea dans un abîme de réflexions. Après tout, elle n'avait que ses souvenirs et ses espoirs auxquels s'accrocher. Elle se prit à rêver aux noces de ses filles, à imaginer les cérémonies, les banquets les plus fournis, les commensaux qui portaient des toasts aux tourtereaux. Les mariages de ses filles seraient-ils aussi merveilleux que le sien ?

Il ne se passait pas une nuit sans qu'elle pense à Edmund, son défunt mari. Le vide qu'elle sentait alors en elle était tel qu'une douleur indicible lui déchirait le cœur. Elle était prête à périr s'il le fallait. Non, la mort ne l'effrayait pas.

Et pourtant…

Elle ne souhaitait rien tant que d'avoir des nouvelles de Laura et d'Adrianne. L'orgueil la tenait debout. Elle désirait s'assurer que ses efforts porteraient leurs fruits, que les pièces du puzzle s'assembleraient ainsi qu'elle l'avait prévu. L'avenir de ses filles était tout tracé, mais elle voulait être là pour le voir.

Le roi d'Angleterre, Henri Tudor, était-il le commanditaire de son enlèvement ?

Hormis le voyage pénible et cet insupportable silence, ses ravisseurs faisaient preuve à son égard d'une relative bienveillance. Les soldats du roi ne se seraient pas privés de la molester et de lui infliger les pires sévices. Non, son emprisonnement n'avait rien à voir avec l'horrible et brusque fin d'Edmund.

Cependant, si ces hommes n'étaient pas à la solde du roi, qui étaient-ils ?

Une petite voix lui susurrait que tout cela n'avait aucun rapport avec la haine que nourrissait le roi pour les Percy.

Mais… si on la retenait captive pour quelque autre raison ? Elle ne comprenait pas.

En bas, elle entendit un battant grincer sur ses gonds. La veille, elle avait gravi les vingt-sept marches menant à un palier puis au seuil de sa cellule. On l'y avait laissée et elle avait enfin pu ôter le bandeau de ses yeux.

Elle s'assit sur le bord de son matelas, posa ses pieds nus sur le parquet froid. Un mince courant d'air lui chatouilla les orteils. Le regard rivé sur la porte, elle nourrit l'espoir de voir quelqu'un. N'importe qui. Une personne qui viendrait lui parler, lui expliquer ce qu'elle faisait là, ce qu'on attendait d'elle. Quelqu'un pour briser le silence et la solitude.

De l'autre côté du lourd battant, on ôta une barre. Une vieille domestique encapuchonnée entra. La porte se referma aussitôt derrière elle.

Diana, qui s'était levée, ne put distinguer ses traits car la vieillarde marchait voûtée, croulant sous le poids des années et du labeur. Elle ignora le plateau que la femme déposa sur la tablette près de la porte et garda les yeux rivés sur sa visiteuse. La frêle servante alla alimenter l'âtre qui enfumait plus qu'il ne réchauffait l'atmosphère glaciale.

— Bonjour, dit timidement Diana.

Pas de réponse. Qu'espérait-elle ? Cela avait été exactement pareil dans ses deux précédentes geôles : elle s'était aventurée à poser des questions, toujours en vain.

La vieillarde s'approcha de la tablette, versa de l'eau dans un bol. La différence avec les autres fois, songea Diana, c'était qu'on lui envoyait une femme pour veiller à ses besoins. Elle y vit un signe encourageant.

— Est-ce qu'il pleut encore, dehors ? demanda-t-elle.

La veille, ils avaient chevauché sous une pluie battante. Son cheval avait glissé plusieurs fois, au risque de la désarçonner.

Pas de réponse. Pas de hochement de tête. Rien.

Diana plongea ses mains dans l'eau glacée et se débarbouilla le visage. Le froid la revigora. Elle se tourna vers la vieille femme prête à partir.

— Pourriez-vous rester ? Quelques instants, pour me tenir compagnie pendant que je mange.

Seul le silence des pierres lui répondit.

La main parcheminée de la servante frappa à l'épais battant de chêne. On souleva la barre de fer. La femme se glissa dans l'entrebâillement de la porte et disparut.

À l'affût du moindre mot, d'une parole qui échapperait à l'un de ses gardiens, Diana écouta les bruits de pas qui descendirent l'escalier puis le vantail qui claqua.

Un subit accès de colère s'empara d'elle.

— Qui êtes-vous ? hurla-t-elle. Qu'attendez-vous de moi ?

7

Appuyé au bastingage, Wyntoun scrutait la côte grise d'Ardnamurchan qui s'étirait à l'horizon brumeux. Par beau temps, pensa-t-il, on distinguait les rochers escarpés de Bienn na Seilg. Or, le temps avait été tout sauf clément et le crépuscule ne tarderait pas à couvrir l'immensité de son manteau gris perle.

Les marins s'affairaient sur le gréement et réduisaient les voiles. Encore quelques heures, et la proue du *Barra* fendrait les eaux calmes du détroit de Mull. Supposant que les guerriers d'Argyll – maître de Mingary Castle – ne daigneraient pas braquer sur eux leurs canons et gaspiller leurs boulets, Wyntoun décida de jeter l'ancre dans la baie de Duart, si la brise ne leur était pas hostile.

Alan donna ses ordres à l'équipage et rejoignit Wyn. Le capitaine fit remarquer que le vent tournait puis contempla le lointain rivage en hochant la tête. Sur son visage, rien ne transparaissait, ni le contentement ni la contrariété.

Wyntoun savait par expérience qu'Alan les mènerait à bon port, sans la moindre anicroche.

Les deux hommes restèrent un moment silencieux.

Coll, l'un des plus anciens et des plus compétents marins du Highlander, passa alors devant eux pour grimper à l'échelle menant à la poupe.

— Aucun changement ? demanda Wyntoun.

Coll secoua la tête.

— J'sais pas ce que vous lui avez fait boire, à cette charmante créature, maître. En tout cas, elle n'a pas bougé un cil depuis que je la surveille.

— Et le garçon ?

— Celui-là non plus n'a pas ouvert l'œil, répliqua-t-il en ôtant son bonnet de laine pour gratter son crâne dégarni. Il s'est roulé en boule aux pieds de la demoiselle. Y a pas à dire, ce gamin a du cran.

— Vous voyez... il n'a pas l'air de nous avoir porté la poisse, finalement.

Coll devint rouge comme une tomate.

— Non, mais... vous savez bien, maître, que... bafouilla-t-il. J'y crois pas vraiment, moi, à ces fadaises. En tout cas, ce que prétendent les hommes, c'est qu'y a pas eu de problème depuis que le garçon est enfermé dans votre cabine.

— J'ai une idée, enchaîna Wyntoun avec un sourire en coin. Nous allons faire savoir à tout l'équipage que cette plongée intempestive dans la baie a conjuré le sort, et que Gillie ne porte plus la guigne.

La suggestion du Highlander fit ricaner Coll, le vieux loup de mer. Alan approuva d'un hochement de tête. Wyntoun poursuivit son raisonnement.

— Ce garçon va séjourner à Duart Castle pendant un certain temps, jusqu'à ce qu'il y ait un navire pour le ramener à Barra. Et je ne tolérerai pas qu'un seul de nos hommes fasse circuler ces fadaises lorsque nous accosterons.

— Parfait, maître. Je vais leur causer. Mais... j'ai bourlingué, et je sais que les gens d'Écosse et d'Angleterre ont peur des garçons comme Gillie. Les habitants de Mull croiront ce qu'ils voudront croire.

— Dans ce cas, nous protégerons ce garçon.

Wyntoun pivota et fit face au morne paysage qui s'étendait à l'ouest. La masse grise des nuages se mêlait aux flots sombres, de sorte qu'on ne parvenait pas à distinguer l'horizon.

Le chevalier s'abîma dans ses pensées. Coll avait raison. Ses paroles exprimaient une vérité. Les mythes et légendes étaient profondément ancrés dans l'esprit des gens, quelles que soient l'époque, la contrée.

Ce n'était pas un hasard si les parents de Gillie l'avaient abandonné. Pendant toute son enfance, il avait dû souffrir les railleries, le rejet des autres. Wyntoun ne l'avait que rarement croisé, lors de ses visites à Barra. Jamais, lors de ces escales, il n'avait pleinement pris conscience de ce qu'endurait le gamin – la réelle hostilité des insulaires à son égard.

Ses marins étaient pour la plupart frustes. Ils menaient une existence harassante, subissaient les épreuves du temps, de la lutte quotidienne contre les éléments, contre les mercenaires ennemis. Pour eux, jeter pardessus bord ce pauvre Gillie n'avait été qu'un vulgaire divertissement, une broutille. Mais ce que réalisa Wyntoun, c'est que Gillie aurait pu mourir noyé.

— Faut-il réveiller la demoiselle, maître ? demanda Coll, l'arrachant à ses réflexions.

— Laissons-la tranquille pour l'instant.

Une soudaine bourrasque venant de l'ouest fit tanguer *Le Barra* et une ondée s'abattit sur l'équipage.

— Plus tôt nous arriverons à Duart Castle, moins nous aurons à nous occuper de Mlle Percy.

Une mimique narquoise se peignit sur le visage d'Alan.

— Wyn, je ne te savais pas lâche au point de renoncer à un défi.

— Cette femme n'est pas un défi ! grommela Wyntoun. C'est une enquiquineuse.

Tandis qu'il prenait congé des deux hommes, il se répéta qu'Adrianne Percy ne représentait rien d'autre qu'une source d'ennuis, une empêcheuse de tourner en rond.

Depuis ces doux moments où l'Anglaise s'était endormie dans ses bras, la veille, il s'était ressaisi et avait décidé de garder ses distances.

Il le fallait.

Voir cette frêle et magnifique créature souffrir autant du mal de mer puis, sous l'effet du breuvage, se blottir contre lui avait été une véritable torture. Il s'était senti irrésistiblement attiré par elle, et cette sensation perdurait. Quelque chose d'inexplicable, de magique, s'était passé quand il s'était assis auprès d'elle, quand elle avait lové son joli minois contre son torse et plongé ses yeux lilas dans les siens.

Cette vision enchanteresse le harcelait encore.

Le souvenir de ses courbes parfaites quand il l'avait débarrassée de ses vêtements humides pour lui enfiler une de ses propres chemises éveillait en lui un désir indicible, tourmentait son entrejambe.

Heureusement, Gillie son protégé – ou protecteur – s'était recroquevillé à l'autre bout de la cabine, le regard rivé au sol, quand Wyntoun avait glissé la jeune femme entre les draps de la couchette.

Il emplit ses poumons de l'air marin vivifiant et salé. La pluie glacée lui cinglait le visage, mais il y prenait plaisir. En quelque sorte, il lavait son esprit à grandes eaux. Il contempla un moment les vagues gris-vert pour oublier les épaules d'albâtre d'Adrianne, la rondeur de ses seins, ses mamelons que la froideur relative de la cabine avait dressés.

De nouveau, il prit une longue inspiration et s'ébroua. De toute évidence, il ne déployait pas suffisamment d'efforts pour effacer ces images tentatrices.

Adrianne Percy lui donnait du fil à retordre, et il ne s'y était pas préparé. En dépit de tout ce qu'on avait pu lui dire à propos de la benjamine des sœurs Percy, il avait cru, ou plutôt il s'était persuadé, qu'elle ressemblerait à sa cadette, Laura. Il s'était fourvoyé.

Hormis la couleur unique de leurs prunelles, elles n'avaient rien en commun.

Ce n'était pas la volonté de fer d'Adrianne qui lui posait problème, songea-t-il, mais cette attirance irrationnelle qu'il éprouvait pour elle.

— De la distance, bon sang ! pesta-t-il entre ses dents. Ce n'est pourtant pas compliqué !

Le navire semblait avoir cessé de tanguer et de lui remuer l'estomac. Adrianne ouvrit tout doucement les yeux.

Dans la cabine, rien ne tournait ou ne paraissait tourner. Quelques bruits familiers parvinrent à ses oreilles : les mouettes qui criaillaient, les vagues qui se brisaient. Elle vit le visage inquiet de Gillie qui s'approchait d'elle. Rassurée par cette présence amie, elle sourit.

— Milady, murmura le garçon en lui effleurant la main. Vous vous réveillez enfin ! D'après sir Wyntoun, vous aviez besoin de beaucoup de sommeil. Mais j'ai jamais vu personne dormir aussi longtemps.

— Combien de temps, Gillie ?

— Euh... hésita-t-il en comptant sur ses doigts. Une nuit, une journée entière et encore une nuit. Et vous avez bien meilleure mine ce matin. Quand on m'a repêché et qu'on m'a permis de rester avec vous, votre figure est passée par toutes les couleurs.

— Toi aussi, tu as bonne mine. Et surtout, tu m'as l'air d'être au sec.

Les joues de Gillie s'empourprèrent. Il s'éclipsa pour réapparaître avec son bonnet de laine qui couvrait la moitié difforme de son visage.

— Ce n'est pas la peine de porter ça avec moi, dit-elle.

— Si, milady, il le faut.

Adrianne secoua négativement la tête.

— Tu veux savoir ? Tu es un beau jeune homme, tel que tu es.

Cette fois, la face visible de Gillie vira au carmin. Embarrassé, il s'éloigna, s'affaira dans un coin de la cabine et revint avec un bol d'eau chaude et fumante.

Adrianne avait la gorge terriblement sèche. Tout en se redressant contre les oreillers, elle adressa un chaleureux sourire au garçon. C'est alors qu'elle se rendit compte de ce qu'elle portait.

La jupe et la blouse déchirée avaient disparu. À présent, elle était vêtue d'une chemise d'homme. Elle souleva les couvertures et découvrit avec horreur que ses jambes étaient nues.

— Vous auriez attrapé la mort, c'est sûr, commenta Gillie, s'il vous avait pas enlevé vos guenilles trempées.

Elle fit un effort surhumain pour s'exprimer posément.

— C'est… il…

— Oui, sir Wyntoun vous a déshabillée.

Le garçon s'accroupit au chevet d'Adrianne. Ses jambes grêles étaient cachées par un kilt rouge, noir et vert, couleurs du clan MacNeil.

— J'étais là, milady. Il n'a rien fait de… Je veux dire… il a été rapide comme l'éclair.

Elle repoussa une mèche rebelle et scruta les vêtements que le Highlander lui avait ôtés et qui reposaient sur le dossier du siège. Une étrange sensation, une troublante chaleur la traversa. Elle se mordilla la lèvre, décidant d'occulter un événement dont elle n'avait aucun souvenir. Après tout, se tança-t-elle, c'était du passé.

— Vous avez pas soif, milady ? s'enquit Gillie en lui tendant le bol.

— Ça ne va pas me faire dormir davantage ? demanda-t-elle, méfiante.

— Non. Le vieux Coll a dit que vous aviez dormi tout votre soûl.

— Qui est ce Coll ?

— Un des marins. C'est lui qui m'a sorti de ma cachette.

— Fait-il partie de ceux qui t'ont jeté par-dessus bord ?

Elle s'adossa à la tête de lit et tira les couvertures sur ses jambes nues.

— Non, pas lui. Il dit qu'il a assez bourlingué pour pas croire aux histoires de lutins et de farfadets. Il dit que c'est des sornettes, que la chance et les malédictions ont rien à voir. C'est pas lui qui m'a attaché à une corde pour nourrir les poissons. D'ailleurs, c'est Coll qui a aidé sir Wyntoun à me sortir de l'eau.

— Je suis navrée qu'ils t'aient maltraité.

Elle lui caressa la joue.

— Tu as eu peur ?

— Non, milady... Euh... un peu, répondit-il, un sourire timide au coin des lèvres.

— Je sens que je vais bien m'entendre avec Coll.

Adrianne se glissa hors de la couchette, emportant avec elle la couverture. Elle eut un léger vertige, s'assit, et attendit qu'il passe.

— Le navire est arrêté, non ? questionna-t-elle.

— Oui, ils ont jeté l'ancre dans la baie de Mull. Si vous regardez par la fenêtre, vous verrez qu'on est à une encablure de Duart Castle.

— Le voyage a été rapide, murmura Adrianne en observant avec amusement Gillie qui allait et venait – la joie et l'énergie personnifiées.

Il revint à elle avec un plateau qu'il déposa sur la tablette près de la couchette. On y avait disposé une part de bannock, gâteau à base d'orge, ainsi qu'un filet de poisson.

— Le vieux Coll m'a demandé de le prévenir dès votre réveil. Les marins vont et viennent entre la côte et *Le Barra*. Je crois qu'il voulait savoir si vous...

— Gillie ! coupa-t-elle, va donc lui dire que je vais mieux et que je peux débarquer.

— Mais... Coll m'a dit que je pouvais pas vous laisser tant que sir Wyntoun m'avait pas ordonné de baisser ma garde.

— Gillie ! J'aimerais pouvoir m'habiller. Donc, fais-moi plaisir, et va informer le maître à bord.

— D'accord, milady.

— Mais ne t'éloigne pas trop. Je n'ai pas encore recouvré toutes mes forces, alors j'ai encore besoin de ta protection.

Un large sourire fendit le visage du garçon. Adrianne rendit grâce au Ciel pour ce précieux compagnon. Celui-ci opina du chef et sortit de la cabine.

Prenant une profonde inspiration, Adrianne se mit debout. Comme elle se sentait extrêmement faible, elle s'appuya un instant sur le meuble le plus proche puis, les jambes flageolantes, alla jusqu'à la table où se trouvait une bassine d'eau. Elle se débarbouilla rapidement le visage, troqua la chemise du Highlander contre ses vêtements secs – la blouse ocre et la jupe.

Lorsque ce fut fait, elle gagna les deux étroites fenêtres à l'autre bout de la cabine. L'air salin lui donnerait l'énergie qui lui faisait défaut. Elle ouvrit le volet, ferma les yeux et respira à pleins poumons. Son estomac désespérément vide ne donna aucun signe de malaise. Contre la coque du navire, ce n'étaient que vaguelettes inoffensives.

Elle entendit le brouhaha des hommes qui riaient et bavardaient sur le pont et distingua une embarcation qui rejoignait le rivage. À son bord, quatre hommes ramaient, emportant des barriques solidement arrimées. Levant les yeux, elle contempla le château qui se dressait fièrement sur sa falaise.

Avec son imposant donjon et ses murailles, Duart Castle incarnait à la fois la force et la beauté. Un sourire mélancolique aux lèvres, Adrianne se remémora l'époque où ses sœurs, Catherine et Laura, se moquaient d'elle parce qu'elle s'émerveillait devant des fortifications, le sommet crénelé d'une tour, ou la ferronnerie d'une grille.

Catherine passait ses journées à rêver de livres et d'enseignement. Laura, quant à elle, se réjouissait de pouvoir trouver des solutions pragmatiques aux problèmes que rencontrait son entourage.

Adrianne, pour sa part, avait toujours été fascinée par l'architecture – l'art de construire des forteresses capables de résister aux tempêtes, aux soldats, des constructions qui survivraient à leurs concepteurs. Elle adorait la perfection des lignes, l'ingéniosité, l'efficacité des douves et des donjons.

La citadelle s'adressait avec majesté aux ennemis potentiels : « Je suis imprenable, je protège mes gens, les nobles comme les domestiques. »

La protection, l'indépendance étaient les maîtres mots d'Adrianne. C'est pour cela qu'elle avait appris le maniement du poignard et de l'épée.

Elle se rembrunit au souvenir de son récent échec. La lame sur le cou, sir Wyntoun MacLean s'en était sorti avec une coupure ridicule.

Rabattant ses cheveux sur le côté, elle les peigna avec ses doigts puis entreprit de les tresser. Ce faisant, elle réfléchit. Comment se dépêtrer d'une situation apparemment inextricable ? Songeant à la chemise d'homme qu'elle avait découverte avec stupeur à son réveil, elle se dit qu'il valait mieux oublier purement et simplement le Highlander. Ne plus y penser. S'enfermer dans une tour symbolique, cernée de douves tout aussi imaginaires.

Un coup frappé à la porte l'arracha à ses pensées. Ce devait être son cher et dévoué protecteur, un gentleman de douze ans.

— Entre, Gillie ! cria-t-elle pour couvrir le tumulte des voix masculines au-dessus d'elle.

La porte s'ouvrit. Le cœur d'Adrianne cessa de battre quand elle vit Wyntoun MacLean pénétrer dans la cabine.

— Vous ne m'en voudrez pas, j'espère, mais votre guerrier en herbe a trouvé du labeur sur le pont.

Elle voulut répondre, mais aucun son ne réussit à franchir ses lèvres.

— N'ayez crainte, Coll veille sur lui. Il y a Alan, également. Ce garçon a besoin de se sentir utile.

Bizarrement, Adrianne peinait à respirer. Elle acheva sa tresse et la rejeta en arrière. Le regard du Highlander était rivé à la déchirure de sa blouse.

— Je vois, dit-il avec un petit sourire narquois, que vous avez retrouvé vos vêtements.

— Oui…

Elle marqua une pause, s'efforça de reprendre contenance en inspirant lentement. Comme les yeux verts de sir Wyntoun ne se détachaient pas de son point de mire, elle porta une main à son décolleté.

— Je dois raccommoder ceci dès que je…

Il arqua un sourcil lascif.

— Ne vous donnez pas cette peine.

Elle sentit le rouge lui monter aux joues et détourna le visage.

— Ce… cette… bafouilla-t-elle. Cette boisson que vous m'avez donnée quand j'étais souffrante… Qu'aviez-vous mis dedans ?

— Les gens de l'Ouest dévoilent rarement leurs secrets.

Il s'approcha de la couchette, y prit le châle de tartan. Lorsqu'il lui enroula l'étoffe autour des épaules, elle tressaillit. Il émanait de lui un parfum délicieusement masculin, une pointe marine agrémentée d'une note plus entêtante de cuir. Il était si proche qu'elle en eut presque le vertige.

— Nous sommes arrivés à Duart Castle, annonça-t-il en s'écartant d'elle. Dès que vous serez prête, une barque vous conduira au rivage.

— Et Gillie ?

— Il restera au château le temps qu'il faudra.

Elle opina.

— Votre séjour à Duart Castle ne sera pas long, continua Wyntoun en refermant le volet puis la fenêtre. Comme je vous l'ai dit, vous serez notre hôte jusqu'à ce que je sélectionne mes meilleurs soldats pour votre escorte.

— Et la carte ? s'enquit-elle.

Sur le bureau, il n'y avait ni parchemin ni coffret.

— Ne vous inquiétez pas. Elle est déjà en lieu sûr dans l'enceinte de Duart. Permettez-moi de la conserver jusqu'à votre départ. Vous savez comme moi qu'elle ne sert à rien sans les fragments que détiennent vos sœurs.

Il disait vrai. Telle était la teneur de la lettre envoyée par Diana : il fallait assembler les trois morceaux pour localiser le trésor de Tiberius.

— Nous n'en parlerons pas au laird, déclara-t-il.

— Comment cela ?

Sir Wyntoun n'était-il pas le laird des MacLean ? Adrianne n'y comprenait goutte.

— Alexander, répondit-il. Mon père est le chef du clan et le châtelain de Duart Castle. Il est au courant de votre arrivée. En revanche, je ne lui ai rien dit à propos de la carte… ni d'un quelconque trésor.

Il ouvrit le battant d'une armoire. Sur les rayonnages étaient méticuleusement empilés des paquets enveloppés. Y trônaient également un épais registre relié de cuir ainsi que quelques vêtements pliés avec soin. L'exemple même de l'ordre, pensa-t-elle.

— J'ai également fait savoir que vous manquiez de… d'habits pour supporter les rigueurs des Highlands. Par conséquent, Mara se charge de vous trouver quelqu'un.

— Qui est Mara ?

— L'épouse de mon père. Elle veillera à votre confort.

Adrianne hocha la tête en tirant sur son châle pour donner un semblant d'allure à sa modeste tenue. Elle tressauta quand un coup fut frappé à la porte. Wyntoun, quant à lui, s'arracha à la contemplation de l'armoire.

— Si vous êtes prête… une barque vous attend, annonça-t-il sur un ton neutre bien que son visage affichât un air grave. Je vous souhaite un agréable séjour, mademoiselle Percy.

Elle fixa les yeux émeraude de son interlocuteur. Elle fut étonnée de constater que l'homme qui se tenait campé devant elle et celui qu'elle avait menacé de son poignard deux jours plus tôt paraissaient différents.

L'audace, la témérité, le flegme avec lequel il avait affronté la mort avaient disparu de ses traits.

À présent, le Highlander semblait… distant. En outre, il avait accédé à ses souhaits sans rechigner.

Quelle était la vraie personnalité de Wyntoun MacLean ?

Elle arqua un sourcil soupçonneux.

— Vous ne venez pas avec nous ? demanda-t-elle.

— Plus tard.

Il tourna les talons pour ouvrir la porte, invitant Adrianne à sortir.

— Nous nous reverrons certainement avant votre départ pour Balvenie Castle, dit-il.

— Est-ce que par hasard un courrier accompagnait la carte ?

— Ah, oui… Je vous remettrai le tout lorsque vous serez installée. J'ai en ma possession des lettres de vos sœurs que vous devez être impatiente de lire.

Adrianne acquiesça, marqua une pause sur le seuil.

— Y a-t-il autre chose que vous auriez omis de me signaler à propos de votre famille ?

Un demi-sourire courut sur ses lèvres et une lueur d'amusement brilla dans ses magnifiques yeux verts.

— Faites-moi confiance, mademoiselle Percy, vous saurez tout ce qu'il y a à savoir sur les MacNeil et les MacLean avant le coucher du soleil. Je parie même que vous en apprendrez plus que vous ne le souhaitez.

Duart Castle se dressait avec majesté sur un rocher escarpé, à l'extrémité de l'éperon en forme de péninsule qui s'avançait dans le détroit de Mull. On aurait dit un gigantesque matou gris prêt à bondir sur quiconque oserait s'approcher de ses griffes mortelles.

Adrianne baissa le regard sur ses compagnons de barque, trois marins aux figures rougeaudes qui ramaient avec force.

— Savez-vous, Ian, de quand date ce château ? demanda-t-elle.

Visiblement content qu'elle se soit souvenue de son nom, le matelot aux cheveux roux sourit avant de répondre.

— Il paraît que ça fait plus de deux cents ans que Duart Castle est debout, mademoiselle.

— A-t-il été construit par les MacLean, ou a-t-il été ravi à un autre clan ?

Le jeune homme secoua négativement la tête.

— Non. C'est un laird du clan qui l'a bâti, et la forteresse est toujours restée la propriété des MacLean.

— Mais vous êtes un MacNeil, si je ne m'abuse. D'après ce que j'ai entendu sur le pont, le capitaine ainsi que la plupart des marins sont des MacLean.

— Oui, c'est vrai. Mais tout le monde sait que les MacNeil sont bien meilleurs navigateurs que les MacLean, pas vrai, les gars ?

Le marin aux cheveux grisonnants assis au centre ne dit mot. Le troisième, installé à la poupe, ricana.

— Il n'y a pas de querelles entre les deux clans ? interrogea-t-elle.

— Non, répliqua Ian, personne ne s'est vraiment bagarré depuis que la mère de sir Wyntoun – paix à son âme ! – a épousé Alexander MacLean, voici trente ans de cela. Non, il n'y a pas de réelle rivalité.

Le marin assis en proue opina.

Adrianne adressa un sourire à l'aîné qui ramait au milieu.

— Et vous êtes sans doute... maître John, je me trompe ? dit-elle d'un air énigmatique.

Le matelot qui avait ricané prit la parole.

— Vous ne seriez pas un peu magicienne sur les bords, à deviner les noms, comme ça ?

— Ah... fit-elle en levant le menton, vous devez être maître Kevin.

— Tudieu ! jura Ian. La demoiselle est sacrément douée !

Adrianne réprima son sourire. Ça n'avait pas été très compliqué d'écouter et de retenir quelques noms pendant l'attente sur le pont.

— Je suppose, maître John, que vous êtes un MacLean, n'est-ce pas ?

Kevin répondit à sa place.

— C'est exact, mademoiselle. Et il vit avec la même femme, dans le même cottage délabré, depuis...

Il émit un sifflement faussement admiratif avant d'ajouter :

— Mon père n'était pas encore né.

Ian arqua un sourcil réprobateur en direction de Kevin.

— Si j'étais toi, mon grand, je ficherais la paix à John. Ta tendre Agnès va bientôt accoucher. Et je mettrai ma main au feu que tu iras supplier à genoux, devant la porte de ce « cottage délabré », la vieille Janet de t'aider.

Adrianne se tourna vers John.

— Votre épouse est sage-femme ?

De nouveau, Kevin parla pour John.

— Elle est aussi guérisseuse. En fait, elle a dû voir naître tous les habitants de ce bout d'île depuis... au moins quarante ans.

Le jeune homme fit une grimace, désigna Ian du menton.

— Hélas ! soupira-t-il avec un sourire narquois, Janet a même aidé à mettre au monde des fripouilles comme celui qui est assis devant vous. Si c'est pas...

Ian darda sur Kevin un regard meurtrier.

— Dites-moi, John, coupa Adrianne, combien d'enfants et de petits-enfants avez-vous ?

Le vieux marin resta silencieux. Il secoua la tête en esquissant un sourire bienveillant et détourna son attention sur leur objectif, le rivage.

Adrianne regretta ses paroles. L'idée que l'on puisse vieillir sans progéniture ne lui avait jamais effleuré l'esprit. Elle songea au cottage vide, à l'âtre ne réchauffant que le vieux couple, et en fut attristée.

Elle se concentra sur l'impressionnante silhouette de Duart Castle qui grandissait à vue d'œil, à chaque coup de rame.

Un nouveau départ, se dit-elle. Son séjour à Barra n'était qu'un mauvais souvenir. Elle était résolue à mieux se comporter, sur l'île de Mull.

Oui, se répéta-t-elle en silence. Barra, c'était le passé. Duart Castle, l'avenir.

Adrianne avait imaginé l'apparence du laird des MacLean, et elle ne s'était pas trompée. Malgré son âge mûr, Alexander MacLean avait tous les attraits rêvés d'un chef de clan : la beauté, la robustesse, le charme et la gaieté.

Fraîche et pimpante, vêtue des habits qu'on lui avait réservés, elle avait pris place sur l'une des chaises de l'estrade. Mordant à pleines dents dans une cuisse de canard rôti, elle se figea, stupéfaite, le regard rivé sur le guerrier aux tempes grisonnantes, présidant en bout de table. Le Highlander venait de lui annoncer de manière anodine qu'ils étaient pirates, de père en fils.

Apparemment, Alexander MacLean n'était pas mécontent de l'effet produit sur son hôte.

— On dirait que vous venez d'avaler un os, mademoiselle, déclara le laird en éclatant d'un rire tonitruant qui emplit la grand-salle. Je vous en prie, ne me regardez pas comme si j'étais le premier pirate que vous rencontriez de votre vie.

Intimidée, Adrianne posa la cuisse de canard dans son assiette, jeta des coups d'œil aux commensaux l'entourant. Tous avaient un sourire de connivence et attendaient qu'elle prenne la parole.

Elle fixa la chaise vide à sa droite, la place réservée à Wyntoun s'il se décidait à débarquer. Quand même... se tança-t-elle, il aurait pu la prévenir qu'elle aurait affaire à des corsaires.

Des pirates ! Les contes et légendes qui avaient peuplé son imaginaire resurgirent. Des bouts d'histoires relatant les méfaits des égorgeurs, des écumeurs visitant les villages portuaires de la côte de Barbary, dans le Yorskshire, et pillant tout sur leur passage lui revinrent en mémoire.

Durant son enfance, l'évocation de certains pirates suffisait à la terroriser. Hugh Campbell le Sanguinaire ; Alex MacPherson l'Impitoyable... Tout récemment, sur l'île de Barra, on lui avait narré certains épisodes qui lui avaient donné la chair de poule. Et Adrianne Percy n'était pas facilement impressionnable.

Elle s'ébroua mentalement. Tous attendaient son avis sur la question.

— Non, milord, vous êtes le premier pirate que j'ai le plaisir de rencontrer.

Cette fois, le rire du laird fut communicatif car toute la tablée s'esclaffa.

Qu'avait-elle dit de drôle ?

Elle dirigea son regard vers lady Mara, la petite épouse de lord Alexander. Le haut col de son manteau de fourrure ne parvenait pas à dissimuler la mine sévère de la châtelaine, qui ne partageait visiblement pas l'enthousiasme de son mari.

— Eh bien, mademoiselle, vous vous trompez, déclara le laird.

— Je... bredouilla-t-elle. Je ne comprends pas ce qui vous amuse tant. Jamais, au grand jamais, je n'avais croisé le chemin d'un corsaire.

De nouveau, les rires fusèrent.

— Ah... dites-moi, comment êtes-vous venue jusqu'ici ? interrogea sir Alexander.

— Milord, vous vous moquez de moi, sans doute.

Elle repoussa le tranchoir disposé devant elle et fit face au laird avant de poursuivre.

— Vous savez comme moi que j'étais sur l'un des navires de votre clan dont le capitaine s'appelle Alan MacNeil.

— Un brave homme, pour sûr. Qui d'autre était à bord ?

— Il y avait de nombreux marins.

La plupart des convives s'esclaffèrent de plus belle. Il les fit taire d'un geste.

— Et à qui appartient ce vaisseau ? Qui vous a ramenée de Barra ?

Décidément, elle ne voyait pas où voulait en venir sir Alexander. La situation commençait à l'embarrasser. Ses joues étaient rouge carmin.

— Eh bien, dit-elle, votre fils sir Wyntoun m'a accompagnée jusqu'à Duart Castle.

Le laird s'adressa à ses invités, aux gens de la maisonnée ainsi qu'aux marins attablés au pied de l'estrade.

— Notre charmante invitée ne semble pas connaître la Lame de Barra, le pirate le plus redouté de l'Ouest écossais.

8

Le moine silencieux, un échalas boiteux, darda sur l'estrade un regard d'acier. Entouré de ses gens, John Stewart, comte d'Athol, tenait son épouse par la main.

Elle avait beau essayer de cacher sa grossesse, tout le monde savait qu'au printemps, lady Catherine mettrait au monde l'héritier du clan. Dans l'enceinte de Balvenie Castle, elle était protégée, choyée par sa nouvelle famille. Son visage ovale irradiait de bonheur.

L'Échalas boiteux ne laissa rien paraître de la rage qui sourdait en lui. Comme il les haïssait, elle et ses sœurs ! Il se remémora le temps où elles avaient fui leur foyer. Ces pestes s'étaient ingéniées à brouiller les pistes menant au trésor de Tiberius.

Qu'avait fait Catherine pour mériter une telle confiance, une destinée aussi heureuse ? Il en éprouvait presque du dégoût, tant il était envieux.

A ses côtés, frère Bartholomew – qu'il surnommait « la Bedaine » – n'en finissait pas de jacasser. Trois autres religieux l'écoutaient sans grand intérêt tout en se goinfrant. De véritables pique-assiette ! pesta entre ses dents l'Échalas boiteux.

Tandis que le pichet de cervoise passait de main en main, le moine fixa la table d'honneur et cette harpie de lady Catherine qui couvait son époux du regard.

— Alors, frère Benoît ! lança Bartholomew, l'arrachant à ses pensées. Vous avez parlé avec la ravissante comtesse, aujourd'hui, n'est-ce pas ?

— Je me suis entretenu avec le comte *et* son épouse, rectifia-t-il.

Lady Catherine se leva de table et s'excusa. Elle accoucherait au printemps. Si toutefois le Créateur lui prêtait vie jusque-là... songea frère Benoît avec perfidie, en observant le comte d'Athol qui accompagnait son épouse jusqu'au seuil de la grand-salle.

— Oui, le comte et son épouse, répéta bêtement la Bedaine. Le maître de Balvenie n'est plus le même, depuis qu'il a jeté son dévolu sur la charmante lady Catherine. À peine étions-nous arrivés qu'il nous a pressés de questions. Il savait que nous connaissions sa promise depuis l'enfance. Moi-même, j'ai été son professeur de géographie.

— Où voulez-vous en venir ? demanda l'Échalas boiteux d'un ton cassant.

Sans se départir de sa jovialité, frère Bartholomew répondit :

— Vous... vous étiez proche de sir Edmund Percy. Paix à son âme !

Il marqua un temps, se signa, et enchaîna :

— Vous étiez *le* confident de la famille Percy. Sachant cela, je m'étais dit que... peut-être... vous aviez eu une conversation avec lady Catherine. Seul à seule. Par conséquent...

— Il se fait tard, coupa Benoît en posant une main difforme sur l'épaule du moine bedonnant. Je dois achever une tâche ce soir. Venez avec moi, Jacob, dit-il au petit moine efflanqué et loucheur.

L'échalas boiteux sortit de table et claudiqua jusqu'à la porte massive, talonné par son acolyte.

— Le message que vous avez reçu, s'enquit Jacob en murmurant, était-il important ?

— Chut ! fit Benoît en le fusillant du regard.

Les deux moines ne tardèrent pas à fouler le sol humide de la cour intérieure. La neige qui tombait en tourbillonnant conférerait bientôt à l'obscurité un étrange éclat. Une atmosphère cotonneuse envelopperait la lande.

L'échalas boiteux fit volte-face et agrippa le capuchon du manteau du petit louchon.

— Tout ce qui concerne les assemblées des Chevaliers du Voile est d'une importance ca-pi-tale ! Si j'ai pris des risques pour obtenir les renseignements dont nous avons besoin, vous ne pensez pas que l'affaire est grave ?

— Euh… je… bafouilla Jacob, ce n'est pas ce que je…

Benoît relâcha son comparse qui reprit contenance.

— En fait, continua le moine efflanqué, je souhaitais savoir si ce message avait un rapport avec la Lame de Barra. Le pirate s'est-il occupé de la benjamine des sœurs Percy ?

L'échalas boiteux couvrit son visage buriné avec sa capuche pour se protéger de la neige et du vent qui forcissait.

— Vous êtes trop curieux. Vous aurez les informations utiles en temps et en heure. Bon… la nuit ne fait que commencer et nous avons une mission à accomplir.

Le petit louchon opina et suivit son maître.

— Justement, renchérit Jacob en frottant pensivement sa barbe grisonnante, je n'ai plus beaucoup de temps. Tout le monde ici attend impatiemment l'arrivée de Laura Percy et de son nouvel époux. Je ne peux tout de même pas raser les murs avec l'espoir qu'elle ne me reconnaîtra pas.

Benoît s'arrêta si brusquement que les deux moines faillirent se percuter.

— Mais… vous disiez qu'elle vous avait à peine vu lors de cet enlèvement avorté au couvent près de Loch Fleet !

— Oui…

Les doigts du petit louchon s'entortillèrent autour de la cordelière lui serrant la taille.

— ... en fait, je n'en suis pas absolument certain, poursuivit-il en évitant le regard de son supérieur. Nous ne devons pas prendre de risques inconsidérés. Ces Highlanders sont des sauvages. Ils sont impitoyables quand il s'agit de protéger les membres de leur clan. Imaginez que William Ross, le mari de Laura, apprenne que j'étais de ceux qui les pourchassaient…

La panique le saisit, il déglutit.

— … il était présent dans cette masure, feignant d'être un fermier agonisant. Je crains que *lui* ne me reconnaisse.

Pour toute réponse, frère Benoît haussa les épaules et reprit sa marche claudicante. Son petit acolyte lui emboîta le pas.

— Il faut faire quelque chose, insista-t-il. Trouvez une excuse pour me renvoyer de Balvenie.

— Nous venons à peine d'arriver, grommela l'échalas boiteux, nous risquons d'éveiller les soupçons. Vous ne bougerez pas d'ici.

— Mais c'est impossible ! gémit Jacob. Si par malheur ils me reconnaissent, s'ils me soumettent à la question, je doute d'être en mesure de résister à la torture. Cela compromettrait tous nos efforts.

Frère Benoît s'arrêta de nouveau, pivota.

— Vous ne croyez plus en notre cause sacrée ! dit-il d'un ton à glacer le sang du plus téméraire des soldats.

Le petit louchon tressaillit.

— Non, c'est faux. Ma requête est simple : vous m'affectez à une tâche dans un monastère voisin pendant quelques semaines… pour le bien de notre cause. Écoutez-moi, je serai plus utile vivant que mort !

Le grand moine encapuchonné resta impassible. Tous deux gardèrent le silence. Dans la pénombre, la neige et le vent, les secondes semblèrent durer une éternité. Frère Benoît posa finalement une main noueuse sur l'épaule du prélat efflanqué.

— Vous avez eu raison de soulever le problème, Jacob. Il me vient une idée. Je crois avoir une solution qui nous permettra de poursuivre notre quête sans la menacer. Suivez-moi, nous allons… nous allons régler l'affaire, conclut-il avec un sourire sinistre.

Les rires retentissaient encore dans la grand-salle de Duart Castle. Adrianne ne comprenait toujours pas la raison de l'hilarité générale. Elle jeta un regard en coin à la chaise réservée à Wyntoun, fixa le motif de la nappe aux couleurs des MacLean.

La Lame de Barra…

Pendant les cinq mois qu'avait duré son séjour sur l'île de Barra, tant de rumeurs avaient circulé sur ce ténébreux pirate ! Tous les gens qu'elle avait croisés ne tarissaient pas d'éloges à propos de « leur » corsaire. Chaque habitant avait sa petite anecdote à raconter. Tous, sans exception, lui avaient expliqué à quel point leurs vies avaient changé grâce à la Lame de Barra.

À n'en pas douter, certaines histoires étaient pure invention, le produit de longues soirées hivernales au coin du feu. On narrait que le corsaire, à lui seul, avait réussi l'exploit de conquérir la flotte des Anglais et des Danois, qu'il avait terrassé des serpents de mer avec son poignard. Il avait traversé les océans et atteint la Chine, afin d'en rapporter un mystérieux remède pour l'enfant malade d'un de ses marins.

Adrianne attribuait cette propension à enfanter ces mythes et légendes à l'isolement de l'île. Ces gens rustauds mais chaleureux, ce peuple insulaire avait besoin de créer ses propres héros qui portent haut leurs couleurs, leur honneur, au-delà des mers.

Elle n'avait pas vu un seul signe prouvant l'existence de la Lame de Barra. Même lorsqu'elle s'était enquise sans ambages de l'identité du corsaire, personne n'avait voulu, ou pu, lui répondre. D'après elle, il faisait peut-être partie du clan des MacNeil, si toutefois il était réel…

Pas une fois, lors de son séjour, on ne lui avait laissé entendre que le héros de ces légendes n'était autre que le maître de l'île. Wyntoun MacLean et la Lame de Barra n'étaient qu'une seule et même personne.

Adrianne prit sa coupe pour se donner une contenance.

— Ça suffit ! intervint Mara.

L'effet fut immédiat. Le silence tomba sur l'assemblée. Puis lord Alexander se racla la gorge et les convives reprirent leurs conversations, comme si de rien n'était.

Adrianne adressa un regard reconnaissant à lady Mara qui se pencha pour parler à l'oreille du laird. La petite épouse qui devait approcher la cinquantaine chuchota quelques paroles sur un ton de reproche, et sir Alexander opina du chef.

Soudain, le laird aux cheveux grisonnants mit fin à la discussion en posant un baiser sonore sur les lèvres de sa femme.

Lady Mara avait des cheveux roux que striaient des mèches blanches. Ses joues ivoirines s'empourprèrent et ses yeux bleu ciel dardèrent des flèches sur son époux. Elle se leva brusquement de table.

— Oh… Alexander !

— Oui, ma chérie ? railla-t-il. Qu'y a-t-il ?

— Oh ! va au diable !

Comme le laird riait, Mara ajusta son manteau de fourrure et se tourna vers Adrianne.

— Venez avec moi, mademoiselle Percy. Je vous déconseille de fréquenter certaines personnes de la maisonnée, dit-elle en arquant un sourcil outré. Elles manquent parfois cruellement de savoir-vivre.

D'ordinaire la première à contester l'autorité, Adrianne s'exécuta et suivit lady Mara que ses dames de compagnie talonnèrent aussitôt.

Lors de son arrivée, le matin même, elle n'avait vu du château que la grand-salle et l'escalier en colimaçon desservant l'aile ouest où se trouvait sa chambre, au deuxième étage. Elle y avait découvert un baquet rempli d'eau chaude. Après son départ périlleux de Barra et le voyage mouvementé à bord du navire, un bain représentait pour elle le luxe suprême. Elle avait même une servante attitrée, répondant au nom de Makyn. Celle-ci l'avait aidée à se parer pour la soirée d'une somptueuse robe bleu nuit.

Avant le dîner, Adrianne s'était plongée avec ravissement dans la lecture du courrier que lui avaient adressé sa mère et ses sœurs. La belle écriture de Catherine annonçait son mariage, son futur bébé et la création de son école. Laura, elle aussi, était tombée éperdument amoureuse.

Apparemment, la lettre de Diana datait d'avant leur fuite du Yorkshire et contenait conseils et instructions à propos de la carte et du trésor de Tiberius.

Marchant tranquillement auprès de lady Mara, Adrianne s'ébroua mentalement, chassa de ses pensées sa famille et ce mystérieux trésor. Son hôtesse l'invita à entrer dans l'antichambre menant aux appartements du laird.

Dans cette pièce relativement grande régnait une atmosphère oppressante. Adrianne jeta un regard circulaire sur les meubles, les ornements, et en déduisit que la maîtresse des lieux y passait le plus clair de son temps. Un feu brûlait généreusement dans l'âtre.

Elle s'efforça de cacher son étonnement. Jamais elle n'aurait imaginé qu'une pièce puisse contenir tant de mobilier. Il y avait six fauteuils aux dossiers sculptés, un large banc près de la cheminée, de ravissants bougeoirs disséminés sur deux tables. Pas un centimètre carré de mur n'était nu : des tapisseries françaises, espagnoles et italiennes de premier choix couvraient les murs du sol au plafond.

La chaleur était étouffante et les volets clos amplifiaient l'impression d'enfermement qu'éprouvait la jeune femme.

Elle se tint hésitante sur le seuil tandis que la châtelaine remettait son manteau de fourrure à l'une des servantes et prenait place dans un fauteuil près de l'âtre. Une vieille domestique vint déposer une couverture de soie capitonnée sur les genoux de sa maîtresse.

— Il fait froid, vous ne trouvez pas ? demanda lady Mara. Bonnie, ajoutez du bois dans la cheminée, je vous prie.

Une goutte de sueur perla dans le dos d'Adrianne quand elle vit la vieille domestique s'exécuter.

— Votre chambre vous convient-elle ? Est-elle confortable ? s'enquit l'épouse du laird.

— Oui, milady, répondit-elle, songeuse.

Sa chambre se situait juste au-dessus d'elles. Jetant un coup d'œil furtif en direction des fenêtres, elle ressentit le besoin de respirer l'air du dehors. Les deux servantes qui entrèrent ne paraissaient pas souffrir de la chaleur. Elles s'assirent sur le banc, près du feu, et entreprirent leurs menus ouvrages – couture et broderie.

— Je vous suis reconnaissante de m'avoir donné une chambre avec une vue aussi splendide sur la baie, milady.

La petite châtelaine fixa ses yeux bleu ciel sur ceux d'Adrianne.

— Assez de « milady ». Appelez-moi Mara. Et puis… je vous déconseille d'ouvrir vos volets en cette période de l'année. La brise venant de l'ouest est glaçante. Les murs de ce côté-ci de Duart Castle ont plus de trous qu'un filet de pêcheur. Bonnie s'assurera que vos fenêtres soient bien closes. Les autres viendront alimenter votre âtre.

— Ne vous inquiétez pas pour moi, lady… pardon, Mara. J'ai déjà fermé les volets et… le chauffage me convient tel qu'il est.

Elle ôta le châle en tartan de ses épaules et s'assit sur un trépied. Avec un peu de chance, se dit-elle, elle parviendrait à discuter avec la maîtresse des lieux sans suffoquer.

— La robe que je vous ai fait livrer, c'est celle que vous portez si je ne m'abuse.

— Oui, mi… Mara, se corrigea-t-elle. Je vous en remercie, elle est ravissante.

— La taille ne va pas, commenta la petite châtelaine.

— Elle me va très bien.

Adrianne se satisfaisait amplement de vêtements secs. La coquetterie n'était pas son fort.

— N'importe qui de sensé vous dirait qu'elle est trop ample.

Un demi-sourire courut sur les lèvres de lady Mara. Jusqu'à présent, Adrianne n'avait vu sur le visage de son hôtesse qu'un masque austère.

— Deux demoiselles entreraient aisément dans ce corsage.

La jeune femme baissa le menton, contempla sa toilette et sourit franchement.

— Peut-être même trois, ironisa-t-elle. Mais cela ne me déplaît pas.

Les servantes affairées près du feu gloussèrent. Regardant de nouveau l'épouse du laird, Adrianne constata une étonnante métamorphose : Mara était rayonnante. La châtelaine était une femme ravissante… quand elle souriait.

— Vous n'êtes pas du tout celle à laquelle je m'attendais, dit lady Mara sur un ton espiègle.

— Je constate que ma réputation m'a précédée, répondit Adrianne en fronçant les sourcils.

L'intelligence brilla dans les yeux bleu azur de l'épouse du laird.

— Vous savez comment sont les hommes. Ils ne peuvent s'empêcher de parler. Ils répandent plus de médisances que la gent féminine… Et l'on dit que les femmes s'adonnent aux commérages ! Pfff… J'ai appris à ne pas prêter l'oreille aux rumeurs.

— Eh bien… Mara, en ce qui me concerne, je vous conseille d'y croire un peu.

La châtelaine se tourna vers la vieille domestique.

— Bonnie, apportez-nous des fruits secs ainsi qu'un pichet de vin. (Puis, s'adressant aux deux autres servantes :) Laissez-nous, je vous prie.

Mara joua avec les bagues qui ornaient ses doigts fins jusqu'à ce qu'elle et Adrianne soient seules dans l'antichambre.

— Vous ne devriez pas vous déprécier en face de moi, ni de quiconque, d'ailleurs, déclara la châtelaine.

— Vous… vous vous trompez. Je n'ai nullement l'intention de cacher ma vraie personnalité ni ce que j'ai fait dans l'île de Barra.

— Dites-moi qui vous êtes, mon enfant.

Le franc-parler de lady Mara ne laissait pas de l'étonner. Son interlocutrice paraissait sincère, soucieuse de la connaître.

— Je pense que vous savez qui je suis. En revanche, je peux vous parler de ma famille, de mes sœurs, de ma mère…

— Parlez-moi de vous, coupa-t-elle.

En butte au silence interloqué d'Adrianne, lady Mara repoussa la couverture, s'adossa à son siège et plongea sa petite main dans son corsage pour en sortir une croix en or ouvragé suspendue à la chaîne qu'elle portait au cou.

— Nous savons tous que vous êtes la benjamine de Diana Erskine et Edmund Percy. Personne n'ignore que votre père a été assassiné parce qu'il a défié la couronne d'Angleterre et que votre mère, pleine de bravoure, a fui le pays qu'elle avait choisi d'habiter. Elle s'est réfugiée dans la région des Borders afin d'échapper à la prison… ou pire. Nous savons également que vous et vos sœurs avez été abandonnées…

— Nous n'avons pas été abandonnées, notre mère nous a envoyées en Écosse pour…

Lady Mara leva une main pour lui intimer le silence.

— Adrianne, racontez-moi pourquoi on vous compare à une harpie. On considère que vous êtes l'étincelle qui a mis le feu aux poudres dans la communauté religieuse de Barra. En admettant que les rumeurs circulant à votre propos soient vraies… narrez-moi l'histoire de cette chatte sauvage qui n'a pas seulement semé le trouble dans la vie des insulaires, mais a aussi réussi à faire sortir de ses gonds cette religieuse implacable qu'est l'abbesse de St. Mary.

— Je constate que nous partageons la même opinion pour cette dame.

— Mes différends avec cette cousine de Néron datent d'avant votre naissance. Qu'importe… Pour l'instant, je m'intéresse à votre cas.

Une once d'admiration vibra dans la voix de la petite châtelaine.

— On m'a appris qu'elle vous avait enfermée dans une cage suspendue à l'extérieur du donjon de Kisimul.

— En effet.

— Et vous vous en êtes échappée ?

— Les hauteurs ne m'ont jamais effrayée, répliqua Adrianne en haussant les épaules.

Un sourire malicieux joua sur les lèvres de lady Mara.

— De quoi vous accusait-elle ?

— Ceux qui vous ont relaté mes péchés vous ont sûrement…

— Personne n'a prononcé le mot « péché », mon enfant. On a simplement évoqué votre bravoure, votre compassion et votre… obstination.

— Pour être tout à fait honnête, il s'agit d'une somme de choses que l'on m'a reprochées. L'abbesse voulait me modeler à l'image de ses couventines, que j'obéisse au doigt et à l'œil. Impossible. J'ai besoin de ma liberté, d'aller et venir, d'être utile à la communauté. J'ai refusé qu'on me cantonne aux murs de cette abbaye. Même dans une île aussi petite que Barra, il y avait tant à faire que les menus ouvrages des pensionnaires m'ont paru dérisoires.

— Pourtant, vous ne connaissiez personne sur place. Peut-être se préoccupait-elle de votre sécurité ?

— Je ne pouvais pas aller bien loin. Non, Mara, je ne crois pas que l'abbesse ait eu à cœur mon bien-être. Elle exigeait que je sois la femme que je ne suis pas : une personne docile et bigote.

Elle marqua une pause, fixa les prunelles bleu pâle de son interlocutrice.

— Vous avez mentionné le terme « étincelle ». Eh bien, elle m'a mise en cage parce qu'elle prétendait que j'ai mis le feu à un monastère voisin.

— Est-ce vrai ?

— Bien sûr que non ! Il y a eu un incendie, mais je n'y étais pour rien. Je n'allais pas attendre la fin de la messe avant de crier : « Au feu ! » alors que les flammes dévoraient déjà la salle capitulaire.

— L'avez-vous expliqué à l'abbesse ?

— Oui.

Le seul souvenir de sa confrontation avec la religieuse suffit à réveiller la colère qui sourdait en elle.

— Elle ne m'a pas crue. Ou plutôt, elle ne voulait pas me croire.

S'ensuivit un long silence durant lequel Adrianne se plongea dans la contemplation des flammes qui crépitaient dans l'âtre. Le bruit assourdi des convives qui achevaient de dîner dans la grand-salle se propageait à travers les couloirs et par les interstices des portes closes. À mesure que s'écoulaient les secondes, son courroux s'apaisa.

— Je ne vous demanderai pas si quelqu'un a pris votre défense car il me semble connaître la réponse.

Lady Mara retourna dans sa main la croix dorée, la scruta d'un air absent.

— Ma question est la suivante : si l'on considère tout ce que vous avez enduré, les épreuves et les châtiments, est-ce que cela valait vraiment la peine d'être aussi…

rebelle ? Si vous me permettez ce jeu de mots hâtif, le jeu en valait-il la chandelle ?

— Rebelle ou pas, je suis comme je suis. Et si c'était à refaire, je le referais. J'ai sans doute « ennuyé » certains habitants de Barra, mais j'en ai aidé une majorité. J'ai été au moins utile à ce garçon qui m'a suivie sur le navire de sir Wyntoun.

— Vous faites allusion à Gillie, n'est-ce pas ?

Adrianne opina.

— Oui. Savez-vous où il séjourne ? Je ne l'ai pas vu depuis mon arrivée à Duart Castle.

— Ne vous inquiétez pas pour lui. Wyn s'est occupé de tout. Il m'a l'air de s'être attaché à lui.

Lady Mara marqua une pause.

— Je crois que la Lame de Barra accorde ses faveurs à votre protégé. Personne n'osera toucher à un seul de ses cheveux.

Elle avait beau la rassurer, Adrianne souhaitait s'assurer par elle-même que Gillie allait bien, qu'on le traitait mieux ici qu'à Barra.

— Alors, poursuivit la petite châtelaine, quels sont les projets d'Adrianne Percy ?

— Il est encore trop tôt pour le dire. Je suppose que je vais rejoindre mes sœurs. Elles ont trouvé refuge au nord, au-delà des montagnes, près de la bonne ville d'Elgin.

Songeuse, Mara secoua la tête et se munit de nouveau de sa couverture de soie matelassée.

— Un long voyage, un dangereux périple en cette période de l'année. Mais encore une fois, connaissant Wyntoun, je sais qu'il vous trouvera une escorte excellente et les chevaux les plus robustes.

La Lame de Barra. Wyntoun. Deux noms, un seul homme. Elle avait rencontré la Lame de Barra, un pirate intrépide qui ne se laissait pas intimider par la menace, fût-elle mortelle. Elle avait également connu Wyntoun, le chevalier compatissant qui l'avait prise dans ses bras et l'avait réconfortée. Son regard émeraude, son visage conquérant et magnifique peuplaient ses pensées.

— Comment se fait-il que depuis votre arrivée, vous n'ayez posé aucune question sur lui ? demanda Mara.

Le rouge monta aux joues d'Adrianne.

La chaleur étouffante de la pièce avait au moins un mérite : dissimuler son embarras. Étrange, pensa-t-elle. L'épouse du laird lisait-elle en elle comme dans un livre ouvert, pour l'interroger sur son beau-fils au moment précis où elle y songeait ? Elle feignit l'innocence.

— De qui parlez-vous ?

— Voyons, mon enfant, mais de Wyntoun bien entendu.

— Ah… je… balbutia Adrianne, je ne sais pas…

— Mon époux vous a prise de court, n'est-ce pas, lorsqu'il vous a dévoilé la véritable vocation de Wyntoun ?

— Oui.

— Alexander aime plaisanter. C'était sa manière, maladroite, certes, de vous informer. Il tenait à ce que vous soyez au courant. À Duart Castle, nous méprisons le secret.

— Voilà qui est inhabituel.

— Vous comprendrez mieux lorsque vous connaîtrez mon mari. En l'occurrence, il a de bonnes raisons pour être franc avec vous. Alexander est fier de son fils.

En proie à la confusion, Adrianne ne dit mot.

— Depuis que Wyntoun a perdu deux caravelles en mer d'Irlande l'an dernier, Alexander insiste pour qu'il passe davantage de temps sur l'île de Mull et se prépare à endosser le titre et la charge de laird… lorsque son heure viendra. Mais il est aussi tête de mule que son père ou que n'importe quel membre du clan MacLean ! Wyntoun n'a de cesse d'ignorer la proposition de mon époux et trouve les excuses les plus invraisemblables pour aller et venir quand bon lui semble, et disparaître parfois pendant des mois. Son père en rit, arguant qu'il lui reste encore un quart de siècle à vivre, mais...

Elle s'interrompit et prit une inspiration avant de continuer.

— Quant à Wyntoun, il répète inlassablement qu'il ne se reposera pas avant d'avoir acquis un nouveau galion. Je le soupçonne de préparer une attaque contre un vaisseau espagnol.

— Est-ce que les pirates se comportent toujours de la sorte ?

— Je l'ignore. En tout cas, telle est la méthode de Wyntoun.

Adrianne réprima un sourire en pensant à sa sœur Laura avec laquelle il partageait cette obsession pour l'organisation. Un détail pourtant la chiffonnait.

— Mais... cette franchise qui fait honneur à votre clan ne risque-t-elle pas de porter préjudice à Wyntoun ? Les pirates sont hors la loi.

— Oui, répondit Mara. Alexander ne dévoile la véritable identité de son fils qu'à très peu de gens.

— Pourtant la grand-salle était pleine de commensaux...

— Des membres du clan. Des personnes de confiance. Vous étiez la seule étrangère.

— Comment peut-il avoir confiance en moi ?

— Ne vous ai-je pas déjà parlé des motivations de mon mari ?

Adrianne la dévisagea d'un air ébahi. Elle vit encore cette lueur espiègle dans les prunelles bleu ciel de la petite châtelaine.

— Ces... « motivations » ont-elles un rapport avec moi ?

— Wyntoun n'est pas le seul à être passé maître dans l'art de comploter, ma chère.

La jeune femme n'y comprenait goutte. À croire que la maisonnée s'était donné le mot pour formuler des paroles ambiguës, voire incompréhensibles.

— Mara, c'est la deuxième fois aujourd'hui que j'ai la désagréable impression qu'on se joue de moi.

Elle se leva du trépied, alla jusqu'à la fenêtre close dans le vain espoir de respirer l'air du dehors et pivota sur ses talons.

— Je vous en prie, soyez franche avec moi.

— Ne voyez-vous rien venir, mademoiselle Percy ? Alexander a en tête de vous faire épouser la Lame de Barra.

En proie à la stupeur, Adrianne sentit le plancher se dérober sous elle et chancela.

Mara lui intima de s'asseoir.

— Ressaisissez-vous. Où est passée l'intrépide Adrianne ? La promise de Wyntoun ne s'évanouit pas comme ça, à la première occasion.

9

Quand elle eut quitté l'appartement de lady Mara, Adrianne interrogea Bonnie, la vieille domestique qui patientait dans le sombre corridor menant à l'escalier en colimaçon.

— Oui, mademoiselle, répondit celle-ci. Il vient d'accoster et dîne en ce moment même avec son père, le laird.

— Auriez-vous la gentillesse d'envoyer quelqu'un de ma part ? J'aimerais m'entretenir avec sir Wyntoun quand il sera libre.

— Oui, mademoiselle, je vais lui demander sur-le-champ. Où souhaitez-vous qu'il vous rencontre ?

Un pli soucieux creusa le front d'Adrianne. En aucune façon, elle ne voulait l'inviter dans sa chambre. Pas après l'audacieuse conversation qu'ils avaient eue dans la cabine du navire !

Comme elle hésitait, Bonnie désigna du menton la servante qui avait aidé Adrianne à s'habiller, et proposa :

— Je suggère que Makyn vous accompagne jusqu'à l'antichambre des appartements de sir Wyntoun. Il se sert de cette pièce comme... cabinet de travail.

— Très bonne idée, acquiesça Adrianne.

Elle insista pour éviter la grand-salle. La domestique la guida donc dans un dédale de couloirs et d'escaliers. Elles passèrent devant des réserves fermées à double tour, des pièces remplies d'énormes barriques, pour finalement gravir un énième escalier en colimaçon menant à une nouvelle bâtisse.

Bien qu'elle ne connaisse pas les lieux, Adrianne se situa approximativement. Si elle ne se trompait pas, elle était à présent dans l'aile est. Cette partie du château apparemment neuve avait été construite à l'image de l'aile ouest où se trouvaient les appartements du laird et la chambre qu'on lui avait attribuée.

Scrutant les couloirs qu'éclairaient des torches à distances égales, elle remarqua qu'on avait pris soin de respecter la symétrie et le style original du donjon.

— Makyn, qu'y a-t-il à l'étage au-dessus ? s'enquit-elle.

— Deux chambres, mademoiselle, comme dans l'aile ouest.

Adrianne marqua une pause au pied de l'escalier.

— Les appartements de sir Wyntoun sont par là, reprit la servante. Si vous voulez bien me suivre…

Quand Makyn ouvrit le battant donnant sur l'antichambre, les deux femmes furent surprises de trouver le fils du laird campé devant la cheminée. Makyn s'inclina et prit congé en fermant la porte derrière elle.

— Vous… vous êtes déjà là ? s'étonna Adrianne.

— Oui.

La lueur des flammes se reflétait dans ses prunelles émeraude. Son visage avait les traits ciselés d'une statue grecque et n'exprimait aucune émotion.

Ce n'est pas permis d'être aussi beau, se dit Adrianne qui ne desserra pas les mâchoires. Un « oui » aussi brusque qu'impertinent ne méritait que le silence.

Elle baissa les yeux et détailla la fibule qui maintenait le tartan sur les épaules du Highlander. Puis elle contempla le manteau de la cheminée : un bouclier y était accroché, devant un voile bleu azur ourlé d'or. Elle fixa le joyau orné de pierres précieuses.

Le bouclier et la fibule représentaient le même dessin : une main rouge agrippant une croix bleue.

Cela lui rappelait quelque chose… un lointain souvenir de l'enfance. Quoi exactement ? Elle n'aurait su le dire.

— C'est le même symbole, effectivement, confirma tout à coup Wyntoun d'une voix de velours. Vous souhaitiez me parler, c'est cela ?

Adrianne frotta discrètement ses mains moites sur ses hanches. Elle opina et détourna le regard en songeant aux propos de lady Mara.

L'exercice s'avérait bien plus ardu qu'elle ne l'avait cru. Elle avait prévu d'entrer, de dire ce qu'elle avait à dire puis de partir sans demander son reste. Son côté impulsif lui tendait parfois des pièges.

Cependant, ce n'était ni le lieu ni le moment pour méditer ou laisser le doute s'instiller en elle. Il fallait clarifier la situation, et vite. Ou, du moins, tant que l'escorte n'était pas prête à l'emmener traverser les Highlands.

Troublée par le regard perçant de Wyntoun, elle ne parvint toutefois pas à formuler une seule parole et s'en voulut de perdre aussi facilement ses moyens.

— Votre chambre vous convient-elle ? s'enquit-il.

Adrianne opina, réalisant qu'il tentait de l'aider par de menus propos. Elle prit place sur l'une des chaises, posa sagement ses mains sur ses genoux et promena ses yeux des meubles aux tapisseries, en passant par les rayonnages de livres. Elle passa tout au crible, sauf son hôte.

— Cette pièce est splendide, dit-elle d'un air faussement désinvolte. Lady Mara m'a appris que vous aviez supervisé les travaux de cette aile du château.

— Qu'est-ce qui vous amène, Adrianne ?

Le mufle ! pesta-t-elle intérieurement. Piquée au vif, elle darda ses prunelles lilas sur Wyntoun MacLean. Adossé à la cheminée, il avait les bras croisés sur son torse puissant.

— Une simple visite de courtoisie.

— Je ne vous crois pas.

— Comment pouvez-vous en être aussi certain ? Vous ne me connaissez même pas !

Un sourire courut sur les lèvres charnues du Highlander.

— J'en sais plus sur vous que vous ne l'imaginez.

Elle émit un grommellement et se leva de sa chaise.

— Ah… j'oubliais. Ma sœur Laura. Vous l'avez rencontrée, n'est-ce pas ? Elle a dû vous parler de moi et de ma famille.

— Les lettres qu'on vous a remises ne mentionnaient-elles pas cette rencontre ?

— Si.

Wyntoun s'écarta de l'âtre pour s'approcher d'une table de travail qu'une bougie éclairait. S'y trouvaient une plume, un encrier, un assortiment d'ustensiles ainsi que de nombreuses feuilles de vélin.

— Le courrier de Catherine a tardé à vous parvenir parce qu'il y a peu de navires qui bravent les éléments pour accoster Barra. Après que Laura et William Ross m'eurent chargé de vous retrouver, j'ai croisé un messager du comte d'Athol. Le pauvre homme pouvait attendre longtemps avant qu'un vaisseau s'aventure jusqu'à Barra !

— Je comprends.

À l'évidence, Wyntoun gardait ses distances en se protégeant derrière son bureau.

— J'ai constitué une équipe qui vous escortera jusqu'à Balvenie Castle. Vous partirez en fin de semaine.

Doux Jésus ! Le chevalier était d'une efficacité redoutable.

Parle ! se tança-t-elle. Dis-lui ce que tu as à lui dire ! Hélas ! les paroles qu'elle bredouilla ne furent qu'une réponse courtoise.

— Nous sommes arrivés ce matin. Voilà qui est… expéditif.

Il arqua un sourcil étonné puis s'assit à son bureau et fit mine de scruter un document déplié devant lui.

— J'aurais pu vous faire partir encore plus tôt, répliqua-t-il. Mais j'ai préféré vous laisser le temps de vous remettre de vos émotions après ce voyage en mer relativement… tourmenté.

Adrianne redressa les épaules, s'approcha du Highlander. Manifestement, la conversation commençait à ennuyer Wyntoun.

Parle, bon sang ! se gourmanda-t-elle.

— Bon, lança-t-il, si vous n'avez rien d'autre à ajouter…

Elle plaqua ses paumes sur le bureau. Wyntoun leva les yeux de sa correspondance pour regarder Adrianne.

— Qu'y a-t-il ? s'étonna-t-il.

— Il faut que vous m'épousiez.

Le pichet en bois heurta les lattes inégales du parquet puis roula contre la cloison opposée.

Une idée fulgura dans l'esprit de lady Diana. Elle comprit soudain pourquoi la domestique rabougrie ne lui répondait pas : elle était probablement sourde. Afin de confirmer ses soupçons, Diana ramassa le pichet et le lança contre l'épaisse porte.

La vieille femme continua d'entretenir le misérable âtre dans le coin de sa cellule. Aucun sursaut, rien. Elle était effectivement sourde.

Les pensées de Diana fusèrent. Comment réagir ? Que faire ? Elle se campa près de la femme qui, une fois sa tâche terminée, se redressait et lui posa une main sur l'épaule. La servante tressauta. Impossible de lire dans son regard : la capuche dissimulait les yeux de la vieillarde.

— Vous ne m'entendez pas, n'est-ce pas ?

Aucune réponse. La domestique recula pour se dégager et pivota sur ses talons. Diana tira doucement sur la capuche de la vieillarde qui lui fit face.

Elle dut déployer un effort surhumain pour dissimuler sa stupeur. Le visage abîmé de la vieille femme portait les stigmates de l'âge et de la maladie.

Sa gardienne remit calmement sa capuche en place.

— Je suis navrée, lui murmura Diana en articulant lentement et en lui faisant signe d'attendre.

Elle ôta sa chaîne qu'ornait une croix en bois sculptée et la passa au cou de la vieillarde. Celle-ci recula et prit hâtivement congé. Quand la porte s'entrouvrit, Diana crut voir la domestique presser l'offrande contre son cœur en guise de remerciement silencieux.

10

Wyntoun réprima un sourire tandis qu'Adrianne dardait sur lui un regard plein d'espoir. Il s'en voulut d'avoir instauré cette distance, d'avoir mis entre elle et lui ce satané bureau, car il brûlait de l'étreindre.

— Qu'avez-vous dit exactement ?

— Il faut que vous m'épousiez, répéta-t-elle, imperturbable.

— Comment expliquez-vous cette... proposition pour le moins surprenante ?

Elle se raidit. Il s'inclina par-dessus le bureau pour lui saisir un poignet.

— Je... j'ai eu une discussion avec lady Mara.

D'un air désinvolte, elle tenta de libérer sa main. En vain.

— Elle... elle a évoqué l'espoir de votre père... pour... bafouilla-t-elle. Il lui semble judicieux que je devienne la femme du futur laird des MacLean.

— Vous avez dû faire meilleure impression sur mon père et son épouse que sur moi.

— Eh bien, je ne leur ai pas mis le couteau sous la gorge. Maintenant, lâchez-moi !

Wyntoun masqua son amusement par un froncement de sourcils. Sous ses doigts vigoureux, il sentait battre le pouls de la jeune femme.

— Depuis que j'ai seize ans, mon père n'a cessé de vouloir me marier. C'est devenu son passe-temps favori.

Lorsque je serai prêt à convoler, il n'aura pas son mot à dire sur le choix de la promise.

Les joues d'Adrianne s'empourprèrent.

— J'apprécie votre franchise. Voulez-vous me lâcher, s'il vous plaît ?

— Qu'y a-t-il, demoiselle ? Auriez-vous oublié à Barra la flamme qui brûle en vous ?

Vexée, elle crispa sa main libre et tenta de lui assener un coup de poing. Il esquiva de justesse et lui attrapa le poignet tandis qu'elle lui lançait un regard étincelant de colère.

— Et qu'en est-il de votre langage… fleuri ? Ne me dites pas que vous l'avez également laissé à Barra.

— Vous n'êtes qu'un rustre, un butor, pour me provoquer ainsi alors que je suis votre invitée à Duart Castle ! Votre père et lady Mara savent se tenir, eux. Espèce de… jacasseur ! Satan en personne a dû confier votre éducation à cette démone qu'est votre tante, l'abbesse.

— Vous me décevez. Vous pouvez faire mieux, beaucoup mieux ! railla-t-il. Apparemment, vous ne vous êtes pas remise de notre voyage en mer. Pour revenir à votre… requête, qu'est-ce qui vous fait croire que vous avez l'étoffe d'une future MacLean ?

— Je retire mon offre, riposta-t-elle. J'avais oublié que vous ne méritiez pas d'épouser une Percy.

Lui tenant toujours les poignets, Wyntoun contourna le bureau tout en gardant une distance raisonnable. Certes, elle était vive comme l'éclair et rusée – la coupure qu'il avait à la gorge le prouvait – mais il se méfiait surtout de sa propre attirance pour la demoiselle.

— Asseyez-vous ! lui ordonna-t-il en la repoussant sur le fauteuil derrière elle. Reprenons…

— Je n'ai rien à ajouter, coupa-t-elle en se massant les poignets.

Soudain, il posa les mains sur les accoudoirs du fauteuil d'Adrianne et se pencha vers elle. Leurs visages, leurs lèvres se frôlèrent dangereusement. Stupéfaite, elle écarquilla ses yeux lilas.

— Reprenons depuis le début, insista-t-il.

Le temps parut s'arrêter. Une pensée lubrique traversa l'esprit de Wyntoun : il imagina un baiser langoureux où leurs langues se mêleraient. Il se sermonna, recula pour échapper à la tentation et s'assit sur le coin de sa table de travail. Ainsi, se rassura-t-il, il dominait la situation.

— Mais… balbutia-t-elle, votre réponse est sans appel, je ne vois pas comment…

— Continuez, Adrianne. Vous m'avez parlé de mariage sans m'expliquer les raisons de votre proposition.

Ses yeux verts la jaugèrent de pied en cap.

— Pour l'instant, dit-il, je suis un peu perdu. Que désirez-vous exactement ?

— C'est plus compliqué qu'il n'y paraît. Il y a ce que j'ai appris sur votre père, puis ma conversation avec lady Mara. Mais avant cela… il y a ces lettres envoyées par mes sœurs. J'ai beaucoup réfléchi. L'idée de cette union m'est apparue comme naturelle. Voilà. Je pense sincèrement que cela peut marcher… si nous nous donnons la peine d'essayer.

— Voyons ! On n'essaie pas le mariage. Expliquez-moi plutôt pourquoi cela vous semble « naturel ».

Elle baissa les yeux, contempla ses mains.

— Mes sœurs ont toutes deux trouvé un époux. D'après ce que j'ai lu dans leur courrier, elles n'ont rien caché à leurs maris. Ce John Stewart, et… William Ross… Ils connaissent désormais le secret des Percy. Ils connaissent l'existence des cartes et du trésor de Tiberius. Vous-même en savez davantage qu'eux.

Adrianne se leva et se mit à arpenter la pièce. Wyntoun l'observa avec amusement. Cela lui ressemblait tellement, songea-t-il. Jamais elle ne pourrait rester en place.

— Alors, je me suis dit, poursuivit-elle, que ce voyage en direction du nord, de Balvenie, prendrait des semaines, sinon des mois. L'hiver, la brise glaciale, les montagnes ne sont guère nos alliées. Je crains que ce périple ne nous empêche de sauver ma mère. Et il y a une autre raison qui m'incite à rester ici.

— Laquelle ?

— Mes sœurs ne me laisseront pas prendre part à la quête de Tiberius. C'est lorsque j'ai appris que vous étiez… la Lame de Barra que tout m'a semblé clair comme de l'eau de roche.

— Si c'est clair pour vous, ça ne l'est pas pour moi.

— Vous êtes un chevalier. Un pirate qui suscite l'effroi et le respect. Catherine et Laura vous ont accordé leur confiance en vous chargeant de me retrouver. Vous ne comprenez pas ? Vous avez toutes les qualités requises.

— Les qualités pour quoi, Adrianne ?

— Pour dénicher le trésor et sauver ma mère.

Elle s'immobilisa devant la cheminée et contempla les flammes un long moment avant de poursuivre.

— Pourquoi est-ce que je vous raconte tout cela, puisque vous avez rejeté mon offre ?

— Vous m'avez soumis une exigence plus qu'une offre. Il me semble légitime de souhaiter connaître tous les détails de votre « offre ».

Une lueur d'espoir illumina le visage d'Adrianne. Elle s'avança vers Wyntoun.

— Vous allez y réfléchir ? demanda-t-elle.

— Je n'ai pas dit cela.

— Non, mais vous ne m'avez pas chassée de vos appartements.

Elle esquissa un sourire. L'innocente, pensa Wyntoun, n'avait pas idée à quel point sa beauté constituait une arme redoutable à laquelle, d'ailleurs, il n'était pas certain de pouvoir résister.

— Si nous nous mariions cette semaine… lança-t-elle.

Elle lui posa une main sur le bras pour l'empêcher de répliquer. Il garda le silence. Comment parler alors que le contact des doigts de la belle lui enfiévrait les sens ?

— Si vous m'épousiez sur-le-champ, enchaîna-t-elle, vous seriez en mesure d'envoyer un messager à Balvenie. Celui-ci irait beaucoup plus vite seul. Il apporterait à mes sœurs la nouvelle de notre mariage et les informerait de notre plan : vous et moi partirions à la recherche du trésor de Tiberius et de ma mère.

Un nouveau sourire joua sur les lèvres d'Adrianne.

— Ainsi, elles nous remettraient les deux fragments manquants de la carte, et nous irions récupérer Tiberius.

Il afficha un air grave.

— Attendez une minute ! Je n'ai pas eu le plaisir de rencontrer Catherine. En revanche, j'ai longuement discuté avec votre sœur Laura. Je doute qu'elle se sépare aussi facilement de son morceau de carte pour le confier à son insouciante benjamine.

Adrianne se raidit.

Wyntoun réalisa qu'il avait touché une corde sensible et s'en voulut… un très court instant. Il fallait raison garder et achever cette discussion.

— Hélas ! je ne suis pas convaincu par votre plan.

— Vous avez tort, répliqua-t-elle en imitant la pose de son interlocuteur, les bras croisés. Répondez simplement à mes questions, sir Wyntoun. Laura et William connaissent-ils votre réelle identité ? Savent-ils que vous êtes la Lame de Barra ?

— William est au courant, et je présume que le comte d'Athol l'est également. Je pense qu'ils ont tous deux révélé le secret à leurs épouses.

— Connaissant votre réputation, ils vous ont accordé leur confiance.

— Oui.

— Vous considèrent-ils comme un homme courageux ?

— Je le crois.

— Entretenez-vous de bons rapports avec les autres lairds d'Écosse ?

Il fronça un sourcil agacé.

— Venez-en au fait !

Elle opina, visiblement satisfaite.

— Vous êtes l'homme de la situation. Ils vous enverront leurs portions de carte car ils vous font confiance. Le temps nous est compté, et ils le savent.

— Je n'ai aucun doute en ce qui concerne William et Athol. Par contre, je ne suis pas certain que vos sœurs partagent l'avis de leurs époux.

— Au contraire. Si nous nous marions, elles seront conquises. Vous deviendriez membre de notre famille et, en tant que tel, vous aurez leur bénédiction pour partir – en leur nom – en quête du trésor de Tiberius.

Les yeux rivés sur la jeune femme, Wyntoun réfléchit un long moment. Adrianne Percy incarnait l'assurance, avec son sourire confiant et ses jambes solidement campées sur le sol. Sous ses airs provocateurs, elle lui offrait une réelle chance de parvenir à ses fins. Le plan qu'elle lui suggérait s'avérait plus efficace, plus rapide que celui qu'il avait ébauché.

L'infime lueur de doute dans ses magnifiques yeux ne lui échappa pas.

Quitte à la décevoir, il choisit d'endosser son rôle de pirate, avec la noirceur du personnage qui allait avec : le mercenaire âpre au gain.

— Qu'ai-je à y gagner ? demanda-t-il. Qu'avez-vous à donner en échange de mes services ?

— Je suppose que la gratitude de ma famille ne vous suffira pas.

— En effet. Vous n'exigez pas seulement sir Wyntoun MacLean, il vous faut également la Lame de Barra. Je vous repose ma question : qu'offrez-vous en échange ?

— Vous gagnez une épouse, une femme prête à donner naissance à un héritier, comme le souhaite votre clan. Évidemment, cette partie du… contrat ne pourra être mise en œuvre qu'après avoir accompli notre mission : trouver le trésor, le mettre en lieu sûr, et délivrer ma mère.

— Et si nous échouons à la sauver, vous reviendrez sur votre parole ?

— Non. Je porterai votre enfant, si… si vous le voulez.

Une petite voix pernicieuse souffla à Wyntoun une pensée qu'il formula.

— N'importe quelle femme peut donner un héritier MacLean. Et je peux vous assurer que choisir une demoiselle convenable ne sera pas bien difficile pour un homme de ma condition.

Alors qu'il s'attendait à une riposte cinglante… et méritée, il fut décontenancé par la réaction d'Adrianne qui, manifestement indifférente, avait repris sa déambulation.

— J'en déduis, répliqua-t-elle, que vous êtes attiré par les richesses de votre promise.

Il ne desserra pas les mâchoires. Elle tirerait ses propres conclusions, décida-t-il.

— Le trésor de Tiberius… lança-t-elle, un tremblement dans la voix.

Elle s'interrompit.

— Certes, reprit-elle, je vous ai parlé du rôle de ma famille en ce qui concerne Tiberius. Mais… si j'ai à choisir entre la vie de ma mère et la sauvegarde du trésor, eh bien… je… je préférerais la délivrer et vous confier Tiberius plutôt qu'au roi d'Angleterre ou à je ne sais quel ennemi.

— Êtes-vous sérieuse ?

— S'il le faut, je défendrai cette cause auprès de mes sœurs.

— Les prétendues richesses auxquelles vous faites allusion ne m'intéressent pas. Ce que je veux dire, c'est que mon sens de l'honneur m'interdit de décevoir William Ross et Laura qui m'ont confié une mission. Je leur ai promis de vous ramener jusqu'à eux.

Le visage d'Adrianne s'illumina soudain.

Wyntoun se redressa et fit mine d'être las de leur conversation.

— Il est tard, grommela-t-il. Vous avez eu la chance de dormir durant deux jours, pour ma part…

— Attendez ! coupa-t-elle. Il y a quelque chose qui pourrait peut-être vous intéresser. Laura vous a-t-elle parlé des vaisseaux de notre défunt père ?

— Non. Elle m'a annoncé que toutes vos possessions avaient été confisquées par la couronne d'Angleterre.

— Pas toutes ! répliqua-t-elle d'un ton enjoué. Il existe un galion qui, par bonheur, n'est pas tombé entre leurs mains. Ce galion sera le vôtre si…

— Je n'ai pas l'intention de longer les côtes anglaises pour un navire qui, si cela se trouve, est amarré à un quai londonien. De plus, je ne suis pas certain que les soldats du roi ne l'ont pas déjà réquisitionné.

Elle secoua négativement la tête.

— Je sais qu'il a échappé à leurs griffes. Ce galion récemment construit par mon père flotte près des côtes de l'île de Man. Il vous y attend si vous m'aidez.

Il la regarda avec méfiance.

— Comment puis-je m'assurer que vos sœurs et votre mère accepteront de s'en défaire ?

— Elles y renonceront avec joie quand elles prendront connaissance de votre engagement, quand elles sauront que vous risquez votre vie et vos navires pour nous. Vous aurez leur bénédiction, j'en ai la conviction.

Wyntoun la dévisagea et se frotta le menton avec un faux air de pingrerie.

— Un galion neuf ? Voilà qui n'est pas négligeable.

Dans un élan aussi vif qu'imprévisible, elle s'avança, trébucha, et tomba dans les bras du chevalier.

Il la saisit par les épaules, la pressa contre son torse. Un parfum entêtant émanait des cheveux de la belle. Wyntoun ne put s'empêcher de contempler la peau nue de sa nuque, une irrésistible invitation au baiser, et de songer qu'en dépit des vêtements, leurs corps semblaient s'emboîter à merveille.

Par tous les diables ! se tança-t-il. S'il ne se ressaisissait pas immédiatement, il ne maîtriserait pas longtemps ses ardeurs. Il ne devait pas se laisser distraire par les charmes de l'Anglaise, aussi désirable soit-elle.

Il mit brusquement fin à leur étreinte. Les joues d'Adrianne s'empourprèrent – de gêne ou de désappointement, il n'aurait su le dire.

— J'accepte votre proposition, finit-il par déclarer. À une seule condition...

— Laquelle ?

— Que ce mariage ne soit pas consommé.

Elle baissa les paupières sur ses beaux yeux lilas.

— Comme vous voudrez, répliqua-t-elle. Une fois notre mission accomplie, une fois votre récompense acquise... je m'en irai.

— C'est ce qui me paraît le plus raisonnable, répondit-il sans grande conviction.

Il resta songeur. Cette jeune femme ignorait tant de choses capitales à son propos ! Leur union ne viendrait pas sans désillusions. Lorsqu'elle découvrirait la vérité sur son passé, sur ses réelles motivations, elle éprouverait à n'en pas douter de la haine à son égard.

— L'annulation, dit-elle d'un ton neutre. Quand nous aurons achevé notre tâche, nous ferons valoir la clause d'annulation.

Il acquiesça, lui tourna le dos et alla à son bureau.

— Je connais un évêque qui se chargera d'annuler le mariage. Mais pour l'instant, j'aimerais que nous gardions cet accord secret. Personne ne doit savoir que nous ne respecterons pas les vœux que nous prononcerons devant l'autel.

— Bien entendu. Je ne crois pas que mes sœurs approuveraient notre... accord.

Si seulement elle pouvait lever ses yeux du sol ! Non, se rabroua-t-il, il valait mieux que leurs regards ne se croisent pas.

Il s'assit en s'efforçant d'afficher une expression impassible.

— Je vais annoncer la nouvelle à mon père et à Mara dès ce soir. Le mariage pourrait avoir lieu demain, ou le jour d'après.

Adrianne hocha la tête en évitant soigneusement son regard. Elle se mordillait la lèvre et semblait en proie à une vive émotion, mais il n'osa pas la questionner.

— J'enverrai un messager immédiatement après la cérémonie. Par conséquent, je vous suggère de préparer les lettres destinées à vos sœurs.

— Elles seront prêtes.

Accoudé à sa table de travail, il étudia la jeune femme un court instant, admirant sa nature imperturbable. Il était temps de conclure leur entretien.

— Je suppose que nous avons terminé de discuter, dit-il.

— Oui.

Elle frotta ses mains moites sur sa jupe et tourna les talons en direction de la sortie. Au moment d'ouvrir la porte, elle s'immobilisa.

— Qu'allez-vous leur dire ? Comment expliquerez-vous votre choix auprès d'Alexander et de Mara ?

Dans l'esprit de Wyntoun, la réponse était claire : il l'épousait pour sa beauté, son courage, son intelligence, et la passion qu'elle peinait à contenir.

— Je leur parlerai de votre... éloquence. Je leur dirai que j'ai été ensorcelé par une ravissante... harpie.

11

Adrianne tournait et virait dans son lit sans pouvoir trouver le sommeil. Dans l'obscurité, elle fixa le plafond. Encore une heure, et l'aube poindrait. Inutile donc d'essayer de dormir. Lorsqu'elle s'était couchée, les bruits de la maisonnée avaient peu à peu laissé place au tumulte qui faisait rage dans son cerveau. S'y mêlaient des images, des phrases et de vaines promesses.

Elle songea soudain à la lettre de sa mère, y puisa le courage et la force nécessaires. Elle l'avait lue et relue avant de s'étendre sur le lit. Il y avait aussi le courrier de ses sœurs. Les nouvelles qu'elles lui transmettaient étaient réjouissantes. Adrianne imaginait sans peine le bonheur de Catherine, celui de Laura. Quelle chance elles avaient d'aimer et d'être aimées en retour !

Pour sa part, elle était attirée par un homme qui ne lui témoignait que du désintérêt, voire du mépris.

Pourquoi réclamerait-elle davantage alors qu'elle lui avait menti ? Le galion qu'elle lui avait promis en échange du mariage n'était en fait qu'une carcasse calcinée flottant au large de l'île de Man.

Elle rejeta draps et couvertures et s'assit sur le bord de son lit.

Mille pensées lui traversaient l'esprit. Elle s'était démenée pour qu'il accepte son offre. D'une manière ou d'une autre, une fois leur mission achevée, elle devrait récompenser les efforts de Wyntoun MacLean. La Lame de Barra n'était pas un pirate dont on pouvait se jouer impunément.

Le silence de la nuit régnait encore à Duart Castle quand elle se débarbouilla le visage puis s'habilla. Elle s'emmitoufla dans un tartan en laine et quitta sa chambre. Sur la pointe des pieds, elle s'engagea dans l'escalier en colimaçon menant à la grand-salle. Malgré ses précautions, elle faillit trébucher sur un corps endormi sous un tas de couvertures.

Elle s'accroupit et reconnut Gillie. Soulagée de voir son protégé, elle eut un sourire attendri.

À Barra, il ne s'était pas passé un jour sans qu'elle ait voulu fuir le couvent. Chaque fois, elle avait trouvé le garçon recroquevillé près de la porte ou sur le qui-vive dans la cour, toujours prêt à la suivre dans ses pérégrinations.

Pour l'heure, elle le laisserait dormir. Personne n'était encore debout. En outre, elle préférait découvrir l'île de Mull et y trouver ses marques avant d'emmener Gillie avec elle.

Hormis deux chiens qui levèrent le museau et remuèrent la queue, nul ne bougea dans la grand-salle.

Dans la cour intérieure, un petit vent glacé lui cingla le visage. Après le confinement et la chaleur, le froid la revigora. Enfin, soupira-t-elle, de l'air ! Elle prit une longue inspiration et jeta un coup d'œil aux alentours. La herse était déjà levée ; elle s'en félicita.

Emmitouflés dans leurs manteaux, une dizaine d'hommes et de femmes marchaient voûtés. Ils rejoignaient les cuisines de Duart Castle et commenceraient bientôt leur journée de labeur. Stupéfait de voir une invitée aussi matinale, un couple la dévisagea. Elle les salua d'un hochement de tête.

Enroulant le tartan de laine autour de ses épaules, Adrianne scruta l'horizon à l'est où pointaient les premières lueurs du jour. Elle dépassa le corps de garde puis descendit la colline jusqu'au village le plus proche, un rassemblement de cottages à l'abri d'une petite crique.

Elle n'avait aucune destination précise à l'esprit, simplement l'envie de se promener parmi les humbles demeures et d'errer loin des murailles grises du château. Elle marqua l'arrêt sur un monticule pour contempler le paisible hameau.

La plupart des cottages étaient entourés de murettes. Elle distingua dans les enclos ici une vache, là un cochon. Tous les habitants avaient leur petit potager que l'hiver rigoureux rendait inutilisable. À l'écart du village, elle vit les terrains communaux où l'on faisait pousser l'orge et l'avoine.

Le parfum des embruns se mêlait à l'odeur des feux de cheminée qu'on entretenait çà et là. Une sensation fugace de bien-être l'envahit.

Elle repéra une chaumière en retrait des autres. Nul animal ne semblait y vivre. Aucun chien ne vint l'accueillir avec force aboiements lorsqu'elle approcha. À quelques pas de la porte, des braises rougeoyaient dans un foyer de fortune. Non loin s'amoncelaient des mottes de tourbe et un tas d'algues. Des filets de poisson saupoudrés d'herbes étaient suspendus au-dessus du feu.

Adrianne s'accroupit pour se réchauffer. Les herbes aromatiques lui rappelèrent son enfance dans le Yorkshire, les choses que lui avaient apprises frère Benoît et frère Bartholomew à propos des vertus de telle ou telle herbe pour la guérison de certains maux.

Elle eut un mouvement de recul quand une silhouette familière émergea du cottage.

— Bonjour, John ! lança-t-elle, enjouée, en saluant le vieux marin.

Le regard de l'homme s'illumina quand il la reconnut. Il eut un sourire chaleureux, enfila son bonnet, puis se dirigea vers le village.

En le regardant s'éloigner, Adrianne se dit qu'elle aussi avait à faire.

À Duart Castle, ce serait bientôt le branle-bas de combat, car Wyntoun avait dû informer Alexander et Mara. La nouvelle du mariage se répandrait telle une traînée de poudre dans tout le château. Elle devinait les exclamations : où était passée la promise ? À n'en pas douter, on l'attendrait de pied ferme.

Une voix féminine la tira de sa rêverie.

— Vous êtes sans doute l'Anglaise dont tout le monde parle dans cette île.

Adrianne pivota et sourit à la dame aux cheveux gris qui s'appuyait lourdement sur une canne, sur le seuil du cottage.

— Et vous devez être Janet, la sage-femme et la guérisseuse de Mull. Il me tardait de vous rencontrer.

— Entrez, entrez... Ce vent d'hiver ne convient pas à une aussi charmante demoiselle.

— Le froid ne me dérange pas, dit Adrianne en la rejoignant.

— J'aimerais pouvoir en dire autant, se plaignit Janet en refermant la porte derrière elles. Subir ce froid et cette humidité toute une vie, ça vous coupe les jambes.

Un modeste âtre dardait ses flammes et diffusait une lumière dorée dans la grande pièce. Des fleurs et des herbes séchées pendaient du toit de chaume. Aux murs, de ravissants tissus, des coquillages colorés, de jolies sculptures représentant des animaux. Sur les rebords de fenêtres, des corbeilles de toutes les tailles et de toutes les couleurs. Admirative, Adrianne embrassa les lieux du regard.

— Voilà ce que l'on récolte, commenta la vieille Janet, en quarante ans de bons et loyaux services, tant auprès des amis que des ennemis.

Elle émit un gloussement discret.

— La gratitude est une qualité largement répandue sur l'île de Mull, ajouta-t-elle. Ils ne peuvent s'empêcher de vous faire des cadeaux en guise de remerciement. Nous en possédons tant et tant que nous n'aurons bientôt plus assez d'espace pour vivre dans ce cottage.

— Certains de ces objets sont magnifiques.

Tandis que Janet s'aidait de sa canne pour s'asseoir sur un banc à haut dossier, Adrianne prit place sur un tabouret en face de la vieille femme.

— C'est vrai. Chaque présent a une signification particulière, déclara Janet en désignant le mur derrière elle. Et je ne cesse de râler en disant aux gens : « Plus de cadeaux, je n'ai plus de place chez moi ! » Mon cher John m'a déjà prévenue qu'il se servirait bientôt de certaines babioles pour alimenter le feu si je continuais à accepter les offrandes des villageois.

Adrianne croisa les yeux gris pétillants de Janet.

— Ah... fit-elle. Donc, John n'est pas muet.

Un rire franc s'échappa de la gorge de la guérisseuse.

— Oh non, mademoiselle ! Quand il a quelque chose à dire, il peut être très bavard.

Janet plongea une main dans la corbeille posée à côté d'elle. Elle en sortit un peigne à dents pointues et un ballot de laine qu'elle entreprit de démêler pendant qu'elles conversaient.

— Avant d'accoster, j'ai entendu parler de vous, de toutes les femmes que vous avez aidées à accoucher.

Adrianne s'interrompit, ramassa un brin de romarin sur le sol en terre battue, le fit tournoyer entre ses doigts. Un effluve poivré s'en exhala. Elle poursuivit :

— Sir Wyntoun a-t-il lui aussi vu le jour grâce à vous ?

— Hélas ! non. Margaret, sa mère, était une MacNeil. Elle n'en démordait pas : elle voulait accoucher dans l'enceinte de Kisimul Castle, à Barra. Une femme de caractère. Elle n'a malheureusement pas eu de chance.

— Que lui est-il arrivé ?

— La pauvre est morte en couches. Quel dommage ! Si jeune et si gironde... Quand, au terme d'atroces souffrances, elle a fini par accoucher, elle a embrassé la petite tête brune de son bébé, adressé une prière au Ciel, puis fermé ses yeux à jamais.

Bouleversée, Adrianne détourna le regard en direction des flammes. La guérisseuse continua son récit.

— J'ai tout de même côtoyé le petit Wyntoun, ce cher trublion, après qu'Alexander l'eut ramené à Duart Castle. Il avait sa nourrice attitrée, mais Wyn a usé ses fonds de culottes sur le sol de cette chaumière, préférant s'amuser ici que dans la cour du château. Puis il a grandi. Je lui ai soigné ses bobos. Son taciturne cousin l'accompagnait souvent. Wyn était le plus cassecou des deux !

Un large sourire illumina le visage de la vieille femme.

Adrianne tenta d'imaginer sir Wyntoun enfant. Une frimousse que trouaient des yeux verts intrépides, des genoux toujours couverts d'ecchymoses. Il avait dû parcourir la lande sauvage, en quête d'aventure et de frisson… Chaque printemps, il avait gagné en taille et en robustesse. Adolescent, il avait dû faire chavirer le cœur des demoiselles.

— Vous êtes, vous aussi, tombée sous son charme, dit Janet.

Les propos de la vieille femme la stupéfièrent.

— Pas du tout.

— Peu importe, répliqua la guérisseuse. Ne craignez rien. Avec moi, votre secret est bien gardé. En fait, ça ne me déplairait pas que vous alliez jusqu'au bout de votre rêve et que vous vous installiez sur cette île.

Adrianne baissa les yeux.

Il ne servait à rien de nier l'évidence : la nouvelle du mariage serait bientôt sur toutes les lèvres. Elle fut pourtant incapable d'en parler. Était-ce parce que les vœux qu'elle et Wyntoun prononceraient ne seraient que mensonge ?

Quand elle vit la vieille Janet s'apprêter à décrocher la lourde marmite bouillonnant au-dessus du feu,

Adrianne bondit de son tabouret pour lui prêter main-forte. Un parfum de printemps se dégageait du récipient qu'elle posa sur les pierres du foyer. Janet voulait ajouter au breuvage d'autres herbes. Elle se munit d'un bol et d'une aiguière.

Au grand soulagement d'Adrianne, la guérisseuse changea de sujet de conversation.

— Apportez-moi deux tiges de camomille, demanda-t-elle en désignant les tiges suspendues.

— À quoi sert la camomille ?

— Ça renforce l'utérus des filles que j'aide à accoucher. Nous allons verser un peu de cette décoction sur les fleurs séchées, puis nous les écraserons. C'est un remède extrêmement efficace. Je le prépare pour la jeune Agnès du village.

— Oh ! C'est l'épouse de Kevin. J'ai appris qu'elle était enceinte.

— Exactement. Je vois qu'à peine arrivée, vous êtes au courant de beaucoup de choses.

Tandis que Janet pilait la préparation, Adrianne leva les yeux vers le plafond bas.

— C'est absolument fascinant, les bienfaits qu'apportent ces plantes sauvages.

— Il n'y a pas que les plantes, chuchota la vieille femme sans interrompre sa besogne.

Adrianne contempla les mains adroites de son hôtesse.

— Je trouve extraordinaire que le simple contact des doigts puisse guérir une personne.

— Voyons ! Je ne fais pas plus de miracles qu'une cuisinière ou qu'une couturière qui reprise une robe.

— Je doute qu'elles reçoivent autant d'offrandes que vous.

— John avait raison lorsqu'il faisait votre éloge, dit Janet en lui adressant un sourire chaleureux. Vous êtes aussi jolie que généreuse. J'espère que vous resterez un peu dans notre île.

— Je l'espère aussi. Durant mon séjour à Duart Castle, pourrai-je vous rendre visite de temps en temps ?

— Ma chère, vous êtes la bienvenue. Passez quand vous voulez.

— Vous aurez peut-être besoin d'un coup de main. Tout ce qui vous paraît éreintant, comme porter vos corbeilles, effectuer quelque tâche à l'extérieur du cottage...

Janet posa la main sur celle d'Adrianne. Il émanait d'elle une chaleur et une force incroyables.

— Mon enfant, vous êtes une vraie lady.

— J'ignore si j'ai réellement l'étoffe d'une lady. Je suis incapable de rester oisive deux minutes quand il y a du travail à faire. S'il vous plaît, j'aimerais vous être utile. J'apprends très vite, et je ne rechigne jamais à la tâche.

— Vous êtes ici chez vous... Ô doux Jésus ! Je manque à tous mes devoirs. Vous descendez de Duart aux aurores, vous devez avoir l'estomac vide et je ne vous offre rien. Il me reste un peu de pain chaud et...

— Non, merci. Il faut que je rentre au château. Personne ne sait où je suis, et on va commencer à s'inquiéter...

Elle marqua une pause.

— Y a-t-il quelque chose que je puisse faire avant de vous laisser ? Vous ne voulez pas que j'aille livrer votre remède au cottage d'Agnès ? Habite-t-elle dans le village ?

— Oui. Oh ! vous seriez adorable si vous le lui apportiez !

Quelques minutes plus tard, le précieux remède en main, elle prit congé de la vieille Janet.

Adrianne contempla l'horizon. Les nuages ne céderaient pas la place au soleil. Pas aujourd'hui, pensa-t-elle. Elle emplit ses poumons de l'air frais du matin et s'engagea sur un chemin en éprouvant une sensation de paix qu'elle n'avait pas connue depuis fort longtemps. Depuis ce jour tragique où sa famille avait été déchirée.

Elle s'arrêta et regarda par-dessus son épaule le cottage qu'elle venait de quitter. Elle vit Jean qui boitillait vers le feu pour s'occuper des poissons qui y grillaient.

Cette visite impromptue l'avait réconfortée. La vieille dame ne guérissait pas seulement les corps, elle connaissait les âmes. Elle l'avait percée à jour. Adrianne baissa les yeux sur l'aiguière qu'elle tenait.

Oui, se dit-elle, cette visite l'avait changée.

De l'air ! soupira Wyntoun. Échapper au confinement du château de son père...

Enfin dehors, il prit une longue inspiration. Songeant à l'excitation qui s'était emparée de toute la maisonnée à l'annonce du mariage, il ne s'étonna pas d'avoir toujours violemment repoussé l'idée de convoler.

Dans la grand-salle et les cuisines, c'était le branle-bas de combat et Mara avait pris le commandement des opérations.

Malgré tout ce qu'il y avait à faire, Wyntoun était résolu à rester le plus loin possible de ce charivari. Il refusait d'être impliqué dans les préparatifs, hormis deux ou trois obligations. En outre, il n'avait pas l'intention de passer plus de temps que nécessaire avec sa future épouse.

Qu'on le considère donc comme un rustre ! Il n'en avait cure. Cette union avec Mlle Percy ne serait que provisoire. Ce n'était pas un vrai mariage : il n'y aurait ni progéniture ni bonheur éternel. Il ne l'épousait qu'afin de remplir sa mission. Il localiserait puis mettrait en sécurité le trésor de Tiberius.

Tandis qu'il se dirigeait vers les écuries, les traits enchanteurs d'Adrianne vinrent contrarier sa détermination.

Adrianne Percy était la benjamine d'Edmund Percy, le regretté confrère des Chevaliers du Voile. Quand il avait promis de dénicher le trésor, voici de longs mois, il n'avait pas prévu que ce mariage serait le plus sûr moyen de parvenir à ses fins.

Wyntoun chassa de son esprit l'image tentatrice de sa promise.

On lui avait confié une charge et il s'en acquitterait. Pour commencer, il s'agissait de réunir les trois fragments de la carte. C'était la première étape. Son plan initial, capturer lady Diana et exiger un échange, s'avérait irréalisable.

Après sa rencontre avec Laura, puis Adrianne, il avait compris que la stratégie la plus adéquate consistait à s'immiscer dans la famille Percy.

Quoi de plus naturel que le mariage ? C'était simple comme bonjour.

Soudain, un rire cristallin retentit dans la cour du château. Le rire d'Adrianne.

Une vive émotion s'empara de Wyntoun et le figea sur place. La jeune femme sortait de la pénombre du corps de garde. La lumière du jour inondant le visage de la belle lui fit l'effet du soleil perçant les nuages après la tempête. Il fut incapable de bouger, comme si elle l'avait ensorcelé.

Elle souriait à un homme qui entrait lui aussi dans l'enceinte du château.

Tel un automate, Wyntoun reprit sa marche. Un brusque sentiment de jalousie l'envahit. Ses poings se crispèrent pour se desserrer aussitôt quand il reconnut Kevin, l'un de ses plus jeunes matelots.

Il tendit un panier à la jeune femme et s'en alla vers les cuisines.

Wyntoun s'immobilisa de nouveau. Adrianne l'aperçut enfin et, lui adressant son plus beau sourire, le rejoignit. Le chevalier aurait perdu tous ses moyens si le pirate qui sommeillait en lui n'avait repris le dessus – telle la voix de la mauvaise conscience.

— Il est tôt, dit-il. La moitié de la maisonnée est encore endormie. Où étiez-vous passée ?

— Bonjour, Wyntoun, répliqua-t-elle en éludant sa question sans se départir de son sourire. À qui ai-je affaire ? À sir Wyntoun ou à la Lame de Barra ?

Ses joues de la jeune femme étaient rosies par le froid et ses yeux lilas auraient fait pâlir Éros en personne. Elle paraissait si calme que Wyntoun en fut décontenancé. Elle était si belle qu'il en resta sans voix.

— Comment puis-je savoir ? continua-t-elle. Chevalier et pirate jouent-ils en alternance ? Vous sachant méticuleux, vous avez dû vous organiser. Auriez-vous l'obligeance de me renseigner sur votre… façon de procéder ?

Les doigts de Wyntoun brûlaient de caresser cette chevelure couleur de nuit. Ses lèvres avaient faim de baisers avides.

Il ne desserra pas les mâchoires.

— Votre attitude est pour le moins surprenante. Ce silence… Je suppose qu'il signifie que j'ai l'entière liberté de mes paroles et de mes actes.

— Vous vous trompez, finit-il par répondre d'un ton bourru. J'ai discuté avec Alexander et Mara, hier soir. Le mariage aura lieu dans deux jours. Même si je doute de votre capacité à réellement changer, il ne vous reste que ces deux jours pour laisser s'exprimer votre impétueuse jeunesse.

Elle examina Wyntoun avec attention.

— Est-ce une menace, sir Wyntoun ? Chercheriez-vous à m'intimider ? Dans ce cas, je ferais mieux de gagner l'Écosse à la nage…

— Seriez-vous lâche ?

— Certainement pas.

— Alors… une tricheuse, pour revenir aussi vite sur notre pacte ?

Adrianne se raidit.

— Je ne veux pas me défausser. Et puis, vous avez accepté *ma* proposition. N'ayez crainte, je remplirai ma part du pacte.

— Donc, reprenons. Où étiez-vous ce matin, Adrianne ?

Les yeux de la belle lancèrent des flammes de défi.

— Les détails de mes déplacements et de mes actes ne font pas partie de notre contrat.

— Dans deux jours, nous serons mari et femme.

— Certes. Mais comme vous l'avez si bien dit, il me reste deux jours de liberté et j'en ferai ce que bon me semble. Je ne vois pas pourquoi je devrais vous informer de mes allées et venues, puisque notre union n'est qu'une mascarade.

— Seriez-vous en train d'essayer de m'embrouiller l'esprit et de me faire revenir sur ma décision ?

Elle marqua un temps d'hésitation, plissa les yeux.

— Seriez-vous un lâche ? railla-t-elle.

— Certainement pas.

Adrianne lui offrit un autre de ses sourires enjôleurs et le contourna pour regagner l'intérieur du château.

— Dans ce cas, respectons chacun les termes de notre contrat et ne vous avisez pas de tricher, déclara-t-elle en prenant congé de lui.

Interloqué, Wyntoun la regarda s'éloigner.

12

Adrianne observait l'infernal remue-ménage des préparatifs du mariage.

Deux jours ! lui avait dit Wyntoun. Mara et Alexander n'avaient que deux jours pour organiser les noces ainsi que le banquet.

On avait convaincu sans mal le vieil abbé du petit monastère surplombant l'estuaire du Lorn de venir jusqu'à Duart Castle afin de célébrer la messe et bénir les « tourtereaux ».

Malgré le délai très court, les bras ne manquaient pas. Tout le monde mettait allégrement la main à la pâte. Le château grouillait de gens, de villageois qui, sous les ordres implacables de Mara, mettaient les lieux sens dessus dessous pour les cérémonies.

— Ne bougez pas, mademoiselle Adrianne.

Adrianne sentit une aiguille lui frôler le dos. La couturière qui s'affairait autour d'elle leva son visage flétri.

— Je ne vous ai pas piquée, n'est-ce pas ? s'excusa Bess.

La jeune femme secoua négativement la tête, puis riva son regard sur la porte. Ses pensées dérivèrent. Si seulement elle avait pu rester au cottage de la vieille Janet, ce matin, au lieu de rentrer au château ! Si seulement elle pouvait franchir cette porte et ne revenir que lorsque toute cette comédie serait terminée !

Impossible, hélas !

Mara lui avait remis une liste qui aurait fait pâlir de jalousie sa sœur Laura, l'incarnation de l'ordre, des tâches planifiées à la seconde. Adrianne ne comprenait pas pourquoi on lui ordonnait d'aller à tel ou tel endroit, de rendre telle ou telle visite, et même de goûter à toutes les sauces. Quel absurde manège !

Elle en avait le tournis. Engoncée dans cette robe, elle avait bien du mal à respirer.

— Levez un bras, mademoiselle. Oui, comme ça.

Semblable à une marionnette, elle fit ce qu'on lui demandait de faire. La vieille couturière lui enfila une manche en soie et y piqua ses aiguilles avec dextérité.

— Canny ! appela-t-elle. Arrête de bouder et viens me donner un coup de main, veux-tu ?

À leurs côtés, une jeune et jolie servante aux cheveux blonds se mit soudain debout. Les étoffes posées sur ses genoux tombèrent par terre.

— Oh ! Canny… la gourmanda la vieille couturière.

— Mais… je ne peux pas vous aider pour les manches, elle est trop grande pour moi !

— Cesse de dire n'importe quoi, maugréa Bess. Bon, bon, bon… Tu n'as qu'à ajuster le dos pendant que je me charge des manches.

Il fallait s'y attendre : la première aiguille dont se servit la jeune servante piqua Adrianne qui ne put s'empêcher de grimacer.

Le rictus n'échappa pas à la vieille femme car elle congédia Canny sur-le-champ en lui ordonnant de lui envoyer « quelqu'un de plus dégourdi ».

— Elle ne semble pas m'aimer, constata Adrianne quand Canny eut fermé la porte derrière elle.

— N'y faites pas attention, mademoiselle. Elle changera d'attitude lorsque vous serez l'épouse de sir Wyntoun… ou sinon, je veillerai à ce qu'elle soit punie pour son arrogance.

— Non, je vous en prie. Elle m'a prise en grippe parce que je suis à moitié anglaise, c'est cela ?

Le regard gris perle de Bess soutint celui d'Adrianne pendant un court instant. Puis la couturière haussa les épaules et répliqua :

— Je me mêle sans doute de ce qui ne me regarde pas, mais vu que vous ne connaissez quasiment personne ici, il faut bien que quelqu'un vous le dise.

Adrianne posa sa main gauche sur son épaule droite, maintenant la manche en place pendant que Bess cousait. Celle-ci poursuivit sur le ton de la confidence.

— Sir Wyntoun a toujours été le favori de la gent féminine. Certaines filles, comme Canny, se sont entichées de leur maître. Ça n'a rien à voir avec vous, mademoiselle. Ces filles seraient malheureuses quelle que soit la promise.

Eh bien, faillit rétorquer Adrianne, qu'elles ne se tourmentent pas ! Ce mariage ne serait que temporaire.

— Vous savez, continua la couturière, il en était de même lorsque le laird a perdu sa femme et s'est retrouvé avec un nourrisson dans les bras. Sir Alexander est resté veuf pendant dix longues années, et les demoiselles battaient des paupières chaque fois qu'elles le croisaient. Et puis il s'est marié avec lady Mara.

Bess eut un petit rire en se remémorant le passé.

— Voilà une femme qui a su s'imposer et se faire obéir ! Elle n'est pas bien grande, mais elle règne dans la maisonnée. Elle a toujours su remettre à leur place les donzelles qui courtisaient son mari.

— Sa petite taille n'est rien comparée à sa volonté de fer, commenta Adrianne. Je l'aime bien.

— Lady Mara ne se serait pas tant démenée si elle n'avait pas un faible pour vous. En ce qui concerne sir Wyntoun et les filles qui lui tournent autour telles des abeilles, je vous suggère d'avoir une petite conversation avec lady Mara. Elle saura vous prodiguer quelques-unes de ses précieuses astuces.

Elle eut envie de répliquer qu'elle ne souhaitait de conseils de personne. Wyntoun avait été assez clair en lui disant qu'il ne voulait pas d'un vrai mariage.

Leur rencontre matinale dans la cour intérieure n'avait fait que confirmer ses soupçons, et leur conversation l'avait attristée. Elle s'était avancée vers lui, le sourire aux lèvres, réjouie de le croiser de manière impromptue. Il n'avait manifesté qu'indifférence et arrogance.

N'y pense plus ! se tança-t-elle. Leur arrangement avait été réfléchi et porterait ses fruits. Elle devrait faire preuve de patience, tout simplement.

Au bout du chemin se trouveraient le trésor de Tiberius et sa mère saine et sauve. Ensuite, elle irait loin, très loin, et récupérerait sa sacro-sainte liberté.

Mais... si Wyntoun, pendant qu'ils étaient... unis par les liens du mariage... s'il voulait conduire d'autres femmes jusqu'à son lit, resterait-elle stoïque ? Ses mâchoires se crispèrent et elle sentit son estomac se nouer. Ce sentiment de jalousie qui la tenaillait lui déplaisait au plus haut point.

Non, se dit-elle, elle ne l'aimait pas.

Un entretien avec Mara n'était finalement pas une si mauvaise idée. Elle apprendrait peut-être quelques ruses féminines et tiendrait à distance les potentielles courtisanes. Ce mariage était certes un simulacre de mariage, mais il fallait sauver les apparences. Et se tenir prête.

Oui, prête à devenir l'épouse de la Lame de Barra.

Dans un jour, la cérémonie aurait lieu. Mara était préoccupée, Alexander d'humeur bougonne, et la couturière ne cessait de se plaindre. Un chaos sans nom régnait dans tout le donjon. Étrangement, on avait interrompu les préparatifs. La maisonnée patientait. Un silence profond s'était abattu sur les convives de la grand-salle.

Il était déjà midi et la promise était une fois de plus absente.

C'était Wyntoun qui avait amené Adrianne à Duart Castle ; c'était donc à lui d'agir en homme responsable.

Il franchit les grilles du château et se rendit à pied au village en contrebas, près de la crique, à la recherche de l'incorrigible fuyarde. La pluie qui tombait depuis l'aube avait recouvert le sol d'une couche de verglas et lui cinglait le visage. Les pans de son manteau claquaient au vent.

Adrianne n'avait pas pris de cheval, les palefreniers le lui avaient confirmé. À cause du temps qui se dégradait d'heure en heure, aucune embarcation n'avait quitté le port. Sur les rives de la crique, il distingua les pêcheurs qui affrontaient la pluie en effectuant de menus travaux d'entretien sur leurs barques et leurs filets.

Wyntoun était persuadé qu'elle était dans les parages. Cette satanée donzelle n'irait pas bien loin, pensa-t-il. Et elle ne se priverait pas d'observer l'effet que produisait son escapade sur son futur époux.

— Elle le fait exprès ! pesta-t-il entre ses dents. Elle teste ma patience. La veille du mariage !

Il grommela des jurons inaudibles tout en descendant la colline menant au village. À Barra, sa tante l'abbesse l'avait pourtant mis en garde : Adrianne Percy était une femme de caractère. Peut-être aurait-il dû l'écouter. Peut-être aurait-il trouvé une autre façon de dénicher Tiberius.

— Les gens ne changent pas, marmonna-t-il pour lui-même.

Tout le monde sait cela, les sages comme les imbéciles. La nature profonde des êtres demeure la même, de la naissance à la mort. Bon sang ! Il avait été bien naïf de croire que le tempérament d'Adrianne s'adoucirait. Dire qu'il s'était convaincu qu'elle pourrait endosser le rôle de l'épouse obéissante pendant une courte période !

À l'approche du hameau, il se tint immobile et balaya les alentours du regard. Il passa en revue les petits murs des cottages, la croix de la place du marché près du chemin caillouteux.

Aucun signe d'Adrianne.

Comme il scrutait les chaumières, Ian et Bull – deux de ses marins – quittèrent leurs barques pour venir à la rencontre de leur maître.

— John l'a vue, milord ! lança Ian sans que Wyntoun n'ait eu à le questionner. Ça fait deux matins d'affilée qu'il l'a vue sortir des brumes, telle une fée, pour apparaître sur le seuil de son cottage. Elle a dû rendre visite à la vieille Janet.

— Kevin m'a dit, ajouta Bull en se grattant le crâne, qu'il a aperçu la fille… pardon… bredouilla-t-il. Mlle Adrianne est allée plusieurs fois chez eux pour s'occuper de la femme de Kevin. La pauvre Agnès est souffrante depuis que nous avons jeté l'ancre et…

— Ça me fait penser, l'interrompit Ian, que j'ai vu quelqu'un se rendre chez la veuve Meggan, il y a à peine une heure. Elle portait un panier. C'était sans doute Mlle Adrianne.

Deux autres marins vinrent se joindre au groupe. Il s'agissait de Coll et de Hector.

— Oui, c'était elle, intervint Coll. Elle a tiré le benjamin de Meggan du tas de fumier sur lequel il traînait ses guêtres et l'a ramené chez sa mère.

Hector essuya sa figure trempée et prit la parole.

— Je jurerais avoir entendu dire qu'on l'avait vue se diriger vers le cottage d'Effie vers midi.

— Mais c'est carrément de l'autre côté de la baie ! explosa Wyntoun.

— Ce n'était peut-être qu'une rumeur, maître, s'amenda Hector en haussant les épaules. Dieu sait où on l'a encore aperçue. Moi, ce que je ne comprends pas, c'est pourquoi cette demoiselle traverserait cette satanée île alors qu'elle a un donjon où loger et se réchauffer.

— Chut ! fit Bull en désignant du menton une chaumière proche. Maître, regardez ! La voilà qui sort de chez Gerta la Boiteuse.

Wyntoun se retourna tandis qu'Adrianne refermait le portillon en bois de la clôture ceignant la modeste demeure et son petit potager. Sa jupe était maculée de boue jusqu'à hauteur des genoux. Un tartan aux couleurs des MacLean lui protégeait le visage et lui tombait sur les épaules. D'où il se tenait, il devinait qu'elle était trempée jusqu'aux os.

— Déguerpissez ! grogna-t-il à ses hommes en s'approchant d'elle.

Adrianne qui ne l'avait pas vu faillit le percuter. Elle leva le regard sur son futur époux.

— Wyntoun ! s'exclama-t-elle. Ou ai-je affaire à la Lame de Barra ?

Dieu du Ciel ! jura-t-il en silence. Pourquoi fallait-il qu'elle soit aussi belle ? Ses joues transies par le froid avaient la couleur des roses sauvages. Ses immenses yeux lilas ne trahissaient aucun trouble. Par tous les saints ! On aurait dit une déesse.

— Adrianne, grommela-t-il, recouvrant sa voix, où étiez-vous ?

— Il y a tant d'autres façons d'engager une conversation ! Vous n'avez que cette phrase à la bouche : « Où étiez-vous ? »

— Ne soyez pas de mauvaise foi. Je pensais m'adresser à vous avec civilité.

— Quelle drôle de manière !

Elle lui posa une main sur l'épaule et contempla le château dans le lointain.

— Si nous allons dans la même direction, enchaîna-t-elle, je me ferai un plaisir de vous donner deux ou trois conseils sur la façon d'aborder une femme.

Il la considéra de cet air féroce qui, d'habitude, terrorisait ses hommes. Elle n'y prêta pas attention et se mit en marche vers la colline.

Complètement désarçonné, il la vit s'éloigner, indifférente à la colère qui sourdait en lui et dont elle était la cause.

— Adrianne ! marmonna-t-il en lui emboîtant le pas.

— Bien, vous vous êtes décidé à m'accompagner. D'abord, la première règle pour…

— Je me fiche de vos règles de bienséance comme d'une grosse cochonne en tablier !

— Tiens, je ne connaissais pas ce juron. Est-ce une expression utilisée par les marins ? Pourrai-je m'en servir devant vos hommes ?

Il lui prit le bras avec brusquerie, l'obligeant à s'arrêter. Elle devait être inconsciente pour braver ainsi la fureur qui menaçait d'exploser.

— Non. Et je vous interdis de parler à mes hommes. Et puisque nous abordons le sujet, je vous interdis de jurer devant qui que ce soit tant que vous serez mon épouse !

Il s'interrompit, reprit son souffle.

— Par ailleurs, vous ne quitterez plus le château sans avoir au préalable informé un membre de la maisonnée de votre destination. Vous cesserez de vous comporter de manière irresponsable durant le temps de notre union… même si c'est votre nature.

Adrianne fixa la main qui agrippait son bras, puis croisa le regard de Wyntoun. Ses magnifiques prunelles étincelaient de colère. Visiblement, elle s'efforçait de garder son calme. Elle prit une inspiration avant de répliquer :

— Auriez-vous l'obligeance de m'expliquer les raisons de votre agressivité à mon égard ?

Il lui relâcha le bras. Étrangement, il était presque déçu qu'elle ne lui ait pas servi une des reparties acerbes dont elle avait le secret. Il fronça les sourcils et décida de la provoquer un peu plus.

— J'aurais dû m'en douter, dit-il en éludant la question. Vous ne pouvez pas changer du jour au lendemain.

Quel imbécile j'étais de croire que vous vous soucieriez de votre nouvel entourage !

Piquée au vif, elle rétorqua :

— Je n'aime pas me répéter, sir Wyntoun, mais je ferai aujourd'hui une exception.

Elle posa l'index sur la poitrine de Wyntoun.

— Je vous rappelle que je respecte ma part du contrat en présence de votre famille. Mais en dehors de Duart Castle, ne vous attendez pas à ce que je me comporte en épouse docile. Je refuse que vous me présentiez à votre clan comme un trophée de chasse ou je ne sais quel ornement. Je ne suis pas de ces créatures qui renoncent à leur liberté pour céder aux caprices d'un mari tyrannique.

— Bon, concéda-t-il, nous nous en tiendrons à notre arrangement de départ.

— En effet, dit-elle en pivotant.

Il aperçut cependant une larme qui roulait sur sa joue.

— Je n'ai pas le temps de me perdre en arguties, ajouta-t-elle. Si vous avez décidé de déverser votre bile sur moi, faites-le en marchant jusqu'au château, ou bien laissez-moi. Il doit y avoir une foule de domestiques qui attendent impatiemment mon retour. Au revoir.

— Au revoir, répéta-t-il machinalement en la regardant s'éloigner au pas de charge.

Stupéfait, Wyntoun resta figé un long moment, songeant à ce retournement de situation.

Il avait voulu lui infliger une leçon et c'était elle qui partait la tête haute ! Il se sentait même fautif. Comment s'était-elle débrouillée pour le désarçonner à ce point ?

Adrianne Percy jouait avec ses nerfs. Cela devait cesser, se gourmanda-t-il.

Les doigts vigoureux d'Alexander MacLean pressèrent la toute petite main de Mara. Le front soucieux de son épouse, son teint pâle le préoccupaient.

— Ma chérie, murmura-t-il. Ne t'inquiète pas. Grâce à toi, les préparatifs se sont déroulés à merveille. Wyn a fini par rencontrer une femme respectable. Tous deux vont bientôt prononcer leurs vœux.

L'air distrait, elle opina et jeta un coup d'œil par-dessus son épaule. La petite chapelle était pleine comme un œuf ; tous les membres du clan étaient présents, parés de leurs plus beaux atours. À l'extérieur, la foule manifestait son enthousiasme. La musique des cornemuses et les chants parvenait aux oreilles de Mara.

— Je sais ce qui te turlupine, ajouta Alexander. Tu es contrariée parce que nous n'avons pas attendu les trois semaines requises pour la lecture des bans.

Elle secoua négativement la tête et lui administra une tape furtive sur le bras.

Une lueur espiègle brilla dans les yeux du laird.

— Ah, je comprends… continua-t-il. Tu regrettes de ne pas avoir eu le temps d'inviter la tante MacNeil, l'abbesse. Tu aurais aimé qu'elle assiste à la cérémonie. Oh ! Mara…

— Cesse de dire n'importe quoi.

— Quel est le problème, alors, ma chérie ? chuchota-t-il en lui caressant la main. Tu as l'air de porter sur tes frêles épaules toute la misère du monde.

— Tais-toi et regarde-les, Alex.

Comme si l'assemblée l'avait entendue, le silence se fit. Le vieux prêtre se tourna vers l'autel et l'antique croix trônant sur le marbre.

— Oui, et alors ? répondit Alexander. Ils forment un joli couple, non ?

Elle fronça les sourcils.

— Justement, non. Observe-les attentivement. Regarde Adrianne, vois le reflet du soleil sur ses boucles brunes, vois le modelé parfait de sa robe sur son corps. On dirait un ange. N'as-tu jamais vu plus belle créature ?

— Je suis un homme heureux, répliqua le laird, et la plus belle femme au monde est assise à mes côtés.

— Tu es un imbécile, mais je t'adore. Non, Alex, sérieusement… à présent observe ton fils.

— Wyntoun est un très bel homme. J'ai pourtant insisté pour qu'il s'habille en noir. Après tout, la Lame de Barra a une réputation à défendre. Tu n'es pas d'accord avec moi ? Il émane de lui un mystère insondable, lorsqu'il est vêtu de noir.

La voix du prêtre s'éleva au rythme d'une oraison dite en deux langues, le latin et le gaélique. L'assistance remuait à peine.

— Je ne faisais pas allusion à ses vêtements, espèce de nigaud ! chuchota Mara. Regarde comme il se tient à distance d'elle. Il ne lui a pas pris la main une seule fois. Leurs épaules ne se sont même pas effleurées.

— Si l'on pense à tout ce que mon sacripant de fils va effleurer lors de la nuit de noces, je ne crois pas que…

— Alexander ! s'offusqua la petite châtelaine. Ce n'est ni le lieu ni le moment pour dire des insanités. Je suis sérieuse.

— Moi aussi, répondit-il en haussant les épaules. Peut-être est-il nerveux. Wyn est un guerrier qui ne craint aucun homme, mais il s'est longtemps évertué à éviter le mariage. Ça le met sans doute mal à l'aise. Le connaissant, je suis certain qu'il imagine toutes les complications que va lui causer cette union.

Le vieux religieux pivota et descendit les marches de l'autel. Wyntoun fit face à sa promise. La main tremblante d'Adrianne prit celle de son futur époux.

— Ça n'a rien à voir, murmura Mara. Je te dis qu'il y a anguille sous roche. J'ignore ce qui se passe, mais j'en aurai vite le cœur net.

La fibule qui ornait le tartan de Wyntoun fut le point de mire d'Adrianne pendant toute la durée de la cérémonie.

Prononcer des vœux qu'elle avait l'intention de briser, se tenir devant cette foule enjouée qui la considérerait bientôt comme une traîtresse fut pour le moins pénible. Dans le rôle de l'imposteur, elle se jugea mauvaise comédienne. Elle se demanda même si l'on risquait de brûler en enfer en commettant un tel péché. Probablement. Malgré tout, elle irait jusqu'au bout de cette farce, car c'était l'unique chance de sauver sa mère.

Lorsque le prêtre bénit le nouveau couple, des exclamations retentirent dans la petite chapelle. Wyntoun lui prit la main. Ils se tournèrent pour faire face aux membres du clan, sa nouvelle et provisoire famille.

— Un baiser ! lança Mara.

Le cri enthousiaste se propagea dans l'assemblée. Adrianne n'eut pas le temps de réfléchir aux conséquences de cet acte que des bras robustes l'arrachaient à ceux de Wyntoun.

Le laird en personne, Alexander, l'étreignit chaleureusement.

Désemparée devant un tel témoignage d'affection, elle fondit presque en larmes dans les bras de son beau-père.

— Jeune femme, je veux être grand-père ! déclara-t-il. N'oubliez pas : je veux beaucoup d'enfants. Promettez-moi de convaincre cet incorrigible pirate qui me tient lieu de fils.

Elle esquissa un faible sourire.

Derrière elle, Wyntoun lui prit le coude et la fit tournoyer. Leurs regards se croisèrent. Il désigna du menton les guerriers, les marins, les convives qui souhaitaient tous féliciter les mariés. Les membres des deux clans, les MacLean et les MacNeil, avaient formé une file qui s'étirait au-delà de la chapelle.

— Ils attendent le baiser.

À la stupéfaction d'Adrianne, Mara s'interposa en assenant un coup de poing complice dans les côtes de son beau-fils.

— Je parie, ironisa-t-elle, que n'importe lequel de ces hommes se porterait volontaire pour te donner une leçon sur l'art d'embrasser une femme.

— Mara ! grommela-t-il sur un ton menaçant.

— Tu sais que je t'aime comme si tu étais mon propre enfant.

Elle se dressa sur la pointe des pieds pour embrasser Wyntoun sur la joue, et poursuivit :

— Par la Sainte Vierge ! Tu as fait le bon choix en épousant cette ravissante demoiselle. Il s'agit à présent de le prouver en scellant votre union par un baiser.

Là-dessus, Mara s'en fut aussi discrètement qu'elle était apparue.

Adrianne contempla les prunelles émeraude de Wyntoun. Elle songea aux paroles amères qu'ils avaient échangées la veille, puis se ressaisit. Lorsqu'elle réalisa qu'il allait lui ravir ce baiser devant tant de gens, son cœur se mit à battre la chamade.

Il s'inclina et dit dans un murmure à peine audible :

— Donnons-leur ce qu'ils désirent. Sacrifions à la tradition.

Puis ses lèvres effleurèrent les siennes. La douceur infinie avec laquelle il l'embrassa la bouleversa. Elle frémit et se souvint du même baiser chaste qu'ils avaient échangé dans la cabine, sur *Le Barra*. Dans les yeux de Wyntoun, elle décela une tendresse désarmante.

Une voix s'éleva alors de la foule, celle d'Alan.

— Laisse-nous embrasser la mariée !

— Pas encore, répliqua Wyntoun.

Adrianne sentit ses doigts vigoureux sur sa nuque. Il approcha ses lèvres des siennes. Le premier baiser avait été éphémère, presque irréel ; le deuxième fut plus fougueux. Adrianne ferma les yeux et s'agrippa au tartan du chevalier pour s'empêcher de tomber en pâmoison. Une onde de désir les submergea tous deux.

Brusquement, Alan vint tapoter l'épaule de son cousin.

— Mon cher, tu auras tout le temps pour ces… gourmandises. Il est grand temps pour toi de présenter ta tendre épouse aux clans.

Elle sentit le rouge lui monter aux joues. Soulevant ses paupières, elle vit que Wyntoun la dévorait du regard.

Ensuite, elle perdit la notion du temps. Ils avaient franchi le seuil de la chapelle sous les applaudissements et rejoint la grand-salle sous la musique enlevée des cornemuseurs.

Les célébrations battaient son plein quand elle se rendit compte que son nouvel époux ne la quittait pas des yeux.

Il entrelaça ses doigts aux siens et porta sa main à ses lèvres.

— Cela fait-il aussi partie de notre arrangement ? demanda-t-elle.

Il eut un sourire mutin et le cœur d'Adrianne battit à coups redoublés.

— Il faut empêcher Mara d'envoyer un espion dans la chambre nuptiale. Vous ne la connaissez pas ! Elle est prête à tout pour avoir la preuve que le mariage a bel et bien été consommé.

Tout cela, songea-t-elle, c'était pour sauver les apparences. Elle retira sa main de celle de Wyntoun. Feignant de siroter son verre de vin, elle jeta un coup d'œil en direction de Mara qui les observait attentivement.

Adrianne revint à son mari et joua le jeu, fit mine de boire ses paroles.

Un peu plus tard dans la soirée, lorsqu'il se leva, elle l'imita et le suivit docilement pour aller de table en table afin d'être présentée aux joyeux commensaux. Gens du clan et villageois se mêlaient allégrement.

Plus d'une fois, elle vit une lueur de surprise dans les yeux de Wyntoun quand elle s'adressait aux invités en les appelant par leur nom.

Il fut stupéfait lorsqu'elle prit place en face de maître John et de sa femme, la vieille Janet, et le força à s'asseoir à côté d'elle. Comme à l'ordinaire, le vieux loup de mer ne desserra pas les dents. Il laissa parler son épouse et se contenta de répondre par des hochements de tête et des clignements d'yeux. Janet était visiblement heureuse de ce mariage et ne tarissait pas d'éloges sur Adrianne.

Les nouveaux époux continuèrent de saluer leurs convives. On porta des toasts à la santé des mariés, on échangea des propos légers, on rit, on dansa.

Lors d'une courte pause dans ce tourbillon, Adrianne vit Mara qui traversait la grand-salle pour la rejoindre. Elle haussa un sourcil interrogateur en direction de Wyntoun.

— Mara ainsi que d'autres demoiselles vont vous conduire à la chambre nuptiale. Comme je vous l'ai dit, Mara a tout prévu.

— Croyez-vous que cela soit nécessaire ? chuchota-t-elle, si l'on considère notre... arrangement.

— Je ne vois pas comment éviter cela.

Il prit ses mains dans les siennes et darda sur elle un regard soucieux.

— Ne dites rien à Mara qui lui mette la puce à l'oreille. Il ne faut pas qu'elle découvre la vérité. Nous ferons chambre à part sans que cela ne fasse un drame. Personne, absolument personne, ne doit avoir vent de nos intentions !

Elle n'eut pas le loisir de lui répondre car il lui ravit un chaste baiser. Sous le coup de l'émotion, elle eut le souffle coupé.

Les rires des filles qui s'approchaient la ramenèrent à la réalité. Tandis que celles-ci l'entouraient dans un concert de gloussements, Mara se pencha pour lui murmurer :

— Joli baiser. Mais à l'avenir, il faudra vous montrer un peu plus aimante en public.

Choquée par ces paroles, Adrianne ne put rien répondre.

La petite châtelaine avait à présent pris la tête du cortège et guidait un joueur de cornemuse afin qu'il entraîne avec lui toutes ces demoiselles jusqu'à l'aile est de Duart Castle.

Adrianne avait déjà visité l'antichambre de Wyntoun, lors de cette nuit qu'elle n'était pas près d'oublier, quand elle avait suggéré au chevalier l'idée de leur union. Impressionnée par l'ordre qui y régnait alors et par le mobilier austère, elle fut tout aussi pantoise devant la métamorphose de la pièce. Les domestiques s'étaient donné du mal pour créer une atmosphère féminine et accueillante.

Des coussins revêtus de soie damassée trônaient sur les chaises. Un napperon brodé recouvrait une table basse près de la cheminée. Des étoffes aux couleurs chaudes ornaient un fauteuil en chêne. On avait installé un matelas de joncs sur le sol, et un feu généreux brûlait dans l'âtre.

La jeune femme considéra le bureau de Wyntoun sur lequel étaient disposés des plateaux en argent. Le mot « festin » convenait à peine pour définir la profusion de mets disséminés sur la table de travail du chevalier.

— Les changements dans cette pièce sont saisissants. Mais tout ceci... dit-elle en effleurant un plateau de fromages et de fruits secs. Il y a de quoi nourrir un régiment.

Les filles gloussèrent. Mara secoua la tête en tirant Adrianne par le coude pour la guider vers la porte menant sans doute à la chambre nuptiale.

— Rien n'est de trop pour... ce que vous savez... répliqua-t-elle avec un clin d'œil complice. Pour cette nuit et les quatre jours qui vont suivre.

— Quatre jours ! s'alarma Adrianne, ce qui provoqua de nouveaux rires.

Mara l'invita à entrer dans la chambre. Les filles les suivirent.

— Vous n'avez à vous préoccuper que de cette nuit, dit Mara sur le ton de la confidence. Survivez à cette nuit… et il y a de fortes chances pour que vous refusiez de le quitter pendant un mois, si ce n'est plus.

— Survivre ? s'affola la jeune épouse.

Ses craintes s'envolèrent quand elle vit le cadre somptueux qu'on avait installé pour les mariés. La décoration était digne d'une chambre de roi. Les flammes des chandeliers se reflétaient sur des vases dorés et argentés. D'énormes coussins recouverts de soie et de velours ornés d'exquises broderies avaient été élégamment disposés.

Rien cependant ne pouvait rivaliser avec l'immense lit à baldaquin duquel pendaient des tentures pourpres.

Mara l'invita à s'asseoir dans un fauteuil placé près de la cheminée. Le doux murmure des braises qui crépitaient rassura Adrianne. De l'index, la petite châtelaine désigna un pichet de vin trônant à côté de deux verres en cristal posés sur un guéridon près d'elles.

— Cela servira à vous réchauffer les sens avant l'arrivée de votre époux.

Agglutinées sur le seuil, les filles gloussèrent de plus belle.

Adrianne opina timidement en évitant le regard perçant de Mara. Elle se concentra sur Bonnie qui écartait les tentures. La vieille domestique brandit une chemise de nuit confectionnée dans un tissu des plus transparents.

— Et ceci, ma chère, rendra votre mari fou de désir.

La jeune femme blêmit à l'idée de porter un vêtement aussi… indécent. Et de surcroît pour Wyntoun MacLean ! Elle essuya les gouttes de sueur qui perlaient à son front.

— Il fait chaud, vous ne trouvez pas ? murmura-t-elle.

Soudain, les filles commencèrent à s'affairer autour d'elle, telle une nuée d'abeilles industrieuses, délaçant le dos de son corsage, la dépouillant délicatement de ses vêtements. Chacune des personnes présentes dans la pièce lui prodiguait un conseil, et certaines des suggestions étaient si hardies qu'Adrianne en rougit d'embarras. Elle n'eut pas le temps de jouer à la demoiselle pudique qu'elle était nue comme la main.

Bonnie lui tendit un tartan dont elle s'enveloppa prestement. Puis lady Mara s'approcha et s'adressa à elle avec solennité.

— Je n'ai pas eu cette petite conversation avec vous plus tôt parce que... j'ignorais quelles étaient vos... ce que vous saviez à propos de la chose... de la nuit de noces.

— Je... je... bredouilla Adrianne.

— C'est bien ce que je pensais. Vous êtes vierge.

Deux filles du clan entreprirent de lui dénouer ses tresses pendant que Mara continuait de parler.

— Dans ce domaine, Wyntoun a quelques années d'avance sur vous. Je me dois de vous instruire.

— Je...

Aucun autre mot ne parvint à franchir ses lèvres. Elle se sentit désemparée, comme si sa destinée ne lui appartenait plus.

Une fille lui brossa les cheveux.

— N'ayez crainte. L'expérience chez un homme n'est pas mauvaise. Au contraire. Lorsque vous aurez balayé vos réticences quant à l'acte, et...

— Je ne suis pas réticente, coupa Adrianne.

— Dans ce cas, ma chère, vous aurez tout le temps de nous le prouver.

Elle hésita un court instant.

— Vous réaliserez que l'expérience de votre mari auprès d'autres femmes sera un bienfait.

— Mara, je n'ai pas envie de discuter de...

— Balivernes ! Ce sont des conseils que devrait sagement écouter toute jeune mariée avant sa nuit de noces.

Mal à l'aise, Adrianne regarda droit devant elle. S'il y avait un sujet qu'elle n'avait pas envie d'aborder, c'étaient les conquêtes féminines de Wyntoun. Malheureusement, la petite châtelaine ne semblait pas près de la laisser tranquille.

— Votre époux étant un très bel homme, il est naturel qu'il attire le regard des femmes. Pourtant, il a repoussé les avances des demoiselles les plus respectables.

La curiosité d'Adrianne fut brusquement piquée. La Lame de Barra avait-il partagé la couche d'une des villageoises qu'elle avait croisées sur son chemin ?

— Quand une femme choisit d'être une épouse modèle, elle doit user de ses charmes et de son intelligence pour garder son mari au foyer… et dans sa chambre. Oui. C'est le secret pour mener une vie conjugale épanouie.

Une imperceptible grimace se peignit sur le visage d'Adrianne. Partager la chambre de Wyntoun lui paraissait délicat. Il s'était montré assez clair à ce propos : chacun dans ses appartements, avait-il déclaré.

— Bien entendu, il existe des femmes qui se moquent de partager leur époux avec d'autres.

— Je ne suis pas de celles-là.

Ces mots étaient sortis tout seuls. Mara eut un hochement de tête approbatif.

— Je ne doutais pas de votre probité, répliqua-t-elle en lui effleurant la joue.

Elle fit signe à Bonnie d'apporter la chemise de nuit.

À contrecœur, Adrianne laissa choir le tartan, se redressa afin qu'une des filles fasse glisser la très légère chemise sur son corps svelte. Convaincue de ressembler à une gourgandine, elle n'osa pas regarder.

— Il vous faudra à la fois déployer vos charmes et rester digne ; être consentante mais pas absolument docile.

Elle fit un effort surhumain pour ne pas se rebeller contre un discours qu'elle désapprouvait. Elle ne devait rien laisser transparaître.

Sauver les apparences pour sauver sa mère.

Elle se trouva d'un flegme admirable pour la réponse qu'elle servit à Mara.

— Vos connaissances en la matière sont... impressionnantes.

Un sourire de contentement joua sur les lèvres de la châtelaine.

— Oh ! n'exagérons rien, fit-elle, faussement modeste. Disons que je connais les hommes.

Adrianne s'efforça de prêter une oreille attentive à tout ce que disaient les filles présentes dans la chambre. Chacune semblait posséder la solution miracle pour conserver un mari.

Elle ne dit mot mais n'en pensa pas moins. Elle apporterait sa propre pierre à l'édifice du mariage. Empêcher un homme d'aller voir ailleurs était une gageure ; persuader, provisoirement, les gens de la maisonnée du bien-fondé de leur union en serait une autre.

Cette conversation était si peu passionnante que ses pensées dérivèrent à plusieurs reprises.

Qui sait ? Peut-être n'aurait-elle jamais l'occasion de mettre en pratique une seule des leçons qu'on lui inculquait ce soir...

— Voilà, je crois que vous êtes prête, conclut Mara en faisant signe aux filles de reculer.

Adrianne regarda à la dérobée son négligé et s'obligea à rester impassible. Elle parvint même à esquisser un sourire à l'intention des filles qui prenaient congé. Discrètement, elle ramena une longue mèche brune sur son audacieux décolleté.

— Le temps que nous regagnions la grand-salle, les hommes ne tarderont pas à conduire Wyntoun jusqu'à vous. Restez telle que vous êtes, ma chère. Il sera subjugué, j'en suis sûre.

Adrianne arbora un sourire figé le temps que Mara disparaisse.

— N'oubliez pas tout ce que nous vous avons dit.

— N'ayez crainte.

La porte se referma. Enfin seule ! faillit-elle s'écrier. La nervosité qu'elle avait réussi à maîtriser jusque-là reprit le dessus. Elle se mordilla la lèvre. Combien de temps allait-elle attendre dans cette tenue ?

13

Levant son verre de vin, Wyntoun s'efforça de cacher la frustration qui grondait au tréfonds de son être. Il avait beau réfléchir, songer à une autre femme pour calmer ses ardeurs… Non, impossible ! Aucun membre de la gent féminine n'arrivait à la cheville d'Adrianne Percy.

Il but une lampée pour se calmer, jura ses grands dieux qu'il ne toucherait pas un cheveu de la créature qui l'attendait dans la chambre nuptiale.

Il ne pouvait décemment pas jouer les rabat-joie, se dit-il en balayant la grand-salle du regard. Son père dansait au milieu d'un cercle de fermiers et de pêcheurs, au rythme majestueux des cornemuses.

Pour Wyntoun, cette nuit de noces était la partie la plus délicate de cette mascarade. Passer chastement une nuit entière avec son épouse représentait un authentique défi.

Dès l'instant où il l'avait embrassée avec fougue devant l'autel, il avait compris qu'il devrait rassembler tout son courage pour ne pas succomber au désir qu'il éprouvait pour Adrianne Percy.

Durant les deux jours qui avaient précédé la cérémonie, il n'avait cessé de penser à elle. Plus d'une fois, il s'était surpris à rêvasser. À son bureau, sans s'en rendre compte, il plongeait dans la contemplation d'une reliure et son esprit dérivait sur les courbes délicieusement tentantes d'Adrianne.

La veille, alors qu'il chevauchait la lande de Mull, affrontant la pluie et les vents impétueux, ses pensées avaient erré plus que de raison. Les chasseurs qu'il avait accompagnés l'avaient d'ailleurs distancé.

Lorsqu'il avait repris ses esprits, une biche sublime avait surgi du bois, à quelques mètres de lui. Wyntoun avait été incapable d'abattre une telle merveille et avait simplement observé l'animal qui s'éloignait avec la grâce propre aux bêtes fauves.

Fasciné, il avait fait le lien entre la biche et sa promise – élégante, exaltante, innocente et farouche...

Les filles qui avaient conduit Adrianne jusqu'à la chambre nuptiale rejoignirent alors la joyeuse assemblée. Un dernier toast fut porté en l'honneur des mariés puis son cousin Alan l'invita à le suivre. Alexander, quelque peu ivre, donna sa bénédiction.

Ainsi, sous les rires et les chants, une joyeuse cohorte de Highlanders emmena Wyntoun jusqu'à son épouse.

Devant la porte en chêne massif, il se tourna vers ses camarades et leur lança un regard noir.

— Parfait, dit-il, vous n'irez pas plus loin.

— Non, Wyn ! protesta Alan en s'adressant aux hommes massés dans le corridor. Nous ne partirons pas avant d'être absolument sûrs que le couple est réuni sous les draps nuptiaux.

Des cris exaltés répondirent à l'intervention du capitaine. Brusquement, Wyntoun empoigna la chemise de son cousin.

— Marche arrière tout le monde, grommela-t-il, si vous ne voulez pas subir les foudres de ma colère !

Alan arqua un sourcil moqueur.

— Fais comme tu le sens. Pour ma part, j'ai trop bu pour me battre avec toi. En tout cas, cher cousin, tu sembles aussi nerveux que la fameuse nuit où nous avions...

L'air pensif, il se frotta le menton.

— Quel âge avions-nous ? Peu importe. Tu avais donc un rendez-vous galant avec la sœur du maréchal-ferrant… Tu te souviens ?

— Alan ! grogna Wyntoun sur un ton menaçant. Ferme-la ou bien je t'arrange le portrait !

— Là… là… là… calme-toi, Wyn. Tu sais que tu es sacrément chanceux ? Ta promise aurait été un laideron que tu l'aurais tout de même épousée.

— Ça suffit, sale vaurien.

— Mais Adrianne Percy est loin d'être laide. Au contraire, cette demoiselle est la plus belle des filles que toi ou moi ayons…

— Pour la dernière fois, Alan, je te demande de cesser de débiter tes âneries.

Wyntoun fit signe à Coll de lui venir en aide.

— Sois doux avec elle, continua le capitaine passablement éméché. Elle mérite d'être entourée d'attentions… et de connaître quelques bribes de la vérité, tu ne crois pas ?

Le chevalier fronça les sourcils tandis que son cousin battait en retraite.

— Très bien, les gars ! cria Alan aux autres hommes. Il reste à boire en bas. Allons, cornemuseur, joue-nous un de tes airs et rejoignons la fête !

Wyntoun vit les joyeux drilles s'éloigner en chantant à tue-tête. Lorsqu'ils eurent disparu, il se tourna vers la porte. Plongé dans un abîme de perplexité, il réfléchit à ce que lui avait dit Alan.

Alan et lui étaient complices. Son cousin était au courant de tout. C'est ensemble qu'ils avaient élaboré une stratégie afin de préserver le trésor de Tiberius. Tous deux avaient partagé le plus clair de leur enfance, avaient suivi le même entraînement, reçu la même éducation. Ils avaient navigué et s'étaient battus ensemble.

Sans doute avaient-ils trop bu, ce soir.

C'était la première fois qu'il ressentait une réelle discorde. Leur longue collaboration n'avait certes pas été sans heurts, sans chamailleries. Quoi qu'il en soit, plus qu'un cousin, Alan était un ami. Il ne laisserait pas une femme entacher leur amitié. Si belle et désirable soit-elle.

D'un geste décidé, Wyntoun ouvrit la porte et pénétra dans l'antichambre. Là, il contempla avec effarement la profusion de mets sur sa table de travail.

Immobile, il se répéta qu'Adrianne n'était son épouse que provisoirement.

Gillie réajusta son tartan quand les hommes redescendirent vers la grand-salle sur un air entraînant de cornemuse.

Accroupi dans un coin sombre du corridor, il avait fait le guet, les yeux rivés à la porte en chêne que venait de refermer sir Wyntoun.

Cette nuit était semblable aux autres, en ce sens qu'il n'avait pas relâché sa vigilance depuis leur arrivée à Duart Castle. De même qu'il avait veillé à la sécurité d'Adrianne à chaque instant de son séjour dans l'île de Barra.

Elle était son amie et sa protectrice, la bienfaitrice pour qui il se serait sans hésiter jeté dans les flammes.

Les noces précipitées entre le chevalier – son nouvel employeur – et Adrianne n'avaient pas altéré le lien privilégié qui les unissait.

Le matin précédant le mariage, elle s'était rendue aux écuries où il travaillait. Les autres avaient été stupéfaits de voir arriver la future épouse de leur maître, et d'autant plus surpris qu'elle se préoccupait du bien-être de Gillie, un simple palefrenier, un garçon au visage ingrat.

— Je tenais à m'assurer que tu étais bien installé, lui avait-elle dit en lui effleurant la joue. Je voulais être sûre qu'il n'y avait pas de problèmes.

— Aucun, avait-il bredouillé, ébahi et émerveillé devant sa maîtresse vêtue d'une somptueuse toilette.

Gillie s'arracha à sa rêverie, fixa l'autre bout du corridor. L'écho assourdi des célébrations dans la grand-salle lui parvenait par l'escalier en colimaçon. Il était heureux qu'Adrianne ait épousé sir Wyntoun.

Ici, à Duart Castle, il se savait en sécurité.

Selon lui, le chevalier n'avait jamais connu le bonheur. Adrianne se chargerait de le rendre heureux et son maître serait bon avec elle, songea-t-il. À présent, personne n'oserait plus punir ou mettre en cage la femme de sir Wyntoun.

Personne ne viendrait déranger leur nuit de noces, se dit-il en allongeant ses jambes. Voilà un nouvel endroit d'où il pourrait garder un œil sur les appartements de son maître. Il s'étira puis se coucha en chien de fusil.

Oui, il était heureux.

Adrianne entendit se fermer la porte de l'antichambre. Elle termina à la hâte ses derniers préparatifs, puis fit un pas en arrière pour admirer son « œuvre » et attendit impatiemment l'entrée de Wyntoun dans la chambre.

Quelques instants plus tard, la haute stature de son époux s'encadra dans l'embrasure de la porte. Campé sur le seuil, il écarquilla des yeux effarés.

— Diable ! s'exclama-t-il. Qu'est-ce qui s'est passé ici ?

— Vous êtes seul ?

— Évidemment.

Comme il s'avançait à pas mesurés, elle le dépassa et alla vérifier par elle-même que l'antichambre était effectivement déserte avant de refermer la porte séparant les deux pièces.

Wyntoun se tint immobile, scrutant la chambre avec un air ahuri. Soudain, elle se mit à douter, tel le peintre devant son tableau qui est prêt à y donner de grands coups de pinceau rageurs.

— Vous pensez que j'ai exagéré ?

— Vous voulez dire que vous êtes responsable de ce chaos ?

Embarrassée, elle opina, le regarda gagner l'âtre et ramasser le pichet de vin… vide.

— Vous avez tout bu ?

— Comment pourrais-je avoir tout bu et agir de manière rationnelle ?

— Pardon ? s'exclama-t-il en pointant du doigt le désordre alentour. D'après vous, briser du cristal digne de figurer sur une table royale est un acte rationnel ? Déchirer ces belles étoffes, répandre sur le sol la nourriture, renverser les meubles… Il faut avoir perdu la raison pour tout chambouler !

Elle darda sur lui un regard noir.

— Ce n'est pas une raison pour vous énerver. Si vous me laissiez vous expliquer, vous trouveriez tout ceci parfaitement justifié.

Il émit un grommellement de mépris, puis se baissa pour ramasser un tesson de bouteille.

Elle contempla les morceaux de cristal brisé. Certes, elle avait des remords. Détruire certains objets raffinés lui avait fait peine. Pour avoir vécu de longs mois dans l'île de Barra et côtoyé la misère, elle savait que le luxe était non seulement exempt de la vie des petites gens, mais indécent.

— Si j'ai cassé ces verres, c'est que j'avais un but, s'empressa-t-elle d'ajouter. M'écouterez-vous, à la fin ?

Wyntoun saisit le tissu transparent du déshabillé et le détailla à la lueur des flammes.

— Bon, dit-il d'un ton sec. Je vous écoute.

Elle lui arracha le vêtement des mains, le négligé que lui avait confectionné Bess et qu'elle avait déchiré. La couturière s'était appliquée et Adrianne avait lacéré son ouvrage…

Au diable les regrets ! se gourmanda-t-elle. Ce qui était fait était fait.

— Je ne vous expliquerai que si vous consentez à entendre *tous* mes arguments.

Wyntoun fixa sa main gauche qu'elle avait enveloppée d'un pansement de fortune.

— Vous vous êtes blessée ?

— Asseyez-vous, je vous prie, dit-elle en éludant la question.

— Je préfère rester debout.

Elle croisa son regard imperturbable.

— Je ne me laisserai pas impressionner par votre taille. Auriez-vous l'obligeance de vous asseoir ? insista-t-elle en désignant le siège.

Adrianne poussa un petit soupir de soulagement quand il s'exécuta enfin. Elle essuya sa main moite sur la robe bleue qu'elle avait troquée contre le négligé, dissimula sa main blessée dans son dos.

— J'ai eu une longue discussion avec Mara et ses suivantes.

— Ne me dites pas qu'elles sont la cause de tout ce fatras.

— Je n'ai pas dit cela, répliqua-t-elle posément. Le… désordre que j'ai… organisé, ironisa-t-elle, correspond aux folies qui passent par la tête de n'importe quel couple au soir de leur nuit de noces.

— Ah ? fit-il, perplexe.

— Oui, nous commençons par le vin. Et comme je suis… balbutia-t-elle. Comme je n'ai aucune expérience avec les hommes, vous me servez un peu à boire.

— Un peu ? s'étonna-t-il en empoignant le pichet vide et en le retournant.

Une goutte du breuvage s'écoula du bec et tomba sur le sol.

— Certes. Nous buvons beaucoup, corrigea-t-elle. Et ne me regardez pas comme si j'étais ivre, j'ai versé le vin par la fenêtre.

— Une femme ivre n'aurait pas causé la moitié des dégâts dont vous êtes responsable. Mais… continuez.

— Bien.

Il la dévorait des yeux. Une douce et étrange chaleur la traversa de part en part. Soudain, elle eut du mal à respirer. Le regard pénétrant de Wyntoun la troubla au point qu'elle songea à tout autre chose qu'à la conversation. Quelque chose clochait-il dans sa toilette ?

Elle prit une longue inspiration et reprit la parole.

— Eh bien, imaginons que nous ayons un peu trop bu, nous renversons nos verres.

— Briser exprès des verres en cristal ?

— Oui. Je me suis dit que ce serait romantique. C'est une tradition juive que m'a racontée ma mère. Mais… connaissant la valeur des choses, j'ai quelques regrets…

Elle le vit balayer du pied quelques débris, sans pour autant la quitter du regard. Des rides plissèrent le front de Wyntoun. Il semblait contrarié, mais aucune colère ne flambait dans ses yeux émeraude.

— Donc, enchaîna-t-elle, étant un peu éméché, vous m'avez couru après.

— Quoi ?

— Oui, vous m'avez pourchassée. Ce qui explique les meubles et le plateau renversés. Mais… si vous pensez que j'en ai trop fait, je peux ramasser la nourriture.

Il ne dit mot, se contentant de la dévisager.

— Ensuite, vous m'avez attrapée…

Elle souleva la chemise de nuit, s'approcha du guéridon sens dessus dessous jouxtant l'âtre.

— … vous avez déchiré mon négligé.

À cette évocation, le rouge lui monta aux joues. Elle baissa les yeux, resta figée quelques instants, puis l'entendit réprimer un rire. Elle jeta négligemment le vêtement sur le recoin du petit meuble, gagna le lit à baldaquin et continua son exposé.

— Il est naturel, m'ont-elles dit, qu'un homme soit impétueux… d'où la tenture décrochée.

— Et les plumes ?

Un frisson la parcourut quand elle le vit se lever et s'approcher d'elle.

— Nous nous sommes… amusés…

Elle frémit quand il lui posa une main sur l'épaule.

— … j'ai pensé que… bredouilla-t-elle. Que nos esprits s'échauffant, les coutures des oreillers auraient cédé…

— Ah ! fit-il, moqueur. Et d'après vous, ces choses arrivent fréquemment ?

— Je n'y connais rien. Néanmoins, je me souviens d'avoir vu…

Réalisant qu'il la taquinait, elle s'interrompit, lui lança un regard noir.

Ne le laisse pas te déconcentrer ! se tança-t-elle. Va jusqu'au bout de ton explication.

Elle pointa l'index vers les draps.

— Et ceci est la preuve que le mariage a été consommé.

Il fixa les taches de sang qui maculaient le couchage.

— C'est la seule façon de persuader Mara que notre union n'est pas une illusion. Elle m'a parlé de perte de sang lors de… de la… balbutia-t-elle. Avec une fille vierge.

— Montrez-moi votre main, dit-il en lui prenant le bras.

— Ce n'est rien, je…

Il ôta la pièce de lin qu'elle avait utilisée en guise de pansement, examina la coupure qu'elle s'était faite sur la paume. Elle vit dans ses yeux une inquiétude non feinte.

— Je n'arrive pas à y croire ! Vous vous êtes coupée exprès.

— Puisque je vous dis que ce n'est rien. J'en ai vu d'autres, et des blessures bien plus graves.

Il ne parut pas convaincu et remit le pansement en place. Elle eut un vif mouvement de recul comme si ce contact masculin avait été plus brûlant que la plaie sur sa paume.

— Voilà, conclut-elle en s'écartant. Je crois que nous sommes prêts à affronter les membres de votre clan.

— Pas tout à fait.

— Comment cela ? Qu'ai-je oublié ? s'alarma-t-elle en lui faisant face.

— Demain matin, ils s'attendront à nous trouver... vous et moi... dans ce lit, nus et exténués par une nuit d'ébats amoureux.

Elle déglutit, scruta le lit, puis reporta son regard effarouché sur Wyntoun.

— Vous plaisantez ? chuchota-t-elle.

— Pas du tout.

— Mais...

Ne sachant que répondre, elle crispa ses doigts sur l'étoffe de sa robe bleu outremer.

Wyntoun s'adossa nonchalamment à l'un des piliers du lit à baldaquin et croisa les bras.

— Connaissant Mara, dit-il, je vous parie qu'elle enverra une domestique avant l'aube, sous prétexte de veiller à ce que nous ayons à boire et à manger, ou d'alimenter le feu.

Adrianne se mordilla la lèvre, cherchant frénétiquement une solution au problème. Il était hors de question, songea-t-elle, de se glisser entre les draps aux côtés de Wyntoun.

— Bien sûr, une femme qui « en a vu d'autres » ne va pas se mettre à jouer les saintes-nitouches, n'est-ce pas ?

Songeuse, elle se remémora le baiser qu'ils avaient échangé dans la chapelle. La sensation de chaleur de leurs lèvres scellées était encore vive.

Le ton de son époux se radoucit.

— Et puis... je vous ai déjà vue dans le plus simple appareil...

Les joues cramoisies de honte, elle ferma les yeux et prit une longue inspiration avant de répliquer.

— On m'a dit que... vous m'aviez déshabillée... mais n'aviez pas regardé.

— Bien sûr que non ! Quel homme oserait poser les yeux sur une splendeur nue et alanguie dans ses bras ?

La voix grave et sensuelle du chevalier transforma la repartie acerbe en irrésistible compliment. Il la couvait de ses yeux gourmands comme s'il l'effeuillait du regard. Le cœur d'Adrianne cessa de battre.

— Qu'y a-t-il ? Vous n'avez pas confiance ? Vous craignez de succomber ?

Oui, faillit-elle répondre.

— C'est seulement... bredouilla-t-elle. Combien d'heures nous reste-t-il à attendre, là, dans ce lit, jusqu'à l'aube ?

En cet instant précis, elle aurait souhaité s'allonger et plonger dans les limbes du sommeil.

Immédiatement.

— Nous pourrions, dit-il d'un ton neutre, faire quelque chose de complètement fou, d'insensé : dormir, par exemple.

Sa réponse pragmatique la pétrifia.

Avait-elle bâti des châteaux en Espagne ? Lui était-elle si indifférente que cela ? Elle se décomposa.

— Êtes-vous fatigué ? demanda-t-elle.

Il eut une moue suggestive. Non, se dit-elle, leur attirance mutuelle n'était pas le fruit de leur imagination.

— Pas très.

— Dans ce cas, rien ne sert de s'allonger.

Elle entreprit d'arpenter la pièce, toujours en quête d'une solution. N'importe laquelle. Soudain, elle s'arrêta net.

— Et si nous n'étions pas là ? suggéra-t-elle, victorieuse. Il n'y aurait rien à voir. Il y a dans cette chambre suffisamment de preuves.

— Où proposez-vous que nous allions ?

— Que diriez-vous d'un tour à cheval ? Voici une éternité que je ne suis pas montée à cheval.

Il la regarda, incrédule, comme si elle venait de lui proposer une partie de dominos.

— Il est plus de minuit. Dois-je vous rappeler que nous sommes en plein milieu de l'hiver ? Une Anglaise aussi menue que vous gèlerait sur place en moins de temps qu'il n'en faut pour le dire.

— Le temps est clément, et c'est la pleine lune.

Elle se mit en quête de ses bottes.

— Et vous oubliez que je ne suis qu'à moitié anglaise. Je suis plus robuste que vous ne le croyez. S'il vous plaît, j'adore sentir le vent me fouetter le visage ! Je vous promets que je ne me plaindrai pas.

— Mais il n'y a rien à voir, nulle part où aller. Il fait nuit…

— Je vous en prie ! le supplia-t-elle depuis l'autre bout de la chambre. Cela nous fera le plus grand bien de prendre l'air, vous ne pensez pas ?

Il hésita un moment, réfléchit.

Adrianne traversa la pièce et le prit par le bras.

— Venez, Wyntoun. Rien ne nous empêche de revenir si le temps se gâte.

Peu enthousiaste, il se laissa néanmoins entraîner vers la porte.

— Si vous croyez que je vais renoncer au sommeil durant les prochaines semaines pour vos beaux yeux et l'accomplissement de notre plan, eh bien, vous vous trompez.

— N'ayez crainte, dit-elle en lui tapotant l'épaule.

Elle déploya un effort surhumain pour paraître convaincue lorsqu'elle ajouta :

— Après cette nuit, je vous laisserai dormir avec moi. Je sais que vous êtes un homme d'honneur. Mais ce soir, je suis incapable de rester dans ce lit, à attendre qu'on surgisse je ne sais quand pour nous surprendre dans une… une position compromettante.

Le traînant avec elle dans l'antichambre, elle n'osa pas croiser son regard.

« Je vous laisserai dormir avec moi. » « Dans une position compromettante. » Par la Sainte Vierge ! jura-t-elle en silence. Réfléchis avant de parler ! se gourmanda-t-elle.

14

L'effroi déformait la figure du moine trépassé. La marque rouge de la corde sur son cou grêle était encore visible.

— Oui, murmura Laura. Il s'agit bien du moine qui nous a traqués au couvent de Loch Fleet.

Accrochée au bras de son mari, Laura Percy Ross détourna son regard améthyste du cadavre.

— C'est le même homme, confirma William Ross en prenant son épouse dans ses bras.

La fine balafre qui courait le long de la mâchoire du laird pâlit à la lueur des torches.

— Ce lâche s'est-il pendu ici, dans la crypte ? s'enquit-il.

— Oui, là-bas, répliqua John Stewart, comte d'Athol en désignant l'endroit du menton. Une des filles de cuisine l'a découvert. La malheureuse ne s'en est pas encore remise.

— Comment s'appelait-il ? interrogea Laura.

— Frère Jacob. Du moins, c'est ce qu'on nous a dit.

Athol fit signe à trois de ses hommes d'évacuer le corps.

— Il est arrivé à Balvenie Castle en compagnie de frère Benoît il y a deux semaines, ajouta-t-il. Il semble que Benoît ait suspecté son acolyte de traîtrise. En outre, il avait eu vent de l'incident au couvent de Loch Fleet – la tentative d'enlèvement ayant heureusement avorté.

Tous sortirent de la chapelle. La brise des Highlands fit voleter les longs cheveux bruns de Laura.

— Je connais frère Benoît, dit-elle. C'était un ami de mon père. Il a été notre précepteur quand nous vivions dans le Yorkshire. Nous l'avons quitté lorsque Catherine, Adrianne et moi-même avons fui l'abbaye de Jervaulx pour nous réfugier en Écosse.

— Frère Benoît nous a confié qu'il avait croisé frère Jacob sur la route menant à Ironcross Castle. Cette forteresse sise au sud est le fief de nos amis Gavin Kerr et son épouse Joanna MacInness.

Athol, Laura et William traversèrent la cour pavée de Balvenie.

— D'après Benoît, Jacob a tenté de s'en faire un allié car il connaissait ses liens avec la famille Percy. Jacob se serait servi du vieux précepteur pour s'assurer un poste ici même.

— Fils de Satan ! jura William.

— Toujours d'après Benoît, il aurait paniqué en apprenant que vous et votre femme étiez sur le point d'arriver à Balvenie. Même si cela ressemble à un suicide, je me demande pourquoi le scélérat n'a pas plutôt pris ses jambes à son cou.

— Je suis moi aussi dubitatif. Il met fin à ses jours, nous épargnant ainsi de le pourfendre. Avouez que c'est un peu louche.

— C'est vrai, approuva Athol. Surtout si l'on songe aux ennuis qu'a récemment eus Catherine avec deux autres religieux… J'ignore qui sont ces moines, mais ils semblent traîner derrière eux comme une odeur de soufre.

— Benoît vous a-t-il dit pourquoi il n'avait pas exprimé plus tôt ses soupçons ? demanda Laura.

L'atmosphère funèbre qui régnait alentour la fit frissonner. Elle s'agrippa plus fort au bras de son mari.

— Et Jacob ? poursuivit-elle, avait-il mentionné d'autres noms, un détail qui nous mettrait sur la piste de l'ennemi ? Il n'était pas seul lorsqu'il s'est présenté au couvent.

Athol secoua négativement la tête.

— Nous avons découvert le corps ce matin. Votre arrivée a écourté notre entrevue avec frère Benoît. Il me semble relativement coopératif, mais un de mes hommes le surveille. Une fois que vous vous serez restaurés puis reposés, nous prendrons le temps de le questionner, en votre présence.

Tous trois gravirent les marches menant à l'immense porte du donjon de Balvenie Castle et entrèrent dans la grand-salle. Laura ouvrit grands les bras tandis qu'accourait vers elle une fillette de sept ans aux longues boucles brunes.

— Est-ce que c'était horrible ? s'enquit l'enfant en entourant de ses bras la taille de Laura. Est-ce qu'il y avait des asticots qui lui sortaient des trous de nez ?

— Miriam ! la rabroua gentiment William. Allez, viens, jeune fille, dit-il en s'accroupissant pour la prendre sur son dos. Ton fidèle cheval t'attend.

À califourchon, la fillette jeta un coup d'œil par-dessus l'épaule de sa « monture ». Ses prunelles saphir – comme celles de William – scintillèrent.

— Alors, insista-t-elle, est-ce qu'il était affreux à voir ?

— Oui, ma chérie. Pire que le plus horrible des épouvantails ! répliqua-t-il avec une grosse voix.

— William Ross, maugréa Laura, à cause de toi, cette petite va faire des cauchemars.

— Bon, allons-y, chuchota-t-il à Miriam assez fort pour que les autres entendent. Laissons Laura et ta tante Catherine à leurs occupations, et je vais te donner les détails les plus croustillants.

Tandis qu'il emmenait l'enfant près de l'immense âtre, Athol les talonna.

— Attention, Miriam, à ne pas oublier la cravache ! plaisanta-t-il. Ton cheval m'a l'air d'avoir encore besoin de dressage.

Les yeux embués de larmes, Laura sourit en regardant le père et sa fille galoper dans la grand-salle, suivis de près par John Stewart, comte d'Athol.

— C'est la plus belle enfant que j'aie jamais vue, commenta Catherine.

Laura fit volte-face et étreignit sa sœur. Incapable de formuler un seul mot, elle fondit en larmes. Les deux femmes demeurèrent immobiles un long moment.

Soudain, une pensée fulgura dans l'esprit de Laura : sa chère Catherine était enceinte. Elle fit un pas en arrière.

— Comment te sens-tu ? s'enquit-elle en s'essuyant les yeux.

— À merveille. Je sens le bébé qui bouge de temps en temps.

— Garçon ou fille, je suis certaine qu'il sera énergique.

— Sans doute. Cela fait un mois qu'il doit s'entraîner à gravir les murailles d'un château.

— Oh ! c'est un vrai miracle, Catherine !

Les deux femmes gardèrent le silence pendant un instant. Deux larmes roulèrent sur les joues de Laura.

— Allons, allons... la situation pourrait être bien pire.

— Je ne sais pas ce qui m'arrive. Je... oui... tu as raison. Nous avons eu notre lot de drames. Mais ces jours-ci, chaque fois que je pense à notre mère...

Elle s'interrompit.

Un sanglot lui noua la gorge. Catherine passa la main sur les cheveux de sa sœur pour la consoler.

— Nous la retrouverons et nous la libérerons, la rassura-t-elle. J'en ai l'intime conviction. Tu verras, tout finira par s'arranger. Je ne sais pas pourquoi, mais l'époque est aux retrouvailles.

Laura soupira et prit le mouchoir brodé que lui tendait son aînée.

— Oui, tu as raison. Il faut être optimiste… et courageuses. Par la Sainte Vierge ! J'aimerais tant qu'Adrianne soit avec nous.

L'expression rembrunie de Laura disparut quand ses yeux se posèrent sur le ventre rebondi de sa sœur.

— Tu es resplendissante, dit-elle en hoquetant. Je ne sais pas ce qui m'arrive. Ça fait plusieurs jours que je pleure comme une Madeleine. Je ne me suis jamais sentie aussi fragile.

Catherine lui prit la main pour la conduire vers le banc le plus proche.

— Arrête de dire des sottises ! Nous avons toutes droit à une crise de larmes de temps en temps. Ça soulage.

— Ce matin, quand j'ai vu William sur son étalon, avec Miriam installée devant lui, j'ai craqué. La nuit dernière, quand mon mari s'est blotti contre moi, je n'ai pu m'empêcher de pleurer. Aujourd'hui… rien que de te voir, toi et ta nouvelle famille… bredouilla Laura en essuyant ses larmes, je ne comprends pas… Je m'y perds, avec toutes ces émotions.

Elle enfouit son visage dans ses mains, prit une longue inspiration, tenta de se ressaisir. Elle ne pouvait pas se montrer aussi vulnérable devant William et Miriam. Ils s'inquiéteraient, imagineraient des choses – qu'elle perdait la raison, n'était plus maîtresse d'elle-même.

Lorsqu'elle releva enfin la tête et que son regard croisa celui de Catherine, elle vit dans les yeux de celle-ci une lueur d'amusement.

— Et que ressens-tu d'autre ? demanda sa sœur aînée.

— Que veux-tu dire ?

— As-tu éprouvé des sensations… inhabituelles, que tu n'aurais pas eues il y a… disons… six mois ?

— Mais… je suis très heureuse !

Catherine éclata d'un rire cristallin qui attira l'attention des personnes présentes dans la grand-salle. Elle baissa aussitôt la voix.

— Ce n'est pas la peine de me le dire, je l'avais deviné.

Plongée dans un abîme de réflexion, Laura fit glisser ses mains le long de sa poitrine.

— Tes seins ? Est-ce qu'ils te font mal ?

Rouge d'embarras, elle hocha timidement la tête.

— Oui. J'ai l'impression qu'ils ont grossi. Comment est-ce possible ?

— Quoi d'autre ? demanda Catherine en lui tapotant la cuisse pour l'encourager à réfléchir.

— Je suis moins résistante qu'auparavant. Peut-être est-ce dû à notre voyage. Je pourrais passer quinze jours à dormir. Une véritable marmotte.

Des plis soucieux s'imprimèrent sur le front de Catherine.

— Ça me paraît assez sérieux, commenta-t-elle.

— Tu crois ? s'alarma Laura. Ça ne me ressemble pas de tomber malade, et pourtant j'ai eu des nausées. Il y a deux semaines, j'ai été prise de haut-le-cœur.

— Oui, ça me paraît assez sérieux, répéta Catherine en lui déposant un baiser sur la joue.

— Dis-moi… dit Laura, des sanglots dans la voix. Si je suis atteinte d'une maladie terrible, si…

Elle s'interrompit en voyant Catherine se lever.

— Je t'en prie, si tu sais quelque chose, tu dois me le dire !

Un sourire espiègle joua sur les lèvres de Catherine.

— Peut-être, répondit-elle en jetant un coup d'œil vers William Ross, devrions-nous discuter de cette maladie avec celui qui en est la cause…

Laura dévisagea sa sœur.

Brusquement, son cœur se mit à battre à coups redoublés alors qu'elle prenait conscience d'une réalité qu'elle avait occultée.

Elle se leva à son tour, pantoise.

— Enfin ! chuchota sa sœur. Ne bouge pas d'ici. Je laisse la place au laird de Blackfearn. Il aura besoin de

s'asseoir quand tu lui apprendras que votre famille va bientôt s'agrandir.

Les chênes centenaires qui longeaient Loch Dan avaient perdu leur flamboyant feuillage. À l'ouest, une lune blanche et ronde dardait ses rayons sur le paysage nocturne. Wyntoun connaissait le coin au point qu'il aurait pu le parcourir les yeux bandés. Ces bois lui étaient aussi familiers que Duart Castle. Le claquement des sabots du cheval que montait Adrianne résonnait dans la nuit. Elle le suivait de près quand ils sortirent du bois.

Devant eux s'étendait la lande à perte de vue. Il se retourna afin de contempler sa compagne. Un sourire radieux illuminait son visage d'ange. Il piqua des deux et partit au galop en direction des collines qui ondoyaient non loin et menaient aux rochers escarpés surplombant Loch Spelvie.

Adrianne ne se laissa pas distancer. C'était une cavalière douée, se dit-il. Ce n'était pas tant son aptitude à chevaucher qui l'emplissait d'admiration mais l'allure, la spontanéité, la passion qui émanaient d'elle sur son étalon… et dans la vie. Il percevait chez elle une témérité hors du commun.

Parvenu au sommet d'un des gigantesques rochers, Wyntoun tira sur les rênes pour marquer l'arrêt. Son épouse l'imita puis tapota l'encolure de son cheval en lui murmurant à l'oreille des paroles de réconfort.

En contrebas, les eaux ténébreuses du loch reflétaient le clair de lune. Dans le lointain se dressaient les cimes de Maol Ban et Druim Fada.

Wyntoun admira la silhouette d'Adrianne, immobile et bouche bée devant la vue magnifique. Sa capuche n'avait pas résisté à leur cavalcade. Des mèches soyeuses et rebelles flottaient au vent. Alors qu'elle soufflait dans l'air glacé des panaches de buée, Wyntoun se prit à rêver d'embrasser ces lèvres sensuelles.

Le froid, l'exercice… rien n'y faisait ! Rien ne parvenait à apaiser le désir qui sourdait en lui, telle la lave du volcan.

Dans la chambre nuptiale, des images érotiques avaient peuplé son esprit enfiévré. La simple vue des draps froissés l'avait émoustillé.

Il détourna son attention vers les eaux miroitantes du loch. Il avait trop bu, voilà tout. Qu'était devenu leur arrangement plein de bon sens ? Toutes ces belles intentions avaient-elles fondu comme neige au soleil ?

Wyntoun inspira une bouffée d'air vif, regarda le ciel, l'immensité étoilée. Adrianne avait eu raison de l'obliger à fuir pour quelques heures Duart Castle et ses invraisemblables célébrations.

La brise charriant les embruns, la beauté sauvage de la lande, l'exaltation d'une chevauchée par une nuit au beau milieu de l'hiver, tout cela le réjouissait.

Dans cinq cents ans, pensa-t-il, personne ne se rappellerait l'existence de Wyntoun MacLean et d'Adrianne Percy. Nul ne se souviendrait de cette nuit. Qui se soucierait des deux êtres qui avaient respiré cet air, foulé ce sentier, admiré le disque lumineux dans le ciel ?

Personne. Il lui parut essentiel de vivre l'instant présent. Ici et maintenant.

Il la désirait.

— Nous rentrons ? suggéra-t-il.

— Nous venons à peine d'arriver.

— Mais… vous devez être exténuée, non ?

— Non, pas vraiment, répondit-elle en lui lançant une œillade. Regardez, c'est sublime ! Ce ruban d'argent que la lune déroule sur la mer… On dirait que les fées éclairent pour nous le chemin du paradis.

Il était fasciné. Adrianne était plus belle que les étoiles.

— Le paysage est-il toujours aussi enchanteur ? ajouta-t-elle. Aussi serein ?

— N'ayez crainte.

La porte se referma. Enfin seule ! faillit-elle s'écrier. La nervosité qu'elle avait réussi à maîtriser jusque-là reprit le dessus. Elle se mordilla la lèvre. Combien de temps allait-elle attendre dans cette tenue ?

dos, frôlèrent sa chute de reins. Il pressa la hanche d'Adrianne contre le renflement de son bas-ventre.

— Je n'imaginais pas qu'un baiser me mettrait dans des états pareils… susurra-t-elle. Si l'on prend autant de plaisir rien qu'en s'embrassant, poursuivit-elle, pourquoi doit-on… aller plus loin ?

Wyntoun n'en pouvait plus de désir, de frustration. Il dessina une arabesque sous la courbe des seins que moulait sa robe. Il voulait lui faire l'amour, là, tout de suite, se fondre en elle.

Adrianne méritait mieux, pensa-t-il en refrénant ses ardeurs.

— Ce que nous éprouvons à l'instant, dit-il, n'est rien comparé aux plaisirs de la chair partagés entre deux êtres.

Elle darda sur lui un regard empreint à la fois de méfiance et d'étonnement.

— Vous croyez ?

Sa candeur le fit sourire.

À travers l'étoffe de son corsage, il titilla les mamelons dressés par le désir. Ses mains avides descendirent entre les cuisses fuselées d'Adrianne qui se cambra avec un soupir extasié.

— Je… balbutia-t-elle, je n'ai jamais connu cette… sensation…

Elle s'arc-bouta quand ses doigts musardèrent entre les plis de son intimité.

— Oh ! c'est si… troublant… comme si je courais mais… sans connaître la destination…

Wyntoun lui embrassa le front, les lèvres. Jamais une femme n'avait osé ainsi formuler ce qu'elle éprouvait. Non, décidément, aucune de ses conquêtes n'arrivait à la cheville d'Adrianne.

— Dites-moi… lui murmura-t-il à l'oreille en poursuivant son audacieuse caresse. Dites-moi ce que vous ressentez, ce que vous voulez.

— Oh… plus vite. Comme j'ai chaud ! Il y a… trop de vêtements entre nous. J'ai besoin de sentir votre peau contre la mienne.

Elle l'excitait… Lui aussi respirait avec peine. Quand elle leva vers lui ses yeux embrumés et implorants, il lui ravit un baiser impétueux. Il la tenait fermement contre lui, sur sa monture, et continuait d'explorer l'intimité de sa tendre et indomptable épouse.

— Je… je ne peux pas… bredouilla-t-elle, haletante.

— Laissez-vous aller, Adrianne.

Il accéléra peu à peu le va-et-vient de ses doigts. Soudain, elle poussa un cri de jouissance.

Sous le ciel étoilé, le temps se suspendit pour les amants de minuit. Wyntoun ne savait plus que penser. Il désirait, plus que tout au monde, la pénétrer. Or, il l'étreignit simplement, lui chuchotant des mots doux, l'embrassant avec une tendresse qu'il ne soupçonnait même pas.

Puis, sans qu'il s'en rende véritablement compte, il tira sur les rênes de son cheval pour faire demi-tour. Adrianne blottie contre lui, ils reprirent le chemin de Duart Castle, la monture de son épouse trottant docilement dans leur sillage. Une minute, une heure – Wyntoun n'aurait su le dire – s'écoula avant qu'Adrianne ne prononce une parole.

Mille pensées traversaient l'esprit du chevalier. Jamais il n'avait désiré une femme comme il désirait Adrianne… mais il patienterait. Que le diable l'emporte s'il lui faisait l'amour au milieu de ces chênes, sur le sol moussu, ou dans la lande de bruyère qu'ils traverseraient bientôt !

Il était encore temps de célébrer leur nuit de noces dans les règles de l'art.

— Pourquoi nous dépêcher ? demanda-t-elle. Où allons-nous ?

— Nous rentrons à Duart Castle pour regagner notre chambre.

Elle se redressa imperceptiblement et le contempla. Un sourire mutin joua sur ses lèvres.

— Mais... il reste quelques heures avant l'aube. Vous ne semblez pas prêt à vous retirer pour... je veux dire... pour dormir. Que... qu'allons-nous faire jusqu'au lever du soleil ?

Il la ramena contre lui, déposa sur ses lèvres un baiser chaste.

— Deux ou trois idées me viennent pour... passer le temps. Si je me souviens bien, vous aviez mentionné une... « position compromettante ». Pourquoi ne pas essayer...

Elle écarquilla ses yeux lilas.

— Et notre... arrangement. Nous...

— Au diable notre arrangement ! grommela-t-il. Tout ce qui m'intéresse, à présent, c'est de faire l'amour à ma femme.

Adrianne émit un soupir qui ressemblait fort à une approbation et posa sa tête sur l'épaule robuste de son époux.

15

Bien qu'elle ait tout prévu, Diana Percy savait qu'un seul faux pas, une seule seconde d'inattention lui coûteraient la vie.

Elle avait déjà failli se rompre le cou en prenant des risques inconsidérés. Elle avait soulevé son lit de fortune pour le poser à la verticale contre le mur que trouait une archère. Après quoi, elle avait grimpé dessus pour obturer l'archère avec une couverture.

Elle mettrait le feu à la paillasse et aux joncs, crierait : « Au secours ! » Pourvu qu'on l'entende ! pria-t-elle en silence. Lorsque l'on entrerait pour éteindre les flammes, elle se faufilerait et s'échapperait de la cellule.

Diana recula afin de contempler ses préparatifs. Elle espérait que tout cela produirait assez de fumée pour envahir l'atmosphère.

— Je n'ai pas le choix, chuchota-t-elle.

Elle ne supporterait pas une journée supplémentaire d'emprisonnement, de silence. Si par malheur elle ne survivait pas, la mort ne serait pas un châtiment mais une délivrance, une échappatoire vers l'au-delà.

Guettant le moindre bruit lui signalant l'arrivée de la vieille domestique ou d'un quelconque gardien, elle fit les cent pas, l'oreille tendue.

C'est le moment ou jamais, se dit-elle. De toute façon, rien n'est pire que l'inaction.

À présent, il n'était plus question de faire marche arrière. Elle se couvrit la main avec sa cape, poussa le brasero jusqu'aux joncs qu'elle avait entassés et y renversa les tisons.

Tout à coup, la folie de son plan lui sauta aux yeux. Certes, elle n'en pouvait plus d'être confinée ainsi, mais elle n'avait pas songé aux conséquences de son acte.

Qu'adviendrait-il des gens qui vivaient dans cette demeure si l'on ne parvenait pas à maîtriser le feu ? Et si des innocents étaient blessés ou, pire, mouraient en tentant d'éteindre l'incendie ? Sa rage valait-elle de détruire le foyer d'inconnus et de risquer leur vie ?

Les flammes ne tardèrent pas à dévorer les joncs et la paillasse, la fumée s'éleva en volutes. Elle eut une moue désenchantée en réalisant son inconscience. Elle qui avait fait la leçon à ses filles et prôné la raison se comportait à présent en insensée !

« Patience et longueur de temps ! » leur avait-elle ressassé. « Réfléchissez avant d'agir. »

La situation lui parut aussi risible que sinistre.

Très vite, la fumée se mit à moutonner dans les hauteurs de la cellule. Diana se couvrit le visage avec un pan de sa cape. Quand elle courut vers la porte, les deux bougies posées sur la tablette tombèrent et s'éteignirent. Elle commençait à avoir du mal à respirer. Comme l'air passait en sifflant sous la porte, elle s'agenouilla en toussant. Les flammes commencèrent à lécher les lattes du parquet.

Soudain, elle entendit une porte grincer sur ses gonds, à l'étage en dessous.

— Au feu ! cria-t-elle d'une voix haut perchée. Au feu ! Au secours, aidez-moi !

Et si ses gardiens ne prenaient pas ses appels au sérieux ? Et si personne ne l'entendait ? Une chaleur intenable se propageait, ses yeux lui brûlaient.

— Au feu ! Au feu !

En proie à un terrible doute, elle arpenta la cellule, de la porte en chêne bardée de fer à sa cachette. Un pan de sa cape sur la bouche, elle s'immobilisa, regarda le battant. Une étrange pensée la traversa alors : elle n'avait pas peur, elle acceptait l'idée de la mort.

Pourvu qu'elle soit la seule victime de cet incendie ! pria-t-elle en silence.

Sur le rideau de fumée s'imprimèrent les silhouettes des êtres qui lui étaient chers. Edmund, son défunt mari, ses filles Adrianne, Catherine et Laura… Toutes trois lui souriaient. Vêtues de robes en lin blanc immaculé, elles étaient encore enfants et couraient vers elle dans la lande de bruyère mais elle, leur mère, ne cessait de s'éloigner d'elles. Le sort s'acharnait à les séparer. Elle distingua leurs boucles brunes qui volaient au vent. Elles agitaient leurs menottes, semblaient lui dire : « Attends-nous ! »

Brusquement, elle tourna la tête.

Médusée, elle vit Edmund, agenouillé à ses côtés. Elle poussa un cri de joie. Les larmes affluèrent. Comme il lui avait manqué ! Comme elle avait pleuré son absence ! Elle tendit la main pour lui caresser le visage et n'attrapa qu'une volute de fumée.

— Edmund ! sanglota-t-elle.

Il se leva et s'éloigna.

— Emmène-moi avec toi, Edmund, s'il te plaît !

Ses filles réapparurent devant ses yeux. Cette fois, elles étaient adultes et se tenaient devant des hommes sans visage. Le ventre rond, Catherine tenait Laura par le bras. Adrianne était en compagnie d'un chevalier et brandissait un voile bleu ourlé d'or. Il s'agissait du même voile autrefois suspendu dans la salle d'étude de son défunt mari.

— Elles ont l'air heureuses, murmura Diana. Edmund, emmène-moi avec…

Elle s'interrompit, se retourna.

Personne.

Il n'y avait plus le visage bienveillant de son époux, ces yeux couleur de ciel emplis d'amour. Plus d'épaule sur laquelle se reposer, sangloter et trouver le réconfort.

En lieu et place du fantôme de son mari, Diana ne vit que flammes, fumée et trois hommes qui luttaient frénétiquement contre le feu à l'aide de couvertures. Elle scruta la porte grande ouverte.

Elle n'hésita pas une seconde et s'enfuit.

Sur le palier, entre deux volées de marches, elle aperçut la vieille domestique qui ouvrait des volets pour laisser entrer l'air du dehors. Diana la dépassa à la hâte et descendit l'escalier. Un long corridor s'étirait devant elle.

Prise de panique quand elle entendit des hommes qui s'approchaient en vociférant des ordres, elle s'engagea en courant dans le couloir.

À sa gauche, une étroite fenêtre donnait sur la cour intérieure. Elle jeta un bref coup d'œil. Torches en main, des hommes et des femmes s'agitaient en tous sens.

Comme le brouhaha de gens qui venaient à sa rencontre se rapprochait, elle se glissa subrepticement dans l'embrasure d'une porte qu'elle referma aussitôt.

Dieu merci, elle avait échappé à la vigilance de ses gardes !

Elle balaya du regard la chambre dans laquelle elle venait de pénétrer. Un feu généreux brûlait dans la cheminée et éclairait la pièce. Un banc à haut dossier trônait près de l'âtre. Sur le bureau placé au centre étaient déroulés des parchemins sur les coins desquels étaient posés des galets. Elle ne remarqua d'autre porte que celle par laquelle elle était entrée.

Au-dessus du manteau de la cheminée, la vision d'un bouclier orné d'armoiries qui lui étaient familières la plongea dans un abîme de perplexité.

Comme attirée par une force surnaturelle, Diana s'avança pour contempler le voile bleu ourlé d'or qui encadrait le bouclier.

— Que comptez-vous me faire *exactement* lorsque nous serons de retour à Duart Castle ? demanda

Adrianne, le visage pressé contre le torse puissant de Wyntoun.

Elle huma l'enivrant parfum qui émanait de lui, un subtil mélange d'effluves: une pointe musquée, une note marine, et l'odeur des bois par une nuit d'hiver. Elle en frémit d'aise et l'étreignit plus fort.

— Adrianne… grommela-t-il d'un ton faussement menaçant.

Un sourire espiègle joua sur les lèvres de la jeune femme. Elle lui embrassa le cou.

— Mais il y a tant de choses que j'ignore! insista-t-elle. Tant que nous chevauchons, vous pouvez m'éclairer sur la question…

— Continuez de la sorte et nous risquons fort de ne pas arriver à destination.

Leurs regards se croisèrent.

— Vous connaissez un endroit où nous pourrions trouver refuge pour la nuit? s'enquit-elle.

— Oui. Si vous n'avez rien contre un matelas de feuilles mortes pour couche nuptiale, le ciel en guise de toit et votre mari pour seule couverture…

— Rien de tout cela ne me dérange.

Le rire tonitruant de Wyntoun remplit le silence nocturne. Le cœur d'Adrianne battit la chamade. L'intensité de l'affection qu'elle éprouva en cet instant la bouleversa. Elle lui caressa la joue, et il la couva du regard.

Au-dessus d'eux, les branches enchevêtrées des chênes formaient un ciel de lit que perçaient çà et là des étoiles. En été, pensa-t-elle, quand les feuilles recouvraient les arbres, le chemin devait être bien sombre.

Le chevalier fit ralentir son étalon. De longues minutes s'écoulèrent avant qu'il ne prenne la parole.

— Nous jouons à un jeu, Adrianne… un jeu pour lequel il y a un prix à payer.

— Comment cela?

— Il y a… des conséquences. Nous sommes sur le point de nous engager bien au-delà des termes de notre… accord, dit-il d'un ton neutre en regardant droit devant.

Adrianne entendit le tumulte du torrent qu'ils avaient traversé à l'aller et qui bouillonnait tout près. Elle revoyait les pierres recouvertes de givre.

— Ce prix vous semble-t-il trop élevé, Wyntoun MacLean ? interrogea-t-elle, solennelle.

— Non. Si nous ne regrettons pas nos actes.

— Dans ce cas, si je m'efforce de vous signaler où je me rends le matin, serez-vous satisfait ?

— Oui, répliqua-t-il en réprimant un ricanement. Pour autant, cela ne règle pas tout.

Une froide bise siffla entre les branchages.

Adrianne fronça les sourcils en considérant les paroles qu'ils venaient d'échanger. Un doute la tarauda. Avait-il toujours l'intention d'annuler leur mariage, une fois leur mission accomplie ?

Même s'ils n'en avaient pas parlé de manière explicite, leurs plans avaient changé. Elle allait poser les questions qui lui brûlaient les lèvres quand Wyntoun tira brusquement sur les rênes, stoppant net leur monture. Le cheval d'Adrianne qui les suivait les imita.

— Qu'y a-t-il ?

— Là-bas, dans le torrent, dit-il en pointant du doigt les eaux agitées. Il y a quelque chose qui bouge.

Elle empoigna les rênes de leurs chevaux tandis que Wyntoun mettait pied à terre. Scrutant l'horizon, audelà de la trouée entre les arbres, elle distingua les contours de Duart Castle.

— Il y a quelqu'un, reprit-il. Il me semble que c'est un gamin.

Par-dessus l'épaule de Wyntoun, Adrianne aperçut une silhouette accrochée à un rocher.

— Restez où vous êtes, ordonna-t-il. Attendez-moi.

Il ôta sa ceinture à laquelle était attaché son poignard et s'immergea dans l'eau glacée. Adrianne enroula les rênes autour d'une branche et, sans réfléchir, s'élança à son tour au secours du malheureux inconnu.

— Je vous avais pourtant dit de ne pas bouger ! grommela Wyntoun en dardant un regard ahuri sur les jupes trempées de son épouse.

Ignorant sa réprimande, elle s'approcha de la victime. Un instant, elle imagina qu'il s'agissait d'une de ces créatures vivant au fond des eaux, de celles que décrivaient les mythes écossais. Quoi de plus naturel que de croiser le chemin d'un farfadet en cette nuit particulière ? Après tout, n'était-ce pas sa nuit de noces ? Ne vivait-elle pas le rêve de toute demoiselle ? De surcroît, les contes et légendes foisonnaient d'étranges rencontres faites les soirs de pleine lune.

À mesure qu'elle approchait du corps inerte, Adrianne vit une tignasse brune, de frêles épaules engourdies par le froid qui tremblotaient.

Seigneur Dieu ! jura-t-elle en silence.

— Par tous les diables ! s'exclama Wyntoun. Est-ce toi, Gillie ?

— Bon sang ! Que fabriques-tu ici ? questionna Adrianne en caressant son visage frigorifié.

Des cristaux de givre recouvraient les cheveux du garçon. Elle lui souleva le menton pour s'assurer qu'il respirait encore. Il claquait des dents, peinait à garder les yeux ouverts. Elle s'empressa d'ôter son manteau pour l'y emmitoufler.

— Sortons-le vite du torrent ! ordonna Wyntoun en soulevant Gillie.

— Mon... mon... bafouilla-t-il en grelottant. Mon pied... Le diable m'a... attrapé... le pied...

Le chevalier enfonça son bras dans l'eau glacée.

— Une branche. Il s'est coincé le pied dans une branche. Faites-le tenir debout, si vous pouvez ! lança-t-il à Adrianne.

Elle s'exécuta, appuyant le bras de Gillie sur son épaule.

— Vas-y, mon grand, lève-toi. Je sais que tu le peux, souffla-t-elle en déployant un effort surhumain pour le soulever sans chanceler.

— Je n'ai pas l'habitude de vous voir obéir ainsi. Le changement est stupéfiant, railla Wyntoun.

Adrianne le fusilla du regard.

— Je fais toujours ce qu'on me demande de faire.

Pour toute réponse, il émit un grognement sceptique.

Empoignant la branche, il tira de toutes ses forces pour dégager le pauvre garçon du piège dans lequel il s'était fourré. Ce ne fut qu'à la troisième tentative qu'il parvint à libérer le pied de Gillie.

Immédiatement, il prit le gamin dans ses bras et rejoignit la berge, talonné par Adrianne qui luttait contre le courant. Ils prirent soin de ne pas glisser et rejoignirent la terre ferme.

— Vous est-il possible de suivre des instructions ? maugréa Wyntoun.

— Bien entendu.

Adrianne ressentait à présent le froid mordant. Les plis de sa jupe trempée lui fouettaient les mollets. Elle frissonna.

— Ce garçon a besoin d'aide.

— Je le sais, répondit-elle d'un ton las en dénouant les rênes des chevaux.

Elle s'approcha de ses compagnons, scruta le visage de Gillie et caressa sa joue glacée. Dans les bras robustes du chevalier, il semblait plongé dans les limbes de l'inconscience.

— Nous devons le ramener au château au plus vite, déclara-t-elle, inquiète.

— Il y a un plaid dans la sacoche de chaque monture. Prenez-en un pour vous.

— Je n'en ai pas besoin. C'est Gillie qui…

— Par les cornes de Satan ! Faites ce que je vous dis ou je vous attache et me charge de le faire à votre place !

— Espèce de mufle ! pesta-t-elle entre ses dents. Vous voulez le second pour Gillie ? ajouta-t-elle plus haut en brandissant le deuxième plaid.

— Posez-le par terre et montez sur votre cheval.

— Ne pensez-vous pas que nous devrions…

— Dépêchons-nous au lieu de discuter !

— Bon, soupira-t-elle.

Elle s'exécuta puis se couvrit les épaules avec le plaid. Wyntoun hissa précautionneusement Gillie sur la monture d'Adrianne.

— Je le tiens, dit-elle en serrant contre elle son protégé et en agrippant les rênes de son cheval.

— À présent, si vous voulez bien vous occuper du garçon, je…

Elle n'eut pas le loisir d'entendre la suite car elle avait déjà piqué des deux pour gagner la berge. Il n'était plus temps de se perdre en vaines disputes, songea-t-elle. Il fallait agir, et vite.

Elle avait déjà traversé à gué le torrent quand Wyntoun, encore sur l'autre rive, l'interpella. Ignorant l'ordre perdu dans le vacarme des eaux bouillonnantes, elle éperonna sa monture et partit au galop, longeant le cours d'eau.

L'esprit d'Adrianne était en effervescence. Elle préparait mentalement leur arrivée à Duart Castle et la prise en charge de Gillie. En premier lieu, le débarrasser de ses habits, l'envelopper de couvertures chaudes et allumer un feu. Ensuite, il faudrait qu'il boive un bouillon, une boisson reconstituante, avant qu'il n'attrape une fièvre.

L'étalon de Wyntoun fendait l'air derrière elle. Comme il ne cessait de l'appeler, elle se demanda s'il avait d'autres plans en tête.

Non, s'ordonna-t-elle, ne l'écoute pas ! Concentre-toi, file !

Ils auraient largement le temps de parler lorsque Gillie serait dans l'enceinte de Duart Castle, bien au chaud dans un lit et entouré de prévenances.

16

— J'ai été touché par la grâce du trésor de Tiberius.

Le mensonge avait été formulé avec une telle sincérité que tout le monde le prit pour argent comptant. Frère Benoît vit l'effet magique de ses paroles dans les regards posés sur lui. La suspicion ambiante s'était transformée en surprise.

Un silence de plomb s'abattit sur la pièce.

Benoît savait pourquoi on l'avait convoqué. En présence des deux sœurs Percy qu'il connaissait depuis qu'elles étaient enfants, le comte d'Athol et William de Blackfearn souhaitaient l'interroger à propos de la mort de cet imbécile de Jacob.

Écouter les lamentations de son compère, déceler dans son regard la faiblesse et la peur avaient achevé de le convaincre. Il n'avait eu d'autre choix que de tuer le moine loucheur.

Cela avait été rapide. Il lui avait suffi d'enrouler une corde autour du cou grêle de Jacob et de tirer d'un coup sec pour que ce soit fini. La suite avait été plus ardue. Il avait dû traîner le corps et le suspendre pour mettre en scène le suicide que découvriraient les gens de la maisonnée.

À présent, il comptait bien se servir de la trahison de Jacob puis de sa mort pour gagner la confiance des sœurs Percy.

Avant de franchir le seuil du bureau du comte, il avait tout prévu. Il savait exactement que dire et comment expliquer sa prétendue découverte de la félonie du petit moine. Il n'avait pas manqué de signaler l'état d'ébriété de celui-ci quelques heures avant de se pendre ni son allusion au trésor de Tiberius.

Oui, il leur avait dit tout cela.

Ainsi qu'il s'y attendait, on ne tarda pas à lui demander ce que lui, frère Benoît, savait du mystérieux trésor.

La question avait été formulée d'un air faussement détaché par William Ross. Le Highlander était plus malin qu'il ne l'aurait cru. Il le surveillerait de près, décida-t-il en plissant les paupières.

Ses interrogateurs échangèrent des regards furtifs. C'était le moment ou jamais de jouer son va-tout. Il leur débita une réponse qui satisferait leur curiosité et l'assurerait de leur confiance. Il n'avait pas agi autrement avec ses confrères qu'il menait en bateau depuis un an et qui lui obéissaient au doigt et à l'œil.

Il était passé maître dans l'art de manipuler son auditoire en jouant avec leurs croyances, leurs superstitions. Il pactisait avec l'ennemi qui devenait, à son insu, un allié.

— Je connais le pouvoir de Tiberius. Il recèle des pouvoirs magiques et j'ai été touché par la grâce du trésor de Tiberius, répéta-t-il avec ferveur.

— Qu'entendez-vous par là ? demanda Athol en arquant un sourcil soupçonneux.

Le moine joignit ses mains noueuses et croisa le regard de Catherine Percy. Des trois sœurs, elle était la rêveuse. Donc la plus à même de le croire.

— Ma présence ici, le simple fait d'être en mesure de me vouer à la contemplation et à l'étude, est une preuve du pouvoir de Tiberius.

— Faites-vous allusion à une paix intérieure ? intervint Laura. Une sérénité personnelle que vous aurait apportée Tiberius ? Soyez plus précis, je vous prie.

Benoît opina, inclina légèrement le buste, puis revint à Catherine.

— Je parle de miracle.

— Que voulez-vous dire ? Avez-vous déjà vu le trésor de Tiberius ? questionna John Stewart.

Il se tourna vers sa femme et sa toute récente belle-sœur puis ajouta :

— Quiconque l'a-t-il jamais vu ?

— Moi, murmura Benoît, je l'ai vu.

— Enfin quelqu'un qui l'a vu ! s'exclama Catherine, surprise.

Benoît se garda bien d'afficher un air victorieux. La repartie de l'aînée confirma ses soupçons : les sœurs Percy n'avaient pas déplacé le trésor. Celui-ci attendait qu'il s'en empare.

— Frère Benoît, asseyez-vous, ordonna William Ross d'un ton sec. Et racontez-nous tout ce que vous savez sur le trésor de Tiberius.

Il prit place sur le siège qu'on lui désignait, près de l'âtre. Ses premières paroles furent adressées à Catherine.

— Il y a peu de choses que vous ignorez de mon passé. Mais… est-ce bien mon rôle de dévoiler un pan de l'histoire de la famille Percy devant des… des étrangers ?

— Dites-nous tout, répliqua Laura. Il est grand temps que nos époux aient connaissance, eux aussi, de tous les éléments concernant Tiberius.

— Vous avez dû faire la rencontre de notre père bien avant notre naissance, je suppose, dit Catherine.

Feignant la surprise, il haussa les sourcils.

— Comtesse, votre père ne vous a donc jamais narré les circonstances de mon arrivée dans votre famille ? Par quoi dois-je commencer ?

Il réfléchit un court instant. Pas une fois, il n'avait imaginé que les trois sœurs ignoraient l'emplacement du trésor. Finalement, se dit-il, cela paraissait normal et raisonnable qu'Edmund Percy n'ait jamais renseigné son épouse quant à la véritable nature de Tiberius. Son arrestation ayant été aussi soudaine qu'inattendue, il avait par conséquent emporté avec lui le secret.

Il considéra les jeunes femmes avec attention : elles brûlaient de connaître la vérité. L'ironie du sort voulait qu'elles détiennent chacune un fragment de carte et, qu'en même temps, elles ne sachent rien du trésor.

— Il fut une époque où j'étais aveugle, commença-t-il.

Benoît marqua une pause afin de voir l'effet que produisaient ses révélations sur ses hôtes. Par le passé, il avait à maintes reprises vu les mêmes expressions ébahies chez les religieux et les nobles qu'il avait dupés.

Ses quatre spectateurs le fixaient et attendaient la suite.

— Quand j'étais enfant, tout n'était pour moi qu'obscurité. J'ai grandi dans le noir… jusqu'à ce qu'un événement extraordinaire change ma vie. Fils de noble mais aveugle, il y avait peu de chances pour que j'hérite du titre et des propriétés de mon père. Par conséquent, on m'a envoyé à l'abbaye cistercienne de Jervaulx, à une demi-journée de cheval du domaine des Percy. Ma famille m'a confié à un ordre qui ne s'occupe ni du travail de la terre ni du labeur en cuisine. J'avais trouvé un lieu où passer le reste de mes jours au service du Seigneur.

Tous les moines qu'il avait connus à cette époque étaient décédés. Aussi, personne n'était plus en mesure de le contredire.

— Dans ma famille, les hommes sont de grands et solides gaillards. Mon père et l'un de mes frères ont combattu aux côtés du roi Richard. Ils ont péri à Bosworth Field quand Henri Tudor, ce parvenu, s'est emparé de la couronne. Oui, je suis issu d'une lignée de guerriers intrépides.

Dissimulant sa haine, il leva les yeux sur Athol et William.

— Le vieil homme boiteux qui vous parle a essuyé les coups du roi Henri et ses sbires. Mais quand j'étais enfant puis adolescent, au lieu de perdre mon temps sur le terrain d'entraînement, je me suis consacré aux études. Au lieu d'exercer mon corps pour les champs de bataille, j'ai exercé mon esprit. Comme j'étais aveugle, j'ai développé mes autres sens, l'ouïe, notamment. J'ai toujours su être au bon endroit, au bon moment. J'étais la petite souris qui entendait les conversations secrètes, l'ombre invisible qui se faufilait partout. Mes compagnons m'ont lu les ouvrages de la bibliothèque de l'abbaye.

Il s'éclaircit la voix avant de poursuivre.

— J'ai découvert les travaux des Anciens. Je suis capable de vous réciter Platon et Xénophon, Aristote et Dion Chrysostome, saint Augustin et saint Thomas d'Aquin. Je connais les récits historiques d'Hérodote, les poèmes de Virgile, d'Horace, d'Homère, et les traités de Galien. En dépit de ma cécité, ou plutôt grâce à elle, j'ai appris par cœur les Écrits sacrés. Tous.

Benoît continuait d'épier les réactions de son auditoire. Immobiles, tous l'écoutaient attentivement.

— Au fil des ans, je suis devenu érudit en matière d'arts, de sciences, et de tout ce qui concerne les Écrits. Malgré cette source de joie renouvelée qu'est la connaissance, je me suis senti de plus en plus frustré, amer et… je l'admets aujourd'hui, furieux. J'enrageais de ne pouvoir mettre en pratique mon savoir – en parcourant le monde, par exemple. Je me disais que jamais je ne quitterais l'abbaye de Jervaulx. Imaginez un homme dans sa prime jeunesse qui perd l'espoir d'une vie exaltante et utile…

Il n'inventait guère. Transmettre son savoir à une poignée de nobles privilégiés ne l'avait jamais enthousiasmé. Là n'était pas son ambition. La frustration qu'il avait éprouvée et éprouvait encore était réelle.

Benoît avait soif de pouvoir, et la religion lui avait toujours paru la meilleure façon de s'en emparer.

Rien ne valait l'autorité que conférait le « divin ». Quand on avait Dieu pour maître, on dominait à son tour le monde. Grâce à la religion, les pauvres agneaux qu'étaient ses contemporains pouvaient être aisément asservis.

Il suffisait de voir l'air absorbé de ses hôtes pour s'en convaincre.

— J'avais vingt ans quand j'ai rencontré Edmund. Vous aurez sans doute du mal à me croire, mais j'étais son aîné de deux ans. Eh oui…

Il soupira. Avec l'âge et son lot d'expériences, il était passé maître dans l'art oratoire. Il ponctuait ainsi ses discours de brefs silences, de respirations.

— C'est injuste. Le passage du temps n'a pas les mêmes effets sur les êtres, reprit-il. Quoi qu'il en soit, j'avais entendu parler d'un jeune chevalier dénommé Edmund. Et puis, un jour, j'ai appris qu'il chevauchait dans le Yorkshire, près de l'abbaye. Une rumeur courait à son sujet. Lui et ses hommes avaient, disait-on, rempli une mission secrète. Le mot « trésor » était chuchoté çà et là. Edmund Percy était, paraît-il, en possession du trésor le plus inestimable, le plus sacré au monde. Lui et ses chevaliers feraient escale pour la nuit à Jervaulx, avant de reprendre leur périple vers le nord. Tout cela était vrai. Edmund Percy a même autorisé mes confrères à s'approcher du trésor en leur faisant jurer le secret. Cette merveille était sous haute protection depuis…

Il s'interrompit, tenant en haleine son auditoire.

— … que les croisés l'avaient découvert dans la ville de Tiberius, sur les rives de la mer de Galilée.

Ses doigts noueux s'entortillèrent autour de la croix suspendue à sa ceinture. Il arbora une mine affligée et sa voix se fit plus grave.

— Mais un pauvre moine aveugle n'était pas digne de bénéficier d'un tel bienfait…

— Était-ce réellement le trésor de Tiberius ?

Le plus impatient des deux hommes s'était exprimé, songea-t-il en jetant un coup d'œil furtif à William Ross.

— Oui. Il a été installé dans la grande bibliothèque de la chapelle. Des chevaliers sont restés en faction toute la nuit. Grâce à la gentillesse d'Edmund Percy, qui avait ouï dire qu'un dénommé Benoît avait été mis à l'écart, on m'a permis d'entrer dans la chapelle. Je n'étais pas autorisé à toucher le trésor, mais on m'a accordé le privilège de parler au vaillant chevalier qui en avait la garde.

William Ross quitta la fenêtre pour s'approcher de l'âtre. Le comte d'Athol se laissa distraire par son beau-frère. Les femmes, quant à elles, n'avaient pas quitté Benoît du regard. Il poursuivit son récit. Le meilleur restait à venir: le dénouement tragique auquel il avait mûrement réfléchi.

— Nul ne sait ce qui a déclenché le feu dans la pièce se trouvant à l'étage inférieur. Il était tard, l'abbaye était endormie. Pour ma part, je m'étais retiré dans ma cellule pour prier. Brusquement, les cris des moines et des chevaliers ont retenti dans les couloirs du couvent. Jamais je n'ai connu pareille confusion! Une épaisse fumée rendait l'air irrespirable. Je suffoquais. Ça hurlait de tous côtés, ça courait dans tous les sens. C'était un tel remue-ménage que j'en avais le tournis. Je ne retrouvais plus mes repères. C'était comme si la mémoire que j'avais des lieux avait été effacée.

Il marqua une pause. Le silence emplit la salle d'étude du comte d'Athol.

— Soudain, je me suis retrouvé seul. À ma gauche, je sentais un courant d'air frais; à ma droite, le crépitement des flammes. Je me suis retourné pour chercher le mur à tâtons. Je me suis de nouveau situé dans l'espace et suis revenu en arrière. Autour de moi, j'entendais tousser, hurler. Les chevaliers tentaient désespérément de regagner l'intérieur de la bibliothèque. On a crié mon nom, mais je continuais d'avancer. J'avais l'impression qu'une force invisible me tirait vers le sanctuaire du trésor, la salle où flambaient de précieux manuscrits.

À l'intérieur, c'était une véritable fournaise. Le trésor m'attirait à lui, m'appelait, me guidait dans le dédale des flammes. Oui, j'ai entendu une voix.

Benoît baissa les yeux sur ses doigts entrelacés, plongea dans un abîme de réflexion. Cette nuit-là, il aurait dû s'emparer du trésor de Tiberius. Le sort en avait décidé autrement.

— Il émanait du trésor un pouvoir extraordinaire ! s'exclama-t-il.

Plissant les paupières, il considéra avec attention les deux couples immobiles.

— Lorsque j'ai traversé le brasier, je n'ai pas eu peur de la mort. Je ne regrettais rien. Je me souviens de m'être dit que ma vie était derrière moi. Mourir m'était égal. J'éprouvais de la joie à écouter cette voix mystérieuse. Et puis, brusquement, la sensation de chaleur a disparu. Mes poumons se sont emplis d'un air frais, l'air le plus pur que j'aie jamais respiré. J'ai tendu le bras.

Des larmes roulèrent sur ses joues ridées. Il se laissa aller. À présent, il s'exprimait avec une authentique émotion mêlée d'excitation.

— J'ai tendu le bras et touché un coffret carbonisé. Aussi bizarre que cela puisse paraître, il n'était pas brûlant. J'ai soulevé le couvercle. Mes doigts ont effleuré le velours qui enveloppait le trésor. J'ai senti un courant d'énergie qui me traversait de part en part, jusqu'au tréfonds de mon être. J'ai rabattu le couvercle, serré le coffret de toutes mes forces, et suis revenu dans les flammes.

Il l'avait eu entre les mains ! Il avait eu cette chance incroyable. Il avait été si près du but. Si près ! La simple évocation de l'incendie lui donnait une impression de chaleur étouffante.

— J'ai traversé la bibliothèque en feu et regagné le corridor. On criait encore, mais il n'y avait personne près de moi… il n'y avait qu'Edmund Percy. « Vous avez sauvé le trésor de Tiberius ! s'est-il écrié. Par la Sainte

Vierge ! Vous avez sauvé le trésor de Tiberius ! » Tandis qu'il retirait le coffret de mes mains brûlées, j'étais estomaqué. Je voyais ! Je pouvais voir ! J'étais sorti de l'obscurité par je ne sais quel miracle.

Le regard de Benoît croisa celui de Catherine.

— J'y voyais. La première personne que j'aie vue, dans ma courte existence, a été votre père.

Les dépassant en trombe, Wyntoun chevaucha en tête, longeant la langue de terre envahie par les algues. Comme il s'approchait de l'entrée du château, il ordonna qu'on lève la herse. L'air rembruni, il se tourna pour observer Adrianne qui arrivait, tenant gauchement Gillie sur sa monture.

Après qui était-il le plus en colère ? Son épouse ou le gamin qu'ils avaient repêché ?

La grille achevait son ascension quand Adrianne le rejoignit. Les deux chevaux avancèrent côte à côte sous le passage voûté.

Gillie marmonnait des paroles indistinctes.

Devant le perron de l'entrée est du donjon, le chevalier mit pied à terre et aida Adrianne à faire descendre de selle son protégé. La cour intérieure était déserte. Deux palefreniers sortirent des écuries et trottinèrent, la mine ensommeillée, à la rencontre de leur maître.

Gillie dodelina de la tête, de sorte que Wyntoun put voir son visage livide. Le clair de lune accentuait son teint pâle ; on aurait dit un moribond. Le malheureux avait dû les suivre à pied, songea le Highlander. Au beau milieu de l'hiver, à pied, la nuit, trop peu vêtu, le garçon avait traversé à gué le torrent… et failli y laisser la vie.

Quel inconscient ! Son nouvel employé méritait une bonne leçon pour avoir agi de façon aussi insensée.

Par les cornes de Satan ! jura Wyntoun. Ce n'était pas Gillie qu'il fallait fustiger. Il aurait dû se douter qu'en partant pour une escapade nocturne avec Adrianne, le garçon les suivrait à la trace. Depuis leur arrivée de Barra, il n'avait pas quitté sa maîtresse d'une semelle.

Songeant à l'attitude irresponsable de son épouse, il soupira.

Au lieu de patienter sur la berge le temps qu'il secoure Gillie, elle s'était immergée jusqu'aux genoux et avait par la même occasion trempé ses vêtements. Ensuite, et sans attendre la moindre de ses recommandations, elle avait filé comme l'éclair et parcouru au galop une région dont elle ignorait tout, les virages et les fossés.

Avait-elle réfléchi une seule seconde ?

L'heure n'était pas aux discussions, se tança-t-il. Il lui exprimerait le fond de sa pensée plus tard. Il fallait parer au plus urgent : installer Gillie dans un lit confortable et l'entourer de soins.

— Je lui parlerai quand il se réveillera, dit Adrianne en gravissant les marches derrière Wyntoun. Il n'y a pas de raison pour qu'il se soucie tant pour moi quand je suis au château.

— S'il se réveille ! riposta-t-il en dardant un regard sombre sur la frêle silhouette qu'il portait dans ses bras.

— Bien sûr qu'il va se réveiller ! s'exclama-t-elle. Il le faut !

— Il est un peu tard pour manifester votre inquiétude.

Quand il vit l'expression affligée d'Adrianne, il regretta aussitôt sa repartie acerbe.

Wyntoun bougea avec précaution le garçon pour frapper à l'épais battant en chêne. La porte s'ouvrit sur un domestique aux yeux chassieux.

— Courez dans la chambre au-dessus de mes appartements et faites allumer un feu. Vite ! lui ordonna-t-il.

— Pour le garçon, maître ? interrogea le serviteur, perplexe.

— Oui, répliqua le chevalier sur un ton qui ne souffrait aucune discussion.

Le domestique gravit précipitamment les marches en pierre, talonné par Wyntoun et Adrianne.

— Je comprends, à présent, lança-t-elle. Allez-y, déchargez sur moi votre colère ! C'est ça, vous m'en voulez parce que j'ai pris les choses en main et…

— Vous arrive-t-il d'agir en adulte responsable ?

Sa volonté de remettre à plus tard une discussion sérieuse avec son épouse n'avait été, hélas ! qu'un vœu pieux.

— Je suis parfaitement responsable quand il s'agit du bien-être des autres.

— Permettez-moi d'en douter.

— Vous aurez du mal à me croire, en effet, si vous accordez foi aux rumeurs circulant à mon propos à Barra. Si quelqu'un se donnait la peine d'écouter mon point de vue…

— Je ne fais nullement allusion au passé, mais au garçon frigorifié que j'ai dans les bras. Qui est-ce qui l'a poussé à nous suivre, sinon vous ?

— Je ne lui ai rien demandé.

Parvenu en haut des marches, Wyntoun vit le domestique courir depuis la chambre à sa rencontre.

— Je vais chercher plus de bois pour le feu, milord, dit-il avant de disparaître dans la pénombre de l'escalier.

Le chevalier reprit leur conversation.

— Bien sûr ! railla-t-il. Tout comme vous ne l'avez pas incité à quitter Barra pour vous en se jetant dans les eaux glacées et dangereuses de la baie pour rejoindre mon navire.

— Parfaitement. Je n'ai rien suggéré de la sorte.

Le petit bois qui commençait à crépiter dans l'âtre éclairait faiblement la pièce. Heureusement, pensa Wyntoun, la chaleur de ses appartements montait et chauffait les niveaux supérieurs. Il posa délicatement Gillie sur le lit.

— Vous croyez ne pas être responsable parce que vous ne lui avez rien ordonné ? questionna-t-il en secouant la tête avec un air de reproche.

Pendant que tous deux le débarrassaient de ses haillons trempés, Gillie se mit à gémir. Wyntoun y vit le signe inquiétant d'une forte fièvre.

— Le fait est, ajouta-t-il, que vous n'avez pas besoin de lui demander quoi que ce soit. Il va au-devant de vos désirs.

— Jamais je mettrais en péril la vie de Gillie, ou de quiconque, d'ailleurs !

Wyntoun émit un grognement dubitatif.

— De vaines paroles venant de la part d'une incorrigible sauvageonne. D'abord prisonnière d'une cage suspendue du haut de Kisimul Castle, ensuite nageuse intrépide dans les eaux dangereuses et glacées de la baie. Une femme qui menace de trancher la gorge d'un guerrier qui la dépasse en taille et en force.

Il marqua une courte pause, hésita, puis reprit :

— Une femme qui épouse un homme dont elle refuse de partager la couche. Par vos actes irraisonnés, vous offrez un piètre exemple de sagesse à ce jeune garçon. Vous agissez de manière impulsive, sans songer aux conséquences.

— Détrompez-vous. Je sais parfaitement ce que je fais et pourquoi je le fais.

Elle détourna son regard étincelant de colère avant de conclure :

— Et puis, j'ai survécu à toutes ces épreuves, non ?

— Oui. Mais Gillie aura-t-il la même chance ?

Tous deux contemplèrent le visage du malade.

— Il vous adore. Que vous le vouliez ou non, vous êtes un modèle pour lui ; il irait jusqu'à baiser le sol sur votre passage. Il vous suivrait aveuglément jusqu'au bout du monde s'il le fallait, et sans hésiter une seconde.

Adrianne remonta la couverture sur le garçon qui grelottait.

— C'est pour cela que je parle de responsabilité, enchaîna Wyntoun. Après tout, si vous acceptez de vous mettre en danger, c'est votre problème. En revanche, lorsque d'autres personnes dépendent de vous, vous sont dévouées corps et âme, vous êtes responsable d'elles. Par conséquent, vous n'allez pas vous jeter d'une falaise sur un coup de tête. Imaginez qu'elles vous imitent et sautent avec vous…

Il se redressa et considéra son épouse et son protégé avec attention.

— Je ne peux pas être plus clair, Adrianne. Il est grand temps que vous cessiez de ne penser qu'à vous.

Les Chevaliers du Voile !

Comme frappée par la foudre, Diana demeurait figée. Ce voile bleu lui était aussi familier que les armoiries de sa famille. Cette étoffe ourlée d'or ressemblait en tout point à celle qui avait orné un mur du bureau d'Edmund jusqu'à ce jour tragique où on l'avait emmené de force et enfermé dans les geôles de la Tour de Londres.

Songer à son mari la bouleversa. Elle prit une longue inspiration, traversa la pièce jusqu'au bouclier et effleura le voile.

Le doute n'était plus permis. C'était le signe des Chevaliers du Voile, la confrérie secrète à laquelle avait appartenu Edmund. De père en fils, les hommes juraient de servir la Vierge Marie et faisaient le serment solennel de protéger le trésor de Tiberius. Le jour de son mariage, elle avait appris que son époux pouvait, un jour ou l'autre, sacrifier sa vie si le destin l'y poussait.

Elle ferma les yeux, soupira. Peut-être Edmund était-il mort pour la cause qu'il défendait.

Soudain, la porte claqua dans son dos. Quelqu'un l'avait surprise.

— Sir Henri ! s'exclama-t-elle.

D'abord soulagée de voir l'ami de son mari, elle réalisa vite que la situation était anormale. Un masque grave se plaqua sur les traits de l'homme.

— Milady.

Henri Exton, un Anglais approchant la cinquantaine, se tenait droit comme un i adossé au chambranle.

— Je suis heureux de constater que vous avez échappé à l'incendie, dit-il d'une voix râpeuse reconnaissable entre toutes.

— Que signifie tout ceci ? s'enquit-elle.

Elle entreprit de le rejoindre et s'immobilisa lorsqu'il leva une main menaçante. Son regard bleu perçant la désarçonna. Face à un chevalier d'une telle stature, elle se sentait soudain désarmée.

Henri Exton avait été un ami proche d'Edmund, un intime de la famille Percy. La question de Diana ne nécessitait aucune réponse. L'air supérieur de l'Anglais semblait dire : « Pourquoi me demandez-vous cela ? Ne comprenez-vous pas ? Réfléchissez un peu... »

— L'incendie vient d'être éteint, déclara-t-il. Dans quelques instants, vous pourrez regagner votre chambre.

— Ma « chambre » ? Vous n'êtes pas sérieux. Je ne vais pas retourner dans cette... cellule.

— Vous resterez notre... mon invitée, lady Diana. Pour le moment, en tout cas.

Elle se raidit et laissa exploser toute sa colère.

— M'enlever, me garder prisonnière pendant si longtemps, sans la moindre compagnie, sans l'once d'une explication, m'empêcher de respirer l'air libre... vous appelez cela de la courtoisie ? Est-ce ainsi que vous traitez tous vos « invités » ?

— Non, milady. Votre séjour chez moi a nécessité quelques exceptions aux règles de courtoisie, et je vous prie de m'en excuser.

Diana dut faire un effort surhumain pour ne pas se précipiter sur lui, le rouer de coups, lui arracher les yeux.

— Ayez l'obligeance de répondre à mes interrogations, articula-t-elle.

— Malheureusement, je crains de ne pouvoir accéder à votre requête, milady.

Elle darda sur lui un regard noir, considéra avec dédain son allure dégagée. C'était un homme dans la force de l'âge qui n'avait rien perdu de sa robustesse. Dans sa prime jeunesse, il avait brillé par ses combats, ses glorieux exploits.

Si seulement il s'écartait du seuil, elle pourrait s'échapper, dévaler l'escalier et disparaître dans la nuit.

Elle réfléchit, se résigna. Ce n'était pas possible. Elle choisit une autre tactique : toucher la corde sensible, raisonner son « hôte ».

— Vous étiez un ami de mon époux, sir Henri. Vous étiez toujours le bienvenu dans notre demeure. Je me rappelle qu'Edmund vous considérait comme le plus loyal de ses alliés.

— Oui, et les choses n'ont pas changé. Je suis votre dévoué serviteur.

— Mais… comment est-ce possible ? Comment ne pas croire à une trahison quand un ami vous retient captive ? Est-ce ainsi que les Chevaliers du Voile traitent leurs amis ?

Il n'eut pas le loisir de répondre car on frappa à la porte. Il entrouvrit le battant et parla à voix basse. Diana n'entendit rien. Elle ne vit pas davantage l'interlocuteur de sir Henri.

Dans son esprit, les pièces du puzzle s'assemblèrent. En une fraction de seconde, tout lui parut clair comme de l'eau de roche.

Elle représentait l'ennemi.

Depuis la mort d'Edmund, les Chevaliers du Voile la considéraient autrement. Comme une femme prête à tout pour sauver ses filles. À leurs yeux, le trésor de Tiberius n'était plus en sécurité. Elle avait effectivement divisé le précieux plan en trois fragments qu'elle avait remis à Catherine, Laura et Adrianne.

Les séparer pour les envoyer le plus loin possible les unes des autres lui avait paru la solution la plus sensée. Elle avait ensuite prié pour que chacune rencontre l'âme sœur, se marie et fonde une famille.

Les fragments de la carte n'étaient pas leur dot mais un pan de leur passé, une partie de l'héritage transmis par leur défunt père. Le lien qui les unissait toutes les trois.

Il lui avait semblé légitime d'agir comme elle l'avait fait.

Hélas ! elle avait complètement omis le rôle des Chevaliers du Voile qui consistait à assurer la protection du trésor de Tiberius. En quelque sorte, elle avait trahi le pacte scellé par les guerriers.

Ses filles parcouraient en ce moment même les terres hostiles des Highlands sans connaître la valeur inestimable du bout de parchemin qu'elles avaient entre les mains. Diana et ses filles avaient outrepassé les limites et empiété sur les prérogatives des chevaliers.

Elle avait choisi Wyntoun MacLean en nourrissant l'espoir qu'il tomberait amoureux d'Adrianne et l'épouserait. Si tout se déroulait comme prévu, une partie de la carte retournerait à ses gardiens, Wyntoun étant membre de la confrérie.

Or, à présent, tout cela importait peu car les Chevaliers la prenaient pour une traîtresse.

Voilà pourquoi ils l'avaient enlevée puis séquestrée, en s'ingéniant à brouiller les pistes en lui bandant les yeux.

Sir Henri referma la porte et fit volte-face.

L'Anglais la dévisagea. Elle frémit et ses joues s'empourprèrent. Son embarras n'échappa pas à l'homme, car il esquissa un sourire. Dans ses yeux bleus, elle fut surprise de ne voir ni haine ni méfiance.

À quoi pensait-il donc ?

Pétrifiée, elle reconnut tout à coup cette lueur de convoitise qui brillait parfois dans le regard des hommes.

Sans mot dire, sir Henri ouvrit la porte et l'invita d'un geste à le suivre hors de la pièce.

Le corridor était désert, l'odeur de fumée omniprésente. Sa condition de prisonnière lui revint immédiatement à l'esprit.

Cet homme est ton gardien, se gourmanda-t-elle. Tâche de ne pas l'oublier !

— Milady, laissez-moi vous accompagner. Je ne vous veux aucun mal, sachez-le.

— Me parlerez-vous avec la même bienveillance quand vous me livrerez au roi Henri, à Londres ? Tel est votre plan, n'est-ce pas ?

— Il m'est impossible de vous répondre, lady Diana.

— Combien de temps allez-vous me garder captive ? Dites-le-moi.

— Je ne le peux pas.

— Je présume que vous n'êtes pas seul dans cette affaire, sir Henri. Je me trompe ?

Malgré son silence, Diana savait qu'il agissait pour le compte des Chevaliers du Voile.

Henri la prit délicatement par le bras. Ils marchèrent ensemble. Au pied de l'escalier, elle s'immobilisa, résolue à le pousser dans ses retranchements.

— Je vous en supplie !

Silence.

Une vague de découragement la submergea. Elle avait cru pouvoir échapper à la vigilance de ses gardiens. En vain.

En proie à une lassitude sans bornes, elle puisa néanmoins dans ce qu'il lui restait de force pour dire :

— S'il vous plaît, Henri. En mémoire de l'amitié et de la confiance que vous accordait mon époux, répondez à une seule question : mes filles auront-elles à subir le sort qui m'attend ?

Le regard bleu azur du chevalier se déroba.

— Cela, Diana, dépendra de vous.

17

Nul besoin qu'on l'accuse pour qu'elle se sente coupable. Les geignements du garçon atteignaient Adrianne au tréfonds de son être, comme si une bête fauve et vorace lui déchirait les entrailles.

Les braises crépitaient dans l'âtre. La silhouette chétive de Gillie avait été dépouillée de ses habits trempés. En dépit des nombreux plaids qui le recouvraient, il tremblait comme une feuille.

Le domestique ensommeillé qui avait allumé le feu était reparti se coucher. Wyntoun, lui aussi, s'était éclipsé.

Elle posa la main sur le front froid et moite du garçon. Un sentiment d'impuissance et de désespoir l'envahit. L'aube semblait encore loin de poindre. Fallait-il lui servir un nouveau bouillon ? Non, se dit-elle. Hors de question de se rendre aux cuisines et d'abandonner Gillie, ne serait-ce qu'une seconde. Pour le moment, il n'y avait qu'à prier et attendre.

Un faible coup frappé à la porte l'arracha à ses réflexions. Le visage de la vieille Janet parut dans l'entrebâillement. Adrianne courut l'accueillir.

— Comme je suis contente de vous voir !

La guérisseuse s'appuyait sur sa canne pour marcher.

— Comment avez-vous su ? Qui est-ce qui…

— Wyntoun est venu m'avertir, pardi !

— Oui, bien sûr, répliqua Adrianne, cachant son étonnement.

— Quelle nuit de noces !

— Tout est ma faute, avoua la jeune femme. J'aurais dû me douter que Gillie avait un œil sur nous. Ce garçon est un ange, mais…

Elle soupira avant de reprendre.

— C'est à cause de moi si…

— Chut !

Janet lui entoura les épaules et essuya de ses doigts calleux les larmes qui roulaient sur les joues d'Adrianne.

— Ce genre de discussion ne mène à rien. Ce n'est pas le moment de flancher alors que ce garçon a besoin de vous.

Adrianne acquiesça, inspira puis expira pour reprendre contenance.

— Bon, enchaîna Janet en fronçant les sourcils, il serait temps que vous-même changiez de vêtements, avant d'attraper à votre tour la fièvre. Ouste ! Dans votre chambre, et tout de suite !

— Mais…

— Il n'y a pas de « mais ». Ne vous inquiétez pas, je m'occupe de Gillie pendant votre absence. Plus tôt vous serez partie, plus tôt vous serez revenue. Quand vous serez de retour, vous irez me chercher deux ou trois ingrédients pour remettre ce gaillard d'aplomb. Maintenant, filez.

Adrianne descendit à la hâte l'escalier menant à la chambre nuptiale dans laquelle elle n'avait pas remis les pieds depuis leur escapade nocturne. La chambre était telle qu'ils l'avaient laissée. Aucun signe de Wyntoun. Elle s'empressa d'ouvrir un large coffre contenant les ravissantes robes que lui avait confectionnées Bess, sur les recommandations de lady Mara.

Elle réalisa qu'elle était transie de froid en ôtant sa jupe et sa chemise encore humides. Elle se dépêcha de se vêtir, de lacer le dos de son corsage tout en franchissant le seuil, impatiente de regagner le chevet de Gillie.

De retour dans la chambre du malade, elle trouva Janet assise auprès du garçon qu'elle avait adossé à une montagne de coussins. La guérisseuse lui massait la poitrine à l'aide d'onguents.

— Comment va-t-il ? questionna-t-elle.

— Il dort. Mais il souffre d'une forte fièvre. S'il survit à cette nuit, il s'en sortira.

Adrianne s'approcha.

— Comment puis-je être utile ?

— Pour l'instant, restez auprès de lui.

Janet plongea dans un pot un linge qu'elle imbiba d'une autre huile mystérieuse et appliqua délicatement sur le torse de Gillie.

— Recouvrez-le quand il recommencera à frissonner. Quand il suera à grosses gouttes, tamponnez-lui le front et la nuque avec ce linge, dit la vieille femme en se levant péniblement. En partant, je passerai par les cuisines et demanderai à une des filles de monter une décoction d'orge. Donnez-la-lui à la cuillère. Ça lui fera le plus grand bien. Je rentre chez moi préparer un remède dont j'ai le secret : un peu d'oseille mélangée à du miel. Mon mari vous l'apportera. Il faudra le lui administrer dès la première toux.

Adrianne écouta religieusement les recommandations de la vieille Janet qui lui tendit les deux pots d'huiles médicinales.

— Je vous accompagne.

— Ce n'est pas la peine, restez ici, ordonna la guérisseuse en lançant un coup d'œil sur Gillie. Dites-moi, son visage…

— D'après ce que je sais, il est né comme ça. À Barra, les gens l'appelaient le Lépreux ou le Poisseux.

C'était la première fois que la moitié difforme de son visage n'était pas cachée par un morceau de laine. Les croûtes et les squames respiraient à l'air libre.

— Mais il ne porte pas la poisse, Janet, ça, je peux vous l'assurer.

— Non, non… il n'est pas né comme ça.

— Que voulez-vous dire ?

— Nous en parlerons plus tard… éluda la vieille femme en se dirigeant vers la porte. Si le gamin survit à la fièvre et aux quintes de toux.

Wyntoun se tenait campé près du grand fourneau et s'entretenait avec John pendant que Janet claudiquait vers eux. Les deux hommes cessèrent de parler.

— Seul le Seigneur nous le dira, répondit-elle à la question qu'ils n'avaient pas encore posée. J'en ai vu qui souffraient du même mal. Certains ont rejoint le Créateur en moins d'une journée, d'autres ont eu la chance de vivre longtemps.

Elle pressa le bras du chevalier et le regarda droit dans les yeux.

— Je crois que celle qui souffre le plus, en ce moment, c'est votre jeune épouse.

— Si elle souffre, c'est qu'elle l'a cherché, répondit Wyntoun tout de go.

Janet arqua un sourcil réprobateur.

— Ça ne vous ressemble pas, de fuir vos responsabilités, murmura-t-elle.

Le chevalier haussa les épaules et détourna le regard vers l'âtre et ses braises rougeoyantes.

— Je me suis mal exprimé, dit-il. Gillie est sous ma coupe depuis le jour où je l'ai découvert et emmené à Kisimul. Mais je m'en suis mal occupé. On l'a maltraité, je le sais.

— C'est à vous deux d'assurer sa protection, répliqua la guérisseuse. Adrianne et vous semblez tellement obnubilés par le passé que vous en oubliez le présent.

Elle s'aida de sa canne pour tirer à elle la petite marmite d'eau frémissante qui était suspendue à un crochet au-dessus du feu.

— Dois-je vous rappeler qu'il s'agit de votre nuit de noces, le commencement d'une vie ?

Elle le considéra attentivement tandis qu'il continuait de contempler l'âtre. Wyntoun MacLean était devenu grand et fort. Pour tous, il représentait l'intrépide Lame de Barra, leur maître et futur laird. Mais pour Janet, il était encore ce garçonnet aux genoux meurtris. Elle n'était pas dupe. Quand leurs opinions divergeaient, il n'osait affronter son regard. Il en avait toujours été ainsi, d'aussi loin qu'elle se souvienne.

— Vous êtes un grand homme, Wyn, reprit-elle. Un homme du monde, cultivé. Adrianne est votre cadette de dix ans. Vous êtes parfois borné, certes, mais vous savez être très compréhensif.

— Janet, je n'ai pas la force d'affronter…

— Oh que si ! Et vous allez m'écouter.

Son époux John s'éloigna de l'âtre et souleva du banc un gros matou. Campé près de la sortie, il se tenait à une distance raisonnable d'un possible accès de colère de son maître.

— Wyntoun, poursuivit Janet, Adrianne est une femme fragile, jeune et innocente. Elle croque la vie à pleines dents, et vous devez la protéger des dangers des Highlands.

La vieille guérisseuse s'appuya lourdement sur sa canne.

— Essayez d'imaginer tout ce qu'elle a enduré. Elle a perdu son père. Vous-même, rappelez-vous ce que vous ressentiez quand Alexander était absent. Vous vous sentiez abandonné, n'est-ce pas ? Mais il y avait Alan, votre cousin, et tous vos gens. Votre épouse a été arrachée à sa famille, sa mère, ses sœurs. Qui avait-elle sur cette île paumée de Barra ? Votre tante l'abbesse. John m'a dit que vous ne la supportiez pas vous-même.

Wyntoun ne la contredit pas un instant. Pourtant, elle décelait la tempête qui faisait rage au tréfonds de lui. Il n'était pas convaincu. D'ailleurs, il n'était pas du genre à se laisser convaincre facilement.

— Faites preuve d'un peu de patience avec elle, Wyntoun MacLean ! Ne voyez pas chez elle que ses défauts. Appréciez sa loyauté, son grand cœur. J'insiste, Wyn, je ne connais personne qui éprouve autant de compassion pour les autres.

Il s'inclina pour la saluer et sortit du cottage.

Janet plongea dans un abîme de perplexité. Il y avait quelque chose qui clochait dans ce mariage, pensa-t-elle. La profonde tristesse du regard d'Adrianne ne lui avait pas échappé. Et elle qui connaissait par cœur le chevalier sentait chez lui un trouble indicible. Ce sombre constat n'empêchait pas la passion de lier le couple. Cela aussi, elle l'avait décelé.

Préoccupée, elle secoua la tête. Son époux ne tarda pas à la rejoindre. Elle soupira. Si seulement elle pouvait guérir les cœurs ! Il lui aurait fallu un remède qui permette aux deux tourtereaux tourmentés d'extraire ce mal inconnu qui les rongeait de l'intérieur.

Hélas ! ce remède n'existait pas.

Adrianne plongea dans un bol un linge qu'elle essora et appliqua précautionneusement sur le front brûlant du garçon. Il émit un faible gémissement. Un murmure incompréhensible. Sans doute en proie au délire, Gillie secoua la tête.

Deux nuits et un jour avaient passé. La fièvre s'accrochait à sa victime comme la teigne. Comme promis, Janet était revenue le lendemain matin pour veiller le malade et lui administrer de nouvelles potions. Lady Mara aussi rendait quotidiennement visite à Gillie et paraissait plus préoccupée par Adrianne que par le garçon. En dépit des remontrances de la petite châtelaine, Adrianne refusait de quitter le chevet de son protégé.

Comment pouvait-elle l'abandonner, avait-elle protesté, alors qu'il continuait de suer à grosses gouttes et, la seconde d'après, de grelotter ?

Il avait besoin d'elle.

Elle attendait le moindre signe de rétablissement et se sentait coupable. S'il se trouvait dans cet état critique, c'était à cause d'elle, se répétait-elle.

Posant sur Gillie un regard plein d'espoir, elle poussa finalement un soupir à fendre l'âme. Elle se sentait tellement impuissante !

Les larmes qu'elle avait contenues jusque-là jaillirent soudain.

— C'est ma faute, chuchota-t-elle en lui caressant la joue. Oh ! mon pauvre Gillie !

Elle lui essuya de nouveau le front et il marmonna dans son sommeil quelque parole indistincte.

Adrianne songea à la chance que n'avait pas eue ce garçon. Elle avait grandi dans un foyer aimant. Ses parents l'avaient entourée d'affection et de prévenances. Jamais elle n'avait manqué de rien. On lui avait toujours pardonné ses errances, son caractère indomptable.

Puis le sort s'était acharné sur elle et sa famille. Ce n'est qu'à Barra qu'elle avait connu pour la première fois la solitude, le rejet. Elle avait alors pris pleinement conscience des gens qui ne l'aimaient pas.

Ces cinq mois de calvaire sur l'île de Barra lui parurent soudain dérisoires comparés à l'existence de Gillie.

Jamais une mère ne l'avait bercé ; jamais un père ne l'avait considéré avec fierté. Personne ne lui avait donné l'amour que mérite tout enfant. Cette seule pensée la bouleversa.

— Je m'occuperai de toi, murmura-t-elle en effleurant sa joue squameuse. Je te promets de ne plus être aussi insouciante que par le passé, de ne plus mettre ta vie en danger. Je t'en supplie, Gillie, réveille-toi, remets-toi debout !

Un sanglot lui étrangla la voix. Elle se ressaisit aussitôt, les yeux rivés sur le visage blême du garçon.

Son extrême pâleur ne présageait rien de bon. Si la fièvre persistait, elle craignait de le perdre. Oui, elle avait peur. Jamais elle n'avait aussi peur de sa vie. Qu'adviendrait-il s'il mourait ? Si, comme l'avait sous-entendu Wyntoun, son irresponsabilité coûtait la vie d'une âme innocente...

Même si, par le passé, il avait fait preuve d'une incroyable témérité, ce n'était encore qu'un enfant.

— Je vous en supplie, Vierge Marie, chuchota-elle, le cœur serré, aidez-le à recouvrer la santé. Donnez-lui la force de vaincre la fièvre.

— Jeune femme, lança Mara qu'elle n'avait pas entendue entrer, il est grand temps que vous redescendiez vous reposer !

— Je vais bien. Je n'ai pas besoin de repos, assura Adrianne en séchant maladroitement ses larmes.

La châtelaine lui posa une main sur l'épaule.

— Soyez raisonnable. Voilà deux jours que vous n'avez pas dormi. Vous aussi, vous allez tomber malade.

— Je me suis assoupie quelque fois, quand Gillie était moins agité. J'ai ainsi récupéré un peu de sommeil.

— Ne dites pas n'importe quoi ! Vous avez renvoyé toutes les âmes charitables à qui j'ai demandé de vous remplacer. Chaque fois que je suis montée voir si tout allait bien, vous aviez l'œil alerte.

— Il m'est impossible de le laisser dans cet état.

Adrianne se pencha au-dessus de Gillie car il s'agitait de nouveau. Une simple caresse de la jeune femme semblait le calmer.

— S'il est ici, c'est à cause de moi. S'il se bat pour vivre, c'est pour moi. La moindre des choses que je puisse faire, c'est de rester auprès de lui et l'aider à combattre la maladie.

Mara haussa les épaules puis secoua la tête, dubitative, avant de s'asseoir sur un tabouret près du lit.

— Il fait froid, ici, vous ne trouvez pas ? demanda-t-elle.

Un silence s'installa entre les deux femmes.

— Avez-vous vu votre époux ? questionna Mara.

— Oui.

Adrianne prit entre ses mains la décoction d'orge et inclina précautionneusement le bol. Elle humecta d'abord les lèvres desséchées de Gillie et attendit qu'il desserre imperceptiblement les mâchoires afin qu'il boive ne serait-ce qu'une gorgée du breuvage.

— Quand l'avez-vous vu pour la dernière fois ?

— J'étais trop occupée à soigner ce garçon pour me rappeler précisément de l'heure à laquelle Wyntoun nous a rendu visite.

Elle hésita.

S'était-elle exprimée sur un ton désobligeant ? Elle chassa aussitôt ses scrupules. Les préoccupations de Mara concernant les nouveaux mariés étaient le cadet de ses soucis.

— Cela fait deux nuits qu'il s'est absenté. Ne jouez pas les innocentes, répondit la châtelaine. La dernière fois qu'il est monté ici, pour étendre Gillie sur ce lit.

— Tout ce que je sais, c'est que Wyntoun était allé chercher la vieille Janet. Entre-temps, Alan est passé hier soir... et ce soir, il est venu s'enquérir de son cousin.

Adrianne n'était pas sotte au point d'ignorer que la disparition de son époux inquiétait la maisonnée. Mais à bien y réfléchir, elle jugea presque normale la fuite du chevalier. Après tout ce qu'ils s'étaient dit, les reproches qu'il lui avait servis, ce n'était pas elle qui lui jetterait la pierre.

— Sans doute a-t-il été appelé pour une affaire urgente, poursuivit-elle d'un ton neutre.

Mara lui décocha un regard noir.

— Adrianne, vous êtes son épouse ! Il aurait dû vous entourer de prévenances, trouver mille excuses pour vous voir et vous revoir.

— Il souhaitait me rendre visite, mentit-elle, mais j'ai remis à une servante un message lui proposant de reporter à plus tard. Je l'informais que Gillie avait besoin de toute mon attention et que lui et moi aurions la vie devant nous… une fois que son palefrenier se serait rétabli.

— Oui, vous rattraperez le temps perdu.

L'ironie mordante de Mara ne surprit pas Adrianne. L'épouse du laird ne se laissait pas aussi facilement convaincre. Tant qu'elle ne verrait pas les nouveaux mariés dans les bras l'un de l'autre, tant qu'ils ne manifesteraient pas un bonheur éclatant, elle demeurerait soupçonneuse.

Un silence embarrassant emplit la chambrette.

Mal à l'aise, Adrianne fixa le mur, au-dessus de la tête de lit. Comme la petite châtelaine ne la quittait pas du regard, elle concentra son attention sur une craquelure qu'un récent coup de peinture ne parvenait pas à dissimuler.

Elle se mit à imaginer la fissure qui devenait de plus en plus grande, se transformait en trou béant dont l'obscurité menaçait de l'absorber, à jamais. En proie à une angoisse soudaine, elle posa de nouveau les yeux sur Mara.

S'il vous plaît ! pria-t-elle en silence. Pas maintenant. Pourvu qu'elle ne m'assaille pas de questions sur l'imposture que représente mon mariage !

Elle n'était pas certaine d'avoir la force de sauver les apparences et de pouvoir continuer à mentir, encore et encore.

Mara brisa le silence.

— Je suppose que je perds mon temps à essayer de vous persuader de prendre ne serait-ce qu'un peu de repos, je me trompe ?

Soulagée, Adrianne lui adressa un regard reconnaissant.

— Je vous assure, tout va bien. Ne vous inquiétez pas pour moi.

De longues minutes s'écoulèrent avant que Mara ne se lève et se résigne à prendre congé. Elle contourna le lit et caressa le front de Gillie.

— Il est encore brûlant, commenta-t-elle. Notre bonne vieille Janet m'a dit que vous faisiez tout ce qui était en votre pouvoir pour sauver ce gamin. Je vais demander à Bonnie de vous monter un plateau avec quelques victuailles.

— Pour l'instant, je n'ai pas f…

— Et moi, je vous ordonne de manger ! À la rigueur, je vous autorise à vous reposer plus tard. Mais vous ne tiendrez pas l'estomac vide.

Elle s'inclina vers Adrianne et ajouta sur le ton de la confidence :

— Je vous préviens : je vérifierai les plateaux pour m'assurer que vous vous nourrissez. Vous avez intérêt à m'écouter, si vous ne voulez pas me mettre en colère. Demandez aux domestiques, je peux être terrible.

— Entendu, lady Mara.

Un demi-sourire courut sur les lèvres de la châtelaine.

— Et si vous pensez que je crois…

Elle s'interrompit, rajusta son col de fourrure et tourna les talons. Sur le seuil, elle lui jeta un coup d'œil par-dessus son épaule.

— Au fait, dit-elle d'un air faussement dégagé, Bess est en train de recoudre la chemise de nuit que vous portiez pour la nuit de noces.

Les joues empourprées, Adrianne eut un sourire vacillant.

— Quelques-unes de mes servantes n'ont pas caché leur impatience, enchaîna Mara. Elles espèrent que les mariés dormiront ensemble très bientôt.

La jeune femme eut du mal à soutenir le regard de la châtelaine.

— D'après ce que j'ai entendu, poursuivit Mara, elles ont remis de l'ordre dans votre chambre. Apparemment, ça les a beaucoup amusées. Il n'y en a qu'une pour ne pas partager leur enthousiasme… Vous vous rappelez cette blonde aux yeux bleus dénommée Canny ? Elle a des idées très arrêtées sur votre époux.

— Je ne vois pas du tout ce que vous voulez dire.

— Vraiment ? Eh bien, je vous conseille d'avoir une petite conversation avec elle.

— Pourquoi cela ?

— Ma chère, de toutes les femmes du clan, Canny prétend être la seule à avoir vu toutes les cicatrices de Wyntoun. Elle pourra peut-être vous renseigner, qui sait ?

Là-dessus, Mara franchit le seuil et disparut dans l'obscurité du corridor. De nouveau seule, Adrianne se plongea dans la contemplation des flammes. Brusquement, elle se sentit oppressée, comme en proie à un haut-le-cœur.

Les premiers rayons du soleil percèrent les volutes de fumée qui dansaient encore dans l'air et se projetèrent sur les chevrons fuligineux. L'air accablé, Diana regardait la lumière qui descendait lentement sur le mur opposé à l'archère.

Elle n'avait d'autre choix que de respirer les âcres relents du récent incendie. L'odeur de l'échec. Le plancher calciné lui rappelait le fiasco de son stratagème. Couchée sur le dos, elle ramena machinalement la couverture propre sous son menton et fixa le plafond noirci.

Il faisait froid, très froid. Elle restait immobile, insensible à l'air glacé qui s'engouffrait par l'archère.

La triste vérité de sa situation l'affligeait. Réaliser que l'avenir de ses filles était sérieusement compromis l'attrista davantage. Elle éprouvait une indicible amertume. Pour la première fois de sa vie, elle avait perdu la force de se battre et sentait les flèches acérées de la défaite fichées dans ses entrailles.

Son cœur se serra, ses yeux s'emplirent de larmes qui roulèrent sur ses tempes en laissant des traces de feu.

Un sentiment de culpabilité la tourmentait inlassablement.

Comment avait-elle pu se laisser troubler par Henri Exton ? Elle ne savait, ne pouvait ni ne voulait mettre de mots sur l'émotion qui les avait submergés tous deux.

À l'étage inférieur, l'énorme porte grinça sur ses gonds. Ce devait être la vieille femme sourde, songea-t-elle. Elle n'eut pas l'énergie de s'adosser au mur, de s'asseoir. Quel intérêt y avait-il à regarder s'ouvrir la porte de sa cellule ? Il s'agissait de son seul lien avec l'extérieur mais, à présent, elle n'en avait cure.

Elle se remémora sa première rencontre avec sir Henri Exton. Alors sémillante jeune femme, elle avait épousé Edmund et s'était installée dans le Yorkshire. Sir Henri et sa femme, Elizabeth, avaient fait partie des nombreux amis venus les saluer, dans cet infernal tourbillon de visites dictées par les règles de la bienséance.

Tout ce dont elle se souvenait, c'était la mine enjouée d'une Elizabeth enceinte et l'excès de prévenances de la part de son époux, un chevalier anglais des plus charmants.

Un couple mémorable – la force et la beauté réunis – qui, s'était-elle dit, produirait une progéniture rayonnante de santé, de noblesse.

Ils étaient tous si jeunes en ce temps-là ! Elle s'étonna elle-même du regard qu'elle portait sur l'existence à cette époque : son unique préoccupation était alors de donner à son époux un héritier.

Plusieurs années avaient passé avant qu'elle ne revoie sir Henri et Elizabeth. Edmund l'informait régulièrement des coups du sort qui s'abattaient sur le couple flamboyant. Elizabeth avait été gravement malade et avait perdu deux enfants – le premier était mort à la naissance, le deuxième n'avait pas dépassé l'âge de quatre ans.

Diana, avec ses trois filles en pleine santé, s'était presque sentie honteuse d'afficher tant de bonheur lorsque le couple d'amis avait séjourné dans le manoir des Percy, après le décès de leur deuxième garçon.

La perte de leurs enfants lui avait paru un trop lourd fardeau pour ces deux êtres blessés. La tragédie les avait marqués physiquement : le chagrin avait creusé ses rides sur le front de sir Henri, et la beauté d'Elizabeth avait fané.

Edmund et elle avaient déployé efforts et ruses pour distraire leurs amis pendant les deux semaines de leur séjour. Diana avait été désemparée par l'infinie mélancolie qui émanait d'Elizabeth. Son époux faisait ce qu'il pouvait pour transmettre un peu d'énergie, de force et de joie à sa femme.

Et puis ils étaient partis, emportant avec eux ce lourd bagage de souffrance. L'automne suivant, Edmund et Diana apprirent le décès d'Elizabeth. La triste nouvelle ne les surprit pas.

Les visites de sir Henri se firent de plus en plus régulières. Il ne se lassait pas de voir leurs filles. Certaines images étaient restées gravées dans l'esprit de Diana. Catherine assise sur les genoux de leur ami qui lui racontait une histoire. Laura dans les caves du manoir familial qui expliquait à sir Henri comment les Percy brassaient la bière depuis des décennies. Et Adrianne qui le menaçait avec son épée en bois dans la cour intérieure, sir Henri, docile et amusé, implorant le salut.

Malgré son jeune âge, il avait toujours refusé de se remarier et choisi de se concentrer sur certaines affaires auxquelles Edmund participait. Tous deux s'étaient impliqués dans des histoires politiques concernant le trône d'Angleterre. Ils avaient mené une lutte secrète contre la tyrannie du cardinal Thomas Wolsey, ministre du roi.

Ils avaient ensuite combattu avec panache lors de la bataille de Spurs et étaient revenus blessés, mais la tête haute. En France, Edmund et son ami avaient pris part au camp du Drap d'Or, en 1520 – événement qui réunit François Ier, roi de France et Henri VIII, roi d'Angleterre.

S'il n'y avait eu que cela… songea Diana avec un soupir. Elle avait eu vent des complots et des histoires clandestines liées aux Chevaliers du Voile.

Diana et Edmund n'avaient guère de secrets l'un pour l'autre. Néanmoins, lorsqu'il était question de la mystérieuse confrérie, rien ne filtrait. Aux yeux de son tendre époux, elle était une intruse. Pas une fois on ne l'invita à une réunion, pas une bribe d'information ne lui fut délivrée.

Par amour pour Edmund, elle ne s'était jamais plainte et avait accepté la situation. Elle ne savait qu'une chose et s'en satisfaisait : les Chevaliers du Voile luttaient contre les forces du mal.

Pendant plus de vingt ans, elle avait toujours cru en eux, sans jamais exiger le moindre détail. Cela aurait duré encore longtemps si les bêtes fauves n'avaient pas approché son foyer. Tout fut chamboulé le jour où les sbires du roi d'Angleterre lui arrachèrent Edmund.

À présent, elle était la seule à pouvoir assurer la protection de ses filles.

Comment justifier le plan qu'elle avait élaboré afin de sauver Catherine, Laura et Adrianne après l'arrestation de leur père ? Edmund avait été nommé Gardien de la Carte. Comment faire comprendre aux chevaliers que la division puis la dispersion de la carte indiquant l'emplacement du trésor de Tiberius n'étaient que provisoires ?

Certes, elle savait qu'elle ne pouvait prétendre au trésor. Aux yeux des chevaliers, elle représentait l'ennemi. Quoi qu'elle dise, elle était celle qui avait trahi le pacte qui les unissait.

Cela expliquait la raison pour laquelle on l'avait capturée puis emprisonnée ici.

Mais qu'étaient devenues ses filles ? Son plan porterait-il ses fruits ? Laura et Adrianne trouveraient-elles l'époux et la situation qu'elle leur avait destinés ?

Pour le moment, seule Catherine était mariée et établie.

Diana Erskine Percy était née en Écosse et avait conservé des liens forts avec des personnes influentes. Grâce à la complicité de certaines de ses relations, elle avait choisi pour chacune de ses filles le mari potentiel.

Pour Catherine, l'aînée, la rêveuse et la plus cultivée des trois, elle avait opté pour John Stewart, comte d'Athol et cousin du roi. Lui aussi était érudit, et suffisamment ouvert d'esprit pour ne pas se sentir menacé par le savoir de son épouse.

Pour Laura, l'enchanteresse, elle avait choisi William Ross, le maître de Blackfearn Castle, en se disant qu'un homme rebelle et au passé tourmenté serait un défi que pourrait relever sa fille. Organisatrice hors pair, elle redonnerait un sens à l'existence du laird.

Quant à sa chère fauteuse de trouble, Adrianne, Diana avait fondé tous ses espoirs sur sir Wyntoun MacLean, la Lame de Barra, chevalier et pirate redouté. Sa fille trouverait peut-être le bonheur auprès d'un homme intrépide et encore plus aventureux qu'elle. Qu'il fasse partie des Chevaliers du Voile ne gâchait rien, bien au contraire.

Soudain, l'épaisse porte s'ouvrit dans un bruit infernal – l'incendie l'avait déformée. Diana s'ébroua mentalement et se tourna sur le flanc.

Elle se sentait incapable d'affronter le regard de sa gardienne muette, surtout après son acte criminel qui avait mis en danger la vie de la vieille domestique.

Comment avait-elle pu se comporter de manière aussi irraisonnée ?

Ne reconnaissant pas la démarche de sa gardienne, elle tendit l'oreille. Un silence pesant emplit la cellule.

Dans la seconde qui suivit, elle comprit qui était son visiteur. Un frisson d'appréhension la parcourut. Elle se redressa vivement et contempla la sombre silhouette campée sur le seuil.

Dans la faible lueur de l'aube, sa tunique de velours bordeaux et ses chausses paraissaient aussi noires que la suie qui couvrait les murs.

L'homme avançait lentement, tel un félin, impassible mais prêt à bondir sur sa proie en cas de nécessité. Chaque mouvement, chaque geste était parfaitement maîtrisé. Ses bras de lutteur étaient croisés sur son torse imposant.

Diana leva les yeux, vit un menton volontaire. La peau marquée par les éléments, le nez cassé Dieu sait combien de fois ajoutaient du charisme à la beauté arrogante de son visage.

Le regard bleu perçant de sir Henri considérait avec attention son hôte – ou plutôt, sa prisonnière.

Elle tressaillit, leva une main tremblante sur son corsage.

— Cela fait tant d'années... dit le chevalier en s'approchant d'elle, que je vous désire. Je ne vais pas laisser passer une telle opportunité.

Alexander MacLean s'immobilisa dans l'embrasure de la porte ouvrant sur le bureau de son fils et observa Wyntoun et Alan qui examinaient l'immense carte étalée sur la table de travail. Les deux cousins échangeaient leurs idées, parfois divergentes, avec un calme olympien.

Le respect et la confiance mutuels n'avaient pas faibli au fil des ans. Un sourire joua sur les lèvres du laird. Peu de choses avaient réellement changé, se dit-il.

Certes, ils avaient grandi. Alan avait hérité des tempes grisonnantes de son père. Il était robuste mais élancé, doté d'un esprit aussi vif que le meilleur des étalons. Wyntoun, quant à lui, qui dépassait son père d'une tête, avait gagné en force. Doté d'une sagacité peu commune, il était capable de vaincre, en mer ou sur terre, les guerriers les plus hardis.

Alexander n'était pas peu fier de son fils, car Wyn possédait la bravoure d'un chevalier mais aussi le savoir d'un lettré.

Mais surtout, il se réjouissait de voir que l'amitié entre les deux cousins était restée intacte depuis ce temps où, petits garçons, ils jouaient ensemble dans la cour intérieure du château.

Ces deux-là lui en avaient pourtant fait voir de toutes les couleurs. Wyntoun et Alan n'étaient pas des anges, loin de là. Toujours à préparer de mauvais tours, comme lorsqu'ils avaient subtilisé puis rôti le coq de combat dont s'enorgueillissait l'abbé.

Par la queue fourchue de Satan ! jura-t-il en silence au souvenir de l'incident. Il s'en était fallu d'un rien que les garçons soient excommuniés. Alexander avait grassement payé le prélat pour qu'il lève la sanction.

Et cette fois où ils avaient jeté des boules de neige sur Colin Campbell, le comte d'Argyll... Colin les avait pourchassés sur une demi-lieue avant de les attraper et se venger à son tour. Il s'en était vanté, avec force rires, durant le reste de son séjour à Duart Castle.

Combien de fois on les avait traînés par les oreilles jusqu'à la grand-salle ! Wyn et Alan, garçons puis adolescents – modèles de loyauté – plaidaient coupable. Et Alexander se devait d'infliger une punition à chacun.

Il s'éclaircit la gorge et entra dans la pièce.

— Toujours aussi lève-tôt et déjà à l'ouvrage ! constatat-il.

Le laird des MacLean remarqua la mine fatiguée de son fils qui leva le nez de la carte.

— On m'a dit, enchaîna-t-il, que ni l'un ni l'autre n'avez déjeuné. Quelle est donc votre prochaine conquête ? s'enquit-il en désignant la carte du menton. De bon matin, vous vous préparez à prendre la Nouvelle-Espagne à l'empereur Charles Quint ? Ou bien l'Irlande au méprisant roi Henri ? Personnellement, j'ai une préférence pour l'Irlande. Je dis toujours qu'il faut garder un œil attentif sur nos voisins.

Tandis qu'Alan enroulait prestement la carte, Wyntoun contourna le bureau pour aller saluer son père.

Les agissements de son pirate de fils ne le dérangeaient pas outre mesure. Au cours des cinq dernières années, il avait toutefois demandé à Wyntoun de lui épargner les détails.

À vrai dire, les dangers que représentait la vie de corsaire n'étaient pas du goût de Mara. C'était la raison pour laquelle Alexander avait discrètement passé le flambeau à son héritier et s'était peu à peu contenté de la vie paisible de châtelain.

— Bonjour, père, lança Wyntoun en s'asseyant sur le coin du bureau. Comme je dois m'absenter de Duart pour la journée, Alan et moi avons décidé de nous mettre au travail dès l'aube.

— Ah ? Où vas-tu te promener, aujourd'hui ?

— J'emmène quelques hommes vers l'ouest... en direction de Glen Forsa.

— Si loin ?

— Oui, il y a un paysan qui possède une jolie pouliche que nous pourrions acquérir.

— Ah... ta charmante épouse appréciera sans doute de voyager avec toi. Elle t'accompagne, n'est-ce pas ? interrogea Alexander en plissant les paupières.

Alan émit un grognement moqueur, ce qui lui valut un regard torve de la part de Wyntoun, puis prit promptement congé.

— Non, père. Je ne l'emmène pas avec moi.

— Et pourquoi cela ?

Le laird continua de s'exprimer d'un air dégagé en flânant dans la pièce, regardant les reliures alignées sur les rayonnages, dans le seul but de mettre son fils mal à l'aise.

— Il paraît que c'est une cavalière hors pair. J'ai appris que tu avais éprouvé son adresse – sur un cheval, j'entends – lors de votre nuit de noces.

N'appréciant pas le discours de son père, Wyntoun fronça les sourcils.

— Adrianne est au chevet du palefrenier Gillie.

— Mara m'a dit que la fièvre du garçon s'est déclarée la même nuit.

Il s'immobilisa, saisit sur le bureau une dague espagnole au manche orné de pierres précieuses et fit mine de l'examiner.

— Elle m'a dit aussi que celle qui avait besoin d'attentions, ce matin, c'est Adrianne. Il ne faudrait pas qu'elle tombe malade à son tour.

Une inquiétude non feinte se peignit sur le visage de Wyntoun.

— Qu'est-ce qui… bredouilla-t-il, que lui arrive-t-il ?

— Peut-être devrais-tu te renseigner auprès d'Alan. D'après les servantes, il lui rend visite tous les soirs pour s'assurer qu'elle s'alimente.

La colère qui colora les joues de Wyn ne lui échappa pas. Alexander prit place dans le fauteuil aux accoudoirs sculptés.

— Père, cessez de vous mêler de mes affaires. Bon sang ! J'ai l'impression d'entendre Mara.

— Ce n'est pas faux, Wyn. Mais fais comme bon te semble, mon garçon. Va, ne te préoccupe pas de l'état de santé de ta femme, dit-il en retournant la dague dans sa paume. Laisse Alan lui rendre visite.

Le laird vit sur le visage de son fils l'effet produit par ses paroles provocantes. Dissimulant sa satisfaction devant l'embarras de Wyntoun, il arbora un air songeur.

— Après tout, j'ai entendu les servantes. Tu connais leur discrétion. Elles ont fait savoir à toute la maisonnée que les mariés avaient passé une nuit de noces agitée. Très agitée.

Il leva une main pour empêcher son fils d'intervenir.

— Si tu t'es déjà lassé de ton épouse, tu n'as pas à te justifier. Beaucoup d'hommes ont accompli leur devoir de mari puis sont allés voir ailleurs si l'herbe était plus verte. Et ce ne sont pas les jolies demoiselles qui manquent sur l'île de Mull.

Wyntoun peinait manifestement à trouver une réponse. Par tous les saints ! songea Alexander. Son fils, réputé pour son éloquence, était-il devenu muet ?

— Père, mes hommes m'attendent, dit-il. Je vous souhaite une agréable journée.

Wyn avait quasiment pris la fuite, plongeant son père dans un abîme de perplexité.

18

Diana recula, buta contre le lit et s'y assit presque malgré elle. Le chevalier la domina de toute sa hauteur puis lui prit les mains pour l'aider à se relever.

— Sir Henri, je ne… vous… bafouilla-t-elle.

Elle prit une longue inspiration avant de formuler une phrase compréhensible.

— Milord, vos paroles me troublent. Auriez-vous la gentillesse de préciser votre pensée ?

— Oui.

Leurs regards restèrent accrochés l'un à l'autre un long moment. Diana ne décela dans les prunelles couleur de ciel du chevalier aucune inimitié.

Henri Exton était un être passionné, un homme d'honneur. Elle n'avait rien à craindre de lui, se rassura-t-elle. Pourtant, ce n'était pas de lui qu'elle avait peur mais d'elle-même. En cet instant, elle éprouvait au creux des reins une sensation qu'elle n'avait éprouvée que pour son mari. Le désir à l'état pur.

Non. C'est impossible. Tu n'as pas le droit ! se gourmanda-t-elle.

— Je tiens à ce que vous sachiez, Diana, que je serais resté à l'écart si vous ne vous étiez mis en tête de vous échapper.

Leurs mains étaient encore jointes. Une troublante chaleur la parcourut, son cœur battit à coups redoublés.

— Je n'ai plus vingt ans, poursuivit-il. Je ne passerai pas ma vie à vous courtiser.

Diana secoua la tête, sans véritablement réaliser ce que lui disait le chevalier. Par la Sainte Vierge ! Elle peinait à respirer. Parviendrait-elle à formuler une parole sensée sans perdre tous ses moyens ?

— Que... que... bredouilla-t-elle, vous souhaitez me courtiser ?

— Je vous parle en toute sincérité. Il y a bien longtemps que ma tendre épouse m'a quitté. Depuis sa mort, une seule femme a occupé mon esprit, distrait mon âme. Quand je parcours les collines, j'ai l'image d'une dame. Quand je suis au milieu d'une foule, je ne vois qu'une femme. Et lorsque je ferme les yeux pour dormir, je ne rêve qu'à un visage. Le vôtre, Diana.

— Je n'en crois pas mes oreilles, Henri. Comment est-ce possible ? Durant toutes ces années, j'étais une femme mariée.

— C'est vrai. Mais... ai-je fait preuve de déshonneur ? Ai-je une seule fois dit ou suggéré quoi que ce soit de déplacé, alors que mon ami Edmund était en vie ?

Ses mains puissantes lui effleurèrent les épaules, descendirent le long de ses bras. Diana ferma les yeux, s'efforçant d'ignorer l'indécent frisson que provoquait la caresse.

— Mais maintenant, ajouta-t-il, tout a changé. Edmund est décédé. Voilà près d'un an que vous portez le deuil. Vous êtes libre de choisir un nouveau compagnon.

— Je n'ai guère le temps de...

Il lui prit de nouveau les mains.

— Diana, ce n'est un secret pour personne : vous avez tout perdu. Toutes les possessions de votre époux, tout ce que vous et vos filles seriez en droit de réclamer a été confisqué par la couronne d'Angleterre. La plupart des femmes dans votre position auraient déjà songé à l'avenir.

— Je ne suis pas comme elles, répliqua-t-elle sèchement.

— C'est vrai.

Le chevalier effleura la courbe de ses joues, ses lèvres. Lorsqu'elle entreprit de protester, il l'en empêcha en l'embrassant.

Le baiser impétueux qu'ils échangèrent n'était qu'une flammèche comparé au brasier qui la dévorait. Soudain, leurs bouches se désunirent.

Les paupières de Diana étaient closes, mais elle le sentait tout proche. Elle eut l'étrange impression d'avoir été marquée au fer rouge.

Brusquement, comme la foudre frappe le sol, elle réalisa qu'elle aussi avait éprouvé les mêmes sentiments. Chaque visite, chaque fois qu'il avait prononcé son nom ou effleuré sa main, elle avait su – sans en être consciente.

— À présent que je vous ai ouvert mon cœur, milady, je ne vous demande qu'une chose : réfléchissez à ma proposition. Je vous donnerai mon nom, je vous serai dévoué corps et âme tant que la vie nous accordera ses faveurs. Je vous protégerai de l'ennemi qui surgira sur votre chemin.

Il marqua une courte pause pendant laquelle elle garda les yeux rivés sur son torse. Craignant de ne plus être maîtresse d'elle-même, elle n'osait pas affronter son regard.

— Chaque jour, le péril approche à grands pas, mon amour. Je suis le seul capable de vous préserver du danger.

D'un geste tendre, il lui releva le menton, la couva du regard. Dans les prunelles du chevalier luisait une flamme, la flamme de la passion qu'il s'était efforcé de dissimuler durant toutes ces années.

— Réfléchissez. J'attendrai votre réponse, Diana, mais je vous en supplie, ne tardez pas ! La vie est trop courte.

Catherine refusait de se laisser intimider par les trois paires d'yeux qui la dévisageaient, la considéraient comme si elle était dérangée.

— Écoute, mon idée semble tout ce qu'il y a de plus logique, non ? dit-elle à Laura, qui paraissait plus dubitative qu'Athol et William. Frère Benoît est le seul que nous connaissions à avoir vu le trésor de Tiberius. Il l'a même eu entre les mains. Si nous lui montrons les deux fragments de carte que nous détenons, il comprendra peut-être tous ces signes cryptiques. S'il a connu notre père, nous pouvons lui accorder notre confiance, non ?

Face au silence de sa sœur, elle conclut :

— Imagine qu'il ait une idée de l'emplacement de Tiberius. Une chose est sûre : nous ne saurons rien si nous ne lui demandons rien.

— Frère Benoît ne m'inspire pas confiance, Catherine. D'ailleurs, nous ignorons ce que mère pense de lui. Si elle l'avait apprécié, elle lui aurait demandé de nous escorter jusqu'en Écosse.

Laura lui prit le bras comme pour mieux la convaincre.

— Je sais que le temps nous est compté, mais ce n'est pas une raison pour nous précipiter et faire n'importe quoi. Patientons jusqu'à l'arrivée d'Adrianne. Elle ne devrait plus tarder. Quand nous serons réunies et que nous assemblerons les pièces du puzzle, tout nous paraîtra plus clair.

— Mais que ferons-nous exactement ? questionna Catherine. Aucune d'entre nous ne sait à qui nous avons réellement affaire. Qu'adviendra-t-il, une fois la carte reconstituée, si l'on envoie une armée pour déterrer le trésor et qu'il ne s'y trouve pas ? Que nous restera-t-il pour sauver notre mère ?

— Quelqu'un est en train de s'occuper du cas de lady Diana, déclara William Ross, prenant de court les deux sœurs. Wyntoun MacLean n'est pas seulement allé chercher Adrianne. Il se charge également de découvrir le lieu exact où votre mère est prisonnière.

— Mais il se rendait vers l'île de Barra !

William acquiesça à la remarque de son épouse.

— Oui, mais de là-bas, Wyn projette d'accoster l'île de Mull, où se dresse Duart Castle. Il est censé y récolter des renseignements. Il a beaucoup de relations aux îles Hébrides... et au sud, dans la région des Borders et au-delà.

— Des relations... avec d'autres pirates ? s'enquit Catherine, peu convaincue.

— Pourquoi ne nous en as-tu pas parlé plus tôt, William ? demanda Laura.

— Je ne voulais pas vous donner de faux espoirs. J'ignore où en est Wyntoun. Ce que je sais, en revanche, c'est qu'il ne prendra pas de risques inconsidérés. Mais... il y a autre chose dont il faut que je vous informe.

Il marqua une pause, lança un regard en direction d'Athol.

— Il fait partie des Chevaliers du Voile.

— Quoi ? s'alarma Catherine. Qui sont ces chevaliers ?

Le comte d'Athol prit la main de sa femme pour la rassurer.

— Il s'agit d'une confrérie qui ne rend de comptes à aucun roi. Selon la rumeur, c'est une organisation secrète plus puissante que l'Écosse, l'Angleterre et la France réunis.

— Comment se fait-il que nous n'ayons jamais entendu parler de ces chevaliers ?

Les regards de connivence qu'échangèrent les deux hommes accrurent la confusion des sœurs.

— Il arrive que nous ne connaissions pas toute la vérité sur nos proches, répondit Athol. Je crois, sans en avoir la certitude, que votre père était membre de cette confrérie.

— Pour ma part, j'en suis sûr, renchérit William. Wyntoun n'aurait pas accepté si vite de nous aider s'il n'avait pas à cœur le bien-être de la famille Percy.

— Attendez une seconde ! dit Catherine en fixant les deux Highlanders. Comment se fait-il que vous sachiez, pour notre père, alors que Laura et moi étions dans l'ignorance la plus totale ?

— Les Chevaliers du Voile ont toujours préservé le secret qui entoure leur existence, expliqua William. Pour beaucoup, il s'agit presque d'une légende qui alimente l'imaginaire des pauvres et des nécessiteux que protégeraient ces chevaliers sans peur et sans reproche.

— Mais ils sont bel et bien réels, enchaîna Athol. Leur formation remonte à la première croisade en Palestine. Alors que la plupart des guerriers unissaient leurs forces afin de protéger les royaumes qu'ils s'étaient octroyés en terre sainte, d'autres hommes, les Chevaliers du Voile, ont décidé de brandir l'épée de la justice pour les peuples fragiles et persécutés.

— Comment notre père a-t-il pu se joindre à ce groupe ? interrogea Laura, perplexe.

— Parce que son père et son grand-père avant lui en faisaient partie, répliqua William. Le choix des chevaliers se fait sur deux critères : les liens du sang et le mérite.

Le laird des Ross se leva brusquement et s'approcha du feu, leur tournant le dos. Nul ne dit mot. Les yeux étaient rivés sur les larges épaules de William.

— Mais… dit enfin Catherine, notre père était anglais. Wyntoun MacLean est écossais.

— Comme je vous l'ai dit plus tôt, répondit Athol, les Chevaliers du Voile ne connaissent aucune frontière et ne se soumettent à aucun roi.

William fit volte-face et reprit la parole.

— C'est une des raisons pour lesquelles leur existence doit rester secrète. Rien n'est plus insupportable pour un souverain que d'avoir sur son territoire un groupe d'hommes unis sous la même bannière et qui s'affranchissent des lois régissant son royaume. Pourquoi croyez-vous que Henri VIII éprouve tant de haine à l'égard de la famille Percy ?

Catherine et Laura se regardèrent un long moment. Des souvenirs de leur enfance surgirent soudain. Des fragments anodins. Comme cette interdiction de pénétrer dans la salle privée, au fond du corridor. Des hommes au visage inquiétant qui se rendaient à leur manoir. D'ailleurs, ils venaient souvent en groupe. Certains étaient encapuchonnés, d'autres pas. Ils n'étaient jamais accompagnés de femmes ou d'enfants. Ils disparaissaient dans la mystérieuse pièce, puis ils repartaient au beau milieu de la nuit.

— Vous êtes persuadé de l'appartenance de notre père à cette confrérie ? questionna l'aînée.

— Oui. Wyntoun MacLean et Edmund Percy se sont rencontrés à deux occasions… et probablement d'autres dont je n'ai jamais eu vent.

— Wyntoun connaissait notre père ? s'exclama Laura.

— En effet.

— Je n'arrive pas à croire que notre mère ne savait rien de tout cela, dit Catherine.

— Au contraire, répliqua William. Je pense qu'elle était au courant, pour son époux. Mais j'ignore si elle savait que Wyntoun appartenait aux Chevaliers du Voile quand elle s'est mise en quête de maris pour ses filles.

Catherine s'adressa à Laura sur un ton espiègle.

— Tu te doutais que mère jouait à l'entremetteuse ?

La sœur cadette eut un sourire complice.

— Je ne l'ai compris qu'après les noces. Je ne serais pas étonnée d'apprendre qu'une troisième union a eu lieu à Barra.

— Adrianne ? Mariée ? Serait-elle capable de fonder un foyer et de s'y consacrer ?

— Si votre sœur est aussi sauvage que vous le laissez entendre, commenta William, le couple risque de produire quelques étincelles. Et s'il ne survit pas aux querelles, faites confiance à Wyntoun MacLean pour lui arracher son fragment de carte.

— Eh bien, ironisa Laura, tant que nous obtenons son morceau du plan…

Dans la nuit glaciale, les torches flambaient et projetaient de gigantesques ombres sur les murailles du donjon tandis que trois hommes vêtus de kilts chevauchaient dans la cour intérieure en direction des écuries. Derrière eux, deux poulains caracolaient, tenus par des brides de cuir.

Voilà plusieurs heures déjà que l'hiver avait plongé Duart Castle dans son obscurité précoce. La rumeur des convives faisant bombance dans la grand-salle signalait à Wyntoun que le dîner était largement entamé.

Il mit pied à terre. Un trio de palefreniers prit en charge les montures. Le rire tonitruant de son père lui parvint. Adrianne était-elle présente ?

— Ça m'étonnerait, murmura-t-il pour lui-même. Allez-y ! ordonna-t-il plus haut à ses compères. Je vous rejoins dans un moment.

Il pivota et regarda s'éloigner ses nouveaux poulains qu'il considéra avec satisfaction. De belles bêtes, mais la pouliche aurait davantage besoin d'être dressée.

Emplissant ses poumons de l'air hivernal, il contempla la silhouette noire des tours du château sous la voûte céleste que perçaient mille étoiles. L'immense porte entrouverte donnant sur la grand-salle constituait une vision réconfortante pour le voyageur fourbu et affamé qu'il était.

Wyntoun leva aussitôt le regard vers l'aile est de la forteresse et riva ses yeux sur les volets clos de la chambre où une jeune femme de caractère priait pour le rétablissement de son protégé.

Alors qu'il parcourait la lande de Mull, il s'était rassuré en se répétant qu'il avait raison de prendre le large. Il se félicita d'avoir pu s'échapper de Duart Castle, ne serait-ce qu'une journée. La recherche de poulains n'avait été qu'un prétexte. Une piètre excuse, car les écuries des MacLean comptaient déjà les meilleurs étalons que l'on puisse voir sur la côte ouest des Highlands.

Il avait réussi à s'éloigner d'Adrianne. Son esprit avait chassé les paroles bienveillantes de Janet à l'égard de son épouse, tout comme les propos taquins de son père. S'il était resté au château, il aurait erré comme une âme en peine, peu assuré de résister à la tentation. Assurément, il aurait succombé aux charmes de la belle sauvageonne.

Drôle de victoire ! songea-t-il. À n'en pas douter, il aurait perdu cette bataille contre le désir de la posséder, d'arracher ses vêtements et de lui faire l'amour sur le lit nuptial.

Et pourtant, jamais victoire ne lui avait laissé en bouche un goût aussi amer.

Il prit une longue inspiration, expira des volutes de buée. Que lui arrivait-il ? Quelques heures en compagnie d'Adrianne avaient suffi pour ébranler sa détermination. Lui qui d'ordinaire s'enorgueillissait d'être un homme libre, inflexible, avait l'esprit embrumé par une femme. Adrianne Percy habitait ses rêves la nuit, ses pensées le jour.

Quelle malchance que d'avoir découvert le corps presque sans vie de Gillie au moment où il allait accomplir son devoir d'époux ! Même s'il espérait sincèrement que le garçon se remette rapidement sur pied, il était conscient que l'incident l'avait sauvé de lui-même. Il avait bénéficié d'une seconde chance pour reconsidérer la situation, réfléchir posément à ce mariage temporaire.

— Elle y est encore.

La voix râpeuse de Coll l'arracha à la contemplation de la petite fenêtre. Il se tourna vers son plus fidèle marin qui gratta son crâne dégarni puis enfonça son bonnet de laine sur ses oreilles.

— Le garçon va mieux, beaucoup mieux. La fièvre est presque partie. Il est encore très faible mais, comme dit la vieille Bonnie : après la tempête vient l'accalmie.

Wyntoun opina.

— Parfait. Gillie ne prendra pas la mer de sitôt, je crois. Il a survécu à quelques fâcheux incidents : d'abord jeté par-dessus bord au large de Barra, et ensuite ce séjour dans un torrent glacé... Tout ça devrait l'avoir calmé.

Il hésita un court instant avant de poursuivre.

— Dites-moi, Coll. Avez-vous entendu cette rumeur selon laquelle Gillie porterait la poisse ?

— Non, non. Rien entendu, maître. Tout le monde sait qu'il est devenu votre protégé, et celui de Mlle Adrianne...

Le marin s'interrompit et désigna la petite fenêtre donnant sur la chambrette du malade.

— ... si vous voulez un bon conseil, vous devriez discuter avec votre épouse, Wyn. Si Mlle Adrianne persiste à refuser de quitter son chevet, les langues vont se délier.

— Qu'est-ce que vous voulez dire exactement ?

— Tout le monde à Mull sait qu'elle est au chevet du garçon depuis que vous l'avez ramené à moitié gelé. On dit que... qu'elle n'a pas regagné le lit nuptial une seule fois. Et puis... dans les cuisines, ce matin, j'ai failli gifler cette pie de Makyn. Elle racontait aux domestiques qu'on aurait jeté un sort à votre femme. Avant que je l'emmène par la peau du cou, elle disait que tout cela n'était pas normal.

— Pourquoi les gens ne se mêlent-ils pas de leurs oignons ? De toute manière, Gillie va bientôt se remettre debout et les commères cesseront leurs ragots.

— Oui, maître. Mais... le problème ne vient pas du garçon. C'est Adrianne qui m'inquiète. Chaque jour, je la trouve plus pâlotte que la veille.

Wyntoun devinait la suite. Les gens de la maisonnée étant particulièrement superstitieux, on ne tarderait pas à dire que l'esprit maléfique qui avait rendu Gillie malade s'était glissé dans la peau d'Adrianne et, qu'à son tour, elle contracterait cette terrible fièvre et rendrait le dernier soupir.

Il se mit en marche.

— Voulez-vous qu'une servante vous prépare un plateau et vous l'apporte dans la grand-salle ?

— Non, Coll. Je ne vais pas souper. J'ai une affaire plus urgente à régler.

19

— C'est comme si j'étais sur un nuage, chuchota Gillie en souriant à Adrianne avant de refermer les yeux.

— Fais de beaux rêves, mon grand.

Tandis qu'il sombrait peu à peu dans un sommeil réparateur, elle entortilla autour de son index une frisette brune du dormeur et considéra avec attention les deux facettes de son visage. D'un côté, la perfection des traits d'un adolescent ; de l'autre les cicatrices et les croûtes.

Il lui tardait de s'entretenir avec la vieille Janet à propos du commentaire qu'elle avait fait, lors de sa première visite. Selon la guérisseuse, Gillie n'était pas né ainsi. Adrianne était certaine que Janet sous-entendait qu'il existait un remède contre ces plaies qui suppuraient. Quel miracle ce serait de pouvoir libérer ce garçon de l'apparence honteuse qu'il traînait depuis l'enfance ! Sans parler des bruits courant à son sujet. La malédiction serait effacée à jamais.

Grâce à ses parents qui croyaient au pouvoir que confère la connaissance, elle avait grandi au milieu des livres. La sagesse des anciens que lui avait transmise la lecture des manuscrits de la bibliothèque familiale ne l'empêchait pas d'être stupéfaite par les réactions des petites gens à l'égard de ceux qui étaient physiquement différents.

Hormis quelques heureuses exceptions, Gillie avait toujours dû affronter les regards méfiants, la cruauté de personnes qui par ailleurs étaient de braves gens.

Comment ceux qui croyaient aux contes et légendes locales, ceux qui vouaient un culte aux anciennes divinités pouvaient-ils abriter dans leur cœur une telle dureté, une telle indifférence à l'égard des faibles ?

Pourquoi Gillie faisait-il peur ? Certes, son visage n'avait pas la beauté lisse de certaines statues, mais il n'était pas monstrueux au point de provoquer l'effroi.

Adrianne puisa en elle un reste de force pour se lever et s'asseoir dans le fauteuil afin de s'y reposer quelques instants.

La tête appuyée contre le dossier en bois sculpté, elle se remémora ce que lui avait dit un jour son père : « Ce qui importe, ce n'est pas comment nous naissons, mais ce que nous devenons. » Elle était résolue à aider Gillie le Leprechaun à devenir un homme dont il puisse être fier.

Ensuite, peut-être… elle songerait à son propre avenir. Plus tard.

La porte s'ouvrit doucement. Bonnie afficha un air réprobateur en voyant le plateau de nourriture intact. Lasse, Adrianne détourna le regard.

— Milady, marmonna la domestique, vous n'êtes pas raisonnable ! Lady Mara saura en un coup d'œil que vous n'avez pas mangé et encore moins dormi. Ce n'est pas bien. Et ne comptez pas sur moi pour mentir.

Bonnie continua de bougonner en empoignant le plateau vide de Gillie.

— Et vous allez me dire que le garçon a mangé sa part.

— Oui. Tout seul. N'est-ce pas merveilleux ?

— Pfff…

La vieille Bonnie s'immobilisa.

— … au cas où cela vous intéresserait, votre époux est rentré.

— Ah ? fit Adrianne sur un ton neutre.

— Oui. Il est plutôt de mauvaise humeur. Sir Wyntoun a posé tout un tas de questions vous concernant. Il souhaitait savoir ce que vous faisiez, comment vous alliez, etc.

Encore un jour, s'était-elle promis. Deux tout au plus. Elle se devait de veiller sur Gillie jusqu'à ce qu'il soit pleinement rétabli. Ensuite, elle endosserait de nouveau le rôle qu'elle avait à jouer dans cette parodie de mariage.

— Personne ne peut lui reprocher de prendre des nouvelles de son épouse, railla Bonnie en s'approchant de l'âtre pour l'alimenter. Une femme qui évite son mari et, par-dessus le marché, refuse de dormir dans le lit conjugal, permettez-moi de vous dire que je n'ai jamais vu ça. Vous devriez avoir honte !

Adrianne n'avait ni l'envie ni la force de remettre la domestique à sa place. Cependant, elle faillit répliquer que c'était plutôt Wyntoun qui la fuyait. Une semaine s'était écoulée, et il n'avait pas daigné lui rendre visite. Certes, il avait de bonnes raisons, que lui transmettait quotidiennement Alan.

Son époux était attendu dans le nord de l'île, afin de superviser la réfection d'un moulin qui avait partiellement brûlé. Ou dans le Sud pour aider à la coupe du bois de chauffage. Dans l'Ouest pour son cheptel, ou pour chasser. Les excuses ne manquaient pas.

Elle avait fini par comprendre qu'il parcourait l'île de Mull en tous sens dans un seul but : échapper à son épouse. Elle était trop fatiguée pour s'en soucier, trop lasse pour s'en offusquer.

Manifestement, aux yeux de Wyntoun, leur nuit de noces n'avait jamais existé. Leur chevauchée sous le clair de lune n'était qu'une illusion. Les sensations éprouvées dans les bras du chevalier semblaient n'être qu'un rêve, et les conseils prodigués par Mara pour susciter jour après jour le désir de son mari, un cauchemar.

Elle enfouit son visage dans ses mains pendant que Bonnie s'affairait dans la pièce. Son corps endolori lui rappelait son manque de sommeil, et son esprit était comme un grenier où régnait le plus grand désordre.

Brusquement, une voix grave et reconnaissable entre toutes résonna.

— Bonnie, j'aimerais que vous passiez la nuit ici avec Gillie.

— Entendu, milord. C'est ce que j'ai proposé à votre femme tous les soirs, en vain.

Les bottes de Wyntoun étaient maculées de boue séchée. Son tartan et sa chemise n'étaient guère plus propres. Malgré son apparence négligée, Adrianne lui trouva une beauté à couper le souffle.

Son mari traversa nonchalamment la pièce sans lui adresser le moindre regard. Elle se redressa vivement. Il se pencha au-dessus du lit, contempla un long moment le garçon endormi, et lui passa une main dans les cheveux.

— Comment va-t-il ?

Bonnie s'empressa de répondre.

— Chaque jour, son état s'améliore, milord. Janet, qui est venue ce matin, est du même avis. Il a mangé un peu de bannock trempé dans un bouillon à base d'orge. Il a même croqué un biscuit d'avoine.

La domestique revêche désigna Adrianne.

— Je n'en dirai pas autant de l'insouciante et famélique demoiselle que vous avez prise pour femme.

— Surveillez votre langage, bougonna-t-il.

Pour la première fois depuis son entrée dans la chambre, Wyntoun se tourna vers Adrianne dont le cœur cessa de battre. Tout parut tanguer autour d'elle. Les yeux verts de son époux étaient rivés aux siens ; un semblant de reproche luisait dans son regard.

En présence de cet homme, qu'il soit en colère ou exalté, elle se sentait vivante, vivante jusqu'au bout des ongles. Un besoin indicible fulgura en elle. Oui, dut-elle admettre, il lui avait manqué. Terriblement.

— Quant à vous, Adrianne, vous dormirez dans notre chambre.

— Mais Gillie…

Bonnie lui coupa la parole. Son ton se fit soudain plus courtois.

— Milady, j'ai dit à sir Wyntoun que je passerais la nuit au chevet du garçon. N'ayez crainte, il va beaucoup mieux. Je le surveillerai, ne vous inquiétez pas.

— Je...

Le regard implacable de Wyntoun la fit taire.

Refuser la proposition de son époux, c'était comme renoncer publiquement à leur mariage. Elle se mordilla la lèvre, réfléchissant aux conséquences d'un tel acte. Elle n'avait d'autre choix que d'obéir. Encore quelques semaines, se dit-elle, et cela en serait fini de cette mascarade.

— Si vous êtes certaine que cela ne vous dérange pas, dit-elle posément à Bonnie en se levant lentement. Mais vous devez me promettre de me prévenir s'il a le sommeil agité, ou si la fièvre le reprend.

— Oui, milady. Ne vous inquiétez pas, répéta la servante en la raccompagnant jusqu'à la porte.

Adrianne imaginait sans peine ce à quoi pensait la vieille domestique : elle allait s'empresser de porter la nouvelle à lady Mara.

— Allez-y ! lança Wyntoun depuis le lit. Je vous rejoins dans un instant.

Tandis qu'elle longeait le corridor menant à l'escalier en colimaçon, ses jambes flageolèrent sous elle. Elle descendit avec précaution les marches en pierre. Elle se sentait tellement faible qu'elle percevait sur ses épaules tout le poids de ses vêtements, comme si ses poches étaient pleines de cailloux. En proie au vertige, elle s'appuya au mur.

— Si vous tombez, ce sera un reproche de plus que l'on fera à Gillie.

Adrianne poussa un petit cri de surprise lorsque Wyntoun la souleva. Elle lui passa les bras autour du cou.

— Pourquoi en voudrait-on à Gillie ? Je ne vois pas le rapport.

Comme il descendait l'escalier, elle admira son profil. Même dans la pénombre, elle distinguait son air renfrogné.

— Il paraît déjà que le garçon a absorbé toute votre énergie pour recouvrer la santé. Admettons que vous fassiez une chute grave dans l'escalier, on accusera Gillie de vous avoir poussée parce que vous l'avez abandonné.

— Vous racontez n'importe quoi ! s'écria-t-elle, incrédule.

Il haussa les épaules.

— Vous pouvez me relâcher. Je suis parfaitement capable de marcher toute seule, vous savez.

— Je n'en doute pas, mais figurez-vous que j'y prends plaisir.

Il n'en fallut pas davantage pour détendre Adrianne. Elle ne fit aucun commentaire désobligeant et se blottit contre lui, s'enivrant de son parfum masculin, cet effluve marin auquel s'ajoutait une touche de cuir.

— Comment les gens osent-ils médire d'un si brave garçon ? demanda-t-elle.

— Les habitants de cette île sont des gens simples…

— Je suis moi-même quelqu'un de très simple. Ce n'est pas une bonne excuse. Donnez-moi une bonne raison. Une seule.

Il ne dit mot.

Quelques marches encore et ils retrouvaient leur chambre. Avec son épaule, Wyntoun fit pivoter le battant donnant sur l'antichambre. Une onde de chaleur parcourut Adrianne. Allaient-ils poursuivre ce qu'ils avaient interrompu lors de leur nuit de noces, après leur promenade au clair de lune ?

Elle n'était pas prête. Par la Sainte Vierge ! Tout devint soudain confus dans son esprit.

— Vous n'en êtes hélas ! pas consciente mais vous êtes la cause de tout, déclara-t-il, énigmatique.

Elle le dévisagea.

— Qu'est-ce que vous sous-entendez par là ?

Il poussa du pied la porte de leur chambre.

— Vous tourmenter pour votre prochain et vous sacrifier pour lui sont deux notions légèrement différentes.

Il la déposa sur le lit et la considéra de toute sa hauteur.

— Vous m'agacez, à la fin ! rétorqua-t-elle. Exprimez-vous clairement.

Ignorant sa repartie, il repoussa drap et couvertures et la fit s'allonger sur le dos.

— Et voilà... grommela-t-il. Moi qui espérais profiter de votre fatigue pour vous prendre...

— Me... me... me prendre ?

— Oui, vous connaissez ce terme.

Le sourire salace de Wyntoun n'échappa pas à Adrianne.

— J'aimerais vous instruire... enchaîna-t-il. Vous allez rester tranquille et suivre mes instructions à la lettre...

Elle était allongée sur le drap de lin ; il lui prit délicatement le pied et la déchaussa. Médusée, elle l'observa qui lui ôtait son autre soulier puis, d'un geste nonchalant, lui remonta sa jupe jusqu'aux genoux, enleva la jarretière et fit glisser son bas.

Réprimant une exclamation, elle retira sa jambe nue et se redressa pour s'asseoir.

— Si c'est ce que vous appelez « m'instruire », Wyntoun MacLean, vous deviez être un piètre élève vous-même.

— Soyez patiente, ma chère épouse, attendez la fin de mon cours pour vous faire une réelle opinion.

Adrianne ne put s'empêcher de rougir comme une pivoine. Un frisson lui parcourut l'échine.

— Vous me déconcentrez. Dites-moi plutôt ce que vous aviez à me dire à propos de Gillie.

Solidement campé sur ses jambes musclées, les poings sur ses hanches, il lui répondit :

— Depuis que nous avons ramené ce pauvre garçon, vous avez fait preuve d'un dévouement exemplaire, mais...

Il s'interrompit, décrocha son épée de sa large ceinture et la posa à l'écart.

— ... les gens de mon clan ne vous connaissent pas comme je vous connais.

— Et quel est le rapport avec Gillie et ces sornettes que vous m'avez servies ? Telle que vous me voyez, je suis bel et bien vivante.

— Vous ne comprenez pas parce que vous ne m'écoutez pas, grommela-t-il. Ne voyez-vous pas qu'en passant vos jours et vos nuits à son chevet, en refusant aux gens de la maisonnée de s'occuper de lui, vous excluez ceux-là même dont il aura besoin plus tard ? Que cela vous plaise ou non, il va grandir et travailler parmi les hommes et les femmes du clan MacLean. Ce sont eux dont il a besoin de gagner la confiance et l'affection.

Adrianne dut admettre qu'il avait raison. Elle ne put cependant s'empêcher d'imaginer Gillie seul et sans défense. Jamais il ne serait à l'abri des quolibets. Comme ses yeux s'emplissaient de larmes, elle détourna la tête.

La voix de Wyntoun se fit plus douce.

— Vous aurez beau fermer les yeux, vous ne pourrez pas changer les gens. Il doit se confronter à la réalité de cette île. Mais il y a autre chose : en passant tout votre temps avec lui, vous négligez votre santé. Que vont penser les habitants de ce château si la nouvelle épouse de leur maître semble envoûtée ? Non par son mari, mais par un gamin auquel ils ne manqueront pas de donner de cruels sobriquets.

Il s'approcha d'elle, mit un genou à terre et lui prit le menton. Leurs regards se croisèrent.

— Il ne leur en faut pas davantage pour croire que Gillie est la cause de ce changement en vous, qu'il a attiré sur vous les mauvais esprits.

Elle repoussa vivement la main de Wyntoun. Des larmes roulèrent sur ses joues.

— S'ils sont aveugles au point d'imaginer de telles inepties, ils ne méritent pas sa compagnie.

— Dites-moi, où va-t-il aller ?

— Avec moi ! s'écria-t-elle en chassant ses larmes. Il me suivra et je prendrai soin de lui.

— Parce que vous croyez que c'est ainsi qu'il va devenir un homme ? Vous pensez que cette existence le rendra heureux ? Est-ce une vie que d'errer sans avoir un sentiment d'appartenance ? À un lieu, une terre, un clan...

Les propos de Wyntoun firent écho à ses propres pensées, ses propres inquiétudes quant à l'avenir de son protégé.

Le chevalier s'assit sur le rebord du lit.

— Gillie ne pourra pas s'épanouir s'il se réfugie dans vos jupons chaque fois qu'un obstacle se présentera à lui.

— Je le protégerai... jusqu'à ce qu'il ait la force de se battre seul.

— Écoutez-moi bien ! Il n'a pas plus besoin de protection que de pitié. Vivre caché n'est pas la solution. Il doit s'intégrer, se faire des amis. Avec le temps, les gens verront bien qu'il n'est pas si différent que cela. Je vous assure : c'est ainsi qu'il s'en sortira.

Les larmes d'Adrianne continuèrent de couler, mais elle comprit la logique du raisonnement de son époux. Peu à peu, la sagesse de ses mots brisa les certitudes qu'elle s'était forgées.

Après tout, elle-même avait dû se démarquer de ses sœurs et affirmer sa différence. Malgré l'impétuosité et d'autres traits de caractère qui lui étaient reprochés, sa famille ne l'avait jamais empêchée de se confronter au monde extérieur – et hostile. Certes, elle avait reçu des coups, mais elle s'était défendue.

Elle entoura ses genoux de ses bras, enfouit son visage dans l'étoffe de sa jupe, tenta de refouler les sanglots qui menaçaient d'éclater. En vain.

— Je suis perdue… hoqueta-t-elle. J'échoue dans tout ce que je fais…

Il s'approcha d'elle, l'étreignit avec une tendresse désarmante, posa la tête de son épouse sur ses robustes épaules pour la consoler.

— Je vous concède un seul échec : vous avez honteusement négligé votre santé. Vous avez besoin d'un peu de sommeil. Vous avez mérité de vous reposer.

— Mais… comment réparer le mal que j'ai fait à Gillie ?

— Ce n'est pas le moment d'y penser, ma chère.

Il lui déposa un baiser sur le front, lui étendit les jambes sous le drap et remonta la couverture jusque sous son menton.

— Gillie a vaincu la forte fièvre, murmura-t-il. Il lui faut encore un peu de temps pour être complètement guéri. Soulagés de vous savoir dans votre lit, les domestiques vont se succéder au chevet du garçon. Ainsi, ils vont s'apprivoiser mutuellement. Maintenant, fermez les yeux.

Wyntoun entreprit de se lever. Elle le retint en lui saisissant la main.

— Ça vous ennuie de rester un peu ? demanda-t-elle, hésitante. Restez avec moi, s'il vous plaît.

Il demeura songeur un long moment avant d'acquiescer.

Adrianne oublia vite qu'elle était encore vêtue sous les couvertures. Wyntoun s'assit auprès d'elle et, d'un geste protecteur, l'attira contre lui. Elle lui prit la main et leurs doigts s'entrelacèrent.

Blottie contre Wyntoun, elle s'endormit, bercée par le rythme des battements de cœur du chevalier.

20

Si elle avait été plus grande, plus forte et un peu plus large d'épaules, ou du moins armée, Adrianne aurait pu dominer l'homme qui lui barrait le chemin. À présent, elle avait l'impression d'être un moineau en face d'un faucon.

— Comment cela, je ne peux pas passer ? s'offusqua-t-elle.

Refusant d'affronter son regard, le colosse dénommé Bull fixa un point au-dessus d'elle.

— Pas de grabuge, milady. La Lame de Barra m'a ordonné de ne pas vous laisser passer.

— Gillie est-il toujours là-haut ?

— Oui, milady. Il reprend du poil de la bête.

Elle était ravie d'avoir de bonnes nouvelles, mais elle souhaitait rendre visite au garçon. Elle fit un pas de côté pour contourner le colosse ; il l'imita. La seule façon de parvenir à ses fins était de terrasser Bull.

Impossible.

— Existe-t-il un autre escalier dont je n'aurais pas connaissance ?

— Non, milady.

— J'ai permis à Bonnie de veiller sur Gillie pour la nuit. Quelqu'un doit prendre le relais.

— Oh ! lady Mara a bien distribué les rôles. Après Bonnie, hier matin, il y a eu Makyn. Ensuite, ç'a été au tour de cette jolie fille aux cheveux de feu, et puis...

— Quoi ? Combien de temps est-ce que j'ai dormi ?

— Eh bien...

Le colosse ôta son bonnet pour se gratter le crâne.

— ... j'étais de garde aux aurores. Avant moi, c'était Ian, et avant Ian, il y a eu Tosh, et avant...

— Combien de temps ? répéta-t-elle, agacée.

Pas étonnant, se dit-elle, qu'elle ait eu si faim ce matin. À son réveil, elle avait avalé toute la nourriture que contenait le plateau qu'elle avait trouvé à son chevet.

— Je dirais que vous avez dormi tout hier et cette nuit.

Bien décidée à raisonner Bull, elle posa une main sur un bras dur comme le roc et plus large que sa frêle taille.

— Raison de plus pour que j'aille le voir. Vous ne croyez pas, Bull ?

Rouge comme un coq, le marin fixa de nouveau un point au-dessus d'elle.

— La Lame dit que je ne suis pas là pour croire ou réfléchir.

— Et si, malgré tout, vous me laissiez passer ? Je jetterais un coup d'œil sur Gillie et ça resterait un secret entre vous et moi.

— Navré, milady. Les ordres sont les ordres.

Elle serait raisonnable, songea-t-elle. Elle écouterait les sages conseils de Wyntoun, serait moins protectrice, tâcherait de ne pas trop couvrir le garçon d'attentions.

Elle voulait juste voir Gillie. Un court instant. Ensuite, elle se mettrait au travail, car elle avait beaucoup à faire, notamment aller remercier la vieille Janet pour ses remèdes et l'interroger à propos du visage du garçon.

Après quoi elle irait frapper aux portes de quelques chaumières du village. Maintenant qu'elle était de nouveau sur pied, elle souhaitait rendre visite à Agnès et Gerta, puis à la veuve Meggan et à son incorrigible et nombreuse progéniture.

— Bull, j'ai une idée. Vous montez avec moi, et comme ça, vous…

Le colosse secoua la tête.

— Non, milady.

— Suis-je la seule à qui l'on barre le passage ? Les ordres s'appliquent-ils à tout le monde ?

Bull frotta sa joue râpeuse et recula d'un pas.

— Vous êtes la seule, milady.

— Où est mon mari ? demanda-t-elle sur un ton aussi courtois que possible.

— Il… le maître a eu une dure journée. Il a laissé un message comme quoi vous auriez sans doute envie de passer du temps avec lady Mara, et qu'il vous rejoindrait dès son retour.

Déterminée à obtenir gain de cause, Adrianne croisa les bras et darda sur le marin un regard peu avenant.

— Bull, vos camarades vous ont sans doute raconté qu'on ne m'intimidait pas facilement.

— Oui, milady.

— Vous semblez ignorer que si l'on me provoque, je peux escalader la muraille du donjon et gagner n'importe quelle partie du château sans avoir à utiliser l'escalier dont vous assurez la garde.

En butte au silence du colosse, elle insista :

— M'avez-vous entendue ?

— Oui, milady.

— Mais je suis capable de bien pire. Imaginez qu'éclate ma furie et que je cause des dégâts… Mon époux, votre maître, serait obligé de procéder à des réparations. Et devinez qui il tiendra pour responsable ? questionna-t-elle en le narguant.

Il n'en fallut pas plus pour délier la langue du marin.

— Sir Wyntoun est sur le terrain d'entraînement. Il avait l'intention de chevaucher mais, avec ce mauvais temps, il a préféré s'exercer avec certains de ses hommes.

— Merci, Bull.

— Vous n'allez pas mettre le feu au donjon, n'est-ce pas ?

— Pas pendant que vous serez de garde, rassurez-vous, répondit-elle en lui adressant un sourire chaleureux. Pas ce matin, en tout cas.

Les guerriers épuisés, sales, torse nu, poussèrent les portes des écuries. Ils avaient ferraillé dur. La pluie mêlée à la sueur luisait sur leurs dos musculeux. C'était une journée glaciale, maussade, durant laquelle alternaient bruine et brusques ondées.

À l'abri des écuries, la jovialité fut vite de mise. On s'envoya des seaux d'eau à la figure en s'esclaffant bruyamment.

Wyntoun se fraya un passage dans le groupe qui s'ébrouait et prit un seau des mains d'un palefrenier. Les gardes du château de son père, eux-mêmes d'anciens marins ayant combattu pendant de longues années sous la bannière d'Alexander, avaient servi d'adversaires aux matelots de la Lame de Barra.

À présent, gardes et matelots se livraient à une joyeuse bataille.

— Nous nous sommes absentés trop longtemps, maître, dit Ian. Ces pauvres barbons se sont encroûtés. Ils n'arrivent même plus à tenir une arme !

— Tu sais ce qu'il te dit, le barbon ? J'ai une arme qui tient toute seule, répliqua l'un des guerriers aux cheveux gris avec un geste obscène.

Au milieu de l'hilarité générale, les deux combattants se jetèrent l'un sur l'autre comme deux taureaux lâchés dans l'arène. Leur empoignade somme toute amicale amusa Wyntoun qui s'éloigna discrètement du groupe. Il s'assit sur un seau renversé et examina la plaie qu'il avait à l'avant-bras et qui saignait encore.

— Voulez-vous que je panse votre blessure, sir Wyntoun ?

Il leva un regard surpris sur la blonde Canny qui s'avançait vers lui, une chemise propre à la main.

Dix ans plus tôt, la Lame de Barra avait délivré la famille de la jeune femme des griffes de corsaires nordiques qui dévastaient la côte est de l'Écosse. Canny n'était alors encore qu'une enfant.

Elle était devenue une demoiselle au caractère bien trempé et, ce qui ne gâchait rien, elle était d'une beauté indécente. Ce n'était un secret pour personne : la jeune femme avait toujours eu un faible pour son sauveur et ne cachait d'ailleurs pas son mépris pour Adrianne.

Circonspect, Wyntoun lui répondit :

— Non, mademoiselle. Posez ici cette chemise et regagnez le donjon.

— Quelqu'un doit vous soigner, maître. Si l'entaille est profonde…

Elle s'accroupit, effleura le bras de Wyntoun. Ses seins débordaient presque de son corsage ; sa voix se fit plus sensuelle.

— … je peux m'occuper de vous.

Il la regarda droit dans les yeux.

— Non, Canny. J'ai une épouse qui sait m'entourer d'attentions.

Un sourire mutin courut sur ses lèvres pulpeuses tandis qu'elle détaillait son torse, son abdomen.

— Je me demande comment s'y prend l'Anglaise, car elle n'a pas souvent dormi dans votre chambre, à ce qu'il paraît.

L'audace de la donzelle le prit de court. Par le grand cornu ! jura-t-il en silence. Cette créature possède ce qu'il faut là où il faut.

Il fut en quelque sorte soulagé de constater qu'il n'était pas attiré par elle, malgré ses appas.

Wyntoun entreprit de se redresser mais la jeune femme fit semblant de perdre l'équilibre et se jeta dans ses bras. Le seau en bois céda sous leur poids et ils tombèrent à la renverse sur le sol en terre battue, le corps voluptueux de Canny sur celui du chevalier.

— Par tous les saints ! maugréa-t-il.

— Je n'ai pas oublié l'amant que vous êtes, Wyn, susurra-t-elle avant d'écraser ses lèvres sur les siennes.

Il la fit rouler sur le dos pour s'arracher à son étreinte et réalisa soudain que le brouhaha des hommes avait laissé place à un lourd silence.

Il n'eut pas besoin de se retourner pour deviner qui se tenait campé derrière lui.

— Adrianne ! articula-t-il en se relevant, penaud.

Comme la plupart des hommes autour d'elle, elle avait les bras croisés et observait le spectacle : son mari, ce pourceau doublé d'un traître, vautré dans la paille avec une aguicheuse de premier ordre. Hormis son regard étincelant de colère, elle ne laissait rien transparaître.

L'air menaçant, Adrianne fit un pas en avant. Coll s'interposa et prit Canny par le coude.

— Demoiselle, dit le vieux marin d'un ton sec, vous avez commis assez de dégâts pour aujourd'hui.

Il l'emmena avec lui au-dehors. Adrianne les suivit des yeux jusqu'à ce qu'ils aient disparu, puis revint à son époux qui brisa ce silence insupportable.

— Allez ! Tout le monde dehors !

Les guerriers s'exécutèrent non sans manifester une certaine déception. Ils marmonnaient dans leur barbe parce qu'on les privait de la suite du spectacle – qu'ils auraient commenté ensuite autour d'un pichet de cervoise. Cependant, il n'était pas question d'essuyer les foudres de leur maître.

En un instant, les écuries furent désertes. Il ne resta que les étalons et un moineau peu farouche qui gazouillait sous l'avant-toit.

Il n'avait rien fait de répréhensible, se rassura Wyntoun. Considérant l'air implacable de son épouse, il comprit qu'elle avait tiré des conclusions hâtives. Il allait lui expliquer la situation. En toute simplicité.

C'était plus facile à dire qu'à faire, songea-t-il aussitôt. Le croirait-elle ? Comment réagirait-elle ? Il eut un mauvais pressentiment. Le pirate redouté à des milles à la ronde, le chevalier sans peur et sans reproche flaira le danger.

Il la vit pivoter et saisir l'épée appuyée au mur.

— Nous sommes capables de résoudre le différend sans en passer par là, non ?

Elle souleva l'arme comme pour en évaluer le poids. Il fut impressionné par l'adresse avec laquelle elle maniait l'épée.

— Adrianne ! grogna-t-il. Ne commettez pas d'imprudence.

— Si j'avais été « imprudente », j'aurais déjà arraché le cœur de cette fille. Ou alors, je l'aurais traînée par ses jolis cheveux blonds et l'aurais enfermée dans une cage qu'on aurait suspendue en haut de Duart Castle.

Elle fit un pas en avant. Sa lame décrivit un nouvel arc de cercle.

— Dites-moi, sir Wyntoun... Considéreriez-vous comme déraisonnable qu'une femme, mariée depuis à peine deux semaines, réagisse violemment à la vue de son époux dans les bras d'une coquette ?

Wyntoun resta immobile.

— Détrompez-vous. Ce n'est pas ce que vous croyez.

— Je vous ai pourtant vu en charmante compagnie. Ou aurais-je mal vu ?

Il l'observa qui s'approchait dangereusement.

Certes, la colère d'Adrianne était compréhensible. Son statut d'épouse était en jeu. Quoi qu'il en soit, il admettait mal que cette femme le menace avec une arme pour la seconde fois, sans réaliser pleinement les conséquences de son acte.

— Je remarque, dit-il, que vous avez oublié les termes de notre accord concernant notre mariage.

Il vit une ombre de déception passer sur le visage angélique d'Adrianne. Elle plissa les paupières.

— Très bien. Si vous êtes libre d'agir comme bon vous semble… il en va de même pour moi.

— Ce que femme veut…

— Donc, pour chaque fille que vous attirerez dans vos filets, je serai libre de courtiser n'importe quel homme de mon choix.

Wyntoun se raidit. La proposition d'Adrianne lui faisait l'effet d'une douche froide. Il se voyait déjà en train de tordre le cou du premier scélérat qu'elle prendrait pour amant.

— Vous êtes devenu muet ? railla-t-elle en fendant l'air avec l'épée de son époux.

— Entendu, répliqua-t-il. Mais je vous préviens, les hommes de la Lame de Barra tiennent à leur vie. Par conséquent, ils risquent de ne pas répondre à vos avances.

Elle braqua sur lui un regard noir.

— Vous sous-estimez votre épouse. Ne pensez-vous pas, sincèrement, qu'ils seraient tentés ?

En dépit de l'arme brandie, Wyntoun s'avança, menaçant.

— Adrianne, je ne suis pas en train de vous lancer un défi.

— Au contraire, je crois que si. Et je vous prouverai que vous avez tort.

Brusquement, elle laissa tomber l'épée et tourna les talons. Il se précipita vers elle et lui agrippa le bras.

— Lâchez-moi. Je dois rendre visite à mes prochains amants.

— Adrianne ! grogna-t-il en la faisant pivoter.

Par tous les saints ! Cette femme était une incorrigible provocatrice. Il la dévisagea en s'efforçant de ne pas succomber au désir qui couvait en lui.

— Bon sang ! Vous êtes la femme la plus obstinée que j'aie jamais rencontrée.

— Ne commencez pas à me faire la leçon. Cette fois, ce n'est pas moi qu'il faut réprimander.

— Accordez-moi seulement le temps de vous…

— Laissez-moi tranquille, Wyntoun MacLean ! dit-elle en ôtant vivement la main du chevalier.

Elle se figea et pointa un doigt accusateur sur son torse nu.

— Peu m'importent les termes de notre contrat avant la cérémonie. Dois-je vous rappeler que nous avons prêté serment devant le prêtre ? Je me fiche de vos… pulsions masculines. Tant que vous serez mon mari, vous resterez fidèle, courtois, aimable et attentionné. Vous vous comporterez comme doit se comporter un époux de la famille Percy.

— C'est vraiment ce que vous voulez ? Dans ce cas, j'accepte. À la seule condition que vous vous montriez digne d'appartenir au clan des MacLean.

— Quel culot ! s'emporta-t-elle, j'ai été on ne peut plus vertueuse, espèce de lâche !

— Figurez-vous que le sujet de prédilection des gens de Duart Castle, c'est la longue et suspecte absence de l'épouse du lit conjugal.

Les joues d'Adrianne prirent une teinte cramoisie. Sa repartie eut l'effet escompté, car elle ne répliqua pas aussitôt. Elle finit toutefois par briser le silence embarrassé.

— Tout cela n'est finalement à vos yeux qu'une histoire de coucherie ?

— Pas tout à fait, grommela-t-il, sous le charme de ses prunelles lilas.

Il aurait dû couper court à la discussion, se tança-t-il. Il se trouvait dans une position délicate : il lui reprochait l'attitude distante que lui-même s'était imposée.

Deux nuits plus tôt, il avait connu le supplice de Tantale. La belle créature dont il contemplait le sommeil éveillait en lui un ardent désir qu'il brûlait d'assouvir. Les heures avaient passé et son esprit avait mené une lutte acharnée contre les images érotiques qui affluaient, contre l'irrésistible envie de lui faire l'amour.

Elle l'avait envoûté, et pourtant il avait réussi à quitter la couche nuptiale, à prendre ses distances, à chevaucher et s'emplir les poumons de l'air vivifiant de l'hiver.

— Si vous répondez avec aussi peu d'enthousiasme, c'est que cela doit être vrai. J'en ai assez de me soucier du nombre de filles qui attendent de vous séduire. J'en ai assez des ragots. Je les entends d'ici : « Il a épousé un glaçon. Ce pauvre chevalier, rejeté par sa sotte d'épouse. »

Adrianne avait ôté son masque impénétrable. Wyntoun lisait en elle comme en un livre ouvert, à la page des souffrances. Il devait lui parler, la rassurer.

— Ce que vous avez vu tout à l'heure n'est pas ce que vous…

— Assez ! Je n'ignore pas qu'une épouse doit tôt ou tard perdre sa virginité. En ce qui me concerne, je vous ai promis un héritier.

Elle baissa les yeux, pivota et marcha lentement le long de l'allée médiane.

— Puisqu'il le faut, allons-y, Wyn. La dernière stalle sur la gauche est peut-être déserte.

Estomaqué, il la considéra un long moment. Était-ce bien elle qui avait prononcé ces paroles ?

— Adrianne ! appela-t-il en lui emboîtant le pas.

Était-elle sérieuse ? L'idée qu'elle puisse s'offrir à lui l'excita. Lorsqu'il fut à sa hauteur, elle se tenait déjà dans la stalle qu'elle avait « proposée » et délaçait le dos de son corsage.

Campée dans l'entrée, les bras ballants, il riva ses yeux écarquillés sur son audacieuse épouse. Il eut beau résister, se dire que ce n'était qu'un mirage, son sexe enfla sous son kilt.

— Vous le savez, je n'ai jamais… fait… cela, balbutia-t-elle en évitant le regard de Wyntoun. Étant donné que vous-même êtes déjà torse nu, c'est à mon tour d'ôter le haut. Est-ce ainsi que cela se passe ? Je ne me souviens pas d'avoir vu les filles de cuisine se déshabiller devant leur galant quand je les observais.

Elle fit glisser le corsage jusqu'à ses hanches. La chemise blanche était presque transparente. Wyntoun déglutit.

— J'essaie de me dire, ajouta-t-elle, que si vous exposez votre torse sans honte, il doit en être de même pour moi.

Elle se déhancha et la robe tomba à ses pieds. Visiblement embarrassée, elle carra les épaules pour se donner du courage. Il ne put détacher les yeux des mamelons qui se dressaient sous la chemise.

Ses bras étaient élancés mais énergiques, ses jambes de nymphe avaient la grâce de l'albâtre sculpté. Quand Adrianne détacha ses cheveux de jais, le fin vêtement qu'elle portait encore bougea imperceptiblement sur ses courbes, son ventre, le haut de ses cuisses. Telle de la soie, ses boucles brunes ondulèrent sur ses épaules.

— Nous ferons taire les rumeurs, poursuivit-elle. Dites-moi simplement quand je dois pousser des petits cris. Après ce jour, aux yeux de vos gens, je serai de nouveau la séductrice et vous partagerez la couche de qui vous voudrez sans que cela ne dérange personne.

Si elle continuait à l'émoustiller ainsi, il perdrait la raison, songea Wyntoun. Cependant, le doute s'instillait en lui. L'âpre réalité, les termes du contrat qu'ils avaient conclu lui revenaient régulièrement en tête.

Elle entreprit de dénouer le ruban de sa chemise, dernier rempart avant la nudité.

— N'allez pas plus loin, dit-il d'une voix grave. Nous ne pouvons pas agir de manière aussi légère.

— Vous ne me désirez pas ?

— Si, mais là n'est pas le problème. N'importe quel homme aurait envie de vous.

— Donc vous me désirez.

— Bien sûr, mais je ne voudrais pas vous déshonorer, Adrianne.

Elle s'efforça de dissimuler les larmes qui embuaient son regard.

— Je ne vous crois pas. Vous me détestez au point que vous refusez le moindre instant d'intimité partagée. Qu'ai-je de moins que toutes ces femmes qui ont connu la vigueur de votre masculinité ?

Il faillit éclater d'un rire moqueur mais se ravisa.

Pourquoi se sentait-il impuissant ? Il ne put maîtriser les battements de son cœur. Que s'était-il passé pour qu'elle l'émeuve à ce point ?

Wyntoun s'approcha d'Adrianne et l'étreignit. Il couvrit de baisers fougueux sa nuque, ses oreilles, son front, ses joues et sa bouche. Ce n'était qu'une infime manifestation de la passion qui sourdait en lui.

Elle s'arracha un court instant à leur étreinte.

— Dites-moi que vous me désirez, chuchota-t-elle en caressant son torse velu.

— Ceci devrait chasser vos doutes, répliqua-t-il en guidant la main de la jeune femme vers le renflement de son kilt.

Elle hésita une seconde avant de glisser ses doigts sous le vêtement de laine et de toucher son membre turgescent. Il ne put réprimer un râle de plaisir.

— Répétez-le-moi, Wyntoun.

— Je veux vous prendre, Adrianne, me fondre en vous. Je vous veux comme jamais je n'ai voulu une femme.

— Ça m'a l'air très prometteur, susurra-t-elle. Prends-moi, je suis ta femme.

Exalté par l'audace de son épouse, il la souleva et l'adossa contre le mur le plus proche.

— Est-ce une position typiquement écossaise ? s'enquit-elle, mutine.

— Une parmi tant d'autres, dit-il en agrippant sa chemise.

Le léger vêtement se déchira jusqu'à la taille d'Adrianne. Ses yeux gourmands dévorèrent ses seins ronds, deux fruits qu'elle lui offrait.

— L'époux doit-il commencer par arracher la chemise de son épouse ?

— Je te rappelle que c'est ce que tu avais fait lors de notre nuit de noces.

— J'ai fait ça ? demanda-t-elle d'un air faussement innocent.

Adrianne baissa nonchalamment les paupières et émit un petit gémissement quand il effleura ses mamelons dressés par le désir. Il la serra plus fort contre ses cuisses d'acier, promena une main avide sur la peau veloutée de son ventre qu'un léger frisson parcourut.

— Tu as froid ?

Elle secoua négativement la tête.

— Au contraire… murmura-t-elle. Je… je n'ai pas de mots pour exprimer ce que je ressens.

Il l'embrassa éperdument, caressa ses cheveux soyeux. Ses lèvres cheminèrent le long de sa nuque, descendirent, laissèrent des traces de feu sur la peau d'albâtre de son épouse. Avec délice il lui suçota le bout des seins.

— Attends ! dit-elle, le souffle coupé. Il y a… il faut que je te donne moi aussi du plaisir.

Au lieu d'attendre, ainsi qu'Adrianne le lui demandait, il poursuivit la découverte de son corps sublime et glissa un doigt tendrement explorateur dans les plis de son intimité.

Elle écarquilla ses magnifiques yeux lilas.

— Je… Dépêche-toi de me dire comment… bredouilla-t-elle. Je veux te…

— Tu ne peux pas t'empêcher de parler, n'est-ce pas ? Tais-toi, ma mie, et laisse-moi t'emmener au septième ciel.

Leurs bouches s'unirent en un baiser impétueux. Sous son indécente caresse, elle frémit d'aise, haleta. Soudain, elle étouffa un gémissement, s'arc-bouta.

Prêt à la couvrir de caresses, il la souleva et l'emmena dans un recoin de la stalle. Délicatement, il l'allongea sur la paille.

— Je ne voulais pas que ta première fois se déroule ainsi, dans un décor aussi peu romantique, chuchota-t-il en s'agenouillant auprès d'elle.

— Si je me souviens bien, Wyn, tes gens nous avaient préparé une chambre nuptiale dont rêverait n'importe quel couple... J'ai laissé passer cette chance en te proposant une escapade nocturne.

Elle le regardait avec envie. Nue comme la main, elle ouvrit les bras pour l'inviter à la rejoindre. Il ôta précipitamment son kilt.

— Adrianne, je vais te faire l'amour et rien ne sera plus comme avant.

Elle contempla son érection, se redressa pour effleurer son sexe pareil à une colonne de marbre brûlant.

— Oh ! s'extasia-t-elle. C'est fascinant.

— Il suffit que tu me touches pour que toutes mes résolutions fondent comme neige au soleil.

Wyntoun s'allongea au-dessus d'elle qui s'offrit à lui. Va doucement ! s'ordonna-t-il. Or, elle ondulait sous lui, telle la lave d'un volcan. Sous les paupières mi-closes d'Adrianne brûlait la flamme de la passion. Sur le point de la pénétrer, il se figea.

— Nous ne pourrons plus revenir en arrière, tu le sais ? dit-il en lui caressant le visage. À partir de maintenant... c'est pour toujours... à jamais...

Le regard ardent d'Adrianne suffit à le convaincre. Il entra en elle, sentit son fragile hymen se déchirer.

Elle lui agrippa vivement les épaules mais ne poussa aucun cri de douleur. Elle était cependant tendue. Aussi délicatement que possible, il s'enfonça en elle et entreprit un lent va-et-vient en s'efforçant de maîtriser le brasier qui le consumait.

Ils roulèrent sur le sol recouvert de paille. Elle le chevaucha, inclina son buste ; ses seins effleurèrent les lèvres gourmandes de Wyntoun.

Lui tenant fermement les hanches, il se fondit en elle. Leurs corps entamèrent un ballet érotique ponctué de gémissements de plaisir. Plus il accélérait le mouvement, plus elle lui susurrait à l'oreille des mots doux, des mots crus, des mots d'amour.

Quand Adrianne poussa un cri d'extase, il sentit venir la jouissance et s'abandonna en elle. Instinctivement, leurs bouches se joignirent dans un baiser qui scella magnifiquement leur union.

Le temps sembla ensuite se suspendre. Ils s'embrassèrent tendrement, s'arrachèrent lentement à leur étreinte, comme émergeant d'un rêve, et se contemplèrent.

L'un et l'autre souriaient aux anges.

Wyntoun passa une main dans la soyeuse masse noire des cheveux d'Adrianne, admira ce visage ensorceleur.

Le moineau perché sur une poutre se mit alors à gazouiller au-dessus d'eux.

Le cœur de Wyntoun s'emplit de joie quand il réalisa qu'il était irrémédiablement lié à la plus belle, la plus courageuse et la plus généreuse des femmes qui peuplaient cette terre.

[illegible]

[illegible]

[illegible]

[illegible]

[illegible] la plus belle, la plus [illegible]

[illegible]

[illegible]

21

Incapable de rester en place, elle arpentait sa cellule, à l'affût du moindre bruit qui signalerait le retour du chevalier.

Après la visite inattendue de sir Henri, Diana Percy avait passé deux jours et deux nuits à ressasser les moments d'intimité qu'ils avaient partagés. En proie à un terrible sentiment de culpabilité, elle n'avait pu trouver le sommeil. Elle s'était levée, avait prié en marchant, s'était recouchée…

Finalement, la nuit noire avait laissé place aux premières lueurs de l'aube et la voix de la raison avait balayé le doute qui la rongeait.

Par un pur hasard, elle avait découvert que la barre bloquant l'épaisse porte en chêne avait disparu. Au petit matin, sa gardienne, toujours aussi impassible, lui avait apporté le petit déjeuner. Quand la vieille femme s'était éclipsée, personne n'avait remis la barre de fer en place.

Étrange, s'était-elle dit.

Elle avait entrepris de vérifier et grimacé en entendant la porte tourner sur ses gonds rouillés et criards. Aucun garde n'était en vue. En prisonnière résignée, elle avait cependant regagné sa cellule pour s'abîmer dans une nouvelle et pénible journée de solitude.

Comme la nuit tombait de nouveau, Diana prit son courage à deux mains et décida de sortir de sa cellule pour aller explorer les couloirs du château. Lorsqu'elle posa le pied sur la première marche de l'escalier, son cœur se mit à battre à coups redoublés. Jusqu'où la laisserait-on errer ? Qui sait… peut-être sir Henri s'était-il enfin décidé à la traiter en invitée plus qu'en prisonnière ?

Campée devant l'entrée de la salle d'étude de sir Henri, elle aperçut un garde au fond du corridor. Ses espoirs de liberté s'évanouirent. L'air absent, le guerrier regardait par la meurtrière donnant sur la cour intérieure.

Allait-elle battre en retraite ou se réfugier dans le bureau ? Indécise, elle resta immobile une longue minute puis elle ouvrit la porte. La pièce était aussi vide que lors de sa première intrusion.

On avait mis un peu d'ordre sur la table de travail. Hormis cela, rien n'avait bougé, ni le bouclier encadré du voile bleu azur ourlé d'or ni le banc à haut dossier près de la cheminée.

Qu'allait-elle bien pouvoir dire à sir Henri ? Il attendait patiemment sa réponse, mais que répondre ?

La perspective d'une vie commune avec le meilleur ami de son défunt époux lui colora les joues de honte.

Doux Jésus ! Elle n'avait rien fait de mal. Diana se considérait comme une épouse modèle. Jamais elle n'avait trompé Edmund, pas plus qu'elle n'avait provoqué Henri Exton, et encore moins imaginé qu'il puisse avoir des vues sur elle.

Si leur relation avait changé, sir Henri en était le seul responsable. Oui, c'est lui qui avait éveillé en elle ce tourbillon de sensations inédites ou oubliées. Lui seul était coupable.

Diana effleura ses lèvres en souvenir du baiser qu'ils avaient échangé. Il l'avait embrassée avec une telle fougue qu'elle en éprouvait encore la chaleur.

Ressaisis-toi ! se gourmanda-t-elle.

Mille pensées fulguraient en elle. Sir Henri s'était exprimé avec sincérité et avait mentionné les dangers qui la menaçaient. Impossible de ne pas songer aux périls qui rôdaient... Plus elle réfléchissait à sa proposition, plus elle doutait. Et pourtant, il avait parlé avec sagesse. Si elle accordait crédit à ses paroles, elle méritait des réponses à ses questions.

Elle fit un effort surhumain pour se concentrer sur le mobilier, jeta un regard par la fenêtre. Le château appartenait sans doute à sir Henri. Dans la région du Northumberland, peut-être. Non, se dit-elle, plus au sud.

À peine venait-elle de s'asseoir sur le banc à haut dossier que des voix retentirent dans le corridor. Elle sursauta.

Un instant plus tard, Henri Exton en personne entrait. Diana eut toutes les peines du monde à dissimuler son émoi quand elle leva les yeux sur ce visage d'une beauté fascinante.

— Lady Diana ! s'exclama-t-il avec surprise.

Un sourire éclatant illumina les traits du chevalier.

Tandis qu'elle s'avançait, hésitante, elle remarqua un homme encapuchonné qui se tenait derrière lui. Elle ne le connaissait pas, mais lut dans son regard qu'elle, en revanche, ne lui était pas inconnue. Elle considéra sir Henri avec circonspection. Il se tourna aussitôt vers le religieux.

Nerveuse, elle joignit les mains et patienta pendant que les deux hommes échangeaient quelques mots à voix basse. Puis l'homme disparut. Sir Henri ferma la porte derrière lui. Le feu qui brûlait dans la cheminée répandait une lumière dorée.

Lorsqu'il fit volte-face, leurs regards se croisèrent de nouveau. Un frisson parcourut Diana.

— Désirez-vous quelque chose à manger ou à boire, milady ?

— Non, merci. Je ne suis pas venue ici pour cela.

Quand il fit un pas en avant, elle pivota et contourna le bureau d'un air dégagé. Rien n'y faisait, se dit-elle. Impossible de nier l'évidence : rester seule avec lui la troublait au plus haut point. Se remémorant la proposition concrète du chevalier, elle se sentit brusquement comme une biche traquée par le chasseur.

Pourtant, elle était venue de son propre gré.

— Quelles que soient les raisons de votre présence, Diana, je suis enchanté de vous voir.

S'il continuait de la regarder ainsi, avec convoitise, elle ne résisterait pas longtemps à l'appel du désir, aux sirènes de la passion. Il fallait qu'elle prenne la parole.

— Henri, dit-elle en s'éclaircissant la voix, si je suis ici, c'est pour que vous apportiez des réponses à mes interrogations.

— Je suis malheureusement tenu au secret.

— En fait, répliqua-t-elle en secouant la tête, les questions que j'aimerais vous poser aujourd'hui n'ont rien à voir avec celles que je vous ai posées hier.

Le chevalier garda le silence.

— Ces… ces questions ont un rapport avec… avec ce dont vous m'avez parlé dans… dans ma cellule.

— Cela concerne ma proposition de mariage, n'est-ce pas ?

Diana baissa les yeux sur ses mains qui trituraient nerveusement les plis de sa jupe. Puis elle releva la tête et soutint le regard d'Henri.

— J'ai beaucoup réfléchi… et il y a certaines choses que je ne comprends pas.

— Demandez-moi, répondit-il posément.

Diana redressa les épaules et fixa un point sur le mur, derrière son interlocuteur.

— J'aimerais que vous mettiez provisoirement de côté les événements récents.

Il opina.

— Je vous connais depuis de longues années en tant qu'ami intime de mon époux. Ces deux derniers jours, j'ai pensé à Edmund. S'il était à votre place, qu'aurait-il fait ? Comment aurait-il réagi face à la détresse de l'épouse de son ami ? Une femme traquée, emprisonnée…

Le visage du chevalier se rembrunit.

— Sir Henri, je tiens à ce que vous sachiez que malgré les épreuves passées et futures, jamais, au grand jamais, je ne permettrai à un homme de m'épouser par pitié… ou par esprit chevaleresque… ou je ne sais quel sens aigu du devoir.

— Ce ne sont ni l'honneur ni la pitié qui motivent mes sentiments à votre égard.

— Dans ce cas, expliquez-moi ce qui vous incite à demander ma main. Qu'avez-vous à y gagner ?

— Je pensais avoir été clair le matin où je vous ai déclaré ma flamme.

Il fit un pas en avant.

— Je serais heureux de vous réitérer ma…

— Milord, gardons nos distances, dit-elle en lui ordonnant de ne pas bouger. Mettez-vous un instant à ma place et songez à la confusion que vous avez semée dans mon esprit.

Il ne s'exprima pas immédiatement. Tandis qu'il l'observait, des rides s'imprimèrent au coin de ses yeux et adoucirent son regard. Il sourit avant de briser le silence.

— Je suis ravi d'apprendre que vous êtes confuse. Mais peut-être devriez-vous formuler vos doutes, vos craintes.

— Henri, vous savez comme tout le monde qu'après la mort d'Edmund, nos terres ont été confisquées sans qu'il y ait le moindre espoir de les récupérer. La fortune de ma famille s'est volatilisée et les soldats du roi sont à mes trousses. Je n'ai hélas ! pas d'ami à la cour d'Angleterre qui puisse m'aider. Personne n'oserait prononcer mon nom en présence du roi.

— Tout cela ne m'intéresse pas, milady.

— Qu'est-ce qui vous intéresse, au juste ? Je ne suis pas sotte au point de me croire encore une belle femme. Sir Henri, j'ai quarante-cinq ans. Je n'ai aucune dot à vous offrir et suis trop âgée pour avoir un enfant. Ce dont vous avez besoin, c'est d'une jeune femme qui vous donne un héritier.

— Transmettre mon héritage est le cadet de mes soucis.

— Vous avez tort. Un bel homme tel que vous devrait trouver une demoiselle respectable… et plus jeune que moi. En revanche, je peux vous être utile. J'ignore encore si mes efforts ont porté leurs fruits mais j'ai organisé la rencontre entre mes filles et leurs potentiels époux. Si vous m'y autorisez, je…

— Diana, je n'ai pas besoin d'une entremetteuse.

Elle fronça les sourcils. La lueur d'amusement dans le regard bleu azur d'Henri la déconcerta.

— Parfait, répliqua-t-elle. Débrouillez-vous pour chercher votre promise.

— C'est ce que je suis en train de faire en ce moment même.

Tandis qu'il avançait, Diana recula imperceptiblement.

— Henri, je pensais m'être fait comprendre. Je ne suis pas…

Il l'interrompit, lui prit les mains. Ils s'immobilisèrent.

— Vous êtes la femme qui a ravi mon cœur.

Diana faillit protester mais ses paroles moururent sur ses lèvres quand il l'embrassa avec fougue. Elle eut l'impression d'avoir été frappée par la foudre.

Lorsqu'il mit fin à leur baiser, elle ne sentait plus le sol sous ses pieds. Elle dut s'accrocher aux bras robustes du chevalier pour ne pas tomber en pâmoison.

— C'est vous que je désire, Diana. Mon affection… non, mon amour pour vous n'a jamais faibli.

— Je ne… bredouilla-t-elle. Henri, ouvrez les yeux ! Je n'ai plus vingt ans.

— Moi non plus. J'ai même cinq ans de plus que vous. D'ailleurs, peu importe l'âge. Vous aurez beau vous affliger des pires défauts, ma très chère Diana, vous serez toujours à mes yeux la perfection faite femme. Vous êtes le trophée inaccessible, le rêve devenu réalité.

Ses mains vigoureuses lui encadrèrent le visage. Elle plongea ses yeux dans les siens. Ce bleu d'azur était le plus beau bleu qu'elle ait jamais vu, pensa-t-elle.

— Épousez-moi, Diana. Accordez-moi ce bonheur.

Il s'interrompit, resta un long moment sans parler. Leurs regards étaient rivés l'un à l'autre quand il poursuivit :

— Donnez-vous le temps de mieux me connaître et de vous attacher à moi... un jour...

Un jour, se répéta-t-elle. Comment lui dire ce qu'elle éprouvait alors qu'elle osait à peine se l'avouer ? Elle prit une inspiration et s'ébroua mentalement.

— Il m'est impossible de songer à mon avenir tant que celui de mes filles demeurera incertain.

Le chevalier fronça les sourcils et jeta un coup d'œil au voile qui encadrait le bouclier. Diana décela sur son visage les signes d'une bataille intérieure.

À l'évidence, Henri dissimulait certaines informations concernant Laura, Adrianne et Catherine. Sans doute était-il pieds et poings liés par le serment prononcé lors d'une assemblée des Chevaliers du Voile.

— Dans ce cas, épousez-moi pour le bien-être de vos filles, dit-il.

— Que voulez-vous dire ?

— Je vous ai gardé captive plus que je n'aurais dû. Bientôt, à moins que vous n'acceptiez ma proposition, je ne pourrai plus rien pour vous.

Il lui caressa la joue.

— Et lorsque vous partirez, ajouta-t-il, nous ne nous reverrons plus. Je vous aurai perdue. Quoi qu'il en soit, je vous demande de penser à vos filles.

— Qu'y a-t-il ? s'alarma-t-elle. Que savez-vous d'elles ?

— Je présume que vous avez déjà deviné qu'elles ont été informées de votre capture.

Une soudaine panique s'empara de Diana. Elle mentit.

— Oui…

— Vous savez alors qu'elles vont partir à votre recherche.

— Non, elles ne viendront pas, affirma Diana en s'efforçant de paraître convaincue.

Néanmoins, l'obstination étant un trait de caractère largement partagé par la famille Percy, elle se doutait qu'elles ne resteraient pas les bras croisés.

Il eut une moue dubitative.

— Bien sûr que non… ironisa-t-il. Je vous en prie, Diana, réfléchissez. Plutôt que de les laisser parcourir toute la campagne anglaise et s'exposer aux pires dangers, ne vaudrait-il pas mieux les informer de votre présence chez moi, dans les Borders ? C'est par là qu'elles commenceraient, en implorant mon aide… si elles souhaitaient délivrer leur mère.

Ah… voilà donc la région où on la tenait prisonnière. Dans les Borders, frontière entre l'Angleterre et l'Écosse. Dans l'enceinte du petit château que possédait sir Henri dans les Cheviot Hills. Tout près de la grande et sombre forêt de Kielder, le repaire de voleurs de grand chemin.

Elle se concentra de nouveau sur ses filles et les dangers auxquels Henri faisait allusion.

— Allez-vous leur tendre une embuscade ? Est-ce ce que prépare votre confrérie ? Que va-t-il arriver à mes enfants ? Vous complotez avec eux, c'est cela ?

Effarée, Diana le dévisagea.

— Croyez-vous que nous aurions cette discussion si j'avais en tête un projet aussi détestable ? Non. Mon château ne sera jamais le cadre de telles exactions. En outre, si vous consentez à devenir mon épouse, je protégerai vos filles comme si elles étaient les miennes.

Il lui prit tendrement le menton.

— Raison de plus pour accepter ma proposition. Faites-le pour elles.

Tous les arguments de sir Henri Exton tourbillonnaient dans l'esprit enfiévré de lady Diana Erskine Percy.

Le temps leur était compté.

Diana hésita, poussa un soupir. Sa décision était prise.

— Très bien, Henri. Combien de jours cela prendra-t-il ? Combien de temps vous faut-il pour organiser ce mariage ?

Les prunelles bleu azur du chevalier s'illuminèrent brusquement. Cette lueur qu'elle venait de déceler était-elle celle du bonheur ?

Henri Exton semblait aux anges.

— Attendez ici, mon amour ! lança-t-il. Je vais chercher le prêtre. Il va nous marier dans la demi-heure.

22

L'inquiétude se peignit sur le visage d'Adrianne.

Quelque chose clochait, se dit-elle en balayant la salle des yeux. L'ordre habituel régnait à l'intérieur du cottage de maître John et de Janet. Les mêmes cadeaux encombraient les rebords de fenêtres et la grande table en chêne massif. Au plafond étaient toujours suspendues les fleurs séchées et les herbes médicinales.

Pourtant, le décor n'était plus tout à fait le même. Il manquait la vitalité, l'éclat, la chaleur habituels.

Adrianne s'approcha de l'âtre. À l'aide d'une louche, elle remplit un bol du bouillon qui chauffait dans la marmite et l'apporta à Janet. La vieille guérisseuse se redressa avec effort dans son lit et accepta le breuvage avec un sourire bienveillant.

— Je devrais déjà être debout et m'affairer, marmonna-t-elle.

— C'est hors de question ! répondit Adrianne en rinçant des récipients en bois qu'elle disposa sur une étagère. Je vous interdis de bouger. Vos jambes ont besoin d'un peu de repos. Vous vous lèverez quand vous vous sentirez mieux.

— Demoiselle, ne commencez pas à vous faire de la bile pour moi.

Sur la table, Adrianne rassembla des brins d'herbes aromatiques qu'elle noua ensemble.

— Détrompez-vous. Je ne me fais de bile pour personne.

— Par la Sainte Vierge ! rétorqua Janet en feignant l'agacement. Vous êtes plus têtue qu'une mule. Mais... pour être tout à fait franche, je vous aime telle que vous êtes. Vous êtes plus généreuse que tous les habitants de cette île réunis.

Évidemment, songea Adrianne, la guérisseuse n'incluait pas son époux, son compagnon de toujours. En leur rendant quotidiennement visite, elle avait remarqué la réticence du vieux marin à quitter le foyer chaque fois qu'il devait gagner les quais.

La jeune femme constatait avec regret que la santé de Janet déclinait de jour en jour. Adrianne l'avait observée attentivement et avait perçu une tristesse, une lassitude anormales. La guérisseuse promenait lentement son regard d'un objet à l'autre.

Adrianne comprit soudain ce qui tourmentait la vieille femme. Elle n'aurait su expliquer cette soudaine lucidité, mais elle avait mis le doigt sur l'une des racines du mal qui rongeait son amie.

La solitude.

Pour Janet, c'était un calvaire dont elle ne disait mot.

Ses jambes percluses de rhumatismes la faisaient souffrir depuis quelque temps. Assaillie de pensées sur sa condition d'être mortel, la vieille femme avait cessé de songer à son avenir – proche ou lointain.

Elle et John n'avaient jamais connu le bonheur d'être parents. Il n'y avait pas d'enfants pour leur rendre visite. Aucune petite-fille ne jouerait à la marelle dans la cour. Personne ne viendrait au cottage à moins d'avoir besoin des services de Janet ou de John.

Tandis qu'elle suspendait le bouquet d'herbes, Adrianne jeta un coup d'œil à la vieillarde alitée. Si seulement elle avait une solution, se dit-elle, une idée pour lui faciliter l'existence, soulager ses douleurs et lui remonter le moral !

Leurs regards se croisèrent.

— Arrêtez donc de travailler et venez me tenir compagnie, demanda Janet.

Adrianne donna un dernier coup de chiffon à la table avant de s'asseoir au chevet de la vieille femme. La main parcheminée de la guérisseuse prit celle de sa protégée.

— Avez-vous donné de la bryone à Gillie, comme je vous l'avais suggéré ?

— Oui, j'ai pilé les racines de cette plante et, pas plus tard qu'hier, il m'a annoncé que son visage ne le démangeait plus autant qu'avant.

— Mais il porte toujours son bonnet de laine, non ?

— Comme pour tout le monde, ses habits sont en laine. J'ai fait ce que vous m'avez dit et j'ai examiné ses coudes et la peau derrière ses genoux. Il y a effectivement des cicatrices et de minuscules plaies qui suppurent.

— Eh bien, on ne peut guère faire plus pour l'instant. Avec l'hiver, il est obligé de rester couvert. Continuez à lui appliquer les mêmes onguents sur le visage. Au printemps, voyez avec Wyntoun s'il autoriserait Gillie à être vêtu de cuir. C'est ainsi qu'il guérira.

Adrianne et Janet avaient eu amplement le temps de parler du garçon. En voyant Gillie pour la première fois, la vieille femme avait compris qu'il était fragile et que l'eczéma avait plusieurs origines : la laine et le lait dont on l'avait nourri.

Au cours de sa longue vie de guérisseuse, Janet avait soigné des centaines de parents et d'enfants, et notamment une fillette qui présentait plus ou moins les mêmes signes.

Tant que Gillie garderait son bonnet vissé sur la tête, il se gratterait. Adrianne l'avait toujours vu se gratter la joue, le cou et les genoux.

— Vous êtes sûre qu'il n'existe pas d'autre tanneur dans l'île ? s'enquit-elle.

Janet hocha la tête.

— Dylan est le seul que je connaisse. Depuis qu'il habite ici, les MacLean l'ont toujours envoyé sur les terres des Highlands durant l'hiver afin qu'il collecte les peaux chez les chasseurs.

Déçue, Adrianne se redressa pour se remettre à la tâche. Janet la retint.

— Quelqu'un vous a-t-il dit que Canny se rendait à Oban cette semaine ?

— Oui, Wyntoun m'en a parlé ce matin, répondit la jeune femme en prenant le bol des mains de son amie. Elle doit encore m'en vouloir de l'avoir humiliée devant ses gens, mais je ne...

— Elle n'a personne, ici. Ce Dylan, le tanneur, est son père. D'ailleurs, il passe plus de temps à Oban qu'à Duart Castle. Sa fille connaît plus les gens de là-bas. Si j'étais à sa place...

Elle secoua la tête.

— Peu importe. Quoi qu'il en soit... elle serait plus heureuse avec son père. Ici, elle ne s'attire que des ennuis.

Adrianne posa le bol sur la table et fut presque soulagée d'apprendre que la blonde Canny serait absente et cesserait donc de représenter une menace. Au cours de cette semaine, songea-t-elle, elle et Wyntoun avaient entretenu d'excellentes relations. Elle refusait que cette fille vienne gâcher tout cela.

— Je lis sur votre visage, constata Janet, que la situation s'arrange nettement entre vous et votre époux.

La jeune femme tombait toujours des nues quand la guérisseuse semblait lire dans ses pensées.

— Effacez Canny de votre esprit. Vous verrez, dans deux semaines, vous aurez oublié cette histoire.

Adrianne opina. Elle ne songeait plus à la servante, mais au père de celle-ci. Un tanneur. L'artisan qui pourrait confectionner de nouveaux vêtements pour Gillie. Ce Dylan était peut-être la solution. Si elle suivait les conseils de Janet, si le changement d'habits s'avérait efficace, le garçon cesserait de se gratter. Ses plaies et ses croûtes disparaîtraient. Il n'aurait alors plus à se cacher.

La dignité retrouvée de Gillie valait bien une conversation avec Canny.

Oui, il fallait qu'elle lui parle.

Mensonges et trahisons.

Lorsque le moine s'était plongé dans la contemplation des flammes, devant l'immense âtre de la grand-salle, ces mots et tout ce qu'ils signifiaient lui étaient apparus.

Encore maintenant, immobile face à la porte ouvrant sur le bureau du comte d'Athol, Benoît savait qu'il aurait à composer. Qui mieux que lui pouvait comploter tout en restant dans la place ?

Il serait le confident des personnes qu'il ne se gênerait pas de duper ensuite.

Il poussa un juron inaudible en songeant à Wyntoun MacLean. Il regrettait amèrement de s'être confié à la Lame de Barra et de l'avoir renseigné sur ses intentions à propos de Tiberius. À l'heure qu'il était, ce serviteur de Satan avait déjà dû le trahir.

Pas de panique ! s'ordonna-t-il. Il tâcherait d'en savoir davantage en faisant parler les sœurs Percy. Catherine semblait la plus à même de coopérer.

Le mois dernier, il avait rencontré la Lame dans la crypte d'Ironcross Castle, à une demi-journée de cheval au sud, et celui-ci lui avait promis de l'aider à enlever l'une des sœurs Percy.

S'il y avait eu des nouvelles, il aurait été mis au courant, songea-t-il.

Heureusement, il avait gagné la confiance de Catherine Percy Stewart. De la bouche de celle-ci, il avait appris que la Lame de Barra avait été envoyé en mission. Le scélérat ne lui avait pas soufflé mot de son départ pour les îles Hébrides ! L'infâme coquin devait chercher la benjamine des sœurs Percy afin de lui subtiliser son morceau de la carte du trésor de Tiberius.

Une petite voix insidieuse lui murmurait qu'il s'était fait rouler dans la farine. La Lame de Barra s'était peut-être déjà emparé d'une part du trésor.

La trahison avait un nom : MacLean.

Benoît fit un effort surhumain pour juguler la fureur qui sourdait en lui.

— Combien de temps ces abrutis vont-ils encore parlementer ? grommela-t-il.

Sur les coups de dix heures, des inconnus à cheval étaient arrivés à Balvenie Castle. Une fille de cuisine avait confié à Benoît que ces hommes venaient de la côte ouest des Highlands. Depuis, ils se trouvaient dans le bureau du comte d'Athol.

Catherine, Laura et son insolent mari s'étaient joints à cette réunion impromptue… et mystérieuse.

Deux interminables heures s'étaient écoulées.

— Puis-je vous aider, frère Benoît ?

Le moine efflanqué se retourna et reconnut Adam, le frère bâtard du comte. Comme toujours, le Highlander ne cachait pas son mépris pour lui.

Le regardant de pied en cap, Benoît se demanda si l'hostilité de cet homme était due à ses années d'emprisonnement dans les geôles anglaises.

Il chassa cette pensée fugitive. Pourquoi se souciait-il des sentiments d'un Highlander de la pire espèce ?

— Je… je cherchais la comtesse, finit-il par répondre.

— Et… chaque fois que vous êtes passé devant cette porte ce matin, vous la cherchiez ?

— Oui, répliqua posément le moine.

— Pourquoi ne confiez-vous pas un message à l'un des domestiques ?

— Mon message est important.

— C'est-à-dire ? questionna Adam en fronçant un sourcil soupçonneux.

— Assez important pour que je souhaite le remettre en main propre.

D'un air dédaigneux, le Highlander fit un pas en avant.

— Dans ce cas, nous devrions tous deux entrer dans cette pièce et interrompre une réunion qui ne vous concerne pas. Vous seriez alors en mesure de voir la comtesse. À moins que vous ne préfériez rester là, à écouter aux portes ?

Piqué au vif, Benoît se raidit. Ses doigts effleurèrent nerveusement la dague dissimulée sous sa tunique.

Une voix féminine les interrompit.

— Vous voilà, Adam !

Le religieux se tint en retrait tandis qu'avançait une jeune et jolie femme. Il s'agissait de Susan, parente éloignée du comte d'Athol, et future épouse de ce malandrin d'Adam.

Benoît feignit l'indifférence et observa le changement sur le visage du Highlander. Son expression s'était adoucie ; il paraissait presque vulnérable.

Le moine efflanqué s'inclina pour saluer la demoiselle.

— Bonjour, frère Benoît, lança-t-elle. Adam, quelqu'un vous a-t-il dit s'il fallait installer des couchages dans la grand-salle pour les hommes des MacLean pour cette nuit ? Par contre, s'ils dorment dans le bâtiment du corps de garde…

— Ce n'est pas la peine. J'ai cru comprendre qu'ils chevaucheraient de nouveau vers l'ouest dès la fin de l'entrevue.

Le Highlander caressa le bras de sa promise.

— À propos, ajouta-t-il, j'aimerais discuter avec vous d'un sujet tout autre…

Benoît en avait assez entendu. Il s'agissait donc d'hommes appartenant au clan MacLean. Il n'avait pas besoin d'autre preuve : ce scélérat de Wyntoun l'avait poignardé dans le dos !

Benoît s'éloigna du couple et s'engagea dans le corridor.

On ne tarderait pas à le convoquer dans le bureau d'Athol, pensa-t-il. Quel funeste message avaient colporté les hommes de sir Wyntoun ? Que répondrait-il aux accusations ?

En compagnie de son cousin Alan, Wyntoun gravissait la colline menant à Duart Castle. La neige tombée environ une heure plus tôt formait déjà çà et là des plaques de verglas. Il jeta un regard inquiet en direction des eaux calmes de la baie où flottait *Le Barra* qu'une fine couche de glace devait encercler.

Par les cornes de Satan ! Aucune intempérie ne l'empêcherait d'accomplir sa mission. L'enjeu était trop important. Alan et lui avaient passé la matinée à s'assurer que l'équipage serait prêt à lever l'ancre dès que le message des Highlands leur parviendrait.

Les murailles de Duart Castle se dressèrent bientôt devant eux. Au-delà de l'arcade, Wyntoun aperçut les gens qui s'affairaient dans la cour intérieure.

— Nous voguerons, dit-il avec détermination. Quelle que soit la réponse des sœurs d'Adrianne à notre proposition.

Lançant un coup d'œil vers le nord, il enchaîna :

— Par la Sainte Vierge ! Si seulement nous savions ce qui se trame là-bas…

— Tu crains qu'elles ne refusent de céder leurs fragments de la carte ?

Les yeux rivés sur l'horizon, Wyntoun songea – pour la millième fois – à l'éventualité que venait de formuler Alan.

— Non, répondit-il. Elles accepteront.

— Qu'en est-il d'Adrianne ? Crois-tu vraiment que ce soit une bonne idée de la laisser ici pendant que nous irons chercher le trésor et délivrer sa mère ?

Le Highlander leva le regard vers les étages supérieurs du donjon. Dans son esprit, il voyait son épouse telle qu'il l'avait quittée au petit matin, nue entre les draps de lin. Elle avait ouvert ses grands yeux lilas où luisait encore le bien-être éprouvé après une langoureuse nuit d'amour.

— C'est déjà l'heure de se lever ? avait-elle murmuré. Janet doit m'attendre.

— Non, ma mie. Il est trop tôt. Rendors-toi.

Il l'avait tendrement embrassée et elle avait replongé dans le sommeil.

Une passion inextinguible avait surgi dans son existence depuis ce jour où ils avaient fait l'amour sur la terre battue jonchée de paille, dans les écuries. Chaque heure du jour et de la nuit, le désir le happait. Il lui appartenait corps et âme.

Adrianne se donnait à lui avec une affection infinie que, secrètement, il pensait ne pas mériter.

— Va-t-elle demeurer à Duart Castle ? questionna Alan, arrachant Wyntoun à sa rêverie.

— Ai-je le choix ? Mara veillera sur elle. Le problème de la captivité de la mère doit être résolu avant que nous ne dévoilions la vérité à la fille.

Comme ils franchissaient le passage voûté et pénétraient dans la cour intérieure, Wyntoun entreprit d'interroger son cousin. D'après lui, Alan n'avait pas encore exprimé le fond de sa pensée.

— Attends… dit celui-ci avec un geste pour stopper leurs montures. Il faut que…

La mine d'ordinaire sévère du capitaine aux tempes grisonnantes s'assombrit. Tandis qu'il cherchait ses mots, Wyntoun prit la parole.

— Allons, parle. Tu n'as jamais été doué pour les discours.

— Oui, bon… répondit-il en balayant la cour du regard. Wyn, je connais ton attachement pour Adrianne. Après tout ce qu'il s'est passé, j'ignore comment la confrérie…

Il baissa la voix.

— … je ne sais pas quelle sera la réaction des Chevaliers du Voile quand ils apprendront ce que tu fais pour elle. Hormis cela, j'ai remarqué que tes sentiments à son égard ont fait un pas de géant depuis ta première rencontre et nos projets concernant Tiberius.

— Où veux-tu en venir ?

— Nous nous connaissons assez pour parler en toute franchise, répliqua Alan en fixant son cousin. Ça ne va pas être facile pour toi de la laisser partir après l'exécution de notre mission. Et si elle ne te pardonne pas, Wyn ?

Les propos de son cousin plongèrent Wyntoun dans un abîme de perplexité. Il songea à son épouse… il l'avait désormais dans la peau. En ce moment, elle devait être chez la vieille Janet et l'aidait sans doute à préparer quelque remède, à remuer des braises sous la marmite.

— Je ferai tout pour qu'elle me pardonne, grommela-t-il en détournant le visage.

La chaumière du tanneur était nichée à l'abri des rochers, à la pointe nord de Glen Forsa, tout près de l'embouchure du ruisseau.

Adrianne se répétait mentalement les renseignements que lui avait donnés Canny, la fille de Dylan. Sur la piste gelée, elle faisait avancer son étalon avec précaution. La veille, la domestique blonde comme les blés lui avait indiqué que le trajet lui prendrait une heure. Puis elle avait embarqué pour le village d'Oban où se trouvait son nouveau foyer, sur la terre ferme des Highlands.

Adrianne avait appréhendé leur rencontre. Elle voulait être certaine que Canny n'éprouvait aucune rancœur à son égard. La domestique s'était exprimée en premier et lui avait présenté ses plus sincères excuses avec force larmes. Une telle réaction était pour le moins inattendue.

Non seulement cette conversation avait apaisé Adrianne, mais elle lui avait fourni de précieuses informations.

Canny avait appris par on-dit qu'Adrianne avait besoin des services d'un tanneur. Ainsi, la domestique tournait la page sur l'incident des écuries en fournissant à l'épouse de Wyntoun les indications nécessaires pour se rendre chez son père.

Dans la chaumière de Dylan, sur l'autre rive de la baie de Scallastle, il y avait – selon elle – beaucoup de pièces de cuir. Suffisamment de chutes, en tout cas, pour confectionner des habits pour Gillie. Bien entendu, elle invitait Adrianne à se servir et se disait ravie de satisfaire l'épouse du maître.

D'après la domestique, l'aller et le retour entre Duart Castle et la chaumière pouvaient être parcourus à pied en une bonne journée. Non, avait-elle répondu, elle ignorait combien de temps cela prendrait à cheval. Une heure ou deux, supposait-elle.

Le choix d'Adrianne avait été impulsif. Levée très tôt, elle avait décidé de s'y rendre le matin même, après sa visite à la vieille Janet qui lui avait confié quelques remèdes à livrer dans le village. La jeune femme s'était enquise de la santé d'Agnès, radieuse épouse de Kevin et future mère. La guérisseuse avait également fait part de son inquiétude concernant Barbara, la compagne d'un paysan dont la ferme donnait sur la baie de Scallastle.

À la surprise de Janet, Adrianne avait proposé d'apporter quelque médicament au couple. La ferme se trouvant à mi-chemin de la chaumière du tanneur, elle ferait d'une pierre deux coups.

Fallait-il prévenir Wyntoun ? Non, s'était-elle dit. Il avait d'autres préoccupations. En l'occurrence, il avait prévu de passer la journée sur son navire avec Alan afin d'achever les préparatifs pour un départ imminent.

Dans les écuries de Duart, personne n'avait osé demander à l'épouse du maître pourquoi elle partait avec l'un des chevaux de la Lame ou quelle était sa destination.

Son passage chez Barbara avait été bref. Adrianne ne souhaitait pas s'éterniser, d'autant que la grisaille n'augurait rien de bon. Elle voulait être de retour au château avant Wyntoun.

À présent, alors qu'elle chevauchait le long de la côte escarpée, une pluie fine et glacée lui picotait le visage. Le trajet s'avérait plus long que prévu. Elle avait mis plus d'une heure pour atteindre la ferme, puis encore une heure pour gagner la pointe nord de Glen Forsa.

Aucun signe de la rivière qu'elle était censée trouver. Sa monture trébucha soudain puis se remit d'aplomb. Adrianne tira sur les rênes pour ralentir. Au-delà des brisants, elle contempla la mer déchaînée.

L'espace d'une seconde, elle songea à Canny. L'aurait-elle envoyée sur une mauvaise piste ? Impossible. Elle chassa cette éventualité, ajusta son manteau pour se protéger du froid et éperonna son cheval pour repartir au trot.

— D'après Bonnie, votre épouse a quitté Duart peu de temps après vous, à l'aube, dit Mara.

La pluie s'égouttait de son tartan et son kilt. Wyntoun essuya son front trempé et s'adressa à l'une des domestiques.

— Makyn, allez voir dans les appartements de l'aile ouest si Adrianne s'y trouve.

Elle s'inclina et s'en fut précipitamment.

— Peut-être s'y est-elle rendue directement, ajouta-t-il sur un ton peu convaincu.

— Vous devriez vérifier chez Janet, suggéra Mara. Tous les matins, elle...

— Je sais, coupa-t-il. J'y ai déjà été.

C'était d'ailleurs le premier endroit qu'il avait inspecté.

— D'après Janet, Adrianne a livré des remèdes à quelques villageois.

— Wyn, nous commençons à connaître votre femme, le taquina Mara. En ce moment, elle est probablement assise près de l'âtre d'un pêcheur, entourée d'une ribambelle d'enfants et elle aide la famille à préparer un ragoût de mouton. Il se peut même qu'elle soupe en leur compagnie.

Pas aujourd'hui, songea-t-il, en proie à un mauvais pressentiment.

Certes, Adrianne était désormais la bienvenue chez la plupart des membres du clan MacLean. D'une certaine façon, elle s'était bien mieux intégrée que Mara, mariée à Alexander depuis vingt ans, et Wyntoun admirait son épouse pour cela. La facilité avec laquelle elle s'était liée avec les habitants de l'île était remarquable.

Bien qu'elle soit de sang noble, les gens de peu ne l'effarouchaient pas, qu'ils soient malades ou dans le besoin.

Pas de doute, pensa-t-il, le sang celte coulait dans les veines de sa tendre épouse. Il n'y avait qu'à voir son dévouement à l'égard de Gillie.

— Gillie ! s'exclama-t-il.

Makyn accourut, secouant la tête.

— Elle doit être dans les écuries, avec Gillie, enchaîna-t-il en franchissant le seuil de la grand-salle à la hâte.

Il traversa précipitamment la cour intérieure que le givre avait recouverte. Le temps se gâtait d'heure en heure, la neige tombait dru. Wyntoun jura dans sa barbe. Si par bonheur il la trouvait dans une stalle, il ne lui ferait pas la leçon, ne dirait rien qui puisse l'offenser. Il supporterait les sautes d'humeur de n'importe quel domestique, pourvu qu'Adrianne soit en lieu sûr.

Son malaise se mua en peur quand il vit Alan sortir des écuries au pas de charge.

— Je te cherchais, lança le capitaine.

— Adrianne ?

Son cœur battit à coups redoublés.

Alan opina et désigna les grilles du château.

— Elle a pris un des chevaux, ce matin. Alford dit qu'elle n'est pas encore rentrée.

— Où est-elle partie ? s'enquit Wyntoun.

— Apparemment, elle rendait visite aux paysans qui ont une ferme près de la baie de Scallastle.

— Si elle est allée à Scallastle, elle devrait déjà être de retour, répliqua Wyntoun en poussant les battants des écuries.

Il se dirigea vers la stalle de son étalon.

— Wyn, tu connais Adrianne, dit Alan en lui emboîtant le pas. Il y a de grandes chances pour qu'elle soit chez certains de nos gens. Elle aura perdu la notion du temps et, avec la tempête qui couve, ils l'auront probablement dissuadée de repartir.

— Oui, je la connais, riposta Wyntoun, agacé.

Il sella son cheval.

— Il n'empêche que je ne sais pas où elle est, ni ce qu'elle fait. Je ne suis même pas certain qu'elle ait atteint cette satanée ferme. En tout cas, si elle est chez quelques-uns de nos gens, cela m'étonnerait qu'elle y reste, à attendre gentiment que la tempête passe.

Wyntoun sortit son étalon des écuries et se mit prestement en selle.

— Si je pouvais lire dans les pensées de ma chère et tendre enquiquineuse, ma vie serait sacrément plus facile !

Dans le nord des Highlands, l'imposante silhouette de Balvenie Castle se détachait sur un ciel sans nuages. Les sœurs Percy se levèrent lorsque William et Athol les rejoignirent dans le bureau du comte.

Tous deux avaient insisté pour que Laura et Catherine prennent un moment pour discuter seule à seule de la lettre de Wyntoun MacLean et de sa proposition concernant le trésor de Tiberius et leur mère.

Elles n'eurent guère besoin de temps pour y réfléchir, car elles avaient la même conviction, pour ainsi dire une certitude.

— De nous trois, celle qui est la plus à même d'accomplir cette mission, c'est Adrianne, dit Laura.

— Notre seule inquiétude concernait sa sécurité, ajouta Catherine. Mais la lettre nous rassure en nous apprenant son mariage avec sir Wyntoun.

— Êtes-vous prêtes à remettre vos fragments de la carte à cet homme… et à votre sœur ? questionna William.

— À quoi nous servent-ils alors qu'ils peuvent être utiles à Adrianne et à notre nouveau frère ? Pour être tout à fait honnêtes, Catherine n'est pas en mesure de voyager et, pour ma part, je ne suis pas certaine d'être efficace.

Catherine acquiesça.

— Mais comment nous organiser pour que nos fragments parviennent à Duart Castle ? s'enquit-elle.

— Nous allons rassembler nos meilleurs guerriers, puis ils accompagneront les hommes de Wyntoun jusqu'à Oban, suggéra Athol.

Il prit place à son bureau et saisit un parchemin déroulé qu'il considéra avec attention.

— Il y a cependant quelque chose qui me chiffonne dans ce message de Wyntoun, ajouta-t-il.

Il tendit la lettre à son épouse. Laura s'approcha elle aussi.

— Qu'y a-t-il, John ? demanda Catherine

— Wyntoun connaît frère Benoît. Tous deux font partie des Chevaliers du Voile.

— Cela me surprend également, renchérit Laura en fronçant les sourcils. Ce qu'il nous écrit à propos du moine n'est guère rassurant.

William Ross opina.

— Sachant que Benoît a sauvé Tiberius du feu, cela ne m'étonne pas que la confrérie lui ait accordé sa confiance.

Athol se leva, gagna le seuil de son bureau, jeta un coup d'œil dans le corridor puis referma la porte.

— Wyntoun ne le dit pas de manière explicite, mais il nous met en garde contre le moine. Il s'interroge sur ses intentions.

William répliqua sur un ton irrité.

— Benoît voudrait s'approprier le trésor de Tiberius afin de s'acheter secrètement les services de la Lame de Barra. C'est une raison suffisante pour se méfier du religieux.

— Mais il connaît Tiberius... intervint Laura. Que ferait un homme en possession d'un tel trésor ?

Son époux lui fit face.

— L'homme en question a été témoin du pouvoir que conférait le trésor. Depuis l'incendie qu'il nous a relaté, il a eu largement le temps de réfléchir à l'usage qu'il en ferait.

— Comment sir Wyntoun a-t-il su que Benoît se trouvait à Balvenie ? questionna Catherine.

— Je ne crois pas qu'il en soit absolument certain, répondit Athol.

— Il faut interroger le moine. Il doit pouvoir nous éclairer sur tout cela, dit Catherine d'un air rassuré qui ne trompa personne.

— J'ai envoyé quelqu'un le chercher pendant que vous étiez seules, toi et Laura. Je ne sais pas ce que...

Athol s'interrompit, alla rouvrir la porte. Sur le seuil se tenait un guerrier à la mine farouche, prêt à frapper pour entrer.

— Alors, Tosh ? s'enquit le comte. L'avez-vous trouvé ?

— Non, milord. Nous avons cherché partout. Il a mystérieusement disparu. Pas de moine en vue.

Harassé par une journée de voyage, l'étalon regimba. En bas de la falaise, les vagues déferlaient sur la grève rocailleuse. Adrianne ne parviendrait pas à forcer l'animal à avancer jusqu'au bord du précipice afin de lui faire emprunter le goulet qui serpentait jusqu'au pied de la falaise. D'ailleurs, elle doutait de l'assurance de son cheval sur ce bout de piste recouvert par le givre. La pluie glacée que charriait le vent par bourrasques laissa rapidement place à de gros flocons de neige qui se posaient sur la monture et sa cavalière pour fondre aussitôt.

Adrianne tira sur les rênes pour regagner l'intérieur des terres. Un peu plus loin, elle trouva refuge derrière deux énormes rochers qui protégeraient son cheval de la tempête. Un bouquet de conifères profitait lui aussi de l'abri. La jeune femme mit pied à terre et attacha la bride de son étalon à l'une des branches.

De retour au bord de la falaise, elle scruta le toit de la cabane du tanneur à flanc de paroi, en bas, puis s'engagea sur l'abrupte sente et entreprit sa descente.

Elle était trempée jusqu'aux os mais satisfaite d'atteindre enfin la modeste demeure de Dylan. Lorsqu'elle avait fait part de ses intentions à Bess, la couturière, celle-ci l'avait rassurée: elle n'aurait pas de mal à confectionner des habits pour Gillie. La vieille femme avait déjà cousu des pièces de cuir et disposait donc du matériel adéquat, alênes et grosses aiguilles. Adrianne n'aurait qu'à lui fournir les peaux. « C'est comme si c'était fait », avait-elle plaisanté.

Aucune volute de fumée ne s'échappait de la cheminée. Des outils pour l'écharnage étaient appuyés au mur près de la porte entrouverte. Tout ce qu'il lui restait à faire, songea Adrianne, c'était entrer dans la cabane, s'approvisionner en peaux, puis repartir. Or, une inquiétude la saisit soudain. La faim commençait à se faire sentir et c'était signe que l'heure avançait. Ses espoirs de rentrer à Duart Castle avant la tombée de la nuit – avant le retour de son époux – s'évanouirent.

Tout à coup, elle s'immobilisa. Solidement campé sur ses jambes et arborant une expression peu amène, Wyntoun se tenait devant la cabane. Était-elle victime d'hallucinations ? La simple pensée de son mari avait-elle suffi pour le faire apparaître comme par enchantement ?

Non. Il était tout simplement parti à sa recherche et l'avait précédée. Comment ? Elle n'aurait su le dire.

Ne jamais oublier qu'il est un pirate dans l'âme, se tança-t-elle.

Quelques enjambées les séparaient.

Un lourd et long silence s'installa entre eux. Il la toisait de pied en cap, dardant sur elle un regard plus menaçant, plus glaçant que la bise hivernale.

Ses yeux verts étincelaient de colère.

— Wyntoun ! cria-t-elle pour couvrir le vacarme des vagues.

Elle scruta la piste abrupte qu'elle venait de descendre.

— Si j'étais toi, répliqua-t-il, je ne gravirais pas la pente de nouveau.

En proie à la stupeur, elle jeta un coup d'œil vers les flots tumultueux.

— Par là, grommela-t-il, tu auras encore moins de chances de m'échapper.

Adrianne entreprit de s'expliquer. Aucune syllabe n'eut cependant le loisir de franchir ses lèvres car il enchaîna :

— N'essaie pas de me raconter d'histoires. Je ne te croirai pas.

Doux Jésus ! jura-t-elle en silence. Elle fut décontenancée par la facilité avec laquelle il semblait lire en elle. Plutôt que de battre en retraite, elle choisit d'affronter la colère de son époux.

— Une fois de plus, s'époumona-t-elle, je me sens coupable. J'ai eu tort. Je ne pensais pas à mal, mais j'ai fait une erreur de jugement.

Allait-il rester planté sur le seuil et la laisser subir les éléments déchaînés ?

— Je sais, ajouta-t-elle. J'aurais dû te dire où je me rendais. J'aurais dû demander à quelqu'un de m'accompagner… ou bien attendre un jour plus clément.

Comme il demeurait muet, elle poursuivit son *mea culpa*.

— D'après toi, j'ai encore été insouciante, j'ai écouté mon cœur plutôt que ma raison… je l'admets…

Un frisson la parcourut. Elle soutint le regard de Wyntoun et songea combien la situation avait évolué. Avant de consommer le mariage, elle l'aurait sans doute envoyé au diable, non sans lui rappeler qu'il n'avait aucun pouvoir sur elle et que leur union n'était qu'une mascarade.

À présent, c'était différent, et cette différence était palpable.

— Viens à l'intérieur ! ordonna-t-il.

Une pensée absurde lui traversa l'esprit tandis qu'elle avançait : elle se faisait l'effet d'un agneau pénétrant dans l'antre d'une bête fauve.

Wyntoun tourna les talons et disparut dans la pénombre de la chaumière. Adrianne le suivit.

Il s'était adossé au mur du fond que trouait une fenêtre au volet clos, la seule de l'habitation. Six baquets encerclaient les cendres d'un âtre au centre de l'unique pièce. D'autres bassines étaient empilées contre un mur. Derrière elles, des cadres en bois de diverses tailles servant sans doute à maintenir et étirer les peaux.

Elle fouilla les lieux des yeux en quête de son butin.

— Sais-tu ce que je t'infligerais comme correction si tu étais l'un de mes matelots ?

— Tu me demanderais de retrouver seule mon chemin jusqu'à Duart ? Tu me souhaiterais bon voyage… avec l'espoir, bien entendu, de récupérer ton étalon ?

— Je t'attacherais sur la croupe du cheval, riposta-t-il, je te ramènerais à Duart Castle et te laisserais moisir dans une de mes geôles… si toutefois tu échappais à la pendaison.

— Ce serait plus logique, railla-t-elle, si tu me pendais d'abord et que je moisisse ensuite, non ?

— Ne t'avise pas de me provoquer, je suis assez énervé comme ça !

— Si telle était ma punition, répliqua-t-elle sur un ton faussement dégagé, tu te priverais d'une épouse et de ses attentions.

Il s'approcha d'elle au pas de charge, l'empoigna par les épaules. Il ne maîtrisait pas sa force, il lui faisait mal. Refusant de manifester sa douleur, elle puisa en elle une volonté de fer pour plaquer un masque indifférent sur son visage.

— Te rends-tu compte de ton insouciance, des dangers que tu prends ? tempêta-t-il en la secouant.

Il la relâcha, recula et continua de la rabrouer.

— Quel sot j'étais de croire qu'en consommant notre mariage tu changerais ! Personne ne change. N'importe quel imbécile sait cela.

Adrianne l'observait avec attention. Jamais elle ne l'avait vu se mettre dans un état pareil. Jamais il ne s'était exprimé devant elle avec tant de ferveur.

— Tu as tort, répondit-elle posément, les gens changent. Gillie en est le meilleur exemple. Toi aussi, tu as changé.

— Non, nous restons les mêmes, nos tempéraments demeurent inchangés. Nous fermons simplement les yeux sur tes défauts. Nous te tolérons telle que tu es.

Les paroles de Wyntoun la blessèrent plus qu'elle ne l'aurait cru possible. La gorge nouée, elle fournit un effort surhumain pour empêcher ses larmes de jaillir et fit un pas en arrière.

On tolère un parasite, une épine, un âtre qui fume… Mais un mari tolérait-il son épouse ?

— Nous nous sommes trompés, articula-t-elle. Non, *je* me suis trompée ! Je t'ai forcé à m'épouser puis à consommer ce mariage qui n'était qu'une farce de bout en bout.

Wyntoun affichait un air sombre. Il voulut répondre, mais elle l'en empêcha.

— Laisse-moi terminer. Selon toi, je suis la même personne qu'il y a dix-huit ans. Tu crois que je suis la même créature qui terrorisait les gens du Yorkshire, la même harpie que ta tante l'abbesse a enfermée dans une cage. Je suis navrée de te décevoir, Wyntoun MacLean, mais j'ai changé. Je ne suis plus celle qui a fui son foyer, je ne suis plus celle qui s'est échappée de l'abbaye de Jervaulx en pleine nuit. Depuis ce jour où j'ai été contrainte de quitter ma famille, ceux que j'aime, j'ai dû aller vers les gens et les supplier de m'accepter telle que j'étais. À Barra, cela n'a servi à rien.

Elle prit une longue inspiration avant de poursuivre.

— Tout le bien que j'essayais de prodiguer était considéré comme un mal. Chaque fois que je voulais aider quelqu'un, on prétendait que je semais la discorde. Alors, oui, j'ai changé. Je n'avais pas le choix. Et puis... il y a eu...

Adrianne s'interrompit. Le vent avait cessé de secouer la cahute. Un silence presque religieux s'était abattu sur la pièce faiblement éclairée.

— En arrivant à Duart Castle, en devenant ta femme, j'ai pensé que cette lutte incessante pour l'acceptation par les autres était terminée. Pour la première fois depuis l'enlèvement de mon père, je me suis sentie en sécurité parmi tes gens. Alexander, Mara et tant d'autres ne me jetaient plus mes défauts à la figure. Ils les acceptaicnt. Tout simplement. À mon tour, j'ai voulu aider les habitants de cette île. Mon seul but était de rendre leur existence un peu plus douce. Je n'attendais rien en retour. En quelque sorte, j'ai compris que je ressemblais à la vieille Janet. Une guérisseuse. Quelqu'un qui donne. Et voilà que tu me dis avec éloquence que j'ai encore échoué, que l'on me *tolère* !

Des larmes perlèrent au coin de ses yeux. Ses mains tremblantes les chassèrent.

— Non, je ne suis pas faible ! J'ai trouvé un foyer et un but à ma vie, ici même. Oui, j'ai changé, et si mon mari que je pensais connaître est incapable de le voir, alors je me suis trompée.

Elle lui tourna le dos et s'emmitoufla dans son manteau humide.

— Nous ferons comme si ce mariage n'avait jamais été consommé, dit-elle d'une voix étranglée. Nous y mettrons un terme ainsi que tu l'avais prévu.

Elle poussa un soupir.

— J'ai été insouciante… j'ai été naïve de croire que je pouvais être l'épouse du grand pirate, la Lame de Barra. J'ai eu tort de… de penser que…

Elle ne put réprimer un sanglot. Elle mit sa capuche et concentra toute son attention sur la porte.

— J'ai réussi à venir jusqu'ici ; je retrouverai donc mon chemin jusqu'au château. Quand nous aurons achevé notre mission, je quitterai Duart Castle et tu reprendras ta liberté.

23

La brise hivernale s'engouffra quand Diana ouvrit les volets de sa chambre et le soleil éblouissant lui fit cligner des yeux. Elle emplit ses poumons de l'air vivifiant. Le vent glacé soulagea ses joues en feu. En revanche, rien n'apaisait ses pensées tourbillonnantes.

Doux Jésus ! pria-t-elle en silence en songeant aux événements récents. La proposition de mariage, le bonheur de sentir une peau contre la sienne, d'être étreinte de nouveau par un homme…

Certes, elle n'avait pas oublié le plaisir de partager sa couche, mais jamais elle n'aurait imaginé que le destin lui réservait une seconde existence.

Le sort la guidait sur un chemin de traverse où la culpabilité et le plaisir s'entremêlaient telles les tiges d'un chardon et d'une rose.

Diana s'écarta de la fenêtre et contempla le lit à baldaquin, la soie damassée qui flottait au vent. Voilà deux semaines qu'elle et Henri dormaient enlacés. Le Highlander avait honoré sa promesse et n'avait pas une seule fois exigé qu'elle se donne à lui. Il se comportait avec une courtoisie, une gentillesse et une générosité qui la laissaient pantoise.

Ils avaient retrouvé la complicité d'antan.

Cette nuit, toutefois, ils avaient succombé. Un moment de faiblesse. Le désir était devenu indomptable, une étincelle inopinée avait rallumé les feux de la passion qui sourdait en elle.

Elle n'avait pas pu le repousser, ni voulu le faire.

Tandis qu'elle avait les yeux rivés sur les draps froissés, des images furtives, sensuelles, lui revinrent à l'esprit. Elle se remémora la douceur avec laquelle Henri l'avait déshabillée. Ses joues s'empourprèrent rien qu'au souvenir de l'impressionnante érection de son compagnon. Il s'était montré si prévenant, si tendre qu'il avait réussi à vaincre ses réticences.

D'autres souvenirs, plus charnels, resurgirent. Henri l'avait pénétrée et l'avait emmenée au royaume du plaisir. Cette nuit-là, leurs corps s'étaient unis.

Jamais elle n'avait autant gémi de sa vie, jamais elle n'avait connu une telle extase. Même dans les bras de l'homme qu'elle avait chéri jusqu'à ce que la mort les sépare.

Henri lui avait fait l'amour toute la nuit.

Diana s'ébroua mentalement. Que lui arrivait-il ? Elle regagna la fenêtre pour respirer de nouveau l'air frais et calmer ses ardeurs.

Puis elle pivota et prit appui sur le rebord de fenêtre.

Mille pensées s'agitaient en elle. L'idée du mariage était relativement acceptable, raisonnable. Ce qui l'inquiétait, en revanche, c'était la réaction de ses filles. La considéreraient-elles comme une femme indigne qui avait trahi leur père ?

Un coup frappé à la porte la tira de ses réflexions. Elle sursauta et referma précipitamment les volets. Lorsqu'elle s'était réveillée, seule, en proie au désarroi, elle avait demandé à s'entretenir avec sir Henri ; elle souhaitait voir un prêtre afin de se confesser et d'alléger sa conscience.

On cogna une deuxième fois au battant. Elle invita son visiteur à entrer. La porte s'ouvrit dans un grincement qui la fit se retourner.

Ses yeux s'illuminèrent quand elle vit le visage familier du vieux moine efflanqué.

— Benoît ! s'exclama-t-elle.

Wyntoun se souvint des trois jours qu'il avait passés sur les côtes africaines, quatre ans plus tôt. Alan et lui venaient de s'emparer d'une cargaison d'or et le vaisseau portugais qu'ils avaient abordé était trop abîmé pour être ramené en Écosse.

La mer était étale. Aucun vent, durant ces trois jours. Ils avançaient avec la lenteur d'un escargot. Il faisait un soleil de plomb. Jamais le temps ne lui avait paru aussi long…

… jusqu'à présent. Trois jours et trois nuits s'étaient écoulés depuis qu'Adrianne avait quitté la chaumière du tanneur. Elle avait gravi la pente sans jeter un regard par-dessus son épaule et était rentrée au château sans son aide.

Campé sur le seuil de la modeste demeure, il était resté immobile, paralysé. Il avait été le témoin muet d'un événement sur lequel il n'avait aucune prise. Pourquoi diable l'avait-il laissée parler ? Était-il lâche au point de ne pouvoir lui dire qu'elle l'avait bouleversé ?

Espèce de poltron ! fulmina-t-il.

Il aurait dû l'interrompre, s'exprimer à son tour et faire comprendre à son épouse que ce satané engagement, le « contrat » qu'ils avaient conclu, n'avait plus lieu d'être.

Ils étaient unis par les liens du mariage.

Wyntoun MacLean découvrit véritablement le sens du mot « frustration » en étant confronté à la détermination d'Adrianne.

La jeune femme avait déserté leur chambre et faisait tout pour l'éviter. Il l'avait aperçue alors qu'elle dînait avec les gens de la maisonnée. Dans la cour intérieure, elle l'avait croisé pour gagner à la hâte les grilles ouvertes du château. Figé telle une statue de sel, il l'avait regardée longer la colline en direction du cottage de Janet.

Comment briser le mur d'indifférence qu'elle avait érigé ?

Wyntoun avait rapporté suffisamment de cuir pour confectionner dix tenues pour Gillie. Il avait envoyé Bess la couturière dans les appartements où se réfugiait son épouse et avait persuadé Coll de commencer à entraîner le garçon pour le combat et la navigation. Il avait même promu Gillie au rang de page.

Dans la grand-salle, arborant un sourire à lui faire mal aux mâchoires, il s'était montré on ne peut plus agréable à l'égard d'Adrianne en essayant d'échanger de menus propos. Hormis par le biais de cette satanée lettre qu'elle lui avait écrite – plus sentencieuse qu'une bulle papale – elle ne s'était pas une fois adressée et à lui et ne lui avait pas même accordé un sourire.

Wyntoun MacLean était un homme maudit. Sa femme lui manquait désespérément.

— Tu vas contempler ce feu longtemps ? Ou bien tu vas m'aider à examiner ces cartes ?

Il se retourna et scruta les morceaux de vélin déroulés devant son cousin Alan. Les deux portions manquantes leur étaient parvenues à l'aube. Les sœurs d'Adrianne les avaient envoyées de Balvenie Castle sans manifester la moindre réticence.

À présent, il envisageait de les montrer à Adrianne. L'espoir de revoir le sourire illuminer le visage de son épouse, de regagner sa confiance, le revigora.

Et s'il la reconquérait, combien de temps durerait l'état de grâce ? Quelle serait sa réaction lorsqu'elle apprendrait que les Chevaliers du Voile étaient à l'origine de l'enlèvement de lady Diana Percy ? Elle lui arracherait assurément les yeux en découvrant qu'il avait été l'instigateur de la capture de sa mère.

Il valait sans doute mieux patienter, songea-t-il en s'approchant du bureau. Une mission l'attendait : libérer Diana et trouver le trésor de Tiberius pour en confier la garde à la confrérie. Une fois sa tâche accomplie, il aurait tout le loisir de reconquérir sa femme. Si elle voulait encore de lui…

Pour plus de tranquillité, Alan et lui barrèrent la porte de l'antichambre et fermèrent les volets avant de s'absorber dans l'étude des cartes. Ils s'efforcèrent de rester sourds au brouhaha des convives rassemblés dans la grand-salle.

Avec la complicité de Mara, Adrianne avait organisé une soirée. Les préparatifs n'avaient pas échappé à Wyntoun, mais il avait feint l'indifférence. Tant que son épouse ne l'informerait pas de ce qui se passait en bas, il ne mettrait pas les pieds dans la grand-salle. Durant la journée, Alexander et Mara lui avaient envoyé de nombreux messagers.

Son père et sa belle-mère avaient beau insister, lui aussi pouvait se montrer obstiné. Il avait fini par avertir Mara que s'ils tenaient tant à sa présence, ils n'avaient qu'à lui envoyer Adrianne. La visite de son épouse était aussi improbable que la neige en été.

Il se concentra sur l'examen de la carte reconstituée devant ses yeux perplexes.

— Cette fichue carte est d'un vague ! maugréa Alan.

— Je n'en attendais pas moins d'Edmund Percy. Une chose est sûre : le trésor est à Glasgow. Le saumon et l'anneau dessinés sur le fragment d'Adrianne sont les symboles de la ville.

— Avant que nous ne jetions l'ancre dans l'estuaire de la Clyde, la plupart des chevaliers nous auront rejoints. Avec l'aide des aînés, tu devrais pouvoir déchiffrer tout ça.

Les yeux de la Lame de Barra étaient rivés sur la carte. Résoudre l'énigme ne constituait pas un problème en soi. Par contre, garder l'esprit dispos et le cœur allègre allait être un véritable défi.

Wyntoun et ses hommes hisseraient les voiles le lendemain matin et vogueraient pour une durée indéterminée – le temps de mettre la main sur le trésor et de rendre la liberté à Diana Percy.

Bon sang ! Il n'était pas parti qu'Adrianne lui manquait déjà. De nouveau, il fit un effort de concentration. Des rides s'imprimèrent sur son front soucieux.

— Personne n'a émis de soupçons sur l'objet de notre voyage, n'est-ce pas ? s'enquit-il. Tu n'as pas entendu de rumeurs dans le village ou dans l'enceinte du château ?

Alan secoua la tête.

— Non. La rencontre à Oban avec les messagers du comte d'Athol est passée inaperçue. Pas un habitant de l'île de Mull ne sait que nos hommes sont de retour de Balvenie Castle.

— Je vais envoyer quelqu'un pour tenir Adrianne informée. Nous ne nous absenterons pas plus d'une semaine… et devrions être de retour avant la réception de la réponse de ses sœurs. Je crois qu'il est plus sage de garder le secret.

— Pourquoi ne pas lui dire cela toi-même ?

— Je le ferais si elle m'écoutait. Je demanderai à Alexander de lui parler ce soir. Il pourrait par exemple lui donner de nos nouvelles dans une semaine. Il lui expliquerait que nous affrontons des difficultés, des vents contraires, et qu'il est difficile de prévoir la durée d'un périple en mer.

Si seulement Adrianne lui accordait une chance de se rattraper, de reformuler les propos acérés qu'il avait eus dans la chaumière du tanneur…

La voix d'Alan l'arracha à sa rêverie.

— Ces jours-ci, j'ai beaucoup observé Gillie. Je crois qu'il est apte à nous accompagner.

Wyntoun opina. Il plia précautionneusement les fragments de la carte, les rangea dans une sacoche en cuir.

— Ce garçon est mon ultime ressource pour reconquérir Adrianne. Je ferais de lui un roi si cela me permettait de me racheter auprès d'elle.

Alan éclata de rire.

— J'ai une seule remarque à faire : Gillie est loin d'être un marin confirmé.

— Je sais, mais il est débrouillard. Lors de notre voyage depuis Barra, il a agi en vrai loup de mer, affirma Wyntoun. Je lui ai promis qu'il serait mon page, je dois tenir ma parole.

Soudain, on frappa à la porte. Les deux hommes levèrent la tête de concert. Wyntoun alla ôter la barre. Le visage buriné d'un de ses marins apparut dans l'entrebâillement de la porte.

— On a besoin de vous dans la grand-salle, maître.

— Qui a besoin de moi, Bull ?

Le colosse se gratta son crâne dégarni.

— Le laird va bientôt arriver. Lady Mara est déjà…

— Qui est-ce qui t'envoie me chercher ?

— Faut pas que je parle, maître.

— Tu t'es remis à réfléchir, railla Wyntoun. C'est mauvais signe.

— Dites ce que vous voudrez, maître, mais les menaces de votre épouse ont plus d'effet. Je vous prie de m'excuser, mais je n'ai pas le droit de parler.

L'air songeur, Wyntoun acquiesça.

— Bon… je te propose de retourner voir la personne qui t'a envoyé et de lui dire que ton maître ne descendra pas.

— Pas possible. Je vais me faire engueuler.

— J'ai une meilleure idée. Informe Adrianne que je suis entouré de mes hommes, que je suis occupé et que je vais travailler une bonne partie de l'après-midi… et de la soirée.

Bull balaya la salle d'étude du regard.

— Mais… y a que vous et maître Alan.

— Cesse donc de réfléchir.

Le colosse recula et opina.

— D'accord.

— Dis-lui aussi que je ne veux plus être dérangé. Tu m'as bien compris ? Plus de messagers.

Bull hocha de nouveau la tête. Wyntoun referma la porte.

— Je croyais que tu voulais voir ta douce, intervint Alan.

— Oui. Bull est la dixième personne qu'elle m'envoie de la journée. J'aimerais qu'elle vienne elle-même.

— Tu veux un bon conseil ? Si j'étais toi…

— Épargne-moi tes leçons. Bon, si nous nous remettions au travail…

À ce moment, on frappa timidement à la porte. Wyntoun s'écarta et fit signe à Alan d'ouvrir.

— Un instant, lança le capitaine.

Il rassembla ses cartes, les prit avec lui pour ôter la barre du battant.

— Alan… chuchota Adrianne, auriez-vous l'amabilité de remettre un message à…

— Je crains de ne pas pouvoir car il s'entretient avec ses hommes, répondit Alan en se glissant dans le corridor.

Il eut un moment d'hésitation puis reprit :

— Allez-y vous-même.

Adrianne se démancha le cou pour voir par-dessus l'épaule du capitaine. Wyntoun surgit, lui saisit le poignet et l'attira à l'intérieur avant de refermer la porte du pied.

— Qu'est-ce que tu fais ? demanda-t-elle, le souffle coupé.

Elle tenta de se libérer de l'emprise de son époux. Il la relâcha et se plaça devant la porte pour en bloquer l'accès. Elle fit quelques pas en arrière, fouilla la pièce des yeux.

— Mais il n'y a personne ! s'exclama-t-elle.

Parbleu ! Contempler son visage d'ange fut pour Wyntoun un baume sur son cœur meurtri.

— C'est moi que tu souhaitais voir, n'est-ce pas ?

— Je… j'avais besoin de te parler. Bull a prétexté qu'il y avait foule dans ton bureau.

Elle rougit d'embarras et évita son regard. Que feraitelle s'il l'étreignait et l'embrassait fougueusement ? S'il la soulevait de terre et l'emmenait dans sa chambre ?

— Où est cette foule qu'a mentionnée Bull ?

— Tu as dû la croiser dans le corridor.

Quand il remit la barre en place, Adrianne fronça les sourcils.

— Adrianne, il faut que nous parlions, dit-il en s'approchant d'elle.

Tandis qu'elle le dévisageait, il décela dans le lac de ses yeux lilas une souffrance encore vive.

— Nous nous sommes tout dit, je crois, répliqua-t-elle en reculant jusqu'à ce que le bureau stoppe sa progression. À moins que tu n'exiges que je m'en aille…

— Tu n'iras nulle part.

Il s'avança. Elle contourna la table de travail pour mettre une barrière entre eux.

— Tu m'appartiens autant que je t'appartiens, ajouta-t-il. Nous sommes unis par les liens du mariage. Pour la vie.

— Je refuse d'être la créature d'un homme qui ne m'accepte pas telle que je suis.

Les larmes embuaient ses yeux.

— Je ne resterai pas avec un homme qui ne voit que mes défauts. On ne me « tolère » pas.

— J'étais en colère. Les mots sont sortis comme ça. Je ne me suis jamais senti aussi impuissant que lorsque je te cherchais. J'ignorais où tu étais partie, si tu étais en danger. Je t'imaginais blessée, au fond d'un précipice, ou bien attaquée par une bande de hors-la-loi dans la lande. Je… je… Adrianne… Je ne m'étais jamais inquiété pour quelqu'un au point d'en avoir mal !

Elle baissa la tête. Des larmes roulèrent sur ses joues veloutées. Il contourna à son tour le bureau pour s'approcher d'elle mais s'obligea à maintenir quelques pas de distance.

— Je savais que tu cherchais du cuir pour Gillie. J'en connaissais même la raison. Pourquoi ne m'as-tu pas demandé de t'aider ? Et puis tu as disparu…

Il lutta contre l'irrésistible envie de lui prendre la main.

— ... Adrianne, j'ai besoin de toi. Je le reconnais, j'ai été très dur envers toi dans la chaumière de Dylan. Ces mots, je les ai prononcés pour te faire mal, oui. Mais depuis ce jour, je l'ai payé chèrement. Je ne peux pas vivre sans toi. C'est aussi simple que cela.

— Moi aussi, j'ai souffert, avoua-t-elle, les paupières baissées. C'est vrai, j'aurais dû te demander ton aide, mais je pensais que ton temps était précieux...

— Rien n'est plus précieux à mes yeux que ton bonheur, dit-il en lui caressant la joue.

Il lui souleva le menton, plongea son regard dans le sien.

— Pardonne-moi, Adrianne.

Elle vint se blottir contre sa poitrine; il l'étreignit tendrement.

— Comme tu m'as manqué!

— Toi aussi, Wyntoun.

Il déposa un baiser sur ces lèvres qu'il avait tant rêvé d'embrasser de nouveau. Adrianne s'arracha à son étreinte un court instant.

— J'ai dormi dans la chambre au-dessus de cette pièce, dit-elle. Je pensais à toi tout le temps. J'ai trempé mon oreiller de larmes. Et puis... ce matin, j'ai appris que tu partais. On m'a parlé d'un voyage...

— Assez discuté, murmura-t-il en lui baisant le cou. Je veux te faire l'amour.

— Mais... on ne peut pas, dit-elle avec avec inquiétude. Enfin... pas maintenant. J'ai préparé quelque chose pour ce soir et il me faut ton aide.

— On n'est que l'après-midi. Il nous reste quelques heures devant nous.

— Mais il y a encore beaucoup à faire. Je dois d'abord t'expliquer de quoi il s'agit, car je...

— Dis-le-moi vite, répliqua-t-il en s'appuyant contre le bureau et en attirant la jeune femme contre lui. Je mourrai si tu me prives du bonheur de te serrer dans mes bras.

Elle glissa les doigts dans les cheveux courts de Wyntoun, contemplant son visage, laissant son regard s'attarder sur ses lèvres, sur sa bouche.

— Nous aurons le temps pour ça plus tard.

— Ça ne suffira pas, répondit-il en caressant la courbe voluptueuse du dos d'Adrianne, la chute de ses reins, ferme et lisse, sous le velours vert de sa robe. Trois jours… Tu m'as rendu fou de douleur pendant trois jours interminables.

— Parce que tu crois avoir souffert plus que moi ? dit-elle doucement en lui souriant. Tu crois que je peux oublier la façon dont tu m'enflammes ?

— Je t'enflamme, ma petite étincelle ?

Elle lui prit le visage entre ses mains fines.

— Tu es un fripon, Wyntoun MacLean, car tu connais très bien la réponse à cette question !

— Ma mémoire n'est plus ce qu'elle était, hélas ! Si tu me la rafraîchissais un peu, ma toute belle ? souffla-t-il en écrasant ses lèvres sur celles d'Adrianne.

Tandis qu'il lui délaçait sa robe, elle renversa la tête en arrière pour mieux s'offrir à son baiser. Un tel plaisir l'envahissait qu'elle en ronronnait presque.

Il la repoussa avec délicatesse et tira sur son décolleté pour dévoiler ses seins.

— Laisse-moi t'admirer. Mon Dieu, Adrianne, tu es la beauté même…

— Tu dis cela seulement parce que je suis ton épouse et que je t'ai manqué. Figure-toi que j'ai des tas de défauts physiques. Une cicatrice au genou, une autre dans le dos. Et surtout, une petite marque de naissance à hanche.

— Oh ! Quel mari négligent je suis ! Toutes ces merveilles que je n'ai pas remarquées.

Il l'embrassa de nouveau et la sentit frémir de ravissement lorsqu'il traça un chemin de baisers qui allaient de sa joue au creux de son cou et jusqu'au renflement de son sein.

Elle s'appuya contre lui, les yeux voilés par la passion.

— Tu as raison, murmura-t-elle. Pourquoi attendre cette nuit ?

Il l'entraîna vers le fauteuil en bois sculpté près de la cheminée, s'assit et la prit sur ses genoux. Elle frémit de nouveau quand il souleva sa jupe et glissa une main le long de sa jambe, effleurant l'intérieur de sa cuisse.

— Je rêvais de ça hier soir, quand tu t'obstinais à m'ignorer pendant le souper.

Elle poussa un petit cri lorsqu'il la pénétra de ses doigts, chercha et trouva le petit bouton de chair si sensible de sa féminité.

Wyntoun souleva Adrianne et la retourna jusqu'à ce qu'elle soit face à lui et le chevauche. Repoussant son kilt, il pressa contre sa brune et humide toison son membre dressé. Il la regarda fermer les yeux et entrouvrir les lèvres quand, d'un coup de reins, il entra en elle.

Adrianne se cramponna à ses épaules, sa jupe flottant pareille à une voile autour d'eux.

— Ne t'enfuis jamais plus, dit-il.

Elle s'empalait sur lui de tout son corps, de tout son être, le tourmentait au point qu'il se sentait au bord de l'explosion.

— Non, plus jamais, murmura-t-elle.

Puis Wyntoun reprit le contrôle du rythme de leur danse. Il sourit en l'entendant gémir.

— Nous sommes faits l'un pour l'autre. Ici... souffla-t-il en touchant leurs sexes unis. Et ici, ajouta-t-il en mettant la main entre leurs poitrines où leurs cœurs battaient à l'unisson. Tout le reste, nous le réglerons.

Elle rougit, plongea son regard dans celui de son époux.

— Pour toujours, chuchota-t-elle.

La tenant par la taille, il scruta ses yeux si incroyablement lilas. Comme par un accord tacite, ni l'un ni l'autre n'avaient jusque-là prononcé de mots d'affection. Leur avenir nébuleux imposait cette retenue, et tous deux le savaient instinctivement. Or, à présent, il y avait dans la voix d'Adrianne tant de chaleur et de douceur que Wyntoun brûlait de lui dire les mots qu'il gardait au fond de lui… et les entendre de sa bouche. Qu'il les mérite ou non.

Certes, il y avait également un autre désir, plus fort que le désir charnel qui l'enivrait en ce moment même. C'était un rêve qui l'avait rongé, tourmenté depuis qu'il avait possédé Adrianne dans les écuries plus de deux semaines auparavant : la volonté dévorante de mettre un terme à la guerre qui faisait rage entre son cerveau et son cœur.

Il avait beau la tenir fermement, elle réussit à bouger sur ses cuisses. Elle lui effleura les lèvres d'un baiser.

— Wyntoun, tu me connais déjà mieux que quiconque. Je suis incapable de cacher mes sentiments. Je dois faire et dire ce que mon cœur m'ordonne.

— Oui, mon amour, tu es ainsi.

Il vit dans les larmes affluer ses yeux.

— Je sais que tu me juges imprudente et irresponsable, mais je vais faire des efforts. J'essaierai d'être l'épouse que tu mérites. Je t'aime, Wyntoun. Je t'aime plus que tout…

Ces mots eurent raison de lui. Il se déchaîna tel l'ouragan et elle réagit en retour, cambrant les reins, s'arc-boutant pour le recevoir au plus profond d'elle.

Puissant et agile, Wyntoun se leva. Les jambes d'Adrianne nouées autour de lui, il gagna le bureau. Il la coucha doucement sur le bois, se retira d'elle, puis il s'agenouilla et baisa sa toison. Elle eut un cri, un sursaut, mais il continua sa douce torture.

Il était dans l'incapacité de lui dire tout ce qu'il avait dans le cœur ; il ne pouvait lui révéler une vérité si entachée d'imposture. Pour l'instant du moins, il devait attendre que le mal qu'il avait fait soit réparé. Quand la mère d'Adrianne lui serait rendue, alors seulement, sa faute serait lavée. Et alors seulement, il serait en mesure de déclarer à son épouse tout l'amour qu'il éprouvait pour elle.

Dans l'immédiat, elle n'aurait que la preuve de sa passion.

— Oh... Wyntoun...

De violentes vagues de jouissance secouaient son corps, ses mains agrippaient le rebord du bureau. Wyntoun se redressa et s'engloutit en elle. Quand le plaisir l'emporta à son tour, il s'entendit crier le nom d'Adrianne.

Il reprenait sa respiration, la jeune femme blottie dans ses bras, quand juste au-dessus de sa tête brune, sur la table, il vit la sacoche contenant les cartes de Tiberius. Le cuir huilé luisait à la lueur du feu, l'accusant de la traîtrise dont il avait souillé ce mariage.

Wyntoun MacLean serra plus fort sa femme dans ses bras – il n'avait plus beaucoup de temps pour réparer.

24

Les acclamations du clan rassemblé faisaient encore vibrer les poutres de la grand-salle et la vieille Janet arborait une expression dont Adrianne se souviendrait jusqu'au jour de sa mort.

Immobile entre Wyntoun et son mari John, la guérisseuse contempla un long moment, éberluée, la salle bondée avant que l'émotion ne rompe la digue. Les larmes se mirent alors à ruisseler sur ses joues. Elle tendit ses mains tremblantes pour étreindre la première personne qui s'approcha d'elle, émergeant de la foule souriante et ravie qui l'entourait.

Adrianne, qui se tenait sur le côté, s'essuya les yeux quand la vieille dame fut conduite vers l'estrade et le siège d'honneur à la table du laird. Janet s'assit au côté d'un Alexander MacLean épanoui, et John prit place auprès de lady Mara.

— Quand tu m'as demandé de mentir à Janet pour toi, je n'ai pas un instant deviné l'étendue de tes plans.

Elle sourit à Wyntoun qui, du pouce, lui effleura la joue pour en ôter une larme.

— Tu as eu du mal à la faire sortir de chez elle ?

— Dès que je lui ai dit que tu étais malade, non. John et moi l'avons montée sur mon cheval et elle a commencé à donner des ordres comme l'abbesse en personne. Je me mettais en route pour le château quand elle a obligé John à retourner au cottage chercher des herbes et des huiles. Elle lui a bien recommandé de ne pas s'arrêter et de ne pas perdre de temps à bavarder.

Adrianne éclata de rire.

— Oh… ceci est pour toi.

Elle lui montra un collier de glands de couleur argentée enfilés sur un lacet de cuir puis le lui noua autour du cou.

— Des glands argentés ?

Elle indiqua son propre collier.

— Tous les gens que Janet a un jour aidés ou soignés, ou dont elle s'est occupée, en ont.

Elle désigna dans la salle les nombreux membres du clan qui avaient au cou des glands dorés.

— Et tous ceux qu'elle a aidés à venir au monde portent des glands couleur d'or.

— Je vois. De ce minuscule fruit naît le puissant chêne. Cela représente tout ce qu'elle a fait pour que le clan prospère.

Il entrelaça ses doigts avec ceux d'Adrianne qui rougit sous son regard admiratif. Il lui baisa la main.

— Bravo, Adrianne ! Tu as remarquablement bien organisé cette fête afin que notre chère vieille Janet ait la preuve qu'elle est toujours aimée et que nous avons besoin d'elle.

Elle baissa modestement les yeux.

— Je ne suis pas la seule responsable ; on m'a beaucoup aidée. Mais cette réunion… ce n'est pas seulement pour que Janet ait autour d'elle les visages de ses vrais enfants. C'est aussi pour eux.

Elle se tourna vers l'estrade. Des hommes amenaient sur une palette un chêne qui avait deux fois la hauteur de Wyntoun, et que l'on plaça devant le siège de la guérisseuse. Soutenue par le laird et John, Janet s'avança jusqu'au bord de l'estrade.

— Comme dans les vieilles croyances à propos du chêne sacré… Cette femme représente la mère universelle, et nous sommes ses enfants. Ça m'étonnerait, mon ange, que les moines t'aient appris cela dans ton abbaye du Yorkshire.

Adrianne sourit et pressa plus fort le bras de son mari tandis que tous les gens portant des colliers ornés de glands dorés s'approchaient de l'arbre. Hommes et femmes, jeunes et vieux, défilèrent pour embrasser la main de Janet avant de suspendre leur collier aux branches du chêne. Tous lui exprimèrent leur gratitude. Certains riaient quand Janet évoquait le souvenir du temps où tel ou tel était bébé ou un peu plus grand. On invitait la guérisseuse et son mari à venir rendre visite dans la petite ferme ou le cottage des uns ou des autres.

— Et ils sont tous sincères, chuchota Wyntoun à Adrianne. Ce sont de braves gens. Il fallait juste leur rappeler le bien précieux qu'ils possédaient et considéraient comme acquis.

Elle opina, frissonnant sous le regard brûlant de passion de Wyntoun. Dans ses yeux, elle lisait plus de tendresse qu'elle n'aurait jamais imaginé y lire un jour ; dans sa poitrine, son cœur se dilata d'émotion.

— C'est votre tour, maître.

Cette voix, derrière eux, brisa le charme de l'instant. Tous deux regardèrent l'estrade et s'aperçurent que les membres du clan aux glands dorés avaient terminé leur défilé.

— Prête, milady ? demanda Wyntoun en offrant son bras à Adrianne.

Au bord des larmes, subitement incapable d'émettre un son, elle hocha la tête et s'avança au côté de son mari. Ils suspendirent leurs colliers avec les autres à une branche du chêne.

Lorsque la guérisseuse joignit leurs mains et effleura leurs visages en une bénédiction muette, Adrianne sut qu'ils venaient de franchir un seuil vers un nouveau départ.

Wyntoun contempla une dernière fois l'épaule nue d'Adrianne. Une mèche noire bouclait sur la joue de la jeune femme endormie, et il dut crisper les poings pour ne pas encore une fois caresser cette peau de satin, embrasser ces lèvres meurtries de baisers.

Les souvenirs de leur étreinte ardente, à la lueur des bougies dont la flamme à présent vacillait, assaillaient son esprit, tendaient ses nerfs.

Mais il n'y avait pas que cela. Cette nuit, l'amour, pur et infini, les avait soudés. Il était là, dans les mots d'Adrianne, ses soupirs, ses gestes... Les sentiments avaient jailli à la surface et s'étaient emparés d'eux comme une faim dévorante, insatiable.

Il savait qu'ils ne connaîtraient plus de tels moments ensemble pendant un certain temps et en avait donc savouré chaque précieuse minute.

Adrianne Percy était son trésor. Sa bien-aimée. Il pourrait bien passer une vie entière à chercher, jamais il ne trouverait une femme semblable à elle. Il était son prisonnier, captif d'une passion qui le surprenait. Il attendait impatiemment le jour où ce voyage serait terminé. Ce jour-là, enfin, il ouvrirait son cœur à Adrianne.

Ce fut Wyntoun MacLean qui sourit à son épouse assoupie, la gorge nouée par la tristesse. Seigneur ! Il ne voulait pas la perdre.

Cependant, ce fut la Lame de Barra qui se leva et sortit de la chambre.

L'équipage d'Alan travaillait dur afin d'apprêter *Le Barra* lorsque Wyntoun monta à bord. Les canots continuaient leurs allers et retours depuis le rivage avec les victuailles. Gillie, dans sa volonté de se rendre utile, fut auprès de son maître dès l'instant où Wyntoun eut déposé les cartes dans sa cabine et grimpé sur le haut pont d'observation, à la poupe.

— Je te charge de nouveau d'assister maître Coll, dit Wyntoun au garçon tandis qu'Alan les rejoignait. Personne ne connaît mieux la navigation que lui, Gillie. Tu apprendras beaucoup de cet homme.

Contenant avec difficulté son excitation et maintenant en place son nouveau bonnet de cuir, malmené par le vent qui précédait l'aube, Gillie acquiesça.

Il était plutôt fringant, dans la tenue qu'Adrianne avait fait confectionner pour lui. Wyntoun lui assena une claque dans le dos. Cette affaire l'intéressait, il avait hâte de voir si l'idée de son épouse améliorerait les maux du garçon.

Sans un mot, Gillie se tourna et fouilla le pont des yeux, à la recherche du vieux marin.

— Coll est encore à terre, mais nous avons deux ou trois mousses qui intègrent l'équipage, annonça Alan en désignant des jeunes gens qui portaient avec précaution des voiles roulées. Si tu allais leur donner un coup de main avant qu'il n'arrive ?

Gillie s'empressa d'obéir.

— Pourquoi Coll est-il encore à terre ? demanda Wyntoun tout en surveillant l'équipage qui s'activait. La marée va bientôt monter.

— Il sera là. Le laird l'a fait appeler.

— Je me demande ce que mon père mijote.

— Qui pourrait le dire ? Ah… ajouta Alan, désignant Coll et un garçon qui grimpaient à bord. Le voilà… avec le fils du forgeron.

Wyntoun jeta un coup d'œil au vieux marin que suivait un gamin que, de loin, il ne reconnut pas.

— Maudit vent ! maugréa Alan en scrutant l'entrée de la baie. Il nous faudra naviguer plus à l'ouest que nous ne l'avions prévu. Mais une fois passé l'île de Colonsay, on n'aura qu'à remettre le cap à l'est…

Wyntoun ne l'écoutait plus. Il concentrait son attention sur le garçon arrivé avec Coll. Son hésitation et les ménagements du vieux marin, tandis qu'ils marchaient sur le pont, l'intriguaient.

Adrianne ne ferait pas ça maintenant, n'est-ce pas ? Brusquement, il s'écarta d'Alan. Le vent qui se levait lui cingla le visage comme il s'approchait de la rambarde de la poupe. Les voix des mousses et de Coll aboyant des ordres retentirent.

— Par ici, mon garçon ! Non, pas comme ça ! cria Coll à la nouvelle recrue. J'ai dit à ton père que tu gagnerais ton pain et tu le gagneras, sacrebleu ! Si tu crois que je... là, tiens ça de cette façon ! Sinon, la Lame t'attachera à l'ancre du bateau et tu serviras d'appât pour les poissons. Tu m'as bien compris, chenapan ?

— Oui, monsieur, répondit le garçon avec cette intonation des très jeunes gens qui n'ont pas encore mué.

Coll lui mit en bandoulière un filet enroulé et le poussa en avant.

— Descends mon matériel et dépêche-toi, sinon le maître te fera tâter du fouet avant qu'on ait quitté le port.

Le gamin déguerpit à toute allure et Coll se retourna pour regarder le chevalier campé à la rambarde du pont.

— Qui est le nouveau moussaillon ? demanda Wyntoun à Coll qui s'approchait.

Le vieux marin frotta sa figure ridée.

— Oh, c'est le petit du forgeron de... d'Ulva.

Wyntoun observa le garçon qui descendait maladroitement l'échelle. Il se souvenait du vieux forgeron, mais ne se rappelait pas qu'il eût un fils.

— Le laird dit que la femme du forgeron est venue la semaine dernière se plaindre de tous les problèmes que ce gosse lui pose. Elle espérait qu'il trouverait un moyen de se rendre utile, puisque travailler avec son père ne l'intéressait pas du tout et...

— Laissez-moi deviner, bougonna Wyntoun. Et mon père à moi s'est empressé d'offrir à ce garçon un poste sur *Le Barra*.

— Vous connaissez le laird, rétorqua Coll avec un sourire penaud. Il pense qu'il n'y a pas de meilleure manière de fabriquer un homme que sur le pont d'un bateau.

— Et pourquoi avez-vous raconté à ce gamin que j'allais le battre ?

— Il faut qu'ils aient peur pour bien se conduire. Je m'arrangerai pour qu'il soit occupé et ne soit pas dans nos jambes.

À cet instant, Alan cria aux marins de lever l'ancre et de hisser les voiles.

— Comment s'appelle-t-il, ce gamin, à propos ? questionna Wyntoun.

— Euh... Adam !

Sur quoi Coll se hâta à son tour de s'éloigner. Wyntoun le suivit des yeux. Puis, sceptique, il jeta un nouveau coup d'œil au bas de l'échelle où le dénommé Adam avait disparu. Quelque chose clochait chez ce garçon.

Il secoua la tête. Il avait entière confiance en Coll et aurait sans hésitation remis sa vie entre ses mains. Le vieil homme le servait depuis que Wyntoun naviguait et, avant cela, Coll avait été le compagnon d'Alexander sur les mers et les océans.

Il secoua à nouveau la tête, regarda le rivage. Non, elle n'aurait pas fait ça. Pas après cette nuit. Elle avait foi en lui. Elle avait admis qu'il lui reviendrait avant que le message de ses sœurs n'arrive du nord.

Une fois de plus, son regard fut attiré vers l'échelle. Gillie émergeait de sous le pont et courait avec excitation vers Coll pour recevoir d'autres ordres. Il était forcément passé près de ce fameux Adam.

Wyntoun esquissa un sourire. Si Adrianne avait été à bord, Gillie n'aurait pas quitté sa maîtresse d'une semelle pour tout l'or de la Nouvelle-Espagne.

Alan appela alors Wyntoun et le Highlander détourna son attention de l'échelle. Non ! Adrianne n'avait pas le pied marin. Jamais elle ne serait montée à bord, sauf si elle pensait qu'il était temps de se lancer à la recherche de sa mère... Or, Wyntoun était certain qu'elle n'avait aucun soupçon à ce sujet.

Il se dirigea vers son capitaine. En cet instant, Adrianne devait être en train de s'éveiller. Wyntoun sourit rêveusement en se représentant le ravissant tableau de sa jeune épouse se levant du lit dévasté par leurs ébats nocturnes.

D'un œil las, le vieux marin contemplait la jeune femme affublée d'une tenue dépenaillée de garçon, et dont l'estomac se retournait comme une chaussette dans un seau.

— Je vous le dis, milady, je devrais vous emmener tout de suite dans la cabine de votre mari. Si j'avais un peu plus de jugeote qu'une méduse...

— Non, maître Coll, grogna-t-elle sans même relever la tête.

Elle avait enlevé son bonnet et de fines mèches de ses cheveux étroitement tressées sur le sommet de son crâne s'étaient échappées et encadraient à présent son visage verdâtre.

— Vous avez dit vous-même qu'on ne lui parlerait pas avant le milieu de l'après-midi, sinon il fera demi-tour pour me ramener à Mull.

— En effet, milady, après avoir jeté ma carcasse à la mer.

Prise d'un nouveau haut-le-cœur, elle replongea la tête dans le seau. Un moment plus tard, essuyant sa bouche sur la manche rêche de sa chemise en laine, elle bredouilla :

— Vous n'êtes pas responsable, j'insisterai là-dessus. Vous avez seulement suivi les ordres du laird en m'emmenant.

— Et vous croyez que c'est une réponse ? La Lame sera dans une telle fureur que personne n'en réchappera... *Personne* !

Une vague plus forte que la précédente eut raison, une fois de plus, de l'estomac d'Adrianne. Coll, découragé, poussa un soupir à fendre l'âme.

— Je n'en reviens pas de m'être laissé entraîner dans cette histoire ! J'aurais dû dire non au laird. Maintenant, je suis au service de son fils. Et *vous*, milady, ajouta-t-il d'un ton accusateur, je ne sais pas quel genre de magie vous avez utilisée sur le laird et sa femme, mais en tout cas, je ne l'ai jamais vu accepter si volontiers une pareille filouterie.

Elle n'avait pu le laisser partir sans elle. Plus maintenant. Pas après tout ce qui s'était produit au cours des derniers jours. Elle devait être avec lui… auprès de lui.

Dans un instant de folie, la veille, pendant la fête en l'honneur de Janet, Adrianne s'était adressée à Mara. Chacun dans le château, semblait-il, avait conscience de la faille entre les jeunes mariés, aussi Mara avait-elle accepté l'idée avec son énergie caractéristique.

À présent, cependant, malade comme un chien, Adrianne se reprochait d'avoir agi si impulsivement. Un jour, peut-être, songea-t-elle avec amertume, elle écouterait Wyntoun.

— Je n'aurais pas… dû faire ça, Coll. Je… ne suis pas une… navigatrice…

— Pas possible ? Figurez-vous que je m'en étais rendu compte, milady.

Sincèrement apitoyé, Coll prit une couverture sur le sol et la drapa autour des épaules de la jeune femme.

— Vous êtes sûr qu'on ne va pas me découvrir, ici ? bredouilla-t-elle en balayant du regard la cale faiblement éclairée.

Coll approcha d'elle quelques-unes des voiles enroulées.

— Si quelqu'un descend, couvrez-vous avec ça. Vous serez en sécurité, au moins jusqu'à la tombée de la nuit. Un des mousses viendra certainement chercher un endroit où dormir, mais je veillerai au grain.

— Avec un peu de chance, nous n'aurons pas à attendre la nuit.

— Non, milady. Grâce à ce vent, le navire va à une bonne allure.

Comme elle se mettait à trembler violemment et était encore en proie à la nausée, il fronça les sourcils. Pourvu qu'elle tienne le coup !

— Laissez-moi vous envoyer Gillie pour qu'il s'occupe de vous.

— Non, non ! répondit-elle d'un ton véhément. Il ignore ma présence à bord, et je veux qu'il reste dans l'ignorance. Le pauvre garçon n'a pas besoin d'ennuis supplémentaires.

Elle plongea une main dans la chemise en lin qu'elle portait et en sortit un petit sachet de toile.

— Lady Mara m'a donné ça ce matin. Une poudre à faire fondre dans un peu d'eau pour soulager mon estomac… au cas où j'aurais le mal de mer.

— Eh bien, je dirais qu'il est grand temps de l'avaler, milady. Personnellement, je n'ai jamais vu quelqu'un de plus malade que vous depuis que j'ai commencé à naviguer.

Il prit le sachet de la main tremblante d'Adrianne.

— Je vais vous mélanger ça et je reviens tout de suite.

25

Le galion de facture espagnole s'approchait à vive allure du navire de taille plus modeste de la Lame de Barra. Posté à la proue avec Alan, Wyntoun scrutait la houle.

— Tu vois ces couleurs, Wyn ? Encore ces sales Danois, grommela le capitaine.

Le soleil à son zénith avait dissipé la brume matinale. Les pavillons étaient parfaitement visibles, et le galion filait droit sur eux.

— Et regarde-les se vanter d'avoir remporté un aussi beau trophée, de s'être emparés de ce superbe navire ! Sa ligne de flottaison est basse… Ces bâtards auraient été plus malins de garder leur cap et de rentrer directement chez eux. Je crois qu'ils ne savent pas à qui ils ont affaire.

— En d'autres circonstances, j'aurais été ravi de vider le ventre plein d'or de ce galion, répliqua Wyntoun. Mais pour l'instant, pas de bataille, car nous allons chercher un autre trésor.

— Ça m'étonnerait qu'ils nous demandent notre avis. S'ils viennent sur nous, j'ai bien l'impression que c'est pour nous accoster. Et avec ce vent, on ne pourra pas les distancer.

Wyntoun considéra de nouveau le galion. À l'évidence, les canons étaient en position d'attaque. Les matelots ennemis s'activaient sur le pont, armés et prêts à en découdre.

La main en visière, il scruta l'horizon pour repérer l'autre vaisseau danois qui s'était emparé du galion.

Il devait y avoir un certain nombre d'Espagnols toujours à bord de ce galion, et qui étaient forcés de manœuvrer le navire pour les Danois. Ils ne représentaient donc pas des combattants très redoutables ni animés d'une farouche volonté de vaincre.

— Eh bien, advienne que pourra, cousin ! dit Wyntoun. Même d'ici, il est clair que ces barbares flairent déjà l'odeur du sang.

— Oui, mais c'est celle de leur propre sang qu'ils sentent, ces pauvres imbéciles.

Wyntoun eut un sourire malicieux.

— Alan, il me semble qu'il est temps pour nous d'ajouter un galion à notre flotte.

La Lame de Barra jaugea rapidement la situation. Dans un bref moment, les navires seraient suffisamment près l'un de l'autre pour que les marins du galion ouvrent le feu. À en juger par la vitesse et la direction de l'imposant navire, Wyntoun était prêt à parier qu'il poursuivrait alors sa course parallèlement à sa cible. Cela fournirait aux Danois l'opportunité de les canonner jusqu'à ce qu'ils décident que l'abordage était sans danger.

— À bâbord toute, Alan. Ils se sont escrimés à déplacer leurs canons à bâbord, eh bien, nous n'avons qu'à frapper à tribord. Coupons-lui la route, aussi près de la poupe que possible.

— D'accord, répliqua Alan, les yeux étincelants. On va lui racler la peinture de la quille !

Les ordres furent vite transmis et, en quelques minutes, l'agile navire s'élança pour ce qui paraissait devoir être une collision avec le galion. La panique à bord du vaisseau danois fut immédiate et évidente. Les hommes se précipitaient sur les ponts.

— Coll ! appela Wyntoun. Préparez les canons à la proue et sur le pont principal, sous le vent, et faites en sorte que les hommes soient prêts avec les grappins !

— Oui, milord, vociféra le vieux marin en s'attelant à la tâche.

De l'endroit où il se tenait, Wyntoun pouvait voir que ses guerriers étaient parés à se jeter comme autant de guêpes sur le pont du *Barra*.

— Wyn, nous allons essuyer le feu du…

L'avertissement d'Alan fut interrompu par le son des canons qui les visaient. Un boulet ricocha sur la crête d'une vague avant de s'écraser contre la coque du navire. Wyntoun leva les yeux tandis que deux autres projectiles lacéraient les voiles au-dessus d'eux.

— Feu ! ordonna-t-il.

La riposte fut assourdissante. Les deux navires continuaient à se rapprocher, la fumée crachée par la gueule des canons s'épaississant de plus en plus. Quand *Le Barra* ne fut plus qu'à une longueur de l'ennemi, le galion le bombarda avec une telle force qu'une dizaine de Highlanders en tombèrent à genoux.

On n'avait pas le temps d'inventorier les dégâts. Les deux bateaux étaient si proches que Wyntoun pouvait lire diverses expressions sur le visage des Danois : exaltation, peur, stupéfaction.

Un instant après, alors que le galion faisait feu par la proue, le mât de beaupré du *Barra* déchira le pavillon danois flottant en haut de la quille ennemie.

— Sous le vent toute !

Le Barra vira de bord, percutant le flanc du galion dans un énorme fracas, craquement retentissant de bois heurtant violemment le bois. Le vaisseau ennemi, momentanément privé de vent par les voiles écossaises qui le lui volaient, ralentit. Les grappins, au bout de leurs cordes, sifflèrent dans l'air. Les canons écossais retentirent, taillant des tranchées sanglantes sur les ponts danois.

Poussant le sauvage cri de bataille de leurs ancêtres celtes, les hommes de Mull prirent le galion à l'abordage. Wyntoun ne s'était pas trompé ; les Espagnols n'avaient aucune envie de combattre, et les Danois étaient trop peu nombreux pour résister vraiment.

L'intensité de la bataille retomba assez vite, et la Lame de Barra monta sur le pont du vaisseau capturé, mesurant du regard les dégâts.

— Sir Wyntoun ! cria Gillie depuis le pont du navire écossais. Maître Coll est blessé !

Tout en lançant des ordres à ses guerriers, Wyntoun se saisit d'une corde et, d'un bond, retourna à bord de son bateau. Alan et Gillie étaient accroupis près du vieux marin inanimé.

— Coll !

— Apparemment, dit Alan en levant les yeux vers Wyntoun, le vieux loup de mer a pris un coup sur le crâne.

Coll grogna, tenta de s'asseoir, puis retomba en arrière, de nouveau inconscient.

— Il guérira, milord ? demanda Gillie anxieusement.

— Il faudra plus que ça pour abattre le vieux Coll, mon garçon, répliqua Wyntoun.

Comme il se tournait pour ordonner à deux marins qui se tenaient tout près de veiller sur Coll, un jeune garçon monta à toute allure de la cale.

— Maître Alan, il y a une voie d'eau en bas !

— Quoi ?

— Turk m'envoie vous dire que *Le Barra* est en train de couler ! À la proue, toute la coque est ouverte à la ligne de flottaison !

Les deux hommes se hâtèrent de descendre et découvrirent qu'effectivement le navire prenait l'eau. Il ne fallut à Wyntoun qu'un instant pour se décider.

— Maudits Danois ! jura-t-il d'un air féroce. Alan, fais transborder le maximum à bord du galion. On doit abandonner *Le Barra*, ajouta-t-il en se dirigeant vers l'échelle. J'ai les cartes et quelques autres objets dans ma cabine que je dois aller chercher.

En moins d'une heure, tout était sur le pont du galion, et le désastre à peu près réparé. Les mâts et le gréement du vaisseau espagnol avaient subi peu de dégâts, et les ennemis survivants étaient sous bonne garde dans la cale.

— Tu avais raison, Wyn, dit Alan avec un de ses rares sourires lorsque le chevalier fut à bord. Notre prise est gorgée d'or, d'argent et de coffres pleins d'émeraudes et de rubis provenant de la Nouvelle-Espagne.

Wyntoun assena à son cousin une tape satisfaite sur l'épaule.

— Alors, tu nous crois capables de manœuvrer ce bijou ?

— Bien sûr, Wyn… les yeux fermés.

Souriant, Wyntoun tendit à Alan le paquet en cuir huilé qui renfermait les cartes de Percy.

— Mets-les en sécurité. Et compte les hommes et les mousses. Il nous faut laisser aller notre navire le plus vite possible.

Wyntoun traversa le pont pour rejoindre Gillie, assis près de Coll. Le marin blessé avait à présent la tête bandée. Il avait repris des couleurs et respirait beaucoup mieux, même s'il gémissait et se débattait pour retrouver ses esprits.

— Il s'en tirera, Gillie, assura Wyntoun d'un ton rassurant.

Après quoi, il se dirigea vers la rambarde où les grappins maintenaient toujours fermement *Le Barra*. Les sourcils froncés, il contempla son bateau que la mer engloutirait bientôt. Quelle que soit la valeur du trophée qu'ils avaient capturé, voir sombrer *Le Barra* l'attristait.

Combien de tempêtes avait-il affrontées avec lui, combien de batailles avait-il remportées grâce à lui ?

Ce navire avait fidèlement servi deux générations de MacLean. D'abord Alexander, puis Wyntoun. Une foule de souvenirs l'assaillit tandis qu'il levait la tête vers le gréement.

Il n'y avait pas moyen de sauver le navire des MacLean, Wyntoun le savait. Au moins, il disparaîtrait comme devait disparaître un guerrier.

— Nous avons seulement perdu Jock, le pauvre diable, et il manque deux doigts au jeune Jemmy, dit alors Alan qui venait de le rejoindre. Sinon, à part quelques coupures, brûlures et bleus… nous avons bon pied bon œil.

— Coll est toujours dans les pommes ? demanda le Highlander.

— Oui, Gillie veille sur lui comme une mère poule. Mais notre vieux loup de mer n'arrête pas de marmonner le nom d'un certain Adam.

— Ah oui. Adam, le fils du forgeron.

— Qui ?

— Adam… le fils du vieux forgeron, répéta Wyntoun. Le gamin que Coll a amené.

— Je ne connais pas d'Adam. Le gamin du forgeron s'appelle Robbie, et je ne l'ai vu nulle part.

Alan jeta un regard circulaire et parut tendre l'oreille.

— Il… il me semble que j'ai entendu crier…

Instantanément, le visage de Wyntoun s'obscurcit.

— Bon sang ! s'exclama-t-il en sautant d'un bond par-dessus la rambarde pour atterrir sur le pont du *Barra*. Adrianne !

Il courut vers le château de poupe. Tandis qu'il s'enfonçait dans les entrailles du navire, celui-ci gémit de toute sa carcasse et gîta davantage sur le flanc gauche.

Peut-être était-ce cette sensation qu'un étau lui comprimait la poitrine, cette nausée qui lui tordait brusquement le ventre, mais Wyntoun avait soudain eu la certitude qu'elle était là – accoutrée comme un gamin dénommé Adam, et sur le point de sombrer sur les vestiges de son propre vaisseau.

— Adrianne !

Le château de proue était vide, aussi retourna-t-il en toute hâte sur le pont principal. L'écoutille était ouverte et il se laissa tomber dans la cale glauque. À chacun de ses pas, ses bottes soulevaient une giclée horriblement puante de sentine et d'eau de mer.

— Adrianne !

Des tonneaux flottaient autour de lui. Wyntoun les repoussa d'un coup de pied. En quelques minutes, il fut immergé dans l'eau glacée jusqu'à la taille

— Wyn ! cria Alan depuis le pont, au-dessus de lui. Il faut couper les cordes, maintenant.

— Adrianne, où es-tu ? hurla le Highlander, indifférent aux injonctions de son cousin.

Soudain, il crut entendre le faible écho d'une voix. Il se figea, le cœur cognant à tout rompre. D'où venait ce son ?

Le temps filait à toute allure et jouait contre eux. Au hasard, Wyntoun fonça à travers un amas de barils qui tressautaient et cognaient rudement une cloison.

— Adrianne !

Il perçut un gémissement ; c'était tout ce qu'il demandait. Bandant tous ses muscles, rassemblant toute sa force, il éloigna les lourdes barriques. Il ne vit que de l'eau boueuse.

Soudain, une main le toucha sous le genou. Sans réfléchir un instant, il plongea. Elle était là ! Elle remuait bras et jambes avec difficulté, luttant pour sortir la tête de l'eau.

Wyntoun la saisit par la taille et l'attira contre lui. En une seconde, ils furent tous deux à la surface. Adrianne reprit sa respiration. Jamais, de toute son existence, Wyntoun MacLean n'avait entendu un son aussi doux.

Il effleura son visage, s'assura qu'elle n'était ni blessée ni meurtrie. Il avait conscience de la maladresse de ses gestes, mais il avait eu si peur de la perdre que seul comptait le soulagement de l'avoir sauvée.

— Wyn !

Le cri d'Alan sur le pont parvint à son cerveau. Dans la cale, les eaux frappaient les parois chaque fois qu'une vague secouait le navire. Wyntoun souleva son épouse défaillante et se dirigea vers l'échelle.

— Mais qu'est-ce que... s'exclama le capitaine en se penchant au-dessus de l'écoutille tandis que son cousin commençait à monter.

En hâte, Wyntoun aida Adrianne à gravir les échelons. Sur le pont, Alan prit le relais pour extirper de la cale la jeune femme chancelante.

— Je te présente Adam, le fameux fils du forgeron, dit Wyntoun. Ou plutôt... ma femme.

Le capitaine ne put cacher son ébahissement.

— Est-ce que quelqu'un était au courant de sa présence à bord ? Par tous les saints ! On a failli partir sans elle. Elle se serait noyée et nous ne l'aurions jamais su.

— Garde tes commentaires pour plus tard. Il faut se dépêcher de regagner le galion.

Ils se hâtèrent d'abandonner *Le Barra* qui s'abîmait. Ignorant le tumulte qui accueillit leur arrivée à bord du vaisseau espagnol, Wyntoun conduisit Adrianne jusqu'à la cabine en poupe, talonné par un Gillie éberlué.

— Coupez les cordes et laissez couler notre navire ! cria le chevalier à ses matelots avant de quitter le pont.

Dans la cabine, Wyntoun débarrassa son épouse de ses habits trempés et l'enveloppa d'une épaisse couverture. Adrianne ouvrit les yeux, le regarda et lui adressa un faible sourire. Puis elle ferma ses paupières et s'endormit.

Elle reposait paisiblement, ses traits reflétant une confiance absolue.

Bon sang ! Wyntoun se sentait tellement impuissant ! Tout ce qu'il pouvait faire était s'asseoir au chevet de la jeune femme et lui tenir tendrement la main en attendant qu'elle recouvre ses esprits.

Quel imbécile ! se gourmanda-t-il. Il aurait dû se fier à son instinct, à sa première impression lorsqu'il l'avait vue monter à bord. Fort heureusement, le sort lui avait donné une seconde chance. Elle aurait pu sombrer avec le navire des MacLean, il aurait pu la perdre à tout jamais… Cette idée lui était insupportable.

Adrianne lui était devenue plus vitale que l'air qu'il respirait. Il remuerait ciel et terre s'il le fallait pour qu'elle comprenne à quel point il l'aimait. Qu'il rôtisse en enfer s'il échouait dans son rôle d'époux !

26

Adrianne ouvrit les yeux et, d'un air absent, contempla les poutres en chêne qui quadrillaient le plafond. Des branches de lierre entrelacées de roses, peintes dans des couleurs vives – vert, rouge et jaune – ornaient le bois. La pensée que des marins, ces personnages souvent frustes, aient si joliment décoré sa cabine la fit sourire.

Elle porta une main à son front. C'était un miracle : l'horrible migraine qui lui vrillait les tempes quelques minutes plus tôt venait de disparaître. Tout autour d'elle était immobile, ni roulis ni tangage. Son estomac ne la tourmentait plus. Elle s'étira comme une chatte, remua ses orteils sous les draps de lin.

Puis, brusquement, la panique la saisit.

Par la Sainte Vierge ! Elle se rappelait tout à coup son intention d'informer Wyntoun de sa présence à bord. Trop tard. Elle s'adossa aux oreillers et jeta un regard autour d'elle. Cette chambre ne ressemblait en rien à une cabine de navire, et encore moins à la cale humide où elle s'était cachée.

Soudain, les souvenirs fulgurèrent dans son esprit et reconstituèrent la trame du passé récent. Maître Coll l'avait rejointe avec un pichet d'eau potable. Elle avait avalé le remède que lui avait donné Mara et peu après le sommeil s'était emparé d'elle, lui épargnant ces terribles nausées.

Elle avait rêvé d'une bataille navale, de tirs de canons. Et puis… l'eau glacée. Cette sensation de froid qui pénétrait tout son corps. Des espèces de serpents s'étaient enroulés autour de ses bras et de ses jambes, l'entraînant dans les profondeurs marines. Ses poumons réclamaient de l'air. Elle luttait, s'accrochait à ce qu'il lui restait de forces. Soudain, dans les limbes de sa conscience, elle ne fut plus qu'une âme flottant au-dessus des eaux sombres, contemplant son corps emporté tel un fétu de paille par les courants marins.

Et puis... le cri de Wyntoun. Comme un archange surgissant d'un très lointain paradis terrestre, son époux l'avait appelée, l'arrachant aux griffes de la Faucheuse. Elle n'avait pas hésité une seconde. Il fallait qu'elle l'aide à trouver son corps dans la cale inondée et survive. Elle avait alors mollement tendu hors des flots un bras que son mari avait agrippé.

Adrianne enfouit son visage dans ses mains tremblantes. Elle eut le vague souvenir de Wyntoun qui l'étreignait et l'enveloppait dans une couverture. Elle avait soulevé avec peine ses lourdes paupières, et vu la mine soucieuse de son mari. Ses yeux verts exprimaient une tendresse infinie, une douloureuse inquiétude.

Elle avait alors compris qu'elle était en sécurité, qu'il se trouvait à son chevet et la protégeait. Elle s'était alors abandonnée au sommeil salvateur.

Baissant les mains, elle examina une fois de plus le décor inconnu. Un grand lit, un fauteuil en bois sculpté garni d'un coussin brodé, un coffre imposant appuyé contre une cloison. Le feu de tourbe dans la petite cheminée semblait avoir été récemment tisonné.

Elle tourna la tête vers l'unique fenêtre fermée de la chambre. Dehors, on entendait mugir le vent marin.

Adrianne repoussa les couvertures et se mit debout sur les tapis tressés qui protégeaient le sol. Elle était pieds nus. Au lieu de la tenue de garçon qu'elle arborait à son départ de Duart Castle, elle portait à présent une chaude chemise de nuit en laine, à manches longues.

Elle se félicita d'être aussi confortablement vêtue lorsqu'elle ouvrit la fenêtre. Une violente bourrasque lui cingla le visage. Serrant sa luxuriante chevelure noire sur sa nuque, elle observa l'à-pic qui dégringolait au-dessous de sa chambre. Après plusieurs remparts, une large rivière gris-vert s'étirait de gauche à droite et une lande moutonnante semée de fougères et de pins s'étendait au-delà.

Apparemment, elle était au sommet d'un piton rocheux. Dans un château au sommet d'un piton rocheux, rectifia-t-elle en s'appuyant sur la tablette de la fenêtre pour examiner d'un côté et de l'autre l'impressionnant édifice de pierre perché si haut au-dessus de la rivière. Elle avait beau plisser les paupières, s'user les yeux, elle n'apercevait pas le moindre signe du navire de Wyntoun.

— Il m'a laissée toute seule ici... murmura-t-elle, désemparée.

Il avait dû faire escale en ce lieu, l'y déposer et poursuivre son voyage.

Certes, elle n'avait aucun droit de se plaindre. Une fois de plus, elle était fautive. Irresponsable, inconsciente. Elle avait, comme à son habitude, agi sans réfléchir aux conséquences.

Et *Le Barra* ? songea-t-elle, affolée. Il lui revenait en mémoire des souvenirs confus du navire qui prenait l'eau par des trous béants dans la coque. Qu'était-il arrivé au cher bateau de Wyntoun ? Avait-elle simplement rêvé ? Et le reste, cette autre cabine où il l'avait emmenée ?

Elle s'écarta de la fenêtre et, frénétiquement, fouilla la pièce en quête de vêtements. Elle s'apprêtait à passer en revue le contenu du coffre, lorsque la porte de la chambre s'ouvrit. Adrianne sursauta et se retourna.

Gênée, elle tenta de remettre un peu d'ordre dans ses cheveux emmêlés et salua d'un hochement de tête hésitant une dame élégante, à la chevelure argentée.

— Bonjour, dit-elle, circonspecte.

— Bonjour, milady. Cependant, je me dois de vous dire que nous nous sommes déjà vues dans l'après-midi.

Le sourire de la femme était chaleureux et accueillant. Elle portait sur un bras une robe en lainage gris et tenait à la main des bas et des souliers.

— Je m'appelle Bridget. Je suis la gouvernante de cette maisonnée.

Captant le regard qu'Adrianne rivait sur la robe, elle ajouta, amusée :

— J'ai appris que vos affaires s'étaient perdues dans le voyage, aussi vous ai-je apporté une des robes de la fille de lady Celia. Elle vous la donne avec plaisir, et il me semble qu'elle a la même taille que vous.

— Lady Celia ? demanda Adrianne en prenant le vêtement avec reconnaissance.

Elle dévisagea fixement Bridget.

— Où suis-je, si je puis me permettre de poser cette question ? Et qui est lady Celia ?

— Mais voyons, lady Celia Campbell, et vous êtes à Dumbarton Castle, milady. Ce château appartient au comte d'Argyll, lord Colin Campbell. Bien sûr, la famille passe la majeure partie de son temps à Kildalton Castle, précisa Bridget en s'approchant de la fenêtre ouverte. Heureusement que le comte et son épouse étaient là lors de votre arrivée ! Regardez en bas, c'est la rivière Clyde.

— Près de Glasgow ?

— Exactement, milady. Ce n'est qu'à deux ou trois heures, avec un bon petit bateau et un vent favorable.

Tandis que la femme fermait la fenêtre, Adrianne s'habilla rapidement puis observa sa visiteuse. Elle en avait entendu beaucoup sur le puissant Colin Campbell et l'influence qu'il exerçait sur la politique écossaise. Elle connaissait également d'innombrables anecdotes sur son intrépide épouse, la femme guerrière qui avait sauvé la vie du roi Jamie, qui n'était encore qu'un enfant, à la suite de la fatale bataille de Flodden.

Mais comment avait-elle atterri si près de Glasgow ? se demanda Adrianne.

— Est-ce mon mari qui m'a amenée ici ?

— Oui, milady.

— Je croyais pourtant… je croyais que les MacLean et les Campbell n'étaient pas dans les meilleurs termes.

— Je sais seulement, milady, qu'il existe certaines choses capables de lier même les pires ennemis.

— Savez-vous où est parti mon époux ?

— Parti ?

La gouvernante prit dans le coffre un châle aux couleurs du clan Campbell.

— Mais il est encore ici, milady ! Lord Colin et lady Celia ont reçu beaucoup d'autres visiteurs au cours de la semaine dernière.

Voilà les mots les plus réconfortants que cette femme avait prononcés jusqu'ici, songea Adrianne. Ainsi, Wyntoun n'avait pas été furieux au point de s'en aller sans elle. Surexcitée, elle enfila les bas et les souliers en cuir souple. Il fallait qu'elle le voie, qu'elle lui explique tout. Il devait se poser tant de questions !

Soudain, son cœur se serra. Pauvre maître Coll ! Le vieux marin avait certainement essuyé les foudres de Wyntoun.

Les explications et les excuses qu'elle aurait à présenter se mélangeaient dans l'esprit d'Adrianne pendant que Bridget, tranquillement, l'aidait à lacer le dos de sa robe. Indubitablement, elle était en tort. Sans la moindre circonstance atténuante. Oui, totalement coupable de trop l'aimer.

Elle devait le voir, se justifier…

Imposer un semblant d'ordre à ses mèches rebelles était un authentique défi. Heureusement, la gouvernante lui vint de nouveau en aide, la forçant doucement à s'asseoir pour lui natter les cheveux.

— Lady Celia est impatiente de vous rencontrer dans la grand-salle dès que vous serez prête. Depuis son arrivée de Kildalton Castle, elle a été assez occupée, mais elle tient absolument à ce que vous…

Bridget continua à parler tout en s'affairant. Cependant, l'esprit d'Adrianne bourdonnait de tout ce qu'elle avait à expliquer à son mari. Il ne pouvait qu'être fâché contre elle. En se cachant sur *Le Barra*, elle lui avait en quelque sorte fait un affront et prouvé qu'elle ne se fiait pas à lui.

Oui, en jouant les passagères clandestines, elle avait trahi sa confiance.

Dès que la gouvernante eut fini de la coiffer, Adrianne se leva et se dirigea vers la porte. Elle s'arrêta sur le seuil pour jeter un regard à Bridget qui ne dissimulait pas son amusement.

— Quel chemin dois-je emprunter ?

— Ici, à Dumbarton, c'est un peu biscornu. Mais pour descendre, vous ne trouverez qu'un seul escalier. Il vous mènera jusqu'en bas. Gardez votre droite, et vous arriverez dans la grand-salle.

— Je vous remercie infiniment.

— Surtout, n'ayez pas peur des chiens. Ils sont trop vieux pour être méchants et…

Adrianne n'écouta pas le reste de la phrase et s'élança dans le corridor.

Le château paraissait beaucoup plus ancien que Duart Castle. Néanmoins, à en juger par l'odeur de mortier et de chaux qui flottait dans l'air, Adrianne eut l'impression qu'on entreprenait des réparations. En haut des marches, elle faillit heurter un très jeune serviteur qui avait environ l'âge de Gillie et qui transportait une brassée de tourbe. Un chien noir trottinait derrière lui.

— Bonjour, milady ! dit le garçon à la frimousse constellée de taches de rousseur.

— Bonjour à toi, répondit Adrianne en souriant et se plaquant contre le mur pour le laisser passer.

— Je peux vous aider, milady ?

— Eh bien… oui, répliqua-t-elle après une seconde de réflexion. Je cherche mon époux, sir Wyntoun MacLean. Serait-il dans la grand-salle ?

— Ah non, justement j'en viens, milady, dit le gamin en secouant vigoureusement la tête. Lui, lord Colin et tous les autres hommes sont encore réunis dans l'armurerie de la Tour Blanche.

— Et où est l'armurerie de la Tour Blanche ?

— En bas de ces marches, vous trouverez une porte qui ouvre sur la cour. Si vous suivez le mur et que vous montez un peu la colline, vous la verrez, la tour.

Adrianne réfléchit, les sourcils froncés.

— S'il y a d'autres hommes là-bas, peut-être serait-il préférable que j'attende dans la grand-salle.

— Ils y sont depuis le milieu de la matinée, milady, affirma le petit serviteur, avec rien à manger. À mon avis, le temps que vous montiez là-haut, ils pourraient bien sortir.

Adrianne devait parler à son mari en privé. Il fallait le persuader – non, l'obliger à comprendre qu'elle n'avait pas songé un instant à se montrer déloyale envers lui. Peut-être qu'attendre dehors jusqu'à ce que ces hommes aient terminé leur réunion était la solution. Elle pourrait discuter avec lui là-bas, dès que les autres auraient regagné la grand-salle.

Elle remercia le gamin aux taches de son, dévala l'escalier et sortit.

L'air était frisquet, le soleil de l'après-midi illuminait le ciel. De l'autre côté de la cour, plusieurs bâches goudronnées semblables à des voiles étaient fixées sur des cadres de bois comme ceux que l'on voyait sur les marchés, et des dizaines de guerriers se tenaient autour de trois ou quatre feux. Pas un ne jeta un regard à Adrianne tandis qu'elle longeait le rempart. Très vite, elle repéra la tour perchée sur la colline escarpée, même si l'édifice ne méritait pas qu'on le qualifie de blanc ; la pierre était du même gris brunâtre que le reste du château. Quoi qu'il en soit, c'était bel et bien l'unique tour à l'horizon.

N'apercevant personne qui quittait le bâtiment ou montait la garde, Adrianne grimpa la pente et ne ralentit qu'à une courte distance de la porte en chêne livrant accès à l'intérieur de la tour.

Le vent soufflait par rafales qui transperçaient méchamment le lainage de la robe d'Adrianne. Malgré le châle qui l'enveloppait, elle frissonna et commença à éprouver un léger étourdissement dû à la fatigue de son ascension. Pour une fois, le froid ne contribuait pas à lui redonner de la vigueur.

Elle entreprit de se frictionner les bras, de taper des pieds pour faire circuler le sang. Pas question d'avoir la fièvre, de tomber malade. Son époux avait suffisamment de soucis sans qu'elle lui en cause davantage.

Elle contempla encore un instant la porte de la tour puis, résolument, marcha droit vers elle. Poussant le battant, elle jeta un œil dans l'entrée obscure. Il n'y avait personne. Rassemblant son courage, Adrianne se faufila à l'intérieur et referma la porte sur une bourrasque de bise glaciale.

En haut d'un étroit escalier qui épousait la courbe du mur, elle distingua l'écho assourdi de voix masculines. Les mots étaient difficilement compréhensibles, contrairement aux intonations qui passaient tour à tour de l'excitation au calme, de l'agitation au raisonnement.

Soudain, elle reconnut la voix de Wyntoun.

Grimpant les marches, elle se retrouva sur un palier devant une porte massive en chêne clouté et bardé de fer, qui ne laissait filtrer aucun bruit.

Elle leva les yeux vers le niveau supérieur, où la porte était également close mais l'atmosphère plus chaude, et se mordilla la lèvre, indécise. Que faire ? Aller attendre au chaud là-haut, ou rester sur ce palier ?

Brusquement, la discussion reprit, plusieurs hommes parlant en même temps.

Les Borders… Henri… Percy…

On venait de prononcer le patronyme d'Adrianne, cependant le sujet de la conversation demeurait nébuleux. Puis une voix grave domina les autres.

— Nous ne pouvons pas nous en remettre à vous seul, Henri.

Il y eut des grommellements et un concert de « oui » dans le groupe.

— Diana est peut-être partie volontairement.

Adrianne se pressa contre la porte, les mains sur le loquet.

— Elle n'aurait pas fait cela. Pas après notre mariage.

— Mais elle a été emmenée comme prisonnière, trahie par ceux en qui elle avait confiance.

— Elle n'aurait pas suivi ce moine de son plein gré. Elle a été enlevée, je vous l'affirme !

Avant même de s'en rendre compte, Adrianne se retrouva dans la pièce. Un chevalier tout en muscles revêtu d'une cotte de maille se tourna vers elle d'un air stupéfait, la considéra un bref instant, puis s'écarta pour lui livrer passage.

Un parfum d'encens imprégnait l'atmosphère. Chevaliers, guerriers et religieux, immobiles, la contemplèrent longuement en silence. Au mur, au-dessus d'un râtelier de hallebardes, de lances et d'épées, trônait une grande croix. Un voile bleu ourlé d'or avait été drapé sur cette croix avec un soin méticuleux.

Le regard d'Adrianne s'attarda sur ce voile, un souvenir frémissant dans sa mémoire – une sensation de familiarité qui luttait pour remonter à la surface de sa conscience… un sentiment de foi.

Elle reporta son attention sur le visage des hommes présents dans la pièce.

— Je vous ai entendus mentionner Diana Percy, dit-elle d'une voix tremblante.

Les genoux flageolants, elle s'avança et ajouta d'une voix plus forte :

— Si vous avez des nouvelles de ma mère, je dois le savoir.

Le silence seul lui répondit. Sur les rudes figures qui lui faisaient face, dont certaines étaient marquées par des cicatrices de guerre, elle ne lisait que froideur et même, parfois, du mépris.

— Mes sœurs et moi avons été informées qu'elle était déjà emprisonnée en Angleterre, et voilà que j'apprends de vous des nouvelles bien différentes…

Les mots moururent dans sa gorge. Jamais, de toute son existence, Adrianne n'avait eu à ce point l'impression d'être une intruse. Jamais elle ne s'était sentie aussi importune, aussi détestée, même auprès de l'abbesse de Barra.

Et pourtant, ces hommes lui rappelaient tellement Edmund Percy, son père… De nouveau, elle regarda la croix.

Oh… mais bien sûr ! Les femmes étaient interdites en ce lieu ! Adrianne ignorait d'où lui venait cette certitude, mais les réprimandes de son enfance résonnaient soudain dans sa mémoire.

— Elle a le droit de savoir.

La voix, ferme et assurée, s'était élevée à sa droite. Wyntoun ! Adrianne inspira à fond, ravalant les larmes de soulagement qui lui montaient aux yeux. Un murmure de surprise courut parmi l'assemblée.

— Adrianne et ses sœurs sont celles qui ont le plus souffert. Elles doivent être mises au courant.

Elle n'avait pas réalisé qu'elle tremblait jusqu'à ce que le bras de Wyntoun lui entoure la taille. Elle sentit tout près d'elle son corps puissant et solide, mais ne se hasarda pas à le regarder de crainte de perdre le peu de contenance qu'il lui restait.

— Ces femmes Percy n'ont-elles pas provoqué assez de dégâts ?

Choquée par l'hostilité qui vibrait dans l'intonation d'un religieux en bure grise campé près de la croix, Adrianne tressaillit.

— Il n'est pas très juste de leur reprocher leurs malheurs, sir Peter.

Elle connaissait cette voix – celle de l'homme qui, tout à l'heure, avait prononcé le nom de Diana. Une voix très familière. Elle n'osa cependant pas se tourner pour le regarder.

— Il n'y a pas eu de dégâts, pour ce que nous en savons. Et si quelqu'un est à blâmer, alors soyons les premiers à nous accuser. Oui, nous, les Chevaliers du Voile, sommes coupables de n'avoir pas assez pris soin des parents de notre frère après sa mort des mains de Henri Tudor ! Et c'est à nous d'en endosser la faute.

Des protestations s'élevèrent dans le groupe après ces paroles enflammées. Semblable à une statue, Adrianne ne bougeait pas un cil. Elle arrivait à peine à respirer.

— Faites sortir la femme de cette pieuse assemblée ! gronda l'un des chevaliers âgés. Nous lui transmettrons un message avec l'information que nous jugerons appropriée.

— Oui, que la femme s'en aille ! vociféra un autre.

— Cette fille n'a pas sa place ici.

— Elle perturbe une œuvre sacrée.

— Elle reste !

L'intervention de Wyntoun claqua comme un coup de fouet, ramenant le silence. Adrianne ferma brièvement les yeux et entrelaça ses doigts avec ceux de son époux.

— C'est de sa famille que nous avons discuté, poursuivit Wyntoun. C'est de la vie de sa mère que nous parlons maintenant.

— Cela va à l'encontre de toute la tradition ! s'offusqua le religieux que l'on avait nommé sir Peter. Elle appartient au sexe féminin. Elle ne mérite pas le droit de s'exprimer devant les Chevaliers du Voile.

— Mon épouse *mérite* ce droit ! Adrianne Percy mérite amplement d'être ici avec chacun de vous, ajouta Wyntoun d'un ton sans réplique. Elle mérite même d'être ici *à la place* de certains d'entre vous.

Il balaya la pièce de ses yeux verts étincelants.

— Elle est femme, en effet, mais elle est une guerrière dans l'âme. Elle combat et elle soigne ; elle est au service du bien, comme son père l'était avant elle.

Tandis que les protestations s'apaisaient, la voix de Wyntoun s'adoucit. Il dévisagea tour à tour ses compagnons.

— Nous devrions tous être aussi indifférents à nos propres besoins que cette femme l'a été. Elle est courageuse, toujours prête à se sacrifier, et aussi sincèrement dévouée à notre cause que chacun de nous souhaite l'être.

En écoutant les paroles de Wyntoun, Adrianne fut envahie par un regain d'énergie, de vie. Elle eut l'impression que la force de son époux se mettait à couler dans ses veines alors qu'elle continuait à lui tenir la main.

— Il y eut jadis une autre femme qui vécut son existence selon les mêmes principes, déclara Wyntoun en fixant son regard sur la croix et le voile bleu. Je demande aux Chevaliers du Voile d'autoriser Adrianne Percy MacLean à demeurer parmi nous.

De nouveau, les hommes chuchotèrent entre eux.

— J'approuve cette demande.

Cette fois, Adrianne s'enhardit à regarder le chevalier qui, auparavant, avait pris la défense de lady Diana et de sa famille. Elle ne put cacher sa joie à la vue de sir Henri Exton qui se frayait un chemin parmi les hommes, pour venir se poster près d'elle.

— J'approuve aussi la demande ! lança une voix grave perdue au milieu de l'assemblée.

Adrianne avisa un Highlander puissamment bâti, d'un certain âge, qui s'approchait d'elle. À en juger par la fibule très élaborée qui ornait son épaule et la fière assurance de sa démarche, elle eut le sentiment que cet allié devait être lord Colin Campbell, comte d'Argyll.

Si violent qu'ait été le courant de rejet à son entrée, il s'inversait comme sous l'effet d'un vent encore plus impétueux. Les hommes à présent se rangeaient dans le camp d'Adrianne et celle-ci luttait pour se maîtriser.

Ce n'était pas le moment de se laisser aller à l'émotion, même s'il s'agissait de gratitude. Il lui fallait montrer la force dont son mari l'avait, dans son discours, dotée avec tant d'éloquence.

Sir Peter, le religieux à l'allure belliqueuse, immobile près de la croix, fut le dernier à capituler d'un hochement de tête.

Adrianne s'obligea à absorber le maximum d'informations possible sur les divers membres de l'assemblée qui s'adressaient à elle. Peu à peu, elle découvrit qui étaient les Chevaliers du Voile qui avaient compté son père dans leurs rangs.

Maintenant, tout prenait un sens. Les souvenirs de son enfance, les innombrables visites d'érudits, de religieux et de chevaliers venus de toute l'Europe…

On lui expliqua alors que le trésor de Tiberius n'appartenait pas à la famille Percy. Son père n'avait été qu'un gardien du bien sacré – *Le Gardien de la Carte*, ainsi l'appelait-on.

À l'évidence, de nombreux chevaliers étaient profondément choqués par le fait que lady Diana ait déchiré la carte de Tiberius et dispersé les trois parties dans trois coins reculés de l'Écosse, où avaient été envoyées Adrianne et ses sœurs. Au lieu de la condamner, cependant, beaucoup se contentèrent d'exprimer leur volonté de mettre le trésor en sécurité. D'autres promirent à Adrianne qu'ils retrouveraient lady Diana et la délivreraient de leurs ennemis.

Il y eut toutefois un élément qui frappa Adrianne tel un coup au plexus. L'enlèvement de sa mère avait été organisé et exécuté par les Chevaliers du Voile dans l'intention de récupérer les cartes. Jamais il n'avait été question de livrer Diana au roi Henri d'Angleterre. Déplacée de château en château, elle s'était finalement retrouvée chez sir Henri Exton, dans les Borders.

— Et là, Adrianne, votre mère a accepté de m'épouser. Nous nous sommes unis voilà près d'un mois, déclara sir Henri dont les yeux clairs reflétaient le tourment intérieur. Mais la protection que j'avais juré de lui offrir en lui donnant mon nom... j'ai lamentablement échoué. Lady Diana a disparu en dépit de ma vigilance.

— Sir Henri, vous ignorez complètement où elle est allée, qui l'a enlevée ? demanda Adrianne.

Il lui semblait que c'était les premiers mots qu'elle réussissait à prononcer depuis son entrée dans cette pièce.

Henri soutint son regard. Un message silencieux passa entre eux que tous deux comprirent. Dans l'expression du chevalier, elle lut de la gratitude, car elle acceptait le mariage. Il avait toujours été un ami sincère de la famille Percy, et Adrianne savait qu'aucun événement ne changerait cela.

— Apparemment, elle aurait été dupée et poussée à partir. Le matin de sa disparition, elle avait demandé une audience à un religieux. Je n'étais pas au courant de son arrivée, mais je pense que le religieux en question était Benoît, le moine bien connu de vos parents et de votre famille.

— Jusqu'à une date récente, Benoît était un membre respecté de cette confrérie, intervint Wyntoun. À présent, nous le soupçonnons fort de n'avoir que ses propres intérêts à cœur.

— Nous avons appris qu'il rencontrait en secret Thomas Cranmer, l'archevêque de Canterbury, pendant la détention de votre père, ajouta un autre chevalier.

Sir Henri Exton dévisagea fixement Adrianne.

— Pour ceux qui sont extérieurs à notre fraternité, le trésor de Tiberius a toujours été un mythe plus qu'une réalité. Nous estimons que Benoît s'est rendu auprès de Thomas Cranmer pour confirmer l'existence du trésor, pour réclamer de l'aide et des fonds afin de se l'approprier. Car la gloire de posséder un tel trésor les illuminerait tous de manière égale.

— Bien que ses efforts pour enlever tes sœurs aient échoué, dit Wyntoun, il a sans doute décidé que s'emparer de ta mère serait encore plus habile. Ce misérable moine considère l'enlèvement de Diana comme la clé pour marchander Tiberius avec succès.

— Mais où l'aurait-il emmenée ? s'exclama Adrianne, les joues rouges de colère. À votre avis, l'a-t-il livrée à Henri Tudor ou à l'archevêque Cranmer ?

— Pas encore. En fait, nous savons par des amis proches du roi d'Angleterre que Henri Tudor ignore tout de Tiberius et des manigances de Cranmer avec Benoît, déclara Colin Campbell qui se tenait légèrement à l'écart du groupe massé autour d'Adrianne.

Tous les yeux se tournèrent vers le comte.

— Détenir Diana est l'unique chance du moine de vous arracher les cartes, à vous et à vos sœurs, continua Colin Campbell de sa voix grave. Nous ne sommes pas encore certains que ce soit vrai, mais ce matin nous avons reçu un message nous informant que Benoît a été vu en compagnie de hors-la-loi qui servaient récemment sous la bannière du défunt sir Arthur Courtenay. Il faisait route vers le sud, vers Kilmarnock, dans l'Ayrshire.

Machinalement, Adrianne s'avança vers le comte.

— Il n'y a pas moyen de l'arrêter ? Ils ne peuvent certainement pas être à une telle distance de nous, ajouta-t-elle en retournant auprès de Wyntoun.

Celui-ci acquiesça.

— C'est vrai, mais malheureusement, dans l'Ayrshire, il y a beaucoup de donjons solidement fortifiés où ils pourraient cacher ta mère. La première chose que nous devons faire avant d'acculer Benoît est de nous assurer que Diana ne sera pas blessée dans la bataille. Benoît est aussi impitoyable que rusé. Il n'hésitera sans doute pas à se servir d'elle pour parer un assaut direct.

Colin Campbell hocha la tête.

— N'oublions pas non plus combien Thomas Cranmer est impliqué dans la quête de Tiberius. D'après ce que nous savons, l'archevêque doit attendre de Benoît qu'il lui apporte le glorieux trophée, afin qu'il puisse le remettre lui-même au roi. Mais nous n'en avons cependant pas la certitude, et nous ne voulons surtout pas créer une situation qui dresserait les armées anglaises contre les guerriers écossais. Nous ne sommes pas prêts à provoquer un autre bain de sang.

Le comte d'Argyll faisait évidemment allusion à la bataille de Flodden, où dix mille hommes avaient péri en une seule journée. Lady Diana avait maintes fois relaté cette triste histoire à ses filles.

— Il ne fera pas de mal à Diana Percy, intervint un autre chevalier. Pas tant qu'il aura une chance de l'échanger contre Tiberius.

— Il n'est pas assez naïf pour s'imaginer que les Chevaliers du Voile se sépareront de nouveau de Tiberius… quitte à ce que cela coûte une vie !

Wyntoun approuva d'un signe sir Peter Wrothsey, le religieux à la mine farouche.

— Mais il connaît aussi l'obstination des filles Percy et de leurs époux, dit-il. Il n'ignore pas qu'ils feront tout pour sauver lady Diana.

Adrianne dévisagea Wyntoun. Ses traits, qui paraissaient taillés dans la pierre, ne trahissaient pas ses pensées. Elle avait cependant la certitude que sa mère ne serait jamais sauvée si l'on remettait le trésor de Tiberius à Benoît ou à Thomas Cranmer, ou à qui que ce soit d'autre.

La lumière du jour filtrant par les hautes meurtrières s'assombrissait lorsque la réunion s'acheva enfin. Adrianne s'attarda avec Wyntoun, sir Henri et Colin Campbell, après le départ des autres.

Les tempes grisonnantes du comte étaient celles d'un homme mûr, pourtant la force que l'on sentait en lui indiquait une inépuisable vitalité, comme si Colin Campbell avait découvert la source de l'éternelle jeunesse.

Il serra chaleureusement la main d'Adrianne entre les siennes.

— J'ai été aussi fier de vous que votre père l'aurait été s'il s'était trouvé parmi nous aujourd'hui. Vous possédez son intelligence et son courage.

Il lui lâcha la main et assena une tape amicale sur le bras de Wyntoun, assortie d'un sourire paternel.

— Bravo, la Lame ! Aucun de nous n'aurait pu espérer mieux pour vous.

Argyll se tourna vers sir Henri.

— Celia est impatiente de vous voir tous. Venez aussi vite que possible.

Tandis que le comte quittait la pièce, sir Henri posa la main sur celle d'Adrianne.

— Adrianne, dit-il d'un ton solennel. Je n'ignore pas que vous étiez très proche de votre père, plus encore que vos sœurs. Je me rappelle votre mère disant que vous étiez le fils qu'Edmund n'avait jamais eu.

Elle esquissa un sourire mélancolique. En son for intérieur, elle se demandait parfois si ce n'était pas, peut-être, la cause de son impulsivité, de son intrépidité face au danger, de son caractère aventureux.

— Je respectais Edmund, je tiens à ce que vous en soyez convaincue, poursuivit sir Henri. Son amitié m'était infiniment précieuse. Et pendant toutes les années où j'ai eu l'honneur et le plaisir d'être invité dans votre famille, jamais je n'ai nourri la moindre pensée inconvenante à l'égard de lady Diana. Mais le temps a passé, et mon affection pour votre mère est devenue si profonde…

— Vous n'avez pas à vous justifier devant moi, sir Henri.

Lisant la surprise sur le visage de son beau-père, elle s'approcha de lui et le prit dans ses bras. Il eut un instant d'hésitation puis l'étreignit de toutes ses forces.

— Vous étiez un ami sincère de mon père et de nous tous, murmura-t-elle. Et maintenant, vous serez le meilleur compagnon possible pour ma mère. Aussi, je vous en prie, ne vous justifiez pas. Diana vous a choisi : mes sœurs et moi n'avons pas besoin d'autre explication.

Quand elle se dégagea, Wyntoun était là près d'elle, pour lui prendre la main.

— Je pars immédiatement pour le sud, annonça sir Henri. Mes hommes traquent déjà Benoît. Nous garderons nos distances, mais nous serons prêts quand l'heure viendra de la ramener.

— Je n'en doute pas, dit-elle à sir Henri d'un ton rassurant.

Lorsque Henri fut sorti, Adrianne et Wyntoun demeurèrent seuls. Elle contempla l'antique pièce où ils se tenaient, la sainte croix, le voile bleu.

Elle se remémora le respect que les Chevaliers avaient témoigné à son époux. La Lame de Barra était manifestement pour eux un héros – un chef, le champion de leur cause – et Adrianne avait honte de lui avoir tellement compliqué la vie.

Il y avait tant de choses à expliquer, tant d'erreurs qu'elle avait commises et qu'elle devait réparer ! Ce qu'elle avait entendu lui apportait beaucoup de réponses : pourquoi Wyntoun voulait les cartes, son droit de les remettre aux Chevaliers du Voile. Et puis il y avait aussi ses manigances pour l'obliger à l'épouser...

Oui, elle avait tant d'explications à lui donner qu'elle ne savait par où commencer, ni où elle trouverait le courage d'avouer. Qu'arriverait-il si Wyntoun avait épuisé ses réserves de mansuétude ?

Il lui prit le menton, plongea son regard dans le sien.

— Adrianne... il faut que nous discutions.

— Il n'y a pas de vaisseau, bafouilla-t-elle, décidée à commencer par le début. En tout cas, pas de navire qui aurait pu t'être utile. C'est vrai... j'ai menti ! Je suis désolée, Wyntoun, mais je devais mentir pour te convaincre...

Il fronça les sourcils.

— Quel navire ?

— Le galion que je t'ai promis... celui qui appartenait à mon père. Celui censé être encore ancré sur la côte de l'île de Man.

Elle s'interrompit, le feu aux joues, malade de honte.

— Je t'ai affirmé qu'il t'attendrait là-bas, quand tu m'aurais aidée à secourir ma mère.

— Adrianne...

Elle secoua la tête et détourna les yeux.

— Là aussi, j'ai menti. J'ai dit que mes sœurs et ma mère accepteraient de te donner ce galion, qu'elles renonceraient volontiers à leur titre de propriété, ajouta-t-elle en se tordant les mains. Oh ! ne te méprends pas ! Ma famille te l'aurait offert avec joie s'il y avait eu un bateau de quelque valeur.

Il ouvrit la bouche pour répondre, mais elle lui posa un doigt sur les lèvres pour lui intimer le silence. Il fallait tout lui raconter. Subitement, elle avait la sensation qu'elle ne pourrait pas survivre un instant de plus si elle ne se délivrait pas du fardeau de culpabilité qui l'écrasait depuis si longtemps.

— Vois-tu, à une époque, il y a eu un galion tout neuf qui avait été spécialement construit pour mon père. Hélas ! il n'a jamais eu la possibilité de naviguer. Un incident sur le pont a déclenché un incendie, alors que le vaisseau était encore à quai et que sa construction n'est pas encore tout à fait terminée.

Elle baissa le nez, contemplant le bout de ses souliers.

— Je t'ai menti, parce que je savais que tu cherchais un nouveau vaisseau et que...

— Adrianne, je connaissais ton père. Nous étions tous les deux membres des Chevaliers du Voile... par conséquent, j'étais au courant de sa mésaventure avec le galion incendié.

Wyntoun lui saisit doucement la main.

— Je n'ignorais pas qu'aucun galion ne nous attendrait, mes hommes et moi, une fois notre recherche terminée.

Elle le regarda, bouche bée.

— Tu savais que je mentais... et tu as quand même accepté de m'épouser ?

— Mais oui. Et j'ai moi aussi une confession à te faire. Avant même que tu ne me proposes le mariage, je comptais bien t'épouser. C'était la seule manière de gagner la confiance de tes sœurs et de mettre en sécurité les cartes que ta mère avait envoyées à chacune d'elles.

Une bouffée de colère flamba dans le cœur d'Adrianne, qui se dissipa aussitôt quand elle scruta le visage de son mari. Elle y lut que Wyntoun était résolu à ce qu'il n'y ait plus de secrets entre eux, et elle partageait cette détermination.

Hésitant, il lui effleura la joue et poursuivit, en choisissant ses mots avec le plus grand soin :

— Mais de toute manière, je me serais marié avec toi. J'étais subjugué par ta beauté, ton intelligence, ton goût pour la vie. Je crois que tu en étais consciente, n'est-ce pas ? Et ensuite... je suis tombé amoureux de toi. Désespérément, follement amoureux de toi. Tu es toute ma vie, Adrianne. Sans toi, je ne suis rien.

Les larmes qui brillaient dans les prunelles lilas et le rose tendre qui colorait les joues satinées étaient une bien douce image de victoire pour Wyntoun. Cependant, il n'avait pas le droit de s'arrêter ; elle devait tout savoir.

Il l'entoura de ses bras et l'attira contre lui. Il ne lui permettrait pas de s'échapper avant d'avoir entendu son dernier aveu.

— Adrianne, les actes que j'ai commis ont mis ta mère en péril.

— Non… ce sont les Chevaliers du Voile qui ont organisé sa capture.

— Sur mon ordre, corrigea-t-il en l'étreignant plus étroitement. J'étais à Blackfearn Castle quand ta sœur Laura a épousé mon ami William Ross. J'avais déjà été contacté par le moine Benoît et j'avais découvert ce qu'il mijotait. Le temps manquait et si nous ne trouvions pas nous-mêmes ces cartes, Benoît ou d'autres dans son genre auraient pu réussir avant nous.

— Vous auriez dû nous demander les cartes, nous vous les aurions données.

— Vraiment ? Pourquoi auriez-vous accordé votre confiance à un groupe d'inconnus ? Pourquoi vous seriez-vous fiées à la Lame de Barra, un pirate aux motivations sûrement discutables ?

Elle le regarda sans répondre.

— J'ai été choisi par les Chevaliers du Voile pour rapporter le trésor mais, selon moi, mon unique chance était de vous convaincre, toi et tes sœurs, que lady Diana était déjà à la merci du roi Henri.

— Tu as ordonné l'enlèvement de ma mère !

— Oui. J'étais persuadé que tes sœurs et toi ne reculeriez devant rien pour obtenir sa liberté, répondit-il en la fixant droit dans les yeux. Mais je n'ai jamais voulu qu'on lui fasse du mal. Les gens qui l'ont enlevée au début étaient des amis du manoir qu'elle venait juste de quitter. Ensuite, nous nous sommes arrangés pour qu'elle soit uniquement chez d'anciens alliés de ton père. Le roi d'Angleterre la recherchait, c'était une fugitive, donc nous faisions en sorte de la déplacer fréquemment. Nous ne voulions pas qu'elle tombe entre des mains hostiles. Voilà comment elle s'est retrouvée dans le château de Henri Exton, dans les Borders.

D'un doigt précautionneux, il essuya une larme qui roulait sur la joue d'Adrianne.

— Je n'essaie pas de me disculper, dans la mesure où maintenant Benoît l'a enlevée, mais je crois sincèrement qu'avec nous elle était en sécurité.

Adrianne baissa la tête un long moment, et Wyntoun retint son souffle, attendant sa réponse. Il avait besoin qu'elle lui rende sa confiance et, par-dessus tout, il désirait reconquérir son amour.

— Tu avais déjà les trois parties de la carte quand tu as quitté Duart Castle, n'est-ce pas ?

— En effet. Les messagers que j'ai envoyés à Balvenie Castle sont revenus avec. Mais il m'était impossible de t'en parler ou de te t'emmener avec moi. J'avais prévu d'élucider d'abord le problème de la captivité de Diana, avant de t'informer.

Elle releva enfin la tête.

— Vous avez découvert le trésor ?

— Non... nous n'avons accosté qu'hier et je n'ai pas eu la possibilité de déchiffrer les symboles sur la carte.

— Tu me laisseras rester et t'aider pour la suite ?

— Les portes de l'enfer ne pourraient plus nous séparer, à présent !

Adrianne plissa les yeux.

— Et de quel côté de ces portes me vois-tu, si je puis me permettre de te poser la question ?

Il eut un sourire où la malice se mêlait au soulagement.

— À toi de me dire de quel côté brûle ma petite étincelle maigrichonne... car c'est là aussi que je brûlerai.

Elle se hissa sur la pointe des pieds et l'embrassa avec une telle passion que tous les doutes, toutes les craintes de Wyntoun s'envolèrent. Toutefois, avant de perdre complètement le contrôle de lui-même, il s'écarta légèrement et scruta les profondeurs du regard lilas de son épouse.

— Ce baiser signifie-t-il que ma bien-aimée me pardonne ?

Il avait souvent entendu dire que les yeux d'un être étaient les miroirs de son cœur. À en juger par l'éclat éblouissant des prunelles d'Adrianne, le dicton était exact.

— Wyntoun, il n'y a rien qu'il m'aurait été impossible de te pardonner... pas après l'attitude que tu as eue envers moi aujourd'hui.

Elle noua ses bras autour du cou de son mari.

— Tu as pris mon parti. Tu as défendu mes couleurs et mes droits, tu as été mon champion. Je t'aime plus que ma vie, Wyntoun MacLean. Et aujourd'hui, tu m'as prouvé ton amour. Il n'y a plus rien à pardonner !

27

— Le trésor de Tiberius est un autre testament sacré, un testament de la Vierge Marie elle-même !

Fascinée, Adrianne dévisageait son hôtesse.

En chair et en os, lady Celia Muir Campbell était exactement comme elle l'avait toujours imaginée, l'incarnation de la beauté, de la bravoure et de la grâce. De plus, elle possédait manifestement un immense savoir qu'elle était toute disposée à partager.

Ainsi, elle s'était empressée d'éloigner Adrianne des activités du château pour l'emmener dans son salon personnel.

Toutes deux savaient que Wyntoun viendrait chercher Adrianne dans quelques instants, car plusieurs Chevaliers du Voile devaient se réunir pour tenter de déchiffrer les symboles cryptiques figurant sur les cartes.

Elle était heureuse que son époux insiste pour qu'elle participe à ces séances mais, pour le moment, rien n'aurait pu l'arracher à lady Celia.

Ce que je sais de Tiberius n'est qu'une collection de rumeurs, de mythes et de bribes d'informations que Colin m'a dispensées au fil des ans, dit lady Celia en baissant la voix malgré la porte close. Les rêveurs et tous ceux qui y croient prétendent que le parchemin lui-même possède un pouvoir.

— De quel genre ?

— Mystique, miraculeux. Le pouvoir de guérir. Que ce soit vrai ou non, ce parchemin a assurément un pouvoir temporel. Car la personne qui le détient et l'utilise pour son propre profit peut contrôler les masses de croyants à travers toute l'Europe.

Un frisson parcourut Adrianne.

— Un manuscrit… Durant toutes les années où mes sœurs et moi avons étudié les Saintes Écritures, jamais on ne nous a parlé de l'existence d'un testament de Marie.

Malgré la pénombre qui régnait dans la pièce, les yeux noirs de Celia brillaient d'intelligence.

— Nul n'est dans la confidence. Nul ne le sait.

— Et ce sont vraiment les mots de la Vierge Marie ? demanda Adrianne en frottant ses mains moites sur sa jupe.

— Mon mari a vu le manuscrit il y a longtemps, avant qu'il ne soit de nouveau caché. L'histoire est celle de Marie – narrée à un scribe dans les dernières années de son existence. Le récit commence à l'époque où elle se retrouve avec un enfant mais pas d'époux. Tout y est raconté – la lutte et la souffrance, l'ascension et la chute, puis l'élévation de son fils et son enseignement, les années d'insurrection, les années de changement et enfin… la paix.

Abasourdie, Adrianne contemplait ses mains et écoutait lady Celia lui relater la tumultueuse histoire du trésor et le rôle qu'Edmund Percy y avait joué.

La jeune femme songea à l'importance d'un tel manuscrit dans le temps présent. Avec les hommes de Henri Tudor qui incendiaient et pillaient les monastères dans le Sud, avec l'Église d'Europe en pleine déconfiture, Adrianne mesurait l'influence que cette relique pouvait exercer. Quiconque l'aurait en sa possession serait capable de contrôler des foules innombrables. De manipuler leur esprit, leur âme, leurs croyances les plus intimes.

Enfin elle comprenait les véritables motivations de Benoît. C'était tellement simple : il voulait être tout-puissant.

Dire que Diana avait divisé la carte et envoyé les trois fragments dans les coins les plus reculés des Highlands... Adrianne saisissait maintenant que cet acte avait dû paraître à certains une infâme trahison. Quant à elle, elle s'accrochait ardemment à la conviction que sa mère avait seulement cherché à préserver le parchemin.

Avec l'aide de Wyntoun, elle était sûre que le nom de sa mère finirait par être lavé. Diana Percy... ou plutôt Diana Exton... n'était pas une renégate.

— Lady Celia, savez-vous comment il se fait que mon mari soit entré dans cette confrérie ?

Celia éclata de rire.

— Je suis heureuse que vous me posiez cette question, car je n'imagine par sir Wyntoun se vanter de ses bonnes actions.

— Ses bonnes actions ?

— Mais bien sûr ! Hormis ses prouesses de guerrier, Wyntoun MacLean, grâce à ses exploits de pirate, a offert beaucoup d'argent pour construire la nouvelle université de Glasgow. Mon époux s'y intéresse tout particulièrement, voilà pourquoi je sais que la majeure partie de ce que la Lame de Barra a gagné sur les mers a été investi dans l'éducation. Mais ce que j'apprécie le plus, chez Wyntoun, c'est qu'il n'a pas privilégié l'université de St. Andrews, où il a fait ses études. Non, mon mari et lui ont travaillé de concert pour bâtir une institution qui éduque les enfants des fermiers et des gens ordinaires, ici, dans l'Ouest. C'est pour sa générosité et sa bravoure que les Chevaliers du Voile l'ont invité à...

Un coup frappé à la porte les interrompit. Toutes deux sourirent lorsque le chevalier entra et les observa d'un air circonspect, comme s'il devinait qu'il venait d'être le sujet de leur conversation.

Une dizaine de torches illuminaient d'une chaude lumière l'armurerie de la tour. Au centre trônait une table sur laquelle se penchaient trois silhouettes en pleine réflexion.

Adrianne les considéra avec curiosité, puis sourit poliment au petit homme très mince qui se tenait à son côté. Le baron Avandale n'était pas seulement un Chevalier du Voile, mais aussi une lointaine relation de John Stewart, le mari de sa sœur Catherine.

— Que savez-vous au juste, milady ?

— Certaines choses, répondit-elle avec tact.

Elle s'écarta de la cheminée pour s'approcher du trio. Le baron lui emboîta le pas.

— J'ai été autorisé à vous dire que le trésor de Tiberius est un manuscrit sacré rédigé dans l'antique langue des Araméens. Ce manuscrit fut découvert dans la cité de Tiberius, en Palestine, par Foulque d'Anjou, roi de Jérusalem, durant la septième année de son règne, en 1138 de notre ère.

La jeune femme opina, le regard rivé sur Wyntoun qui transcrivait les symboles de la carte sur un parchemin. Colin Campbell et le religieux sir Peter Wrothsey l'observaient en émettant de temps à autre des commentaires.

— Voilà fort longtemps, poursuivit le baron, les Chevaliers du Voile s'aperçurent que le manuscrit s'abîmait et risquait de tomber en poussière. La décision fut prise… il fallait le traduire. On confia à Edmund Percy la mission d'emporter le manuscrit afin d'assurer sa traduction et sa protection. Dans le passé, c'était toujours un membre des Chevaliers du Voile qui l'avait préservé. On prévoyait de perpétuer cette tradition durant les cinq siècles futurs… ou jusqu'à la seconde venue du Messie. Votre père, qui était membre de la confrérie et expert en langues antiques, fut désigné gardien de Tiberius.

Le père d'Adrianne, malgré sa jeunesse, possédait en effet l'érudition nécessaire pour mener sa tâche à terme. Il avait supervisé la traduction du texte en grec et en latin puis, après moult débats, en anglais.

Adrianne savait déjà tout cela, ou presque, grâce à lady Celia, mais elle choisit de se taire. Elle s'avança vers la table et regarda la liste de Wyntoun, tandis que le baron continuait à lui parler. Une croix plantée dans le sol. Un M. surmonté d'une croix. La lettre A répétée… dix fois. Un 7 ornementé dans un carré…

— Edmund Percy devait cacher le trésor et mettre en sécurité cette carte que vous avez devant vous, déclara le baron en montrant les fragments que les trois hommes examinaient intensément. Il en existe une copie qui est enterrée sous la crypte de Saint-Pierre de Rome, sous l'autel de la basilique qui est en cours de construction…

Adrianne observait toujours son mari. Un cœur. Une cloche et un oiseau. Elle fut surprise de constater que Wyntoun ne paraissait pas déconcerté par tous ces symboles.

— Comme vous le savez probablement, quand les traductions furent achevées, reprit le baron, votre père emporta le trésor vers le nord. C'est là qu'il s'arrêta au monastère où Benoît l'a prétendument sauvé du feu. Après cela, Edmund Percy l'apporta jusqu'ici… et devint *Le Gardien de la Carte*.

— Très intéressant, murmura Adrianne qui alla se camper au côté de son mari.

Wyntoun lui adressa un sourire rassurant avant de se concentrer de nouveau sur sa liste. Elle examina la carte, l'épaisse ligne noire qui s'y enroulait et se terminait en volute avec un point.

— Est-ce que le M. et la croix représentent une église… ou même la cathédrale, à votre avis ? interrogea le religieux.

— Ce n'est pas une carte de Glasgow, répondit Wyntoun avec une tranquille assurance.

Sir Peter sourcilla nerveusement.

— Quoi, alors ?

— C'est une carte de la cathédrale de Glasgow. Cette série de figures symbolise le plafond en ogive.

— Et ce 7 dans le carré ? demanda Colin Campbell.

— La sculpture des sept péchés mortels des sept âges de l'homme sur le jubé.

Adrianne se sentit rosir de plaisir, tant le savoir de son mari l'emplissait d'orgueil.

— Et le cœur, la cloche, l'oiseau ? questionna sir Peter.

— Tout cela nous évoque le même personnage... Mungo, surnommé « le bien-aimé », d'où le cœur. La cloche, l'oiseau, le saumon et l'anneau : les miracles de saint Mungo.

Wyntoun regarda Adrianne ; ses yeux verts étincelaient, trahissant un enthousiasme qu'il refrénait avec peine.

— Mungo lui-même est enterré dans la cathédrale de Glasgow, ajouta-t-il.

Un long silence s'installa dans la pièce. Adrianne étudia discrètement chacun des hommes. Wyntoun, sûr de lui. Colin Campbell, solide, sérieux et distant. Le religieux, nerveux, qui avait du mal à se contenir.

— Est-ce qu'Edmund aurait enfoui le trésor dans la crypte d'un saint ?

Adrianne avait presque oublié le baron Avandale. Elle attendit, curieuse de voir qui allait lui répondre. Personne ne pipa mot. Elle se tourna vers Wyntoun qui examinait la carte, l'épaisse ligne à l'extrémité enroulée sur elle-même.

— Nous ne pouvons pas ouvrir la crypte, dit-il enfin.

Adrianne tressaillit, stupéfaite.

— La présence et la bénédiction de l'archevêque de Glasgow seraient nécessaires, acquiesça solennellement Colin Campbell. Il faudra sans doute une semaine pour arranger ça.

— Eh bien, soit, répliqua Wyntoun qui serra fortement la main d'Adrianne. Nous avons attendu si longtemps, nous pouvons patienter encore.

L'ironie de la situation était vraiment savoureuse.

La Lame de Barra, ce hautain personnage, et l'omnipotent Colin Campbell avaient échoué. Purement et simplement. Ils avaient échoué. Ces deux abominables Highlanders, bouffis d'arrogance et de condescendance, avaient mené la grande vie pendant des années et piétiné tout le monde. Eh bien, maintenant ils étaient ruinés !

Benoît sentit un gloussement monter dans sa gorge. Il adressa un sourire féroce au religieux qui lui faisait face. Sir Peter Wrothsey s'esclaffa.

— La tombe du saint ! répéta-t-il. Les imbéciles croient que le trésor est caché dans la tombe de Mungo.

Benoît s'assit près de la cheminée et contempla les cendres rougeoyantes. Après tout ce temps, c'était enfin presque à sa portée.

— Et vous êtes certain de l'autre symbole, la ligne enroulée en volute ?

— Absolument, c'est l'aile Blacader. Ces pauvres idiots n'ont pas vu l'évidence. La volute représente la houlette du berger... une crosse d'évêque. Les autres symboles évoquent la cathédrale, mais le point à l'extrémité de la crosse indique l'emplacement du trésor. J'en ai la certitude !

Surexcité, le moine joignit ses doigts noueux.

— L'archevêque Blacader a construit une extension du transept il y a une trentaine d'années. À l'époque où Edmund Percy déplaçait le trésor vers le nord.

— Il est là. Il attend que vous le sauviez, comme vous l'avez fait voilà trente ans.

— Je vous félicite, mon frère, répondit Benoït en souriant. L'archevêque Cranmer sera satisfait, et soyez sûr que vous serez récompensé avec largesse.

Le religieux inclina la tête, toucha la croix qu'il avait à sa ceinture.

— Nous n'avons pas beaucoup de temps, cependant. Vendredi, ils auront fait ouvrir la tombe de saint Mungo. Et comme ils ne trouveront pas le trésor, ils réexamineront les symboles sur la carte.

— Peut-être même avant. Mais nous n'attendrons pas si longtemps. Demain, à cette heure-ci, Tiberius sera entre mes mains.

Benoît tourna les yeux vers la porte, son attention soudain attirée par la voix plaintive de Diana Percy qui leur parvenait depuis une chambre verrouillée plus loin dans le couloir.

— Qu'allez-vous faire d'elle ? demanda sir Peter.

— Nous la ramènerons ensemble en Angleterre, ce qui permettra à l'archevêque de Canterbury de l'offrir au roi.

Benoît s'interrompit et un sourire démoniaque rampa sur sa figure.

— Mais, après tout, pourquoi nous donner tout ce mal ? Il vaudrait peut-être mieux nous borner à emporter seulement sa tête.

Les doigts de Wrothsey se crispèrent sur la croix qu'il triturait toujours.

— Sa tête ?

— Voyager avec elle… songez à quel point elle va nous embarrasser. Puisque le roi veut sa tête, eh bien, nous la lui servirons sur un plateau, déclara Benoît, enchanté de sa brillante idée. Je pars pour Glasgow dès à présent. Vous, mon vaillant guerrier, vous tuerez la traîtresse et mettrez sa tête dans un sac. Je vous retrouverai en chemin quand j'en aurai fini à la cathédrale.

— Parfait, Benoît, nous nous rejoindrons donc sur la route de Lanark.

Le moine se leva et claudiqua jusqu'à la porte. Avant de sortir, il se retourna.

— Ce sera magnifique, sir Peter. J'offrirai le trésor de Tiberius et vous remettrez au roi la tête de sa pire ennemie. Ce sera sublime, croyez-moi. Ce sera notre triomphe, notre gloire !

28

Minuit allait sonner et un épais brouillard enveloppait les hommes silencieux qui traversaient la Clyde, les dissimulant et assourdissant le bruit des rames. À l'est de Bridgegate, où les canons anglais avaient détruit les remparts vingt ans plus tôt, les hommes se faufilèrent dans Glasgow.

Ils étaient une dizaine à traverser la ville endormie. Ils contournèrent la place du marché, se dirigèrent vers le nord puis montèrent furtivement la longue côte menant à la cathédrale plongée dans l'obscurité. Armés et bien payés, ils étaient des mercenaires prêts à tuer pour le plus précieux trésor de la chrétienté.

Près d'une entrée latérale, tous se dispersèrent, sauf un. Très vite, ils prirent les positions qu'on leur avait affectées – dans le renfoncement d'une porte ; derrière un bouquet d'arbres ; près du vieux pont en bois qui enjambait le fossé.

Benoît attendit qu'ils aient tous disparu et entra seul dans la cathédrale de Glasgow. Il ne partagerait ce moment avec personne. Une fois à l'intérieur, le moine accéléra l'allure : il connaissait le chemin.

Même à cette heure, la cathédrale était éclairée par de nombreux cierges. Il y faisait pourtant sombre et froid, et Benoît eut la désagréable impression d'être dans une crypte ou une catacombe. La main serrée sur sa dague, il jeta un regard circulaire. Les lieux étaient déserts. D'un pas pressé, il se dirigea vers l'aile Blacader.

Pour un amateur d'architecture, les élégants arcs blancs de ce secteur de l'édifice auraient pu être un objet d'admiration, mais un trésor d'un autre genre envoûtait Benoît. Il saisit une torche fichée dans un candélabre mural et l'enflamma à l'aide d'un cierge.

Campé au milieu de l'aile, il renversa la tête pour étudier les saillies de pierre colorées et sculptées qui formaient une ligne s'étirant le long de la partie la plus élevée des arcs. À l'évidence, il n'y avait pas de cachette là-haut. Son regard scrutateur tomba alors sur une grande plaque dorée qui ornait le devant de l'autel en marbre. Au-dessus de cet autel, dans une niche, était disposée une statue de la Vierge Marie portant un voile bleu frangé d'or.

— Bien sûr ! C'est ici… ici ! dit-il, l'écho répétant ses mots alentour. Tu es à moi… à moi !

Benoît claudiqua jusqu'à l'autel et s'agenouilla devant la plaque dorée. Ses mains tremblaient lorsqu'il toucha la crosse d'évêque qui y était gravée. Il sourit. L'extrémité de la houlette était pointue comme une plume d'oie et la pointe de la plume reposait sur un livre ouvert !

Il considéra la statue au-dessus de l'autel, grimaça.

— Trente années perdues… perdues…

Impatient, il posa la torche sur le sol et prit sa dague pour débloquer la lourde plaque dorée. Ce ne fut pas difficile. La plaque coulissa, Benoît la laissa tomber par terre. Le bruit se répercuta dans toute la cathédrale.

Il saisit de nouveau la torche et enfin le vit. Là, dans une cavité. L'objet de tous ses rêves. La fin de sa quête.

Un coffret en bois noirci par le feu.

Une pluie obstinée tombait lorsque Benoît sortit par la porte latérale de la cathédrale, le coffret coincé sous le bras. Il régnait dans le cimetière un silence à donner la chair de poule. Des lambeaux de brume s'entortillaient autour de formes sombres ; le mur bas, le bouquet d'arbres, un caveau.

Tenant la torche d'une main, il appela à voix basse sans obtenir de réponse. Il longea les murs de pierre où deux de ses hommes, au moins, devaient être postés. Ils n'étaient pas là.

Pourtant… ils ne l'abandonneraient pas. Il les avait payés, certes, mais il leur avait promis beaucoup plus. Un sentiment de malaise saisit le moine dont le cœur se mit à cogner. Il continua toutefois à marcher en direction du pont. Ses hommes étaient plus nombreux par là, dans la colline. Serrant plus fort le coffret de bois sous son bras, il traversa le pont. Lorsqu'il grimpa l'étroit sentier, le bruit de ses propres pas lui parut presque effrayant.

Un moment après, un cri aigu déchira la nuit. Benoît s'arrêta net. C'était le hurlement d'une femme qui souffrait, qui agonisait. Des chiens aboyèrent au loin, mais il n'y eut pas d'autre cri. Dans le brouillard, il était difficile de dire d'où provenaient les sons. Cette fois, Benoît appela ses hommes d'une voix forte. De nouveau, il n'eut pas de réponse.

Il fit demi-tour et redescendit la colline à toute allure. On l'attendait avec la barque au bord de la Clyde. Des gens exercés à tuer, et qui étaient à son service.

Il lui suffisait de les rejoindre.

Il vit trop tard la sombre silhouette étendue sur le chemin. Il trébucha par-dessus et s'écroula. Le coffret atterrit sur le sol avec un bruit sourd. Affolé, Benoît tâtonna pour le récupérer. Ses mains rencontrèrent une sorte de paquet d'étoffe, ce sur quoi il avait buté. Il s'approcha, examina la chose dans la pénombre. Pas un sac, un tartan… il le poussa légèrement pour mieux le voir à la lueur de la torche qui avait roulé un peu plus loin. Des mèches de cheveux noirs…

— Diana, murmura-t-il, se redressant et en reculant. Morte !

Il jeta un regard apeuré autour de lui. En haut de la colline, il distingua les silhouettes sombres des tombes, mais aucune trace de sir Peter Wrothsey ou de quiconque. Ses jambes lui semblèrent soudain aussi lourdes que du plomb, et ses mains tremblaient quand il se pencha pour ramasser le coffret. Il méprisait la peur qui lui nouait le ventre ; malheureusement, il était incapable de s'en délivrer.

— Sir Peter ! appela-t-il. Où diable êtes...

Les mots moururent dans sa gorge lorsque la silhouette de Diana Percy apparut subitement devant lui. Semblable à l'ange vengeur du Jugement dernier, elle émergeait de la brume. Morte ou vive... peu importait. Diana Percy était là, devant lui, et lui barrait le passage. Benoît ne pouvait plus bouger ni parler. Le silence sembla durer une éternité. Puis elle dit :

— C'est la fin, Benoît.

Il secoua la tête, se forçant à penser, à demeurer lucide.

— Non, Diana, vous n'êtes pas réelle ! Vous êtes un fantôme. Vous ne pouvez rien contre moi. Allez-vous-en, disparaissez !

— Durant toutes les années de mon mariage, alors que j'élevais mes enfants, vous avez vécu parmi nous, comme un membre de notre famille, et pourtant vous nous mentiez. Vous avez vendu votre âme au diable, vous nous avez trahis, pour quoi, Benoît ? accusa-t-elle en pointant le doigt vers le coffret calciné. Pour *ça* ?

Il pressa le coffret contre sa poitrine.

— C'est à moi. À moi... comme ç'aurait dû l'être depuis longtemps. C'est Edmund qui a commencé. Cette nuit-là, il a eu tort de m'arrêter. J'avais mis le feu au monastère. Je me suis jeté dans les flammes et j'ai sauvé Tiberius. Je l'avais dans mes mains, mais Edmund me l'a pris !

— Il vous a donné la gloire en échange. Il a fait de vous un héros. Il a veillé à ce que vous soyez admis dans sa confrérie et respecté.

— Je l'ai détesté pour ça aussi. Je les détestais tous! Des chevaliers riches et privilégiés appartenant à un ordre de dégénérés. Vous croyez que j'avais besoin d'eux? Je les méprisais! Comparés à mon propre lignage, ils n'étaient tous que des rustres de basse extraction.

— Edmund vous a offert l'opportunité d'être membre d'un mouvement digne et vertueux.

— Il m'a privé de la possibilité de posséder le pouvoir. Il a anéanti tous mes plans! riposta Benoît d'une voix vibrante de fureur. Alors, moi aussi, il fallait que je l'anéantisse. J'ai patienté, je me suis organisé. Je m'étais dit que je le détruirais lui, sa famille, et tout ce qui comptait pour lui.

Le poids du coffret dans ses bras ranimait son courage. Le trésor, désormais était sien.

— Edmund n'avait aucune chance contre moi. Je connaissais tous ses secrets, ses activités. J'avais des amitiés dont je prenais grand soin. J'attendais le moment opportun. Et quand il est arrivé, quand mon allié Thomas Cranmer est devenu archevêque de Canterbury, j'ai frappé. Ma chère Diana... c'est moi qui ai ruiné votre maisonnée. C'est moi qui ai amené chez vous le lieutenant du roi, sir Arthur Courtenay. C'est encore moi qui vous ai harcelées, vous et vos garces de filles, à travers toute l'Angleterre et l'Écosse. C'est enfin moi, Diana, qui me suis arrangé pour que votre noble mari meure comme un chien.

— Tout est fini, Benoît, répéta-t-elle doucement.

— Oui, fini pour vous. Fini pour ceux qui s'opposent à moi. Avec ce coffret, j'aurai tout ce que je désire. Avec cette relique, plus précieuse que le saint Graal, j'aurai la place qui me revient de droit. D'ici à un mois, je serai archevêque du Yorkshire. Et dans un an, quand le roi Henri s'emparera de Rome, je serai pape!

— Vous êtes fou, murmura-t-elle.

— Ne confondez pas l'ambition et la folie, pauvre fantôme!

— Seul un fou aurait une discussion avec une revenante, Benoît ! lança à cet instant une voix plus jeune.

Le moine recula d'un bond en voyant Adrianne apparaître derrière sa mère.

— Vous ! croassa-t-il.

Il recula encore lorsque Wyntoun MacLean émergea à son tour du brouillard pour s'immobiliser auprès de son épouse. D'autres les rejoignirent, sir Henri Exton et ses guerriers, et même le prétendu « allié » de Benoît : sir Peter Wrothsey. Le moine le maudit avec toute la violence dont il était capable. Il cracha par terre, les toisa d'un air de défi.

— C'est à moi, maintenant, articula-t-il avec une espèce de sauvagerie. À moi !

— Non, vous vous trompez, déclara Wyntoun. Cela appartient à l'humanité entière.

Benoît fit encore un pas en arrière et regarda autour de lui. Partout il ne vit que les figures sévères des guerriers. Il était cerné.

— C'est fini, Benoît, dit une fois de plus Diana.

Le moine saisit sa dague et enfonça la lame sous le couvercle du coffret pour l'ouvrir.

— Je n'y renoncerai pas ! hurla-t-il. Je le détruirai plutôt !

Il jeta un regard dans la boîte calcinée. Elle était vide.

— Vous êtes tombé dans votre propre piège, commenta Wyntoun. Je vous conseille de capituler.

Le moine considéra Diana et Adrianne, puis Wyntoun.

— Jamais, murmura-t-il.

Et, d'un seul coup, il se plongea la dague dans le cœur.

Peu à peu, le masque de la mort figea les traits de Benoît. En silence, tous le regardèrent mourir puis Diana s'éloigna du cadavre. Des larmes coulaient sur ses joues. Adrianne la rejoignit et toutes deux s'étreignirent.

Blottie dans les bras de sa mère, elle songea à son père. Edmund Percy était mort pour ses convictions. Cet individu diabolique, Benoît, n'avait fait que hâter le processus.

À présent, c'était terminé.

Pendant qu'ils attendaient, Wyntoun avait fourni des explications à Adrianne. Sir Peter Wrothsey avait toujours été fidèle aux Chevaliers du Voile. Comme Wyntoun lui-même l'avait fait, le religieux avait entretenu une relation secrète avec Benoît au cours de l'année passée. Grâce à sir Peter, la confrérie avait eu la possibilité de distiller à Benoît des informations choisies par elle. C'était cela qui, au bout du compte, avait permis de sauver lady Diana, dès que Benoît et ses hommes étaient partis pour la cathédrale de Glasgow.

Adrianne embrassa tendrement sa mère sur la joue, puis s'écarta en voyant sir Henri s'approcher d'elles.

— Je crois que ce monsieur a besoin de t'embrasser encore plus que moi, murmura-t-elle en souriant. Sir Henri était malade d'inquiétude. Tu devrais peut-être lui témoigner ta reconnaissance.

Diana pressa la main de sa fille avant de la laisser s'en aller.

La jeune femme se dirigea vers son mari qui patientait à quelques mètres de là. Elle était si fière de la façon dont il avait mis au point la capture du moine ! Il avait eu l'idée lumineuse d'affirmer que le trésor se trouvait dans la tombe de saint Mungo, une pure invention. La veille, en présence d'Adrianne, Wyntoun avait sorti le manuscrit du coffret calciné pour le remettre au comte d'Argyll. Désormais, la tâche de préserver le trésor de Tiberius incomberait à Colin Campbell.

Wyntoun la serra contre lui.

— Je suis désolé que tu aies dû assister à ce triste spectacle. Cet homme aurait pu avoir une autre fin.

— Nous devions être là. La mémoire de mon père l'exigeait.

— Elle exigeait aussi un bloc de bois enveloppé dans un tartan et une mèche de tes cheveux ?

— Merci de m'avoir permis de lui faire goûter un peu la peur qu'il a infligée à ma famille. J'ai sans doute été impulsive, je l'admets...

— N'ajoute pas un mot, mon amour. N'oublie pas que j'ai changé. À partir de maintenant, j'aurai une confiance absolue dans tout ce que tu diras et entreprendras.

Par jeu, elle lui enfonça un index dans les côtes.

— Pas de ça avec moi, Wyntoun MacLean ! Je te demande de garder ton bon sens. Parce que, entre nous, je n'ai pas confiance dans tout ce que je dis et entreprends.

Le visage de Wyntoun rayonnait de tendresse lorsqu'ils descendirent la colline pour retrouver les chevaux qui les ramèneraient à Dunbarton Castle.

— Tu penses que le comte d'Argyll et lady Celia sont déjà partis ? interrogea-t-elle.

— Oui. Ils avaient prévu de s'en aller au crépuscule. Avec tous les guerriers qui les escortent, emporter Tiberius jusqu'à sa nouvelle cachette ne devrait pas poser de problème.

Le brouillard commençait à se lever quand ils atteignirent l'endroit où étaient attachées leurs montures.

— Wyntoun... Et ces hommes qui étaient avec Benoît ? s'enquit Adrianne en nichant sa tête contre l'épaule protectrice de son mari.

— Ils n'étaient pas au service de l'archevêque de Canterbury. Sir Henri a interrogé ceux qui n'ont pas réussi à fuir. De simples mercenaires, payés par Benoît... sans doute avec l'or de l'archevêque. Je crois que Thomas Cranmer gardait ses distances avec le moine. Il espérait ainsi en tirer profit et, si Benoît échouait, ne pas y laisser de plumes.

— Pourtant, l'archevêque a probablement perdu une petite fortune !

— Oui, une fortune volée aux monastères du Sud qu'ils ont pillés. Cranmer n'a rien à perdre, je t'assure.

Adrianne sourit en apercevant sa mère que sir Henri aidait à marcher sur le sol glissant. L'affection qu'on lisait dans le regard de Diana, l'amour que traduisait toute l'attitude du chevalier anglais l'émurent profondément.

— Tout est bien qui finit bien, murmura-t-elle.

— Ce n'est que le début, chuchota Wyntoun en lui baisant la tempe.

Elle le dévisagea avec un sourire radieux et se blottit contre lui.

— Le début ?

— Oui, ma toute belle. Le début de notre voyage vers le nord, vers Balvenie Castle, pour rencontrer le reste de ta famille.

Se hissant sur la pointe des pieds, elle lui embrassa le menton.

— Et le début de notre retour vers Duart Castle et vers un mariage que nous avons laissé là-bas.

Elle lui planta un baiser sur la joue droite.

— Et puis, ajouta-t-elle, il nous faut songer à fonder notre propre famille.

Un autre baiser, cette fois sur la joue gauche de Wyntoun.

— Tu es toi, et je suis moi, pourtant nous ne formons plus qu'un seul être. À nous deux, nous aurons la force de surmonter tous les obstacles qui se dresseront sur notre chemin. Aujourd'hui, demain et pour toujours.

Sur ces mots, Adrianne embrassa son mari avec tout son cœur et toute son âme.

Et, en vérité, ce n'était pour eux que le commencement…

Découvrez les prochaines nouveautés de nos différentes collections J'ai lu pour elle

AVENTURES & PASSIONS

Le 2 octobre :

Un amour trahi ↬ Kristina Cook (n° 8483)

Londres, début du XIXe siècle. Lucy, jeune fille d'origine modeste, rêve de devenir vétérinaire. Elle rencontre le marquis de Mandeville qui est tout de suite charmé et impressionné par la jeune fille. Mais, issu d'une noble famille, il ne peut épouser une femme qui travaille. Seulement Lucy ne compte pas renoncer à ses rêves…

Promise au bûcher ↬ Karen Robards (n° 3221)

Connecticut, 1684. Caroline, orpheline et sans sou, arrive d'Angleterre dans l'espoir d'être accueillie par le mari de sa sœur. Matt, son beau-frère, qui élève seul ses fils, accepte de l'héberger. En échange, elle s'occupera de la maison. Mais Caroline n'a rien d'une gouvernante ordinaire : une taille de guêpe, des seins ronds et généreux… De quoi rendre fou n'importe quel homme seul depuis trop longtemps.

Une charmante espionne ↬ Celeste Bradley (n° 8479)

Rose et Collis font partie du Club des Menteurs, un établissement qui vise à former de futurs espions. Entre amour et haine, ils sont en constante rivalité. Mais lorsqu'une mission dangereuse les conduit sur les traces d'un homme qui avait exploité et maltraité Rose, les deux jeunes gens devront surmonter leurs différends pour se protéger du danger qui pèse sur eux.

Le 17 octobre :

Tendre canaille ↬ Wendy Lindstrom (n° 8480)

Freedonia, 1873. Claire, trahie et ruinée par un mari volage, reconstruit sa vie en investissant dans une pension de famille. Mais, un saloon établi à proximité fait fuir tous ses clients. Bien décidée à se battre, Claire forme un mouvement en faveur de la fermeture de tous les débits de boisson. Boyd, propriétaire d'un saloon, est impressionnée par cette femme fragile et délicate qui représente pourtant une menace pour son établissement.

Nouveau ! 2 rendez-vous mensuels aux alentours du 1er et du 15 de chaque mois.

Romance d'aujourd'hui

Le 17 octobre :

Miss Fortune ↜ Julia London (n° 8484)
Rachel cherche l'âme sœur, un boulot et un régime miracle ! C'est alors qu'elle rencontre Flynn, un séduisant britannique, tout droit sorti d'un film de James Bond. C'est le coup de foudre. Seulement, Rachel ignore que Flynn est un flic persuadé que Rachel est une voleuse d'objets d'art.

Jamais deux sans trois ↜ Jean Stone (n° 8476)
John et Irène Benson se remarient. Cette réception, organisée par quatre amies, engendre l'éclosion de liaisons inattendues et la rupture soudaine des mariés !
Le temps que les amies tentent de raisonner John Benson, Irène se rapproche d'Andrew, lui-même amant de Nina…

Nouveau ! 1 rendez-vous mensuel aux alentours du 15.

SUSPENSE

Le 2 octobre :

Hantée par le souvenir ↜ Karen Robards (n° 5956)
Olivia n'a plus de nouvelles des siens depuis qu'elle s'est enfuie avec un cow-boy. Après dix ans d'absence, elle revient en Louisiane avec sa fille mais personne ne l'attend. Sa famille ne lui a toujours pas pardonné sa fuite. À présent, Olivia va devoir affronter son passé… et surtout, Seth, le compagnon de son enfance.

À la recherche d'Amanda ↜ Janelle Taylor (n° 8477)
Amanda, qui élève seule son enfant, perd son travail. Heureusement, son père lui lègue un immense appartement sous certaines conditions. Ethan Black est chargé de la surveiller afin qu'elle respecte scrupuleusement les volontés du défunt. Mais voilà que quelqu'un tente d'assassiner Amanda en pleine nuit.

Nouveau ! 1 rendez-vous mensuel aux alentours du 1er de chaque mois.

MONDES MYSTÉRIEUX

Le 2 octobre :

La maîtresse de Trevelyan ☙ Jennifer St. Giles (n° 8482)

Ann est engagée comme préceptrice pour deux jeunes enfants chez Benedict Trevelyan. Malgré son enthousiasme, Ann comprend rapidement qu'elle n'est pas la bienvenue. Les domestiques de la maison ne l'apprécient guère, et Ann découvre qu'un mystère plane autour de la mort de Mme Trevelyan.

Nouveau ! 1 rendez-vous mensuel aux alentours du 1er de chaque mois.

Et toujours la reine du roman sentimental :

Barbara Cartland

Le 2 octobre :

Amour d'un jour, amour de toujours (n° 8475)

Des fleurs pour mon amour (n° 1133)

Le 17 septembre :

Tous les parfums des Indes (n° 4394)

Nouveau ! 2 rendez-vous mensuels aux alentours du 1er et du 15 de chaque mois.

8454

Composition Chesteroc Ltd
Achevé d'imprimer en France (La Flèche)
par Brodard et Taupin
le 17 août 2007 - 43216
Dépôt légal août 2007. EAN 9782290000991

Éditions J'ai lu
87, quai Panhard-et-Levassor, 75013 Paris
Diffusion France et étranger : Flammarion